Teil I

1.
Aufgeregt betrat ich das Münchner Restaurant Limoni und ließ meinen Blick schweifen. Obwohl es noch früh am Abend war, hatten sich zahlreiche Gäste eingefunden und füllten die Tische. Diese waren stilvoll mit weißen Tischdecken bedeckt, elegant kombiniert mit dekorativ ineinander verschlungenen weißen Stoff- und roten Papierservietten. Dazu stand auf jedem Tisch eine Vase mit roten Rosen, farblich abgestimmt mit der roten Kerze, die allerdings nur an den Tischen brannte, an denen sich bereits Gäste niedergelassen hatten. Sanfte Klaviermusik durchflutete den Raum wie ein unsichtbarer Windhauch und verlieh dem Restaurant diese angenehm festliche Atmosphäre, für die es so bekannt war.
Ich musste meine Augen nicht lange über das bunte Treiben und die einladenden Tische gleiten lassen, da hatte ich ihn schon entdeckt. Timothy Marsh fesselte sofort meine Aufmerksamkeit. Er sah in seinem hellgrauen Anzug besser aus als auf den Fotos. Sein kantiges, bartloses Gesicht strahlte eine gewisse Männlichkeit aus und zog mich in einen Strudel der Magie, der sich nur um zwei Menschen drehte, einer jener kostbaren Augenblicke, in denen Wunsch und Erfüllung zusammenflossen.
Als er mich bemerkte, kam er mir mit einem Lächeln entgegen, die seine asiatischen Augen noch enger erscheinen ließen. Schüchtern ging ich einen Schritt auf ihn zu und erwiderte verlegen sein Lächeln. Er musste meine Unsicherheit bemerkt haben, denn er durchbrach sie unbefangen mit einer galanten Begrüßung, wie in Frankreich üblich, mit Küsschen zuerst auf die rechte, dann auf die linke und nochmals auf die rechte Wange. Sogleich fiel alle Anspannung von mir ab und eine angenehme Heiterkeit zog wärmend durch meine Brust, wobei sein herbes Aftershave meine Sinne ein wenig verwirrte.

„Olivia, ich freue mich, die charmanteste Frau zu treffen, die es auf der Erde gibt." Er überreichte mir eine rote Rose, die er hinter seinem Rücken hervor zog.
„Dddddaaankkkke", stotterte ich. Er begleitete mich zum Tisch und schob mir höflich den Stuhl zurecht.
„Ich bin dem Schicksal dankbar, das dich zu mir geführt hat", hörte ich ihn wie aus weiter Ferne sagen.
Unser Kennenlernen einige Wochen vor unserem Treffen war ein Zufall, denn ich meinte, meinen Jugendfreund Timothy Marsh auf Facebook gefunden zu haben und sandte ihm eine Freundschaftsanfrage. Aus kurzen Grüßen wurden bald längere Nachrichten. Wir erzählten uns die verschiedensten Facetten unseres Lebens, was wir hofften und was wir erträumten. Schnell entstand dieses vertraute Gefühl, einem Menschen noch nie so nahe gestanden zu haben wie Timothy, bis ich bemerkte, dass wir uns im realen Leben noch nie begegnet waren, dass der Mann, mit dem ich mich so vertraut unterhielt, ein völlig fremder Timothy Marsh war, der mit meinem alten Jugendfreund nur den Namen gemeinsam hatte.
Nun saß ich diesem Timothy Marsh gegenüber. Diesem ungemein gutaussehenden Mann, der mich mit seinen langen Haaren und den durchdringenden Augen an den Piraten Jack Sparrow erinnerte.
Der Kellner riss mich aus meiner Grübelei, als er mit den Speisekarten erschien.
„Was darf ich den Herrschaften zum Trinken bringen?", fragte er.
„Wasser", war mein Wunsch.
„Eine Flasche Wasser", verlangte Timothy.
Der Kellner holte ein Feuerzeug hervor und wollte damit die Kerze anzünden. In diesem Moment streifte ihn eine Frau beim Vorübergehen und versetzte ihm einen Stoß. Er versuchte auszubalancieren und setzte mit dem brennenden Feuerzeug meine Papierserviette in Brand, die sofort in Flammen aufging. Timothy nahm die Vase. Er riss die Rose heraus. Mit Schwung wollte er mit dem Wasser das Feuer löschen, traf aber stattdessen mein

Gesicht. Ich schnappte nach Luft. Mit einem Sprung fasste der Kellner nach dem Feuerlöscher. Die Serviette brannte inzwischen lichterloh. Der Kellner löste die Sicherungslasche, dann betätigte er den Bedienhebel. Das Löschmittel löschte nicht nur das Feuer, sondern ruinierte auch die Kleidung von Timothy und mir.

Es hinterließ ein Werk der Zerstörung. Meine Frisur hatte mich ein Vermögen gekostet und nun war sie ruiniert. Auf Timothys Anzug prangten Rußpartikel, ebenso wie auf meinem neuen Kleid. Wir gaben ein erbärmliches Bild ab.

„Du siehst bezaubernd aus", flüsterte Timothy.

„Machst du dich über mich lustig?", entgegnete ich. „Meine Frisur ist ruiniert und mein Kleid zerstört."

„Dennoch siehst du bezaubernd aus. Darf ich einen Vorschlag machen?"

„Ja", antwortete ich zaghaft.

„Wir könnten uns in meinem Hotelzimmer frisch machen und das Essen auf meine Suite kommen lassen. Und während wir essen, könnte dein Kleid gereinigt werden."

Ich sah ihn an und überlegte. Als wir uns vor einer Woche zu diesem Treffen in München verabredet hatten, lehnte ich ab, mich mit ihm in seinem Hotel zu treffen. Ich zog es vor, bei meiner Freundin zu übernachten.

Doch nun stand Timothy vor mir und war anders als erwartet. Vom ersten Moment an vertraute ich ihm. Er würde die Situation nicht ausnutzen und angesichts der Zerstörung meines Kleides und meiner Frisur stimmte ich Timothy zu. Dem Kellner war die Angelegenheit überaus peinlich, weshalb wir uns schnell verabschiedeten und mit einem Taxi in sein Hotel fuhren.

An der Rezeption des Hotels sprach er kurz mit der Empfangsdame und dann führte er mich in seine Suite, die aus einem Wohnzimmer und einem Schlafzimmer bestand.

Ich ging ins Bad, zog mein Kleid aus und übergab es Timothy, der es weiter an den Zimmerservice gab. Da meine Unterwäsche alles unbeschadet überstanden hatte, zog ich den Bademantel des Hotels darüber. Meine Frisur und mein Make-up versuchte ich vorsichtig zu restaurieren. Als ich das Zimmer betrat, hatte sich Timothy schon umgezogen und trug eine graue Hose und ein weißes Hemd.

„Du siehst entzückend aus", lachte er und rückte mir den Stuhl vor dem inzwischen festlich gedeckten Tisch zurecht. Er übergab mir die Speisekarte und wir wählten unser Menü.

„Dein Gesicht," begann ich kichernd. „Es war zu köstlich."

„Und du erst. Ich habe deine schöne Frisur ruiniert und dein Kleid. Tut mir leid."

„Nichts muss dir leid tun."

Timothy nahm meine Hand und drückte sie. Wieder roch ich dieses herbe Aftershave, das meine Sinne betörte.

In diesem Moment wurden wir durch ein Klopfen an der Tür unterbrochen. Auf ein „herein" schob der Kellner einen kleinen Wagen mit unseren bereitgestellten Menüs in die Suite. Das Essen roch verführerisch und der Kellner verteilte das Essen auf unsere Teller und verließ die Suite.

„Bon appétit", sagte Timothy und begann zu essen.

„Es schmeckt köstlich", sagte ich zu Timothy.

„Das Hotel hat ein gutes Restaurant. Das Limoni wäre jedoch die bessere Wahl gewesen."

„Woher weißt du das?"

„Hat mir ein Freund verraten."

Wir waren mit dem Essen schon fertig, als mich Timothy aus meinen Gedanken riss:

„Ich mag Spaziergänge am Meer. Begleitest du mich?"

„Ich mag alles, was mit Wasser zu tun hat. Wasser ist mein Element."

„Damit kann ich dienen. Ich habe ein Haus mit Pool."

„Wie cool, Timothy."

„Er ist klein und steht im Badezimmer."

Wir lachten.

„Kannst du schwimmen?", fragte er unversehens.

„Sicher."

„Dann kannst du es mir bestimmt beibringen."

„Ist das dein Ernst, du kannst nicht schwimmen?"

„Ernsthaft."
„Das werden wir hinbekommen", antwortete ich gelassen.
„Mein Haus hat tatsächlich einen Pool. Ich habe ihn für meinen Sohn bauen lassen", fügte er zaghaft hinzu. Ein Haus mit Pool für einen Mann, der nicht schwimmen konnte!
Ich wusste aus seinen Erzählungen, dass sein Sohn Frank etwa im selben Alter war wie meine Tochter Julia.
„Meine Tochter befindet sich mitten in der Pubertät. Hast du Schwierigkeiten mit Frank?"
„Kinder in der Pubertät sind nicht immer einfach", lachte Timothy.
„Wahrhaftig nicht. Es gibt endlose Diskussionen."
„Frank kam einmal um ein Uhr in der Nacht von einer Party nach Hause. Ich hatte Stunden auf ihn gewartet."
„Was hast du gesagt?"
„Ausreden haben sie immer in diesem Alter." Ich lächelte, denn das kannte ich aus eigener Erfahrung.
„Dann erhielt er eine drastische Strafe zur Abschreckung. Das hat gewirkt, denn seitdem kommt er zur verabredeten Zeit."
„Man muss den Kindern Grenzen setzen."
„Und auch zusehen, dass sie eingehalten werden."
„Auf Julia konnte ich mich in dieser Hinsicht immer verlassen. Dafür hat sie gerade große Schwierigkeiten in der Schule. Die Leistungen lassen immer mehr nach, weil man mehr Zeit für Schminken und Fingernägel benötigt."
„In diesem Alter ist man einfach nur hormongesteuert." Timothy lachte.
„Da muss jeder durch und wird erwachsen", lachte ich.
„Früher oder später."
„Und dann verlassen sie das Haus und lassen uns einsam zurück."
„Bist du einsam?"
„Ja", flüsterte er.
„Erst im Moment der Einsamkeit wird uns bewusst, wie viel uns die Nähe eines Menschen bedeutet", antwortete ich und stand auf. Timothy hatte Gefühle in mir ausgelöst, die

ich verloren glaubte. An einem Abend, in einem Augenblick, hatte er mein innerstes Wesen erobert, meine Gefühle, meinen Intellekt und meine Seele. Mir wurde bewusst, dass dies eines jener magischen Momente war, die einzigartig waren und nie wieder kamen. Ich musste mich entscheiden. Ich wollte ihn. Diesen Moment auskosten und nicht an die Zukunft zu denken, sondern in der Gegenwart zu leben. Diesen herrlichen Moment, in dem man glaubte, die ganze Welt drehte sich um zwei Menschen. Diesen Moment des vollkommenen Glücks.
Ich stand auf und ging um den Tisch herum zu Timothy, der sofort aufgestanden war. Wir sahen uns in die Augen. Ich musste etwas tun, dachte ich, knöpfte den Gürtel des Bademantels auf und ließ ihn fallen.
„Du machst aus einem einsamen Mann einen glücklichen Mann", flüsterte seine raue Stimme. Quälend langsam kam er näher und küsste mich. Er streichelte sanft meine Wangen und fuhr mir mit seiner Hand durch die Haare. Alles in mir begann zu beben. Bis in meine Zehenspitzen fühlte ich ein Kribbeln und jede Faser meines Körpers begann unter seinen Händen zu vibrieren. Ich entschied mich. Ich wollte ihn. Jetzt. Leidenschaftlich küsste ich ihn und fuhr mit der Hand über seine Brust. Dieser herrliche Augenblick sollte nicht enden und ich würde jede Sekunde auskosten. Ich ergriff die Initiative und Timothy sprang sofort auf die Welle der Zuneigung auf, die uns beide wie ein Strudel erfasste.
Timothy trug mich in das Schlafzimmer und legte mich auf das Bett. Voller Leidenschaft küsste er mich, zog mich aus, liebkoste mich. Auch ich zog ihn aus, Stück für Stück, bevor wir uns in einer stürmischen Ekstase wieder fanden.

2.
Ich wachte auf, als Timothy mir einen Kuss in den Nacken hauchte.
„Ich habe Frühstück bestellt", flüsterte er in mein Ohr.

Verführerische Schwaden von Kaffeeduft erreichten meine Nase. Ich zog den Bademantel an und trat in das Wohnzimmer, wo der Frühstückstisch gedeckt war. Mein gereinigtes Kleid lag über einem Stuhl. Da fiel mir ein, dass meine Freundin die ganze Nacht auf mich gewartet haben musste. Ich rief sie an und gab ihr kurz Bescheid. Sie würde mich mit meinem Gepäck am Busbahnhof treffen.
„Ich habe Kaffee und Tee bestellt, weil ich nicht wusste, was du bevorzugst", sagte Timothy.
„Ich ziehe Kaffee vor", antwortete ich.
„Ich auch. Da bin ich Franzose."
Höflich schenkte er mir den Kaffee ein und ich nahm mir von der warmen Milch.
„Café-au-lait", meinte ich. „Habe ich mir vor vielen Jahren in Frankreich angewöhnt."
Ich nahm mir ein Croissant mit Butter und biss herzhaft hinein. Die Nacht mit Timothy hatte meinen Appetit angeregt und ich sah ihn an. Es war einen Monat her, seitdem wir uns kennengelernt hatten und miteinander chatteten. Seit dem ersten Moment war ich in Timothy verliebt, doch heute Nacht hatte er mein Herz erobert.
„Ich würde gerne ein Museum besuchen", regte ich an. Ich wollte ihn besser kennenlernen.
„Hast du einen Vorschlag?"
„Wie wäre es mit der Glyptothek?"
„Ich weiß zwar nicht, was das ist, aber es wird sicherlich interessant werden."
Mit dem Taxi fuhren wir in die Innenstadt zur Glyptothek. Timothy bezahlte den Eintritt und wir betraten den ersten Raum.
„Antike Kunst?" Seine Augen leuchteten, was mir zeigte, dass wir eine gemeinsame Leidenschaft hatten.
„Du magst auch antike Kunst?", fragte er ungläubig.
„Ja, Griechenland fasziniert mich. Nicht nur die Skulpturen, auch das Theater, Philosophie und die Baukunst."
Wir sahen uns um und blieben bei einer großen Figur

stehen.

„Siehst du diese Statue? Man sieht ihr an, dass dieser Mensch gelitten hat", sagte ich.

„Diese Figur stammt aus der Zeit des Hellenismus", unterwies mich Timothy, „in dem die Künstler aus der Fülle des Lebens schöpften. In der Klassik standen noch Körperbau, Funktionalität und Gliederung des menschlichen Körpers im Mittelpunkt der Kunst, die vor allem körperlich ideale Körper darstellte. In dieser Zeit wendet sich der Künstler dem Individuellen und Besonderen zu. Deshalb werden nun auch unvollkommene Körper wie alte Menschen und Kranke dargestellt. Im nun folgenden Hellenismus werden psychische Zustände wie Trunkenheit, Erregung, Freude, Lust und Leid akribisch herausgearbeitet, wie du hier beim Barberinischen Faun siehst."

Timothy war in seinem Element. Ich sah einen jungen Mann nackt ausgestreckt auf einem Felsen liegen. In einer lasziven Haltung war sein Haupt auf die Schulter gesunken. Sein rechter Arm wies über den Kopf nach hinten, der linke, weggebrochene Arm hing seitlich herab. Der Jüngling schien tief und fest zu schlafen, doch bei genauerem Hinsehen zeichnete sich eine Anspannung im sinnlichen Gesicht ab. Die Brauen über den geschlossenen Lidern waren zusammengezogen. Beim geöffneten Mund dachte man sofort an einen Mann mit schwerer Atmung. Der Efeukranz war ein Hinweis darauf, dass er ein Zecher war. Berauscht vom Wein und ermattet von einer durchzechten Nacht war der Mann in einen unruhigen Schlaf gefallen. Als ich um die Statue ging, entdeckte ich in der Rückansicht einen kleinen Pferdeschwanz, der ihn als Satyrn, eines jener halbtierischen Wesen aus dem Gefolge des Rauschgottes Dionysos auswies. Trunkenheit, Ausschweifung und sexuelle Triebhaftigkeit gehörten zum Wesen eines Satyrs.

„Der Künstler hat nicht nur die laszive Haltung, sondern auch die exzessive Lebenshaltung gut herausgearbeitet", sagte ich zu Timothy gewandt, der die Skulptur anstarrte.

Als ich meine Runde beendet hatte und zu Timothy zurückkehrte, nahm er meine Hand in seine und ließ sie nicht mehr los.
„Ja, so müsste die Frau an meiner Seite sein, mein Engel", flüsterte er mir zu. „Eine Frau, die das Leben mit mir teilt."
„Dann stellen wir uns dieser Herausforderung", sagte ich lächelnd zu ihm und küsste ihn sanft. Meine Gefühle katapultierten mich in den Himmel und rissen mich wie in einer Achterbahnfahrt zurück in die Tiefe der Wirklichkeit. Als ich die Augen öffnete, lächelte er mich an.
Wir verbrachten zwei Stunden in diesem Museum, sprachen über Ausstellungsstücke und diskutierten über griechische Kunst, als mir bewusst wurde, dass ich hungrig war. Im Innenhof befand sich ein Café, das an diesem warmen Tag zum Verweilen einlud.
„Möchtest du eine Kleinigkeit essen?", erkundigte sich Timothy in diesem Moment, als könnte er meine Gedanken lesen. Ich nickte und wir suchten uns einen Platz im gut besuchten Café.
„Was möchtest du denn gerne?"
Ich sah auf die Speisekarte und entschied mich für ein paar Weißwürste mit Brezel.
„Ein typisch bayerisches Essen", meinte ich.
„Das probiere ich auch."

Nach dem Essen setzten wir uns in den in den Park vor der Glyptothek auf eine Bank.
„Warum ist so eine Frau wie du allein?"
„Nachdem Julia auf die Welt kam, war die Beziehung zu meinem Ehemann die reine Hölle. Täglich hörte ich, wie schlecht das Essen schmeckte, das ich ihm kochte. Ich konnte ihm nichts recht machen. Es missfiel ihm, wie ich mich kleidete. Meine Frisur missfiel ihm, meine Stimme war zu laut. Wenn ich Julia Grenzen setzte, schimpfte er mit mir. Wir stritten nur noch und so wurde ich immer einsamer. Erst als ich ihn verlassen habe, begrüßte ich das Leben als Freund."
„Meine Frau starb an Darmkrebs, als Frank zwei Jahre alt

war. Er musste miterleben, wie seine Mutter von der Krankheit aufgefressen wurde. Tag für Tag ging es ihr schlechter, bis sie schließlich im Krankenhaus verstarb. Sie ließ mich allein zurück. Seit ich dich kennengelernt habe, fühle ich mich nicht mehr einsam. Besuchst du mich in London?"

Ich lächelte, denn mein Körper hatte sich gemerkt, was geschehen war und sehnte sich nach einer Wiederholung. „Verräter", dachte ich, denn ich wollte mich nicht von meinem Körper abhängig machen. Ich wusste keine Antwort auf die Frage, wie ich das Karussell der Liebe, das durch unsere gemeinsame Nacht in Schwung gesetzt wurde, verlangsamen konnte. Es ging zu schnell und ich wollte mich noch nicht entscheiden.

„Du bringst selbstverständlich deine Tochter mit", fügte er sanft hinzu. Das war die Entscheidung.

„Wir könnten Anfang November kommen, wenn bei uns Herbstferien sind", meinte ich zaghaft.

„Dann werde ich dir meinen Sohn Frank vorstellen und wir können mit den Kindern zusammen etwas unternehmen."

„Ich kenne London nicht", fügte ich hinzu.

„Ich werde euer Reiseführer sein. Und dann bleibst du für immer bei mir", flüsterte Timothy. Eine Antwort blieb ich ihm schuldig. Das ging mir zu schnell. Doch Timothy schien zu wissen, was er wollte.

Timothys Flug ging am späten Nachmittag und auch mein Bus fuhr um fünfzehn Uhr vom Busbahnhof in der Stadtmitte. Er begleitete mich zum Bus, wo meine Freundin Sandra mit meinem Gepäck wartete. Ich machte die beiden miteinander bekannt und verabschiedete mich von meiner Freundin und anschließend von Timothy.

„Du bist auch in Wirklichkeit die wundervolle Frau, die ich mir in meinen Träumen gewünscht und ersehnt habe", zog mich Timothy zu sich heran und küsste mich zum Abschied zärtlich.

„Wundervolle Leute sind sorgfältig von Gott geschaffen ebenso sind wunderbare Momente sorgfältig von Gott geplant, so wie du, mein Engel, sorgfältig von Gott begabt wurdest. Ich liebe dich und werde dich vermissen."

„Ich vermisse dich jetzt schon Timothy."

Auf der Fahrt nach Hause hing ich meinen Träumen nach. Die Präsenz Timothys klang in meinem Inneren nach und ließ meinen Körper leicht erbeben. Eine Bodenwelle holte mich in die Wirklichkeit zurück. Ich wollte nicht den Fehler begehen, mich in eine Beziehung zu stürzen, nur weil ich meinen Problemen auf meiner Arbeitsstelle entfliehen wollte, nahm ich mir vor.

„Es war das schönste Wochenende seit langer Zeit", schrieb er mir nach seiner Rückkehr. „Jeden Moment, den wir miteinander verbracht haben, werde ich in meinem Herzen behalten."

3.

Wie eine zarte Pflanze, so keimte die Liebe in meinem Herzen. Meine Gefühle hütete ich wie einen Schatz, den ich vorerst noch nicht teilen wollte.

Als ich am nächsten Morgen die Tür zu meiner Arbeitsstätte öffnete, überrollte mich erneut die beklemmende Enge, die sich in der Kanzlei schon lange durch alle Abteilungen zog. Die meisten Mitarbeiter hatten sich entschlossen, Dienst nach Vorschrift zu machen und einer Begegnung mit den Chefs so weit wie möglich auszuweichen. Die Herren Rechtsanwälte führten ihr eigenes Regime, in dem sie jede kreative oder kritische Anregung der Mitarbeiter mit Missgunst straften und das Betriebsklima schleichend aber stetig vergifteten. Ich war schon lange frustriert und ausgebrannt und den anderen Kolleginnen ging es nicht anders.

„Die Welt ist nicht gerecht", seufzte ich, ließ mich vor meinem Schreibtisch nieder und fuhr den Computer hoch.

„Diesen Tag werde ich auch wieder hinter mich bringen", sagte ich mir. Doch es kam anders.

An diesem Morgen wurde ich zum Personalchef gerufen.

„Frau Heart, wir müssen uns von Ihnen trennen."
Was sagte er da? Er wollte mich entlassen! Das konnte nicht sein!
„Sie haben Unruhe in das Team gebracht und das können wir nicht dulden."
„Ich habe mich nur für eine Kollegin eingesetzt."
„Sie haben sich nicht in das Team eingegliedert."
„Das ist nicht wahr", erwiderte ich.
„Sie wollen mir widersprechen?"
„Ja."
„Genau das ist Ihr Problem, Frau Heart."
„Nein, das ist Ihr Problem."
Ich nahm das Kündigungsschreiben und stand auf.
„Die Kündigung ist unwirksam", sagte ich, bevor ich sein Büro verließ.
Der autoritäre Führungsstil ließ keine Kritik zu. Wie lange stellte ich mich gegen das System der Unterwerfung und Bestrafung? Hier wurde jeder Konflikt durch Ausgrenzung eingegrenzt und unschädlich gemacht. Eine wirkliche Lösung gab es nicht.
Als ich sein Büro verließ, zitterten meine Beine und ich wusste nicht wohin. Im Büro meiner Kollegin setzte ich mich.
„Was ist denn los?", fragte Steffi.
„Mir wurde gekündigt."
„Nein, das können sie nicht."
„Doch, das können sie. Ich hätte mich nicht in das Team eingegliedert."
„Das ist doch gar nicht wahr."
„Ich habe ihm widersprochen und das dulden sie nicht."
Steffi protestierte nicht.
Die Angst kroch langsam hoch, denn mit der Kündigung war meine Existenz gefährdet. Meine Tochter war von mir abhängig. Mit depressiven Gefühlen fuhr ich nach Hause. Das hatte ich davon, dass ich mich für meine Kollegin eingesetzt hatte. Mein Job war weg.
Meine Stimmung hellte sich sofort auf, als ich Timothys Nachricht las.

„Hallo, mein lieber Engel, danke für die gemeinsame Zeit in München. Ich schätze die Zeit, die du mir widmest und deine Liebe für mich. Nun, ich weiß nichts über die Liebe und Gefühle, die wir füreinander haben, ich weiß nur, dass du wie die Sonne für mich aufgegangen bist."
Mir rann eine Träne hinunter, so gerührt war ich. Vielleicht führte mich ein gütiges Schicksal doch in eine andere Richtung.
„Ich zähle jede Stunde, bis wir uns in London wiedersehen", antwortete ich.
„Ich bin sehr stolz und dankbar, dass uns das Schicksal zusammengeführt hat. Ich liebe dich mehr, als du dir vorstellen kannst und vermisse dich jeden Moment meines Lebens."
„Auch ich vermisse dich Timothy und denke jede Sekunde des Tages an dich."
Sein Schreiben weckte ambivalente Gefühle. Das Abenteuer lockte und hier sah ich die Chance, mein Leben grundlegend zu ändern. Andererseits wolle ich nicht von einem Abhängigkeitsverhältnis in das nächste schlittern. Ich wollte in jeder Hinsicht ein selbstbestimmtes Leben führen und mich nicht von einem Mann abhängig machen, auch wenn ich ihn über alles liebte.

Als Julia nach Hause kam, erzählte ich ihr von meiner Kündigung.
„Mami, es öffnet sich immer eine neue Tür, wenn sich eine Türe schließt", tröstete sie mich. Sie schien zuversichtlich zu sein.

4.
Zunächst stand ich viel zu sehr unter Schock, um an Arbeit zu denken und ließ mich krank schreiben. Dann suchte ich einen Rechtsanwalt auf, und er reichte eine Kündigungsschutzklage ein, bei der ich mit sofortiger Wirkung freigestellt werden sollte.

„Dir zu sagen, dass du die schönste Frau bist, auf die ich meine Augen gelegt habe, könnte als Schmeichelei ausgelegt werden, aber diese Schmeichelei ist wahr. Du bist für mich die Verkörperung der Freundlichkeit, die wunderbarste Frau die ich je getroffen habe. Dies sage ich nicht nur, weil ich mich unsterblich in dich verliebt habe, sondern weil es wahr ist. Es ist herrlich, eine perfekte Kombination zu finden, und ich bin der glücklichste Mann, weil du mein bist."

Nach meiner Scheidung hatte ich mich zurückgezogen, hatte mein Herz eingeigelt und mit Stacheln umgeben. Erst Timothy hatte die Stacheln entfernt und drang in mein Innerstes vor. Und mit jedem Tag eroberte er einen weiteren Teil meines Wesens.

Mittlerweile hatte Timothy unsere Flugtickets gebucht.

„Hallo, mein Engel, wie war dein Tag? Tut mir leid für die verspätete Antwort aufgrund eines Umstands außerhalb meiner Kontrolle. Ich war gestern bei einem Treffen und sehr müde, als ich nach Hause kam. Habe Geduld mit mir. Ich weiß, du schläfst schon und ich wünschte, ich wäre bei dir, um dich festhalten und dir eine liebevolle gute Nacht zu wünschen, mein Engel. Ich vermisse dich und liebe dich mehr, als du dir vorstellen kannst. Umarmungen und Küsse."

Wir packten unsere Koffer. Es war Ende Oktober, also nicht mehr warm, und wir wollten uns die Stadt ansehen. Tagsüber würde ich mich in Hosen wohler fühlen. Vielleicht ergab sich auch eine Gelegenheit, abends auszugehen, weshalb ich ein Abendkleid sowie verschiedene Röcke und Blusen einpackte.

„Danke für deine angenehmen Wünsche. Ich bin Gott dankbar und stolz, dich in mein Leben gebracht zu haben. Ich vermisse dich in jedem Moment und freue mich auf unser Zusammentreffen", schrieb mir Timothy am Abend vor unserem Abflug.

Aufgeregt fuhren Julia und ich am Freitag mit dem Zug zum Flughafen nach Stuttgart und checkten ein. Knapp zwei Stunden später landeten wir in Heathrow. Nachdem wir unsere Koffer auf einen Gepäckträger gehievt hatten, gingen wir durch das Gate und wurden von Timothy empfangen, der in seinem grauen Anzug mit weißem Hemd und roter Krawatte einfach umwerfend gut aussah. Seine langen Haare hatte er zu einem Zopf nach hinten gebunden.

„TiiiTiimothy," stotterte ich und er küsste mich kurz. Ich wurde ruhiger, als ich das gewohnte herbe Aftershave an ihm roch.

„Darf ich dir Frank vorstellen", sagte er in Englisch zu mir und schob einen fünfzehnjährigen Jungen vor, viel zu groß und viel zu schlank mit neugierigen Augen. Mit leicht zur Seite geneigtem Kopf und einer zerknitterten Jacke begrüßte er mich.

„Das ist Julia, meine Tochter."

„Nice to meet you", sagte sie. Julia war ein typisch vierzehnjähriger Teenager, mit langen blonden Haaren. Wie lange würde es dauern, bis sie sich in die englische Sprache anpassen konnte?

„Ich nehme euer Gepäck." Timothy schob unseren Wagen durch das Flughafengebäude zum Ausgang, wo sein Auto parkte. Der große Mercedes der E-Klasse bot reichlich Platz für unser Gepäck und noch mehr Platz für die Beifahrer. Es war ungewohnt für mich auf der linken Seite als Beifahrer Platz zu nehmen. Die Kinder setzten sich nach hinten und Frank begann eine Unterhaltung mit Julia.

„Wir wohnen auf der anderen Seite von London. Soll ich eine kleine Stadtrundfahrt für die Damen machen?" fragte mich Timothy und ich gab die Frage weiter an Julia.

„Au ja", war ihre spontane Antwort in Deutsch.

„Speak English", erinnerte ich sie.

„Yes of course."

Zuerst fuhren wir auf der Autobahn Richtung London. Als sie endete, ging es lange gerade aus Richtung Zentrum, bevor wir rechts abbogen.

„Hier links liegt der Hyde-Park", erklärte Timothy. Julia hatte ihre Schüchternheit überwunden.
„Der Buckingham Palast", rief sie aus.
„Die Fahne der Königin zeigt an, dass sie in London weilt", teilte Frank mit.
Weiter ging es eine größere Straße entlang und Timothy erklärte mir, dass wir an der Westminster Abbey vorbeifuhren und bald den Big Ben sehen würden, bevor wir die Brücke überquerten. Dann erreichten wir die Autobahn, die wir erst verließen, als wir an einem riesigen Park entlang fuhren.
„Der Greenwich Park", erklärte Timothy.
„Steht da nicht das Observatorium von Greenwich?"
„Ja, meine Liebe."
„Das interessiert mich aber", meinte ich.
„Wir können gerne einmal hin, später."
„Oh ja."
Es ging weiter und ich las St. Johns Park, als er eine Auffahrt hochfuhr und vor einem Haus hielt. Es war ein dreistöckiges Haus mit einer roten Fassade. Ich war überrascht, dass Timothy ein so großes nobles Haus in London besaß. Er schien wohlhabend zu sein.
Als Timothy das Auto abstellte, kam schon ein weißhaariger Mann heraus, um das Gepäck zu holen.
„Das ist John", stellte Timothy vor. „John ist Chauffeur, Butler und managt hier alles."
„Hallo John", begrüßte ich ihn, ebenso wie meine Tochter. John trug schwarze Jeans und ein weißes Hemd.
„Guten Tag Mrs. Heart", begrüßte er mich.
„Nennen Sie mich Olivia", forderte ich ihm auf.
Er holte das Gepäck, Timothy nahm eine Tasche und Frank ebenso. Eine Frau trat hinzu.
„Das ist Margret, unsere Köchin." Margret war klein und schlank mit grauen Haaren und blauen Augen, die mich sanft ansahen.
„Guten Abend Margret", begrüßte ich sie.
„Guten Abend Mrs. Heart. Du musst Julia sein."
„Ja", sagte Julia schüchtern.

„Bitte nennen Sie mich Olivia", antwortete ich ihr.
„Komm meine Liebe, ich zeige euch eure Zimmer", meinte Timothy und ging mit einer unserer Taschen voraus. Frank nahm ebenfalls eine Tasche und John brachte zwei Koffer. Wir folgten Timothy.
Ein beeindruckendes Treppenhaus führte uns in den ersten Stock, in dem sich die Schlafzimmer befanden.
„Dieses Schlafzimmer ist für Julia", sagte Timothy und Frank stellte die Tasche ab.
„Gefällt es dir?" fragte Frank vorsichtig.
„Es ist wunderschön."
Frank wirkte etwas steif und zurückhaltend auf mich. Timothy ging weiter in das Zimmer nebenan.
„Und das ist unser Schlafzimmer." Timothy stellte meine Tasche ab, als auch schon John mit meinem Koffer kam.
„Wollt ihr euch frisch machen und auspacken?"
„Ja, gerne."
„In einer Stunde gibt es Abendessen. Ist das für euch in Ordnung?"
„Ja, sicherlich."
Timothy wollte gerade gehen, da fiel mir ein, dass wir uns in einem englischen Herrenhaus befanden.
„Timothy, was sollen wir anziehen?"
„Oh, jedenfalls kein Abendkleid."
„Was tragen die Herren?"
„Wir tragen Anzug", sagte Timothy.
„Aber bitte, kommt ganz leger. Ich freue mich auf das Abendessen, mein Engel."
„Ich auch."
Ich sah mir zuerst das Zimmer von Julia an. Es hatte ein großes Himmelbett, ein Sofa und einen Sessel am Fenster sowie ein eigenes Bad.
„Mami, ich habe einen begehbaren Kleiderschrank!"
Das war das ganze Glück meiner Tochter und so fühlte sie sich sofort wohl.
„Mami, dieses Haus ist riesig. Ist Timothy reich?"
„Ich bin auch überrascht, dass Timothy so wohlhabend ist."

„Und Frank ist so steif", sie kicherte.
„Ihr habt Zeit, euch in dieser Woche kennenzulernen. Er ist wohl nur ein wenig zurückhaltend, so wie du auch."
„Dann bin ich mal gespannt Mami."
„Zieh dir bitte ein Kleid an", wies ich sie an.
„Muss das sein?" Julia liebte Hosen mit Löchern, doch das schien mir unangebracht zu sein.
„Timothy sagte leger", wandte sie ein.
„Das ist Understatement der Engländer, mein Schatz. Er meint, dass elegant zu Abend gegessen wird. Machst du mir die Freude und ziehst ein Kleid an?"
Julia verzog ihr Gesicht, doch schließlich schlüpfte sie in ein Kleid und Highheels.

Im Schlafzimmer sah ich mich zunächst um und während ich meine mitgebrachten Kleider aus dem Koffer packte, nahm ich wahr, dass Timothy wohlhabender war als gedacht. Dieses Schlafzimmer hatte zwei begehbare Kleiderschränke. In einem hingen die Anzüge von Timothy und der andere Kleiderschrank war leer und ich füllte ihn mit meinen mitgebrachten Kleidern. Voller Vorfreude zog ich einen schwarzen Rock mit einer bunten Bluse und langen Stiefeln an.

5.
Julia sah sich gerade in meinem Schlafzimmer um, als Timothy das Zimmer betrat. Er küsste meine Wange und führte uns in das Esszimmer, das sich im Erdgeschoss befand. An einem großen Tisch war für sechs Personen gedeckt. Frank stand auf und half Julia, während Timothy mir den Stuhl zurecht rückte. Der Raum war mit nussbaumfarbenen Möbeln ausgestattet, die Decke und Wände mit Nussbaum vertäfelt. An
einer großen Fensterfront hingen schwere blaue Vorhänge, die den Blick in den Garten kaum freigaben. Es war schon dunkel, ich konnte gerade noch den Umriss

eines Baums erkennen. Margret trat mit einer Suppenschüssel ein und stellte diese auf ein Stövchen, während sie und John sich an den Tisch setzten.
„Guten Appetit", sagte sie.
Wir aßen und Timothy erzählte von Erlebnissen in London und was er uns alles zeigen könnte.
„Wir haben unserem Klassenlehrer gestern einen Streich gespielt", begann Frank. „Als er das Klassenzimmer betrat, rüttelten wir auf ein Codewort hin an den Tischen und schrien 'Erdbeben'. Er war erschrocken und sofort verließen wir das Klassenzimmer. Als der Lehrer bemerkte, dass keine andere Klasse folgte, wurden wir angehalten. Im Klassenzimmer nebenan erkundigte er sich nach dem Erdbeben, doch die Klasse lachte schon laut als er zurück kam."
„Und dann?", fragte Julia.
„Wir sollen einen Aufsatz über Erdbeben in San Francisco schreiben."
„Trotzdem spielt ihr euren Lehrern einen Streich?"
„Ihr nicht?"
„Nein. Sonst werden wir von der Schule geworfen."
„Was habt ihr für Lehrer? Verstehen die keinen Spaß?"
Julia schüttelte den Kopf und lachte, während wir alle mit einstimmten.
Nach der Vorspeise verschwanden Margret und John mit den Suppentellern und kamen mit Fleisch, Gemüse, Salat und Kartoffeln wieder. Es schmeckte köstlich. Timothy reichte zum Essen einen deutschen Weißwein aus dem Rheinland.
„Ich liebe deutschen Weißwein", erklärte Timothy. „Aber Rotwein aus Frankreich ist der Beste. Schmeckt dir dieser Wein?"
„Vorzüglich, fruchtig und leicht. Er passt zu diesem Essen."
Bald entfaltete sich eine lebhafte Diskussion über moderne Musikgruppen. Während sich Timothy und ich eher für die Beatles oder Elvis Presley begeisterten, hörten Frank und Julia lieber One Direction, Justin Bieber

oder Hip Hop. Darin waren sie sich einig.
Der Nachtisch wurde aufgetragen, doch ich war bereits satt. Margret hatte unsere Geschmacksnerven mit jedem Gang voll getroffen und zog sich mit John in die Küche zurück.
„Soll ich euch das Haus zeigen?", fragte uns Timothy.
„Ja, gerne. Dann finden wir morgen allein den Weg in den Speisesaal", meinte ich lächelnd.
Timothy führte uns zuerst im Erdgeschoss herum, dann im ersten Stock und in den zweiten Stock mit dem Dach. Hier standen Skulpturen, die er bearbeitete.
„Du hast mir nicht erzählt, dass du als Bildhauer arbeitest", rief ich vor Überraschung aus. Er stellte gerade eine Skulptur aus Speckstein her.
„Ich male und ich stelle auch hin und wieder Skulpturen her. Der Besuch in München hat mich inspiriert, weshalb ich diese hier begonnen habe."
Er führte uns in den Raum nebenan, der etwas abgedunkelt war. Hier waren Bilder aufgestellt. Er hatte mich gemalt. Über das erste Bild musste ich lachen, denn so hatte ich wohl ausgesehen, als der Feuerlöscher meine Kleidung und meine Frisur ruiniert hatte. Das zweite Bild zeigte mich auf der Bank vor der Glyptothek mit einem in die Weite versenkten Blick. Als ich die Bilder genauer betrachtete, entdeckte eine empfindsame Seele, die aufmerksam beobachtete. Er spiegelte seine Umgebung auf künstlerische Art wieder.
„Deine Bilder berühren meine Seele", flüsterte ich sanft.
„Du hast mein Herz berührt, mein Engel. Und das ist das Ergebnis", verkündete er stolz.
Julia stand lange vor dem ersten Bild und Timothy gab die dazu gehörende Geschichte zum Besten. Julia und Frank konnten sich vor Lachen kaum halten. Ich bemerkte einen vertrauten Umgang der Kinder miteinander und ein Stein fiel mir vom Herzen, als Timothy schon in das Erdgeschoss ging. Wir folgten brav. In einem Anbau befand sich ein Schwimmbad mit Fitnessgeräten und einer kleinen Sauna.

„Darf ich schwimmen?", fragte Julia.
„Jederzeit. Frank schwimmt auch regelmäßig."
„Schwimmen dient der Entspannung", war auch meine Ansicht.
„Darf ich auch auf das Laufband?", fragte Julia.
„Wenn du nach den Besichtigungen nicht zu müde bist", erwiderte Frank.
„Niemals", entgegnete Julia und beide lachten.
„Hier geht es zu den Hauswirtschaftsräumen und den Räumen von John und Margret", erklärte Timothy.
„Wir gehen in das große Wohnzimmer", verabschiedete sich Frank mit Julia im Schlepptau. „Und spielen Schach."
Ich sah Julia an, die seit Jahren kein Interesse mehr an Schach gezeigt hatte, die es aber schon als kleines Kind beherrscht hatte. Ich kannte meine Tochter kaum wieder. Kichernd verschwanden die beiden.
„Dann nehmen wir das Kaminzimmer. Darf ich dir ein Glas Wein anbieten?", fragte mich Timothy.
„Gerne."
Ich folgte Timothy in ein kleines Wohnzimmer mit einem L-förmigen Sofa, einem Tisch und einem großen Kamin, in dem schon ein Feuer flackerte.
„Nimm Platz mein Engel", flüsterte Timothy mir zu. Auf dem Tisch standen zwei Rotweingläser und eine dekantierte Karaffe mit Rotwein.
Ich setzte mich auf das Sofa und Timothy kredenzte uns den Wein. Es bewegte mich, seinem Ritual zuzusehen, wie seine schön geformte Hand die Karaffe umfasste und den Wein langsam in die Gläser gleiten ließ.
Timothy konzentrierte sich auf den Wein und vergaß dabei, was um ihn war. Erst als die Gläser eingeschenkt waren, wandte er sich mir wieder zu.
„Sag mir ehrlich, meine Liebe, wie du diesen Wein findest."
Es war ein französischer Rotwein, er hatte ein dunkles Rot und blieb ölig am Glas hängen.
Ich schloss die Augen, nahm einen Schluck und ließ diesen langsam in den Mund gleiten, während ich mich auf

meinen Gaumen konzentrierte. Was ich schmeckte, begeisterte mich. Die fruchtige Note dieses Weins ließ mich eintauchen in die Sonne Frankreichs. Und da wurde mir bewusst, wie Timothy war. Sonnig wie Frankreich und geheimnisvoll wie China. Für mich eine vollendete Kombination.
Timothy sah mir meine Gefühle wohl an, da ich sein Gesicht strahlen sah, als ich meine Augen wieder öffnete.
„Mein Engel, du siehst bezaubernd aus", flüsterte er.
Wir nahmen einen Schluck Wein, als Timothy mein Gesicht streichelte, es sacht zu sich heran zog und mich küsste, zuerst sanft und bald intensiver. Sein Kuss verwandelte meinen Körper in eine Feuersbrunst, die mich vom Kopf bis in die Fußspitzen erfasste.

6.
Was hatte ich in dieser Nacht geträumt, überlegte ich beim Aufstehen. Der Traum in einem neuen Haus würde wahr werden, doch ich konnte mich wie so oft nicht erinnern. Timothy war schon weg und ich zog mich an. Da erinnerte ich mich wieder. Ich hatte von einem Strauß Rosen geträumt mit geschlossenen Blüten. Die Blüten gingen auf und rochen betörend und waren wunderschön anzusehen. Ich sah es als gutes Vorzeichen für meine Beziehung zu Timothy an.
Heute wollten wir London sehen und konnten es vor Spannung kaum erwarten. Als ich das Zimmer verließ, trat Julia aus ihrem Zimmer. Zusammen gingen wir in das Frühstückszimmer, wo Timothy Zeitung las. Ich musste lächeln, denn es entsprach meinen Vorstellungen eines Engländers.
„Guten Morgen, Timothy", sagten Julia und ich wie aus einem Mund, als wir das Zimmer betraten.
Timothy legte die Zeitung beiseite, stand auf und kam mir mit einem Kuss entgegen.
„Guten Morgen, mein Engel. Ich hoffe, du hast gut

geschlafen?"
„Ja, Timothy, himmlisch."
Zuvorkommend schob er Julia und mir den Stuhl zurecht. Wir setzten uns neben ihn, als Frank erschien und uns höflich begrüßte.
„Der Kaffee duftet schon herrlich", wandte ich mich an Timothy.
„Wohin gehen wir heute?", fragte Julia.
Ich schaute Timothy an und er lächelte.
„Ich dachte, wir sehen uns zuerst die Westminster Abbey an, dann gehen wir zur Wachablösung an den Buckingham Palace, danach zur Tower Bridge und dem Parlament. Morgen besichtigen wir Trafalgar Square und Madame Tussauds. Ich habe für uns alle London-Tickets besorgt. Damit habt ihr freien Eintritt in die meisten Attraktionen und wir müssen nicht anstehen. Seid ihr mit meinen Vorschlägen einverstanden?"
„Oh ja", sagten wir im Duett.
„Und wir besuchen heute Abend die Oper."
Ich strahlte.
„Was wird gespielt?"
„La Traviata von Verdi", erwiderte Timothy.
„Meine Lieblingsoper, Timothy. Woher weißt du das?"
„Das habe ich geraten, mein Engel."
Das Wetter war noch diesig, als wir ins Auto stiegen, bahnten sich die ersten Sonnenstrahlen ihren Weg.
„In der Stadtmitte wird es noch etwas dauern, bis die Sonne kommt", meinte Frank und setzte sich in den hinteren Bereich, während mir Timothy die Beifahrertüre öffnete, damit ich einsteigen konnte. In der City fuhr Timothy in ein Parkhaus.
Nach der beeindruckenden Fassade der Westminster Abbey besichtigten wir das Längs- und Querschiff mit den verschiedenen Gräbern von Königen und berühmten Personen der englischen Geschichte. An der Chorschranke fand das Grabmal von Isaac Newton mein Interesse. Als wir die Königsgräber von Maria Stuart und Königin Elisabeth I. besichtigten, entbrannte eine

Diskussion über die Auseinandersetzung der beiden Frauen. Timothy erzählte, dass Maria Stuart und Königin Elisabeth, anders als im Theaterstück von Schiller, niemals aufeinander gestoßen waren.

Meine Schritte hallten auf dem Boden wieder und ich sah zur Empore hinauf, die sich in hohen Streben vor mir auftürmte. Mit Timothy an meiner Seite war es warm in diesem alten Gewölbe.

Als wir die Abbey verließen, waren die Kinder froh, die muffigen alten Mauern zu verlassen und wieder in die Novembersonne zu treten. Timothy fuhr uns zum Buckingham Palace und ließ uns aussteigen.

„Leider kann ich hier in der Nähe nicht parken. Ich hole euch hier um halb eins wieder ab. Findet ihr zurück?"

„Natürlich."

Julia, Frank und ich gingen zum Buckingham Palace, wo sich schon eine große Menschenmenge versammelt hatte. Wir nutzten die Wartezeit, um die Wachen zu fotografieren und waren rechtzeitig zur berühmten Wachablösung zur Stelle. Die Männer in ihren Paradeuniformen mit roten Jacketts und prächtigen Bärenfellmützen traten vor und vollführten unter Begleitung einer Kapelle ein Spektakel, das wie ein Tanz einstudiert war. Nach der Zeremonie stob die Menschenmenge auseinander. Die noch verbliebene Zeit nutzten wir, um den Palast von allen Seiten zu fotografieren.

Als uns Timothy abholte, fuhr er uns an einen Parkplatz unweit der Westminster Bridge, damit wir den Big Ben und das Parlament fotografieren konnten. An der Themse entlang ging es zur Tower Bridge, wo wir pflichtgemäß unsere Aufnahmen für das Fotoalbum machten.

Sanft nahm Timothy meine Hand, und zeigte mir seine Stadt. Ich war ein Mädchen aus der Provinz und liebte das Leben in der Provinz. Timothy gab sich große Mühe, dass ich mich in der Weltstadt London wohlfühlte.

7.
Ich war froh, dass ich vorausschauend mein türkisfarbenes Cocktailkleid eingepackt hatte, das ich nun tragen konnte. Als ich das Treppenhaus in meinen Highheels hinunter schritt, wartete Timothy schon in einem dunklen Anzug mit roter Weste und einer dazu passenden roten Krawatte. Seine langen Haare hatte er zusammen gebunden und gaben ihm das verwegene Aussehen eines Piraten. Er wirkte unbestritten äußerst anziehend auf mich und als ich näher trat, betörte sein herbes Aftershave meine Sinne.
„Du siehst entzückend aus, mein Engel", begrüßte er mich mit einem Lächeln, nahm meine Hand und hauchte einen Handkuss darauf. Schüchtern sah ich ihn an und errötete, als Frank aus dem Wohnzimmer trat.
„Donnerwetter, ihr seid ein schönes Paar", sagte er, als er an uns vorbei ging und die Treppe nach oben rannte. Julia kam ihm entgegen.
„Wo willst du hin?", fragte er sie.
„Ich möchte schwimmen gehen."
„Wenn du einen Moment wartest, begleite ich dich."
„Gern."
Timothy trat zu mir.
„Siehst du mein Engel, jeder bewundert dich."

Covent Garden hatte ein eigenes Parkhaus, das Timothy ansteuerte. Ich war aufgeregt, denn noch nie war ich in einer Metropole wie London in die Oper gegangen.
Gespannt folgte ich Timothy in den Eingangsbereich, als uns eine Frau mittleren Alters entgegenkam und ihn auf französische Art begrüßte.
„Timothy, wie schön dich zu sehen."
„Charlotte, welch eine Überraschung."
Die Frau trug ein schwarzes Cocktailkleid mit Paillettenbesatz, Highheels und hatte blonde schulterlange Haare. Timothy wandte sich mir zu.
„Darf ich dir Charlotte Gregg vorstellen", und dieser Frau zugewandt „darf ich dir meine Begleitung Olivia Heart

vorstellen." Artig wollte ich ihr die Hand geben, doch Charlotte umarmte mich sofort herzlich.

„Nice to meet you", wisperte ich leise, dass es kaum zu hören war.

„Charlotte und ihr Mann sind meine Manager. Sie organisieren meine Ausstellungen und verkaufen meine Bilder", teilte mir Timothy mit.

Charlotte wandte sich an Timothy.

„Kannst du uns ein Glas Champagner besorgen?", fragte sie ihn.

„Gerne", erwiderte er und begab sich an die Bar, wo sich schon eine Schlange bildete, hinter die er sich anstellte.

„Ich darf dich doch Olivia nennen?", fragte sie mich im vertrauten Ton und ich nickte.

„Erzähl doch etwas von dir. Woher kommst du?"

„Iiiich kkkomme aus einem verschlafenen Ort in Süddeutschland, am Bodensee", stotterte ich. Was würde sie von mir denken? Ich lief rot an und Charlotte bemerkte es und schmunzelte. Bleib ruhig, sagte ich mir.

„Keine Angst, Olivia. Ich beiße nicht."

Mitfühlend drückte sie meine Hand. Ich atmete tief durch und konzentrierte mich.

„Und wie hast du Timothy kennengelernt?"

„Über das Internet. Nein, keine Partnerbörse. Es war zufällig. Ich habe dem falschen Mann eine Freundschaftsanfrage gesandt und bemerkte das erst später. Aber da chatteten wir schon miteinander."

„Das ist ungewöhnlich. Da hat sich das Schicksal viel Mühe gegeben, zwei Menschen zusammenzuführen. Darf ich fragen, was du beruflich machst?"

„Ich arbeite bei einem Anwalt."

„Du bist Anwältin?"

„Nein, Sekretärin."

Timothy balancierte auf einem Tablett vier Gläser, eine Flasche Champagner und etwas Fingerfood und rettete mich vor der weiteren Befragung.

„Hast du deine Neugier befriedigen können, Charlotte?", fragte Timothy direkt.

„Himmel, Timothy, natürlich. Olivia ist bezaubernd."
Wir tranken den Champagner, als ein hochgewachsener Mann mit dunklen Haaren zu uns stieß.
„Das ist mein Mann David Gregg", stellte sie ihn mir vor.
„Die Begleitung von Timothy heißt Olivia Heart und kommt aus Deutschland."
„Freut mich, Sie kennenzulernen."
„Hier, dein Glas Champagner." Timothy gab ihm ein Glas.
„Wie hast du es geschafft, Timothy in die Oper zu zerren?", fragte mich Charlotte.
„Ich mag Opern von Verdi und Mozart", meinte ich schüchtern. Charlotte war neugierig und ich wusste im Moment nicht, wie ich darauf reagieren sollte.
„Du liebst die Oper? Läuft da etwas zwischen Timothy und dir?" Sie sah von ihm zu mir und lächelte. „Natürlich, das hätte ich sehen sollen", flüsterte sie und ich bemerkte, wie sich mein Kopf langsam erhitzte.
„Nicht verlegen werden, werte Lady", meinte David Gregg zu mir gewandt. „Charlotte ist manchmal etwas vorlaut, doch ansonsten reizend."
„Du bist ein Untier", boxte sie ihn scherzend und wir fielen in ihr Lachen ein.
„Sehen wir nach unseren Plätzen?", fragte mich Charlotte und zog mich mit sich.
„Entschuldige, Olivia, ich wollte nicht unhöflich sein und dich auch nicht überfallen. Aber ich glaube, du hast den begehrtesten Junggesellen von London gezähmt. Und dazu gehört schon etwas."
Ich war verlegen, doch Charlotte zerrte mich bereits eine Stufe nach oben. Timothy und David folgten uns. Die meisten Besucher hatten schon Platz genommen und es waren nur noch wenige Opernbesucher unterwegs. Ein älterer Mann und eine junge Frau überholten uns im schnellen Laufschritt auf der Treppe. Plötzlich blieb der Mann stehen und drehte sich um.
„Timothy, welche Überraschung dich hier zu sehen", sagte er mit überlauter Stimme. Er war groß und massig mit hängenden Wangen, auf der eine runde Hornbrille seine

asiatischen Augen vergrößerte. Er trug einen dunklen Businessanzug mit grauer Weste und grauer Krawatte. Dicke Ringe funkelten an seinen Fingern. Dieser etwa siebzigjährige Mann wirkte ebenso wie seine wesentlich jüngere Begleitung protzig auf mich.
„Darf ich dir Olivia Heart sowie David und Charlotte Gregg vorstellen", sagte Timothy zu dem Mann gewandt.
„Das ist mein Onkel Oliver Sun und seine Tochter Katie Sun", stellte er mir die beiden vor als es das letzte Mal läutete, eine deutliche Aufforderung, nun endlich unsere Loge aufzusuchen.
„Enchanté Madame. Es ist mir eine Ehre, eine bezaubernde Lady kennenzulernen", begrüßte er mich galant mit einem Handkuss.
„Wir sehen uns in der Pause", raunte er Timothy zu und verschwand mit Katie in der Loge neben uns. Katie trug ein sichtbar teures Cocktailkleid in dunkelblau. Glitzernde Ohrgehänge sowie eine protzige Halskette stellten ihren Reichtum zur Schau.
Charlotte und David saßen in derselben Loge im Donald Gordon Grand Tier und so gingen wir zusammen hinein. Timothy rückte mir artig den Stuhl zurecht und setzte sich neben mich. Er lächelte mich an, was ich verlegen erwiderte.
„Kennst du die Geschichte von La Traviata?"
„Ich habe die Kameliendame gelesen."
Ich lächelte ihn an und flüsterte.
„Ich auch. Liest du gerne?"
„Ja."
Die Musiker kamen herein und das Publikum applaudierte. Sie setzten sich und stimmten kurz ihre Instrumente, bevor sie mit der Ouvertüre begannen.
Es war immer wieder eine bewegende Vorstellung, wie sich die Kurtisane Violetta Válery in Alfredo Germont verliebt. Aus Liebe gibt sie alles für ihn auf, bis der Vater kommt und sie auffordert, diese Liaison zu beenden. Wissend, dass sie an Tuberkulose sterben wird, willigt Violetta ein und verlässt ihren Geliebten, um in ihr altes

Leben als Kurtisane zurückzukehren.

In der Pause vertraten wir uns die Beine und Timothy wollte für uns gerade Champagner besorgen, als sein Onkel hinzu trat.
„Eine Flasche Champagner, aber schnell", bestellte Oliver Sun bei einem Kellner. Er wollte sich gerade an einen reservierten Tisch setzen, als ein Gast von einem anderen Gast angerempelt wurde, und der Sekt dieses Mannes auf dem Anzug von Oliver landete.
„Sie Idiot, können Sie nicht aufpassen. Dummer Tolpatsch. Sie haben meinen Anzug ruiniert", schrie er ihn an.
„Entschuldigung, kann ich Ihnen behilflich sein?" fragte dieser höflich.
„Wie sehe ich jetzt aus? Mein Jackett ist verspritzt."
„Das kann man doch sicher reinigen", meinte der Mann.
„Nur weil so ein hirnloser Trottel mich anrempelt."
„Ihr Ton ist etwas daneben, Sir." Der Mann verneigte sich höflich, drehte sich um und ging.
Oliver setzte sich an einen für ihn reservierten Tisch.
„Setzt euch zu mir", forderte er Timothy und mich auf und wir setzten uns. Es dauerte lange, bis der Kellner mit dem Champagner erschien. Derweil redete Oliver.
„Ich freue mich, dich wiederzusehen und zudem noch in Begleitung so einer attraktiven Lady, Timothy."
„Warum bist du heute hier Onkel?"
„Ich begleite Katie. Eine nette Vorstellung."
Wir hatten lange warten müssen, da der Kellner einige Gäste vor uns bedient hatte. Augenblicklich schien die gute Laune Olivers umzuschlagen. Er lief rot an und brüllte den Mann an.
„Du fauler Sack, wann bewegst du endlich deinen Arsch, um uns zu bedienen? Ich werde mich über dich beschweren, dann verlierst du deinen Job. Wenn ich sage schnell, dann solltest du sofort kommen und nicht erst andere Gäste bedienen."
Der Kellner ließ sich nicht irritieren und schenkte uns höflich ein. Timothy und ich wechselten einen vorsichtigen

Blick, sagten aber nichts.
Charlotte und David standen unweit von uns und tranken ein Glas Champagner und sahen ebenso entsetzt aus. Sein Onkel hatte sie übersehen und nicht eingeladen.
Wir stießen an und tranken. Ich sagte kein Wort, da ja Oliver ununterbrochen redete. Ein Gespräch wollte nicht in Gang kommen, da Oliver in seinem Monolog über die Inszenierung nicht mehr zu stoppen war. Die Glocke läutete schon zum zweiten Mal und erinnerte uns daran, dass die Pause bald zu Ende war. Wir standen auf und Timothy wechselte gerade mit Katie einige Worte, als sich mir Oliver mit seinem massigen Körper in den Weg stellte.
„Lass die Finger von Timothy. Er ist eine Nummer zu groß für dich", raunte mir Oliver zu, während er laut sagte:
„Ich habe mich gefreut, Sie kennenzulernen, Madam."
Und zu Timothy gewandt.
„Wir sehen uns wieder."
Wir verabschiedeten uns voneinander und jeder steuerte nach der Pause seine Loge an. Ich war froh, mich dieses unangenehmen Zeitgenossen zu entledigen.
Die Musik nahm mich wieder gefangen und wir sahen, wie Alfredo kurz vor ihrem Tod die schöne Violetta in seinen Armen auffing.
Als die Musik endete, kullerten meine Tränen. Timothy bemerkte es, nahm meine Hand und drückte sie sanft. Ich spürte eine Welle der Zuneigung. Das Publikum applaudierte und auch wir stimmten begeistert mit ein. Erleichtert stellte ich fest, dass sein unangenehmer Onkel Oliver Sun seine Loge bereits verlassen hatte und uns nicht noch einmal über den Weg laufen würde.

„Bist du müde?", fragte mich Timothy, als wir in seinem Haus ankamen.
„Ja und nein. Ich bin müde, aber viel zu aufgeregt, um zu schlafen", meinte ich und Timothy lächelte.
„Geht mir ebenso. Sollen wir im Wohnzimmer noch einen Schluck Wein trinken?"
„Gerne."

Der Wein stand schon bereit, ein Feuer brannte im Kamin und Timothy schenkte ein.
„Santé", sagte ich auf französisch und sein Gesicht erhellte sich.
„Santé, mon amour", antwortete er.
Wir tranken wieder diesen wundervollen fruchtigen Rotwein, dessen Abgang mich ins Träumen geraten ließ.
„Ich wusste nicht, dass Oper so nahe geht", begann er. „Ich danke dir dafür, dass ich dies erleben durfte."
Er nahm meine Hände und drückte einen sanften Kuss darauf. Ich war sprachlos und sah ihn nur an.
„Seit ich dich kenne, hat sich mein Leben verändert. Wie du weißt, war ich sehr traurig nach dem Tod meiner Frau. Sie war so lebenslustig und wir hatten viele Freunde und Gäste die uns besuchten. Nach ihrem Tod vereinsamte ich immer mehr. Ich fühlte mich allein. Mein Sohn hielt mich noch am Leben. Das ist alles was dir noch bleibt, wenn dein Herz um vier Uhr morgens ein dunkler Fleck ist und du das Gewicht der Welt auf deinen Schultern trägst. Niemand kann dem Leid des Lebens entgehen. Nur in meiner Kunst fand ich den Ausgleich. Und nun hast du mich ins Leben zurückgerufen."
Ich war sprachlos und den Tränen nahe, als er mir sein Herz gleichsam vor die Füße legte.
„Je t'aime mon amour", flüsterte er mir ins Ohr und küsste mich leidenschaftlich. Wir liebten uns vor dem Kamin und gingen spät in der Nacht in das Schlafzimmer, wo ich in seinen Armen einschlief.

8.
Ich erwachte, als ein Sonnenstrahl meine Nase kitzelte und schlug die Augen auf. Timothy stand vor mir.
„Guten Morgen mein Engel", flüsterte er. Ich drehte mich um und lächelte.
„Ich habe dir Frühstück gebracht."
Er stellte ein Tablett auf das Bett mit einer Tasse Kaffee

und Brötchen sowie etwas Käse. Es duftete herrlich und ich trank zuerst den Milchkaffee. Timothy sah mir zu, was mich irritierte. Er war schon angezogen, trug schwarze Jeans mit T-Shirt und einer anthrazitfarbene Jacke, dazu einen roten Schal. Mir fiel auf, wie modebewusst er sich kleidete. Ich nahm ein Brötchen, legte eine Scheibe Käse darauf und biss genussvoll hinein.

Nachdem ich gefrühstückt und mich angezogen hatte, übergab uns Margret Lunchpakete und wir brachen zu unser neuen Besichtigungstour auf. Unser Ziel war an diesem Tag Madame Tussauds.

„Stimmt es, dass du gerne One Direction hörst?", fragte Timothy Julia. Julia nickte.

„Morgen geben sie ein Konzert in London und ich habe zwei Karten besorgt. Frank wird dich begleiten."

„Ein Konzert mit One Direction?" Sie kreischte vor Begeisterung und ich hielt mir die Ohren zu. Eine größere Freude hätte er Julia nicht machen können.

„Die Karte bezahle aber ich", teilte ich Timothy mit.

„Mach mir die Freude und nimm es an, mein Engel."

„Nein, es ist zu viel Timothy. Wie viel hast du für die Karte bezahlt?"

Er nannte mir den Preis und ich übergab ihm das Geld. Er hatte mich schon in die Oper eingeladen, aber dieses Konzert war zu viel. Ich war zufrieden, denn damit hatten wir unsere erste Meinungsverschiedenheit gut gemeistert.

Natürlich wollte sie bei Madame Tussauds vor allem ihr Idol Harry Styles sehen, den sie bestimmt zwanzigmal fotografierte. Sie war so begeistert, dass wir uns den ganzen Tag Geschichten und Lieder ihrer Lieblingsband anhören mussten.

Nachdem uns Timothy noch zum Trafalgar Square gefahren hatte, setzten wir uns in Starbucks und tranken einen Kaffee, bevor es am späten Nachmittag zurück zu Timothys Haus ging.

„Wir essen um sieben", teilte Timothy mit. Julia wollte schwimmen gehen und wir setzten uns im Wohnzimmer vor den Kamin. Es war noch hell, ich öffnete die Tür und ging in den Garten. Timothy folgte mir. Ein Weg führte zu einem Brunnen und schmiedeeiserne Bänke luden zum Verweilen ein.

„Mitten in London ist es hier ruhig."

„Ich brauche diese Ruhe um zu arbeiten."

„Es ist schön hier."

Ich zog die kühle Luft in meine Nase und sah die Sonne als blutroten Ball untergehen. Als ich zu frösteln begann, legte Timothy seine Arme um mich. Er aktivierte zwei Wärmestrahler, die neben der Bank aufgebaut waren. Ich bemerkte, dass sie von Sonnenkollektoren gespeist waren, was meine Zustimmung fand.

„Soll ich dir eine Decke holen oder willst du ins Haus?"

„Eine Decke wäre schön. Ich würde gerne noch ein wenig die Natur und den Sonnenuntergang genießen."

Langsam verschwand die Sonne hinter den Bäumen, während Timothy in das Haus schritt und mit zwei Decken wiederkehrte. Er legte sie mir um und setzte sich neben mich, legte seinen Arm um mich und ich schmiegte mich an ihn. Lange schwiegen wir, denn ich wollte jeden Augenblick auskosten.

„Ich danke dir, mein Engel, dass du gekommen bist und mein Leben bereichert hast. Ich dachte schon, dass ich den Rest meines Lebens einsam bleiben würde."

„Du bist ein begnadeter Künstler, Timothy. Reicht das nicht?"

„Beziehungen gehören zum Leben."

„Und die Beziehung zu deiner Familie?"

„Meine Familie ist in der ganzen Welt verstreut."

„Und dein Onkel?"

„Oliver? Ich gehe ihm aus dem Weg, wenn ich kann. Du hast ihn ja kennengelernt und verstehst sicher weshalb."

Ich lächelte, wir waren uns einig.

„Ist der Rest deiner Familie wie er?"

„Nicht ganz mein Engel. Mein Vater lernte meine Mutter in Amerika kennen und lieben. Ein Jahr später heirateten sie und kauften das Weingut im Bordeaux, wo sie heute zusammen mit meinen zwei älteren Brüdern leben und

arbeiten. Mein Vater ist Chinese und stammt aus Hongkong, weshalb ich dreisprachig aufwuchs. Meine Mutter sprach englisch, mein Vater mandarin und meine Umgebung französisch."
„Du sprichst diese drei Sprachen?"
„Das ist das Erbe meiner Eltern. Als bei mir mit acht Jahren Blutkrebs diagnostiziert wurde, wich meine Mutter nicht von meiner Seite. Es waren schwere Jahre, denn ich erlebte, wie viele meiner Freunde starben. Von einem Tag auf dem anderen fehlte einer meiner Freunde. Ich hatte Angst, dass auch ich sterben würde. Dies sind meine Dämonen, die mich verfolgen. Die Angst vor dem Tod hat mein Leben gezeichnet. Deshalb will ich auch wissen, wohin wir gehen, wenn wir sterben."
Ich sah ihn an.
„Keiner weiß was wird. Es bleibt nur der Glaube."
„Woran?"
„Ich wurde christlich erzogen und glaube an christliche Werte. Darüber hinaus habe ich mich jedoch immer wieder gefragt, woher unser Geist kommt und wohin unser Geist geht, wenn wir sterben. Und nach vielen Diskussionen und viel Lektüre habe ich mich dafür entschieden, an die Wiedergeburt zu glauben. Es macht Sinn, mehrere Leben haben, denn unser Leben ist viel zu kurz, um alle Aufgaben erfüllen zu können, die uns gestellt werden. Und mit jedem Leben entwickeln wir uns weiter."
„Und wie soll ich mich weiter entwickeln?"
„Das ist bei jedem Menschen verschieden, Timothy. Ich glaube, jeder hat eine gewisse Lebensaufgabe erhalten, die er zu bewältigen hat."
„Und wie finden wir dies heraus?"
„Du weißt es tief in dir."
„Ich wünschte, meine Ängste würden auch verschwinden."
„Ist dir klar, woher deine Ängste kommen?"
„Ja, ich habe Angst vor dem Tod und habe darüber das Leben vergessen."
„Leben ist jetzt. Früher habe ich von der Zukunft geträumt, mir ausgemalt, wie alles werden würde und dabei die

Gegenwart vergessen. Jetzt sehe ich das Schöne, wo immer ich es finde. Ob in einer schönen Blume, ob in einem Sonnenuntergang oder in der Kunst. Lebe den Augenblick. Das hat mir meine Tochter beigebracht."
„Deine Tochter? Sie ist vierzehn!"
„Warum sollte ein Teenager nicht auch Erkenntnisse haben? Wie ist deine Beziehung zu Frank?"
„Er ist die Woche über in der Schule und lernt. Er hat seine Freunde und seine Hobbys. Und ich habe John und Margret, die mir bei Franks Erziehung helfen. Frank ist ein kreativer Kopf, der geistige Herausforderungen sucht und ständig Neues benötigt. Er will alles wissen, seine Umwelt erforschen und erfassen und will Zusammenhänge erkennen. Er liebt neue Aufgaben, Reisen, Sport und Spiele und ist äußerst kontaktfreudig und im Umgang mit seinen Freunden witzig und geistreich. Kein einfaches Kind für einen Mann wie ich, der sich gerne in seinem Atelier einschließt, um allein zu sein. Dann fühle ich mich ausgeschlossen und verlassen von der Welt. Das sind die Augenblicke, in denen meine Dämonen mich überwältigen und ich niemandem begegnen will."
„Ich weiß, wie schwer es ist, sich für das Leben zu entscheiden, wenn es uns zu entgleiten droht."
„Leben ist nicht immer einfach."
Timothy seufzte. Er sah mir in die Augen.
„Du hast so viel Energie mein Engel. Ganz anders als ich."
Ich lächelte, nahm seine Hand und fuhr zärtlich über seinen Handrücken. Wir verstanden uns. Ich fröstelte.
„Wollen wir hinein gehen?"
„Ja."
Hand in Hand gingen wir ins Wohnzimmer und setzten uns vor den Kamin. Timothy legte eine CD mit französischen Chansons auf, die mich an meinen Französisch-Unterricht in der Schule erinnerten. Jacques Brel faszinierte mich damals wie heute.
„Willst du dich vor dem Dinner noch frisch machen?"
„Ja, gerne. Was soll ich anziehen?"
„Du siehst in allem bezaubernd aus mein Engel."

Ich gab ihm einen Kuss und ging nach oben, um zu baden und mich anzuziehen. Zum schwarzen Minirock wählte ich dieses Mal eine andere Bluse und einige Ketten, damit ich wieder adrett beim Dinner erschien.

9.
Es war noch dunkel als ich erwachte und Timothy schlief friedlich neben mir. Ich stand auf und sah zum Fenster hinaus. Es waren noch einige Sterne zu sehen und ich sandte einen stummen Gruß hinauf zu den Sternen. Unbemerkt hatte sich Timothy hinter mich geschlichen und berührte mich zärtlich. Ich lehnte mich wortlos an ihn.
„Du bringst so viel Glück in mein Leben und so viel Liebe in mein Herz. Und mit jedem Moment wächst meine Liebe und wird stärker und tiefer. Mir war nicht klar, dass ich je wieder so glücklich sein könnte wie mit dir, mein Engel."
„Auch ich hatte nie wieder mit der Liebe gerechnet und bin von meinen Gefühlen für dich überrascht worden. Das Schicksal hat zwei einsame Seelen zusammengeführt. Doch ich habe mehr Fragen als Antworten."
„Dann frage mein Engel, ich werde antworten."
„Du bist so wohlhabend Timothy, was mir Respekt einflößt."
„Es ist nichts, das uns trennen muss. Was mein ist, ist dein."
„Wenn alles so einfach wäre", meinte ich, doch Timothy nahm mich in den Arm und küsste mich zärtlich. In einem Gefühl der Liebe schmolz ich dahin.

Nachdem ich gebadet hatte, traf ich im Frühstückszimmer ein, wo Timothy ganz allein saß und Zeitung las.
„Frank ist schon in der Schule", teilte er mir mit und goss mir Kaffee ein.
„Das Konzert beginnt um sechs Uhr, dann kann John die Kinder um fünf Uhr in die Albert Hall fahren."
„Dann sollten wir am Nachmittag zurück sein. Julia will

sich sicher noch umziehen."
„Was willst du sehen, mein Engel?", hakte er nach.
„Ich will in den Tower."

Mit Timothy an meiner Seite reihten wir uns in die Schlange zum Tower ein. Mit unserem London-Ticket kamen wir schnell hindurch und erkundeten die Ringmauer entlang der Themse, um Erinnerungsfotos zu machen, als einige Wachen vorbei kamen. Wir bewunderten ihre farbenfrohe Uniform und die ungewöhnlichen Hüte.
„Die sehen aber komisch aus", meinte Julia. Timothy und ich lachten.
„Ja, wie Gestalten aus einer anderen Welt mit den Halskrausen."
„Das war zur Zeit Elisabeths I. modern."
„Da bin ich aber froh, dass wir sie heute nicht mehr tragen."
Wir lachten und gingen weiter in das Innere des Gebäudes, wo Wachen in anderen Uniformen vor den Kronjuwelen standen.
„Mami, was heißt denn E II R?" fragte mich Julia.
„Es steht für Elisabeth II. R heißt Regina und bedeutet Königin."
Diese wertvolle Sammlung von Juwelen hatte es Julia und mir angetan. Sie glitzerten in den Vitrinen und ich stellte mir vor, wie Juwelen wohl an mir aussehen würden. War ich mit 41 Jahren nicht schon zu alt für Juwelen? Ich holte mich selbst in die Wirklichkeit zurück, denn dies würde nur ein Traum bleiben.
Julia war an diesem Tag viel zu aufgeregt und spielte uns ständig Lieder ihrer Lieblingsband vor und erzählte Geschichten ihrer Idole.
Noch einmal jung sein, dachte ich. Aber nein, die Zerrissenheit eines Teenagers wollte ich nicht noch einmal erleben. Es war gut so wie es war.
Deshalb waren wir am frühen Nachmittag schon wieder zurück. Julia zog sich in ihr Zimmer zurück, während ich

zusammen mit Timothy ins Schwimmbad ging. Es war nicht einfach, doch ich konnte Timothy das Vertrauen zum Wasser geben und so machte er einige Schwimmversuche unter meiner Leitung. Wir hatten viel Spaß zusammen und als wir das Schwimmbad verließen, kamen uns Julia und Frank entgegen. Lachend verabschiedeten sich die Kinder.

Nachdem John zurückkehrte, servierte Margret das Dinner. Danach setzte sich Timothy mit mir in das Wohnzimmer und kredenzte uns ein Glas Wein.

„Ich habe etwas auf dem Herzen Liebster, was ich dir seit meiner Rückkehr von München erzählten wollte", begann ich. Timothy sagte nichts und drückte statt dessen meine Hand.

„Ich habe sechs Jahre für Anwälte gearbeitet, die nur sich selbst kannten. Sie fühlten sich verletzt, wenn man ihre Anweisungen nicht genau befolgte und führten sich als Tyrannen auf. Dabei verletzten sie ihre Angestellten psychisch, indem sie ihnen den Respekt versagten. Eine Kollegin wurde psychisch krank, weil sie ständig ausgegrenzt wurde, und ich setzte mich mehr als einmal für sie ein. Sie duldeten keinen Widerspruch, weil sie dadurch ihre Autorität untergraben fühlten. In den sechs Jahren sah ich viele Mitarbeiterinnen und Mitarbeiter kommen und gehen, was meiner Meinung nach schon nicht für diese Kanzlei spricht. Und nicht wenige davon wurden hinaus gemobbt. Ich habe mich gewehrt, zu sehr für meine Kollegin eingesetzt. Deshalb war ich nicht überrascht, als ich an dem Montag nach unserem Treffen in München die Kündigung erhielt."

„Du hast deine Arbeit verloren?"

„Ja."

„Wie geht es dir?"

„Zunächst wollte ich in Angst versinken, doch dann beschloss ich, gegen sie vorzugehen. Ich habe geklagt, wurde von meiner Arbeit freigestellt und erhalte das nächste halbe Jahr noch meinen Lohn. So lange habe ich Zeit, eine neue Arbeit zu finden."

„Wie wäre es, wenn du und Julia zu mir nach London zieht?"
„Ich will nicht von einer Abhängigkeit in die nächste geraten."
„Du bist nicht von mir abhängig mein Engel. Du hast alle Freiheiten."
„Ich meine finanziell, Timothy. Ich bin eine selbständige Frau und verdiene meinen Unterhalt mit meiner Arbeit."
„Ich könnte dir helfen, eine Arbeit hier in London zu finden. Im Haus ist genug Platz für dich und Julia. Und ich würde mich freuen, wenn du Teil meines Lebens werden würdest."
„Ich werde es mir überlegen."
Ich hatte mich in Timothy verliebt. Aber so schnell ein gemeinsames Leben mit ihm zu beginnen?
Die Tür wurde aufgerissen und die Kinder erschienen, Frank in einer leicht zerknitterten Jacke und zur Seite geneigten Kopf und Julia in ihrer löchrigen Jeans mit T-Shirt.
„Mami, ich habe Harry Styles getroffen", sprudelte es aus Julia heraus, als sie ins Zimmer trat, und Frank grinste über beide Ohren.
„Wir waren kurz Backstage", meinte er lässig. Es hörte sich cool an, als wenn er das täglich machen würde.
„Er hat mir meine Hand geschüttelt. Ich werde sie nie wieder waschen!" Ihr Enthusiasmus war ansteckend. Typisch Teenager.
„Am Mittwochnachmittag habe ich Polo-Training und Julia will mitkommen. Darf sie das?"
Ich sah Frank an. Die beiden hatten sich anscheinend angefreundet. Doch mir war bekannt, dass Polo kein ungefährlicher Sport war. Unsicher sah ich zu Timothy.
„Frank wird auf Julia aufpassen, nicht wahr?"
„Selbstverständlich. Sie wird nur das machen, was sie kann. Sie hat mir erzählt, dass sie eine gute Reiterin ist."
„Ja, das stimmt. Und sie sprach davon, einmal Polo auszuprobieren. Also schön, Frank, ich vertraue darauf, dass Julia nichts passiert. Es ist ein Training und kein

Turnier, weshalb ich davon ausgehe, dass du ihr erst einmal zeigst, wie es geht, sie ein wenig ausprobieren kann."
„Ja."
„Kann ich zusehen?"
„Nein", sagten beide Kinder aus einem Mund und ich sah zu Timothy.
„Ich erlaube es. Sieh aber zu, dass du in einem Stück wieder kommst. Ach ja, und wie steht es mit Reitsachen? Die haben wir nicht dabei."
„Die besorge ich ihr", sagte Timothy.
„Nein Timothy, das ist meine Sache und das werden Julia und ich morgen machen." Timothy lächelte verschmitzt.

10.
An diesem Tag sollten wir London selbst entdecken, da Timothy eine Besprechung mit Charlotte und David Gregg hatte. John fuhr uns in die Innenstadt.
Die Stadtrundfahrt mit einem der Doppeldeckerbusse vermittelte uns über einen Audioguide interessante Informationen und ließ das, was uns Timothy gezeigt hatte, nochmals an uns vorüber ziehen. Voller neuer Eindrücke beschlossen Julia und ich, mit der U-Bahn in die Oxford Street zum Einkaufsbummel zu fahren. Hier reihten sich viele verschiedene Geschäfte aneinander. Julia war ganz in ihrem Element und zog mich stundenlang von Geschäft zu Geschäft. Ihre Oma hatte sie mit Taschengeld versorgt, die sie in neue Kleidung investierte.
Wir waren nicht die einzigen, die zum Shopping unterwegs waren. Massen hatten sich an diesem Herbsttag auf den Weg gemacht und wir mussten oftmals in Schlangen anstehen. Die Engländer waren hierbei äußerst diszipliniert, ganz anders als in Deutschland.
Julia probierte gerade einige Hosen an und entschied sich für zwei schwarze Jeans. Auch ich hatte ein pinkfarbenes

Cocktailkleid entdeckt und probierte es an.
„Mami, du siehst umwerfend darin aus. Da wird Timothy staunen, wenn du das trägst."
„Danke Liebes. Deine Jeans passen?"
„Wie du siehst."
Hautenge Jeans brachten ihre schlanke Figur gut zur Geltung. Sie suchte sich noch ein Sweatshirt mit einem Aufdruck University of London in dunkelrot aus.
In einem kleinen Laden fanden wir einige Souvenirs für ihre Freundinnen und für meine Eltern. Julia entschied sich für Schlüsselanhänger, bestehend aus einer roten Telefonzelle und einige Freundschaftsarmbändchen.
Dann benötigten wir noch die Reitsachen. Leider erwies sich dieses Unternehmen als nicht durchführbar. Wir fragten in verschiedenen Geschäften nach, doch keiner konnte uns einen Laden nennen. So kehrten wir unverrichteter Dinge wieder zurück.

John holte uns müde am verabredeten Treffpunkt ab und brachte uns zurück zum Haus. Timothy fuhr nur wenige Sekunden nach uns in den Hof und küsste mich beim Eintreffen innig.
„Ich habe dich vermisst", begrüßte ich ihn und wir betraten zusammen das Haus.
„Ich soll arbeiten, sagt Charlotte."
„Machst du nichts?"
„Wenig. Ich brauchte eine künstlerische Pause. Doch gestern und heute morgen habe ich ein Bild fertig gestellt und Charlotte war begeistert. Ich sollte mehr Bilder malen."
„Dann werde ich dich nicht abhalten, Timothy. Wir können uns London auch alleine ansehen. Deine Arbeit geht vor."
Timothy legte seinen Mantel ab, ich ebenso und John nahm sie und hängte sie an die Garderobe, während Timothy und ich die Treppe nach oben schritten.
„Danke, mein Engel, doch meine Arbeit hängt von meiner emotionalen Stabilität ab und die ist gut, wenn du da bist und ich will jede Sekunde mit dir auskosten, das Leben

genießen, wie du es sagtest."
Er küsste mich nochmals.
„Ich gehe für eine Stunde in mein Atelier", sagte Timothy und schon war er verschwunden.

Das Schopping hatte mich ermüdet und ich nahm ein langes Bad, um mich zu erholen. Danach zog ich das neu gekaufte pinkfarbene Kleid an und richtete meine Haare.
Dann klopfte ich bei Julia. Sie war fertig für das Abendessen. Auf einem Stuhl bemerkte ich eine weiße Reithose und davor standen paar schwarze Stiefel. Wir hatten keinen Erfolg mit unserer Suche. Schon wieder hatte Timothy sich für uns in Kosten gestürzt. Ich hatte schon ein schlechtes Gefühl, dass er so viel für uns tat. Fieberhaft überlegte ich, wie ich mich revanchieren konnte.
„Passen sie?" fragte ich Julia.
„Hervorragend Mami."
„Dann gehen wir zum Essen?"
„Ja, ich bin fertig."
Als ich das Speisezimmer betrat, hörte ich ein „Donnerwetter, du siehst ja bezaubernd aus" von Timothy. Er kam mir entgegen und gab mir einen Handkuss.

Wie jeden Abend zogen wir uns in das Wohnzimmer zurück, wo Timothy mit mir ein Glas Wein vor dem Kamin trank.
„Es ist mir nicht ganz recht, dass du alles für uns bezahlst Timothy," begann ich.
„Ich habe euch eingeladen, du bist mein Gast, mein Engel. Das ist selbstverständlich für mich und eine Frage der Gastfreundschaft."
„Was du für uns tust, geht weit über die Gastfreundschaft hinaus." Ich sah Timothy an. „Du wusstest, dass wir keine Reitsachen finden würden?"
„Es gibt in der Innenstadt keine Reitgeschäfte."
„Dann werde ich diesen Betrag bezahlen. Wie viel hast du ausgegeben?"

„Bitte mein Herz, mach mir die Freude und nimm es als Geschenk an."
„Dann werde ich mich revanchieren, wenn du und Frank zu uns nach Fischbach kommt."
„Das kannst du. Doch ich habe heute Abend etwas ganz anderes mit dir vor", flüsterte er anzüglich, als er mein Gesicht streichelte und wir uns bald in einer wilden körperlichen Vereinigung wieder fanden.

11.
Es war ein trister Morgen, als ich erwachte. Timothy war wohl schon aufgestanden, weshalb ich mich anzog und ins Frühstückszimmer ging. Julia saß allein im Frühstückszimmer. Ich setzte mich zu ihr und begann zu essen, als Timothy erschien.
„Guten Morgen, mein Engel." Er küsste mich. „Ich habe schon zwei Stunden gearbeitet." Er setzte sich und schien sichtlich stolz zu sein.
„Ich möchte heute ins Britische Museum", sagte ich zu Timothy und er stimmte zu.
Julia war wie die meisten Teenager in ihrem Alter für einen Museumsbesuch nicht zu begeistern. Missmutig zog sie durch die Gänge, würdigte die Kunstwerke kaum eines Blickes und wenn, dann nur, um sie abfällig zu kommentieren. Irgendwann war ich entnervt genug, um ihr zu gestatten, im Café auf uns zu warten. Timothy und ich gingen weiter zur Ägyptischen Sammlung.
„Ich war schon lange nicht mehr im Britischen Museum", meinte Timothy und begleitete mich zum Stein von Rosetta. An der Statue des Maussolos sowie anderen ägyptischen Skulpturen konnten wir die Weiterentwicklung der Kunst studieren, was uns zur Diskussion bestimmter künstlerischen Objekte veranlasste. Nach unserer Rückkehr verabschiedete sich Timothy, um in seinem Atelier zu arbeiten.

Julia war aufgeregt, als Frank in seinen Reitsachen erschien, die ihm hervorragend standen und seine langen Beine betonten. John fuhr Frank und Julia zum Reitplatz.
Ich setzte mich zu Margret in die Küche und sie servierte uns Tee und Gebäck. Ein silberner Siegelring mit einem Löwen fiel mir an ihrer Hand auf.
„Ich bin neugierig Margret, denn ich habe bemerkt, wie John mit viel Humor und Respekt mit dir umgeht."
„Das sollte er auch! Wir kennen uns gut, denn wir haben die vergangenen 27 Jahre miteinander verbracht. Und ich habe es keinen Augenblick bereut."
„Das sieht man. Wie alt bist du?"
„Ich bin 58 und John ist 59."
„Es ist so schön, dass ihr euch um Timothy und Frank kümmert."
„Timothy hatte uns engagiert, als Frank auf die Welt kam, um seine Frau zu entlasten. Und ein Jahr später erkrankte sie. Es war schrecklich mitanzusehen, wie sie täglich weniger wurde. Und noch schlimmer war es für Timothy. Als seine Frau starb, hatte er mit dem Leben abgeschlossen. John und ich kümmerten sich selbstverständlich um Frank, doch Kinder brauchen die Eltern. Ich weiß nicht, wie viel er damals mitbekam."
„Timothy erzählte mir, wie ihn der Tod seiner Frau mitgenommen hatte."
„Er war nicht mehr er selbst. Sein Leben war vorüber. Und ich hätte nicht gedacht, dass sich das jemals ändern würde. Deshalb freue ich mich aus so sehr, dass du da bist. Du tust Timothy gut. Er scheint wieder glücklich zu sein."
„Er macht mich glücklich", strahlte ich.
„Das sieht man. Genießt das Glück. Ich gönne es euch beiden."
„Und ich freue mich, hier Freunde gefunden zu haben."
„Ich muss das Abendessen bereiten, aber du kannst gerne hier in der Küche bleiben."
„Kann ich dir helfen?"
„John wird mir helfen."

„Dann werde ich noch einige Bahnen im Pool drehen."
„Mach das. Um acht Uhr gibt es Dinner."
„Danke für den schönen Nachmittag."
„Du tust Timothy gut." Margret umarmte mich herzlich, bevor ich sie verließ.

Timothy und die Kinder sah ich erst zum Dinner wieder, wo sich alle einfanden. Julia erzählte von ihrem ersten Versuch beim Polo.
„Sie hat sich gut angestellt", kommentierte er.
„Gut angestellt! Das ist die Untertreibung des Jahrhunderts. Ich habe ein Tor für deine Mannschaft geschossen. Ist das nichts?"
„Du hast den Poloschläger richtig gehalten und dabei noch getroffen", sinnierte er und lachte. Julia und Frank zogen sich nach dem Abendessen in ihre Zimmer zurück, während ich mit Timothy den Abend am Kamin verbrachte.

12.
Wie immer vergingen die schönen Stunden zu schnell. Es war schon Donnerstag und wir hatten noch wenige Tage. Jede Sekunde, jede Minute, jede Stunde wollte ich im Gedächtnis behalten, denn noch nie in meinem Leben war ich so glücklich. Wie eine aufkeimende Pflanze so keimte auch die Liebe zwischen Timothy und mir. Er hatte mich im Chat durch seinen respektvollen Umgang erobert. Mehr als einmal brachte er mich zum Lachen und hatte mich mein trostloses Leben vergessen lassen. Schon bei unserem ersten Treffen in München spürte ich die Magie zwischen ihm und mir und nun baute er durch seine Zärtlichkeit das Vertrauen zwischen uns weiter aus. Unsere Pflanze hatte die ersten Triebe. Würde diese Pflanze auch Früchte tragen?
„Frank hat bis am Abend Schule", teilte mir Tiothy am Frühstückstisch mit.
„Ich möchte gerne den Hyde Park sehen", meinte Julia

etwas vorlaut. „Soweit ich weiß gibt es dort auch Reitmöglichkeiten?"
„Die Damen wollen reiten?"
„Ja." Da waren wir uns einig.
„Dann werde ich das in die Wege leiten und euch morgen den Hyde Park zeigen."
„Heute nicht?"
„Ich habe heute etwas anderes mit euch vor. Außerdem benötigst du noch einen Reitdress."
„Ich werde in Jeans und Turnschuhen reiten", entgegnete ich. „Was hast du heute vor?"
„Ich habe eine Schifffahrt auf der Themse mit Mittagessen gebucht. Seid ihr einverstanden?"
„Ja", meinten Julia und ich einstimmig.
Ich strahlte ihn an und erwiderte seine unausgesprochen Zärtlichkeit mit meinem Blick, der dem meinen entsprach. Sein Lächeln ließ mich dahinschmelzen.
Timothy fuhr zum Pier, wo er das Auto auf dem Parkplatz abstellte. Er hatte die Karten schon besorgt, weshalb wir einfach hineingehen konnten.
Timothy führte uns zum reservierten Platz im Speisesaal direkt am Fenster, weshalb wir während des Essens die Sehenswürdigkeiten entlang der Themse bewundern konnten.
Nach dem Mittagessen, das aus drei Gängen bestand, kamen wir einige Stunden später wieder zu unserem Ausgangspunkt zurück.

„Wir erhalten heute Abend eine Führung durch das Observatorium", begann Timothy auf dem Nachhauseweg.
„Frank wird uns auch begleiten, wir holen ihn noch ab."
Am Observatorium angekommen, wurden wir von einem unbekannten Mann begrüßt.
„Timothy, wie schön, dich einmal wieder zu sehen", ging er sofort auf ihn zu und die Männer begrüßten sich auf französische Weise.
„Dies ist mein Freund Gill Howard. Darf ich dir Olivia Heart und ihre Tochter Julia vorstellen. Frank kennst du ja."

„Da muss eine schöne Lady kommen, damit du mal wieder bei uns vorbeischaust. Kommt mit, ich zeige euch alles."
„Gill ist der Leiter des Observatoriums. Ich bin seit vielen Jahren Mitglied, war aber schon lange Zeit nicht mehr hier", raunte mir Timothy zu.
Gill Howard erklärte uns den Nullmeridian von Greenwich und dann führte er uns in die Ausstellung der alten Hofastronomen und ihren Geräten. Viel spannender war jedoch das Planetarium. Uns wurde eine Reise durch Zeit und Raum präsentiert mit einer fesselnden Vorstellung. Es war eine Einführung in die Mysterien und Wunder des Universums. Daten, die anhand von NASA-Teleskopen und modernen terrestrischen Technologien gewonnen wurden, enthüllten die Geheimnisse von Pulsaren und schwarzen Löchern.

13.
Unser letzter Tag brach an. Als ich erwachte, fiel mein Blick auf eine Reithose, eine Jacke, Bluse, Reitstiefel und Reithelm, die er auf einem Sessel bereit gelegt hatte. Wieder hatte sich Timothy in Ausgaben gestürzt. Ich zog alles an und ging in das Frühstückszimmer, als auch Timothy in seinem Reitdress erschien, die seine hochgewachsene Gestalt gut zur Geltung brachte. Seine lange Mähne strahlte Männlichkeit aus und ich roch wieder sein herbes Aftershave, das mich so unwiderstehlich anzog.
„Eine bezaubernde Frau habe ich mir ausgesucht", begrüßte er mich.

Im weitläufigen Park hatten wir drei Stunden Zeit, um auf den nur für Pferde ausgezeichneten Wegen den Park zu entdecken. Timothy kannte sich aus und hin und wieder preschten wir im schnellen Trab oder Galopp durch die herrliche Landschaft. Es war ein herrliches Leben auf dem Rücken der Pferde. Fröhlich kamen wir wieder zurück.

Während ich ein Bad nahm, zog sich Timothy für eine Stunde in sein Atelier zurück. Während Timothy duschte, zog ich ein Kleid an, das ich gekauft hatte und machte mich zurecht.

„Wie immer bezaubernd meine Liebe", kommentierte Timothy, als wir zusammen in den Speiseraum schritten.

Margret hatte sich an diesem Abend selbst übertroffen und ein Candle-Light-Dinner vorbereitet. Der Tisch war mit einem dunkelroten Tischtuch gedeckt, mit weißen Tellern und weißen Servietten.

„Ich habe keine Stoffservietten eingearbeitet", meinte Margret.

„Ich habe ihr von dem Desaster bei unserem ersten Treffen erzählt", schmunzelte Timothy und wir lachten.

Nach dem Essen verschwand Timothy kurz und als er wieder zurück kehrte, zogen sich sich Margret und John zurück. Julia und Frank erklärten, noch schwimmen zu gehen. Timothy und ich saßen allein am Tisch.

„Ich habe eine Überraschung für dich, mein Engel. Komm."

Er nahm meine Hand und führte mich in unser Schlafzimmer. Das Schlafzimmer schimmerte im Kerzenschein mit vielen Teekerzen, um die herum rote Rosenblätter ausgelegt waren, die einen herrlichen Duft verbreiteten. Im Hintergrund hörte ich Musik. Bing Crosby schmetterte zusammen mit Grace Kelly „True Love".

„Darf ich dich zum Tanz bitten?" raunte mir Timothy zu und nahm mich in den Arm.

„Ich fühle mich gesegnet, dass du ein Teil meines Lebens geworden bist, mein Engel. Du hast die Eigenschaft, das Beste aus mir herauszuholen und bist Inspiration für mich. Ich bin dir so unendlich dankbar für alles, was du in mein Leben gebracht hast."

„Die Liebe zur dir hat mein Leben auf den Kopf gestellt und ich staune täglich neu. Wenn ich in deinen Armen einschlafe, bin ich glücklich und du bist Teil meiner Träume."

Unsere Lippen fanden zueinander und ließen uns in einem

Rausch der Sinne gefangen, die mein Herz, meine Seele und meinen Körper erfasste.

14.
Vor lauter Aufregung stand ich am Samstagmorgen früh auf. Es wurde langsam hell und Timothy schlief noch. Ich nahm eine Decke und wickelte mich ein, trat auf den Balkon ins Freie und sah in den Garten. Zum Nachdenken war wenig Zeit geblieben, da wir immer in Bewegung waren. Viele schöne Erinnerungen nahm ich mit nach Hause. Doch wie würde sich unsere Beziehung weiter entwickeln? Würde sich der Keim unserer Liebe festigen? Das Schicksal hatte sich mächtig angestrengt, um uns miteinander bekannt zu machen. Dennoch wollte ich keine Zukunftspläne schmieden, weil ich noch nicht richtig an mein Glück glauben konnte. Wie sollte es weiter gehen? Wenn Timothy und Frank nach Deutschland kommen würden, stellte mich dies vor die Aufgabe, zwei Menschen, die an Luxus gewöhnt waren, in einer Dreizimmerwohnung unterzubringen. Ob das klappen würde?
„Ich will dir etwas zeigen, mein Engel", riss mich Timothy, der hinter mir stand, aus meinen Überlegungen. Wir zogen uns an und er führte mich in sein Atelier. Ich liebte diese Bilder auf Anhieb, denn es war seine Art der Liebeserklärung. Ich war sprachlos und betrachtete die Bilder lange.
„Timothy", begann ich.
„Als ich meine Augen auf dich legte, sah ich eine fantastische Frau mit einem großen Herz und ich habe Recht behalten."
„Timothy, ich danke dir für diese umwerfenden Tage in London. Ich werde sie in meinen Herzen behalten."
Er trat auf mich zu und zog mich zu sich heran zu einem Kuss. Ich schmolz dahin.
„Komm zu mir, mein Engel. Ich brauche dich", sagte er, als er mich auszog. „Du bist meine Inspiration, du bist mein

Licht für mich. Und du hast in dieser Woche meine Dämonen verscheucht. Ich lebe in Frieden."
Unsere Lippen fanden uns und schnell war das Feuer der Leidenschaft entfacht und wir liebten uns auf der Couch des Ateliers.
„Du hast mich verwirrt, Timothy. Ich weiß nicht mehr, wer ich bin."
„Du bist die entzückendste Frau, der ich je begegnet bin."
„Und du der entzückendste Mann, dem ich je begegnet bin", lachte ich und Timothy stimmte ein.
Hand in Hand gingen wir in unser Zimmer, duschten, und ich packte meine Koffer, bevor ich in das Frühstückszimmer ging, wo Timothy, Frank und Julia schon warteten.
„Mami, können Timothy und Frank uns nicht an Weihnachten besuchen?", fragte mich meine Tochter.
„Wenn die Herren mit unserer Dreizimmerwohnung zurechtkommen."
„Ich komme überall zurecht", erwiderte Timothy, „wo du bist, mein Engel. Mehr brauche ich nicht."
„Wird schon gehen", meinte Frank lässig.
„Dann ist es abgemacht, ihr besucht uns zu Weihnachten und Silvester." Julia klatschte in die Hände, so freute sie sich.
„So wäre auch das geklärt", flüsterte Timothy.
Nach einem ausgiebigen Frühstück fuhr uns Timothy zum Flughafen. Mit Tränen in den Augen verabschiedeten wir uns.

15.
Eine kalte Wohnung erwartete uns. Vor unserer Abreise war noch schönes Wetter und deshalb hatte ich die Heizung nicht angestellt. Es dauerte einige Zeit, bis die Wohnung warm war. Sie kam mir klein und leer vor und ich ging in mein Fitnesscenter, um mich sportlich zu betätigen und anschließend in der Sauna aufzuwärmen.

„Ein Morgen ist ein wunderbarer Segen, entweder bewölkt oder sonnig. Dieser steht für die Hoffnung eines Anfangs für ein neues Leben", schrieb Timothy mir am Sonntagmorgen und sandte mir virtuelle Blumen mit seiner Liebeserklärung.
„Du hast das Glück in mein Leben und so viel Liebe in mein Herz gebracht. Ich weiß, was ich sage ist nie genug, aber du sollst es jeden Tag wissen. Meine Liebe zu dir wächst mit jedem Tag. Es ist das größte Gefühl der Welt, das ich dir entgegenbringe", antwortete ich.

Meine Tochter und ich waren bei meinen Eltern zum Mittagessen eingeladen, die natürlich interessiert darauf warteten, meinen Bericht aus London zu hören.
Julia erzählte von Timothys Haus und dass sie mit Frank beim Polospiel und beim Konzert von One Direction war. Das waren Julias Highlights und meine Mutter wollte natürlich wissen, wie es mir mit Timothy ging. Ich war eigentlich noch nicht bereit, etwas zu erzählen. Ich war mir selbst nicht im Klaren war, wie es weitergehen sollte. Zu viele Fragen kamen auf, die noch unbeantwortet waren.
Timothy hatte mein Herz mit seinem Sinn für Romantik erobert. Er hatte meinen Geist mit seiner Wertschätzung und meine Seele mit seiner tiefen Verbundenheit gestärkt. Ich fühlte mich lebendig wie ein Teenager.

Täglich sprach ich mit Timothy über Skype. Einmal in der Woche erhielt ich von einem Blumenhändler frische Schnittblumen geliefert. Ich freute mich über die Aufmerksamkeit, denn bisher hatte ich so etwas noch nicht erlebt. Oder er hinterließ mir eine Nachricht, wenn ich nicht erreichbar war.
„Hallo, mein lieber Engel, danke für deine liebevolle Nachricht. Ich schätze die Zeit, die du mir widmest und deine Liebe. Durch dich habe ich die Liebe neu kennengelernt, und ich weiß, dass du die Einzige für mich bist, ich zweifle nicht daran. Danke für den Glauben an mich und deinen Mut, den du mir gibst. Es zeigt, dass du

mich wirklich liebst. Die Liebe, die ich während der kurzen Zeit, seit wir uns kennen, wahrgenommen habe, lässt mich intensiv an dich denken. Nur der Himmel weiß, wie sehr ich dich liebe. Ich wünsche dir die Art der Liebe zu zeigen, die Worte nicht ausdrücken können. Ich weiß, es wird mehr Zeit benötigen, um mein Leben in die Hand zu nehmen, aber ich werde auch glücklich sein, so lange ich an deiner Seite bin. Das ist es, was ich gerade denke, und ich werde deinen Rat benötigen, denn alles, was für mich zählt, bist du, mein Engel. Ich will deine Stimme hören und dich sehen. Ich liebe dich, mein Engel, süße Träume."
„Ich erinnere mich an deine Liebkosungen, deine Berührungen und deine Worte. Dein Verständnis für mich hat mein Herz berührt und die Welt um mich herum in ein sonniges Licht getaucht", antwortete ich.

16.
„Mein Herz macht keinen Unterschied zwischen Tag und Nacht. Meine Liebe für dich entbrennt jederzeit wie die Sonne so hell. Jeder Traum von dir, mein Herz, hat mich dazu bewogen, für dich zu sorgen. Deshalb wünsche ich dir einen wundervollen guten Morgen."
„Du fehlst mir, Liebster. Wenn ich morgens erwache, bin ich allein. Deine Wärme und dein Duft liegt im Kissen neben mir und ich vermisse es, dich zu spüren, deinen Körper zu berühren, deine Herzlichkeit wahrzunehmen", antwortete ich.
Die Tage in London waren die schönsten meines Lebens. Er hatte sich um mich bemüht, mir das gegeben, was ich mir aus tiefster Seele wünschte. Ich vermisste seine Zärtlichkeiten, ich vermisste seine Präsenz in der Nacht und am Morgen und ich zählte die Wochen und die Tage und letztendlich die Stunden, bis Timothy und Frank nach Fischbach kommen würden.

Da meine Wohnung klein war, hatte ich mit Julia

besprochen, dass diese in dieser Zeit so lange bei meinen Eltern übernachten würde, damit Frank ihr Zimmer beziehen konnte.

Wie verabredet holte ich Timothy und Frank vom Stuttgarter Flughafen ab. Da mein Auto zu klein war, hatte ich mir das meiner Eltern ausgeliehen, das auch Platz für die Koffer hatte.
Als die beiden in die Vorhalle des Flughafens traten, überreichte mir Timothy rote Rosen.
„Mein Engel, ich habe dich so sehr vermisst", begrüßte er mich mit einem zärtlichen Kuss. Zusammen gingen wir zum Auto, die Männer verstauten ihre Koffer und ich fuhr los.
„Ich war schon lange nicht mehr auf dem Festland", stellte Timothy fest. „Und es ist ungewohnt, nicht selbst zu fahren."
„Ja, das ist es für mich auch immer."
„Die Frauen von heute sind selbständig. Und das ist auch gut so."
Als wir in meiner Wohnung ankamen, wartete Julia schon auf uns und half, das Gepäck hinaufzutragen.
„Ich kann euch nicht so viel Luxus bieten wie ihr. Aber was ich habe, kommt von Herzen."
„Das wissen wir, mein Engel. Wir kommen auch mit weniger zurecht", sagte Timothy. „Du hast eine wunderschöne Wohnung."
Timothy und Frank packten ihre Sachen aus, während ich das Abendessen zubereitete.
Nach dem Abendessen brachte ich Julia zu ihren Großeltern, Frank zog sich in Julias Zimmer zurück und Timothy und ich setzten uns ins Wohnzimmer und tranken ein Glas Wein. Wie Ertrinkende klammerten wir uns aneinander und unsere Körper fanden zusammen.

Nach einem ausgiebigen Frühstück fuhren wir am Weihnachtstag zum Haus meiner Eltern. Timothy half mir, die vielen kleinen Schüsseln für das abendlich Raclette

vorzubereiten und kalt zu stellen.
Gemeinsam besuchte die Familie den Gottesdienst und anschließend gab es Bescherung. Die Geschenke hatten sich rund um den Christbaum vervielfacht und ein jeder half beim Auspacken. Ich holte das Keyboard heraus und wir sangen noch einige Weihnachtslieder, bevor es zum Essen ging.

Ich hatte Timothy Karten für Don Giovanni geschenkt, den wir am nächsten Abend zusammen ansehen wollten. Frank erhielt eine Karte für das Thermalbad in Oberstaufen, das wir in den nächsten Tagen besuchen würden.
Timothys Geschenk für mich war klein. Als ich die Schachtel öffnete, blitzte mir eine weißgoldene Kette mit einem herzförmigen Anhänger entgegen, der mit Diamanten besetzt war. Sein Geschenk war wertvoll und es war mir fast unangenehm, wie wenig ich ihm schenken konnte. Die Kette funkelte wunderschön.
„Gefällt sie dir mein Engel?", fragte er.
„Sie ist viel zu wertvoll."
„Du bist alles für mich, mein Herz, und es ist zu wenig, was ich dir geben kann."
„Danke Timothy."
Beim Raclette bestückte jeder sein Pfännchen, wie er es selbst am liebsten mochte. So konnten Timothy und Frank ganz nebenbei deutsch lernen, was oft zu lustigen Versprechern führte, die von der ganzen Familie mit Lachen quittiert wurde.

17.
An einem der nächsten Abenden fuhr ich mit meinem Citröen C1 nach Ulm. Timothy setzte sich neben mich und erzählte von seinem Alltag in London, als wir das Opernhaus erreichten. Mein neues Cocktailkleid war aprikotfarben mit einem kleinen schwarzen Jäckchen. Als

einzigen Schmuck wählte ich seine Kette, die auf meinem Dekolletee glitzerte. Timothy mit einem grauen Anzug, einer weinroten Weste sowie einer dazu passenden weinroten Krawatte sah umwerfend aus und ließ seine langen Haare offen bis über die Schultern hängen, was ihn noch exotischer erscheinen ließ. Ich bemerkte, wie uns einige Menschen neugierig beäugten.

Es waren herrlichen Melodien, die sich Mozart für Don Giovanni ausgedacht hatte. Beschwingt fuhren wir nach Hause, als es zu schneien begann.
„Soll ich zurück fahren?", fragte Timothy besorgt, denn allmählich wuchsen die zarten Schneeflocken zu einem mächtigen Schneesturm an, der die Sicht auf die Fahrbahn immer mehr verdichtete.
„Ich komme aus dieser Gegend, Timothy. Ich bin dieses Wetter gewohnt."
Er sagte nichts mehr, aber ich konnte seine Anspannung spüren, bis wir zu Hause ankamen.
Frank schlief und wir setzten uns kurz ins Wohnzimmer zu einem letzten Glas Champagner.
„Du warst besorgt?", fragte ich Timothy.
„In London und auch in Frankreich gibt es keine solchen Schneestürme. Da bin ich ein unsicherer Autofahrer. Ganz anders als du, meine Liebe."
„Hattest du Angst?"
„Ich hatte Angst. Aber ich habe dir vertraut. Du hast so souverän dein Auto gesteuert."
Ich lächelte. Timothy küsste mich zärtlich, begann mich zu entkleiden und zog mich schließlich ins Schlafzimmer.

18.
Damit bei den Kindern keine Langeweile aufkam, wollten wir nach dem Besuch des Erlebnisbads Aquaria in Oberstaufen an einem schönen sonnigen Morgen zum Skifahren. Da mein Geld in den vergangenen Jahren

knapp war, hatte Julia keine Skiausrüstung. So waren wir gezwungen, für Timothy, Frank und Julia eine komplette Ausstattung auszuleihen. Gut, dass jedes Skigebiet mittlerweile die Möglichkeit dazu bot.
Julia hatte Skifahren gelernt, war aber zum ersten Mal in einem so großen Skigebiet wie in Oberstaufen. Mit dem Sechsersessellift fuhren wir nach oben.
„Wann muss ich aussteigen?", fragte Julia.
„Das wirst du sehen, wann es an der Zeit ist abzuspringen", meinte ich lächelnd zu meiner sichtlich aufgeregten Tochter. Kurz vor der Bergstation öffneten wir den Bügel und noch bevor wir das Ende erreichten, sprang Julia plötzlich ab und landete unsanft in einer Mulde. Der Lift kam augenblicklich zum Stehen. Timothy, Frank und ich stiegen aus und sahen erleichtert, dass Julia unverletzt aus der Mulde herauskletterte.
„Ich dachte, ich muss springen", meinte sie. Timothy und Frank halfen ihr beim Aufstehen und der Lift lief mit einem Ruck wieder an.
„Kind was machst du denn?", rief ich aus, als Timothy und Frank zu lachen begannen.
„Du hast gesagt, ich muss springen, Mami."
„Du warst einen Tick zu früh dran."
Nachdem Julia ihr erstes Abenteuer überlebt hatte, schossen wir vier bald zusammen den Berg hinunter und kamen spät abends müde nach Hause.

19.
Es blieb kalt und die Nacht brachte neuen Schnee. So beschlossen wir, den nächsten Tag in Gargellen im Montafon zu verbringen. Wir brachen frühzeitig am Morgen auf, liehen uns erneut Skischuhe und Skier aus, um den ganzen Tag die verschiedenen Pisten zu testen. Es war mein Lieblingsskigebiet. Timothy, Frank und Julia bevorzugten Rennstrecken, die sie im Schuss hinunterfuhren.

Voller Sehnsucht blickte ich auf eine steil abfallende Buckelpiste. Im frischen Schnee zeichneten sich nur vereinzelte Spuren ab und ich hätte mich so gerne den wenigen Mutigen angeschlossen, die es wagten, dort hinunter zu rasen. Doch auf solch einer herausfordernden Abfahrt wollte ich meinen Anhang nicht gefährden. Timothy bemerkte meinen Blick.
„Da willst du runter?" In seinem Blick spiegelten sich Erstaunen und Entsetzen zugleich.
„Ja. Aber allein."
„Dann fahre ich mit Julia und Frank außen herum."
„Einverstanden."
Buckelpisten waren meine Leidenschaft. Hier konnte ich meine Grenzen ausloten. Unbeschwert schoss ich die steile, unebene Abfahrt hinunter und fühlte mich lebendig.
„Donnerwetter, Olivia", stieß Frank aus, als ich zu ihnen stieß. „Das will ich auch ausprobieren."
„Das muss man können, Frank."
„Ich auch", meinte Julia.
„Na gut, ich zeige euch, wie es geht."
Wir fuhren wieder nach oben und ich demonstrierte ihnen, wie sie die Hügel umrundeten oder überfuhren. Julia stürzte gleich beim zweiten Buckel, Frank beim dritten und sie glitten ein ganzes Stück den Berg hinunter.
„Ich glaube, ich fahre doch wieder Rennen", schnaufte Julia und Frank pflichtete ihr bei. Sie waren sich einig.

20.
Wir waren mittlerweile als Familie schon ein eingespieltes Team und verbrachten Silvester gemeinsam in meiner Wohnung. Die Küche war geschmückt und der Tisch für das Fondue vorbereitet. Eine ganze Weile waren wir damit beschäftigt, unsere Bissen in der Soße nicht zu verlieren, was immer wieder für schallendes Gelächter sorgte. Als wir fertig waren, brachte ich das Geschirr in die Spülmaschine und schuf Platz für das nun folgende

Schokoladenfondue, das sich Julia gewünscht hatte. Nachdem wir schließlich auch noch über dieses hergefallen waren, saßen wir pappsatt auf unseren Stühlen und konnten uns kaum bewegen.

Es blieb noch Zeit bis Mitternacht und um wieder etwas Bewegung hineinzubringen, schlug ich einen Spaziergang in der Natur vor. Nicht weit entfernt von meiner Wohnung lag ein Park, der zu dieser Zeit menschenleer war. Eine klare kalte Vollmondnacht erwartete uns und Timothy nahm meine Hand, während die Kinder lachend und sich gegenseitig foppend durch den Park rannten. Sie bewarfen sich mit Schneebällen und waren recht übermütig.

„Wir passen doch gut zusammen?"

Ich lächelte. „Wir wachsen gerade zusammen", korrigierte ich ihn. „Was sagt Frank dazu?"

„Frank findet dich wundervoll."

„Aber Julia nicht."

„Er mag sie wirklich und achtet sie."

„Sie ist oftmals zickig, was normal in diesem Alter ist, aber für Jungs nicht immer so gut zu verstehen."

„Ja, das stimmt. Aber bei uns war sie immer so vernünftig."

„Hin und wieder gibt es so Anwandlungen ...", sagte ich und Timothy lächelte und hielt inne. Die Kinder waren weit voraus gerannt und wir hörten sie kichern. Er sah mir in die Augen.

„Olivia, du hast mein Herz im Sturm erobert. Schon bevor wir uns trafen, wusste ich, dass du die Frau bist, mit der ich mein Leben verbringen will. Die Frau, mit der ich zusammen alt werden möchte. Du bist Inspiration für mich. Mit deinem Wesen verscheuchst du meine Dämonen. Du lässt mich das Leben von einer neuen Seite sehen, weshalb ich jeden Tag mit dir als einen guten Tag begrüße." Er drückte mich an sich. „In den vergangenen Wochen habe ich dich jede Sekunde vermisst. Wenn du da bist, scheint die Sonne in mein Herz. Wenn du an meiner Seite bist, verschwinden meine Albträume und ich schlafe gut. Wenn du nicht da bist, fühle ich mich einsam.

Mit deinem Wesen erwärmst du mein Herz. Du bist die Frau die ich in mein Herz geschlossen habe Olivia. Ohne dich kann ich nicht leben. Du bist die Frau die ich liebe.."
Ich war ein wenig verlegen, und wusste nicht so recht, wie ich auf diese Lobeshymne reagieren sollte. Da kniete er sich vor mich hin, griff in seine Tasche und holte einen Ring heraus.
„Willst du meine Frau werden?"
Ich wusste nicht, was ich sagen sollte, so sehr hatte er mich überrascht. Das hatte ich nicht erwartet.
„Ich will dich ehren, mein Engel, will dich auf Händen tragen, dich und Julia. Ich will alles für euch tun, damit es dir gut geht."
„Ich liebe dich, Timothy."
Er blieb vor mir knien. „Sag ja, mein Herz, mir tun schon meine Knie weh", jammerte er.
Tausend Gedanken schossen mir durch den Kopf, doch was sollte eine Frau sagen, die das Liebste gefunden hatte? Eine Träne lief mir über das Gesicht, als ich Timothy fragend vor mir knien sah.
„Ja", hauchte ich und er streifte mir den weißgoldenen Ring über den Finger.
„Ich hoffe, dieser Ring gefällt dir?" Timothy stand auf und küsste mich sanft. Die Kinder erschienen.
„Wir wollen nach Hause", sagte Julia. „Uns ist kalt."
„Dann drehen wir um", meinte ich und konnte meinen Blick von dem wunderschönen Ring kaum abwenden. Julia bemerkte ihn sofort. Sie nahm meine Hand. Der Ring hatte einen Diamanten in der Mitte, der eingerahmt von kleineren Diamantsplittern in einem S-förmigen Bogen eingebettet war. Er sah sehr wertvoll aus und funkelte. Ich sah Timothy fragend an und er nickte mir zu.
„Timothy hat gerade um meine Hand angehalten", erzählte ich förmlich. „Und ich habe ja gesagt."
„Mami, wie schön", meinte Julia und fiel mir um den Hals.
„Papa, ich freue mich, dass Julia endlich meine Schwester wird. Sie ist zwar manchmal etwas zickig, aber sonst in Ordnung."

„Ich bin nicht zickig!", entgegnete Julia sofort.
„Manchmal schon." Ich wollte schon dazwischen gehen, als Frank sich an mich wandte.
„Wann heiratet ihr?"
„Das haben wir noch nicht besprochen", sagte ich glücklich. „Wir haben ja noch einige Tage Zeit dazu."
Es war kurz vor Mitternacht, als wir meine Wohnung erreichten. Mit Champagner stießen wir auf das Neue Jahr an, bevor wir auf den Balkon traten, um das Feuerwerk zu bewundern. Ein leidenschaftlicher Kuss besiegelte unsere Liebe.

21.
„Mein Bruder heiratet im März und ich will dir dort meine Familie vorstellen", teilte mir Timothy am nächsten Morgen mit. „Ich hoffe, du rennst danach nicht gleich davon."
Ich lachte, denn ich konnte mir nicht vorstellen, was dazu führen sollte, davonzurennen.
„Du kennst meine Familie nicht, mein Engel. Du solltest wissen, dass Timothy Marsh mein Künstlername ist und nicht mein wirklicher Name."
Ich war schockiert. „Und wie heißt du?"
„Mein Name ist Timothy Clement Sun und meine Familie stammt aus Hongkong, wie du weißt. Meine Familie ist unermesslich reich, weshalb sich Vater vor dreißig Jahren auch das Weingut kaufen konnte. Du wirst sie alle kennenlernen, denn an Ostern findet die Hochzeit meines Bruders auf Chateau La Tour d'Illac in Bordeaux statt. Begleitest ihr mich zur Hochzeit, du und Julia?"
„Das muss ich erst verdauen."
Ich musste mich mit irgendetwas beschäftigen und stand auf, um in der Küche aufzuräumen.
„Du hast mich belogen." Ich war enttäuscht.
„Eigentlich nicht, mein Engel. Wie gesagt, Timothy Marsh ist mein Künstlername. Meine Mutter hieß Marsh, bevor sie meinen Vater heiratete. Ich wollte mir selbst etwas

aufbauen, deshalb wollte ich diesen bekannten Namen nicht tragen. Ja und dann habe ich dich kennengelernt. Du hast mich von Anfang an fasziniert, mein Engel, deshalb habe ich dich in München getroffen."

„Ist es erst drei Monate her?"

„Ja. Ich habe von dir gelernt, jede Minute zu genießen, die zwei Menschen haben, weil das Leben endlich ist."

„Der Reichtum deiner Familie flößt mir Respekt ein."

„Ich bin kein anderer."

„Doch."

„Und wer bin ich?"

„Du gehörst zu einer einflussreichen und reichen Familie. Das unterscheidet uns. Ich bin unbedeutend. Und ich bin arm. Ich kann dir nichts geben."

„Du gibst mehr, als du ahnst, mein Engel. Ich habe Frauen mit viel Geld kennengelernt. Aber Geld verändert den Charakter. Deshalb bin ich dem Schicksal dankbar, zwei ältere Brüder zu haben, die in die Fußstapfen meines Vaters treten. So kann ich meiner Arbeit als Künstler nachgehen. Ich will dich, nur dich."

Ich fühlte seine Liebe zu mir, mehr als alles andere und es war ein schönes Gefühl, einen Mann an meiner Seite zu wissen, den auch ich liebte. Konnte durch die Liebe nicht alles angepackt und verändert werden?

„Dann will ich ein Versprechen", begann ich. „Wir sagen einander immer die Wahrheit, Timothy, egal, wie schockierend sie ist. Keine Lüge darf zwischen uns stehen. Niemals. Wir dürfen schweigen. Aber wir lügen uns nicht an."

„Das will ich dir geloben, denn das gebietet mir meine Ehre und meine Hochachtung für dich, mein Herz."

„Auch ich gelobe dies, Liebster."

„Begleitest du und Julia mich zur Hochzeit meines Bruders?"

„Ja."

„Dort wirst du dann auch den Rest meiner Familie kennenlernen. Meinen Onkel kennst du ja schon. Meine Tante mit ihrem Mann und meine Cousins und Cousinen

werden auch kommen."
Wenn ich zu diesem Zeitpunkt gewusst hätte, was auf mich zukam, hätte ich mich anders entschieden?

22.
Fast zwei Wochen hatten Timothy und Frank in Fischbach verbracht. Mit ambivalenten Gefühlen verabschiedete ich mich von Timothy, denn wir würden erst im Februar wieder nach London kommen, in den Faschingsferien.
Die Ereignisse hatten sich überschlagen und so war ich froh, alleine zu sein, um mir alles nochmals durch den Kopf gehen zu lassen. Zuerst sein Heiratsantrag und dann seine Familie. Alles hatte sich so schnell entwickelt.
Mein Leben mit Timothy würde sich vollkommen ändern und mir war durchaus nicht klar, wie sehr. Schon sein Verlobungsring war ein Vermögen wert, ebenso wie die Kette, die er mir zu Weihnachten geschenkt hatte.
Die Tage waren heiter gewesen. Julia hatte sich immer Geschwister gewünscht und so sollten wir bald eine Patchworkfamilie werden. Timothy war noch vor seinem Weggang zu meinen Eltern gegangen und hatte förmlich um meine Hand angehalten. Ich fand dies zwar etwas antiquiert, doch Timothy hatte eine gute Erziehung genossen, weshalb es ihm wichtig war. Wir erzählten meinen Eltern, dass wir in London leben würden, und wir hatten uns auch überlegt, im Mai oder Juni zu heiraten. Ob in Deutschland, Frankreich oder London wussten wir noch nicht.
Als wir die Ferientage von Frank und Julia verglichen, stellten wir fest, dass es nur wenige Überschneidungen gab, sowohl an Ostern als auch an Pfingsten. Wann sollten wir heiraten, damit beide Kinder dabei sein konnten? Die anschließende Hochzeitsreise würden wir zusammen mit den Kindern machen. Und das neue Schuljahr sollte Julia schon in London verbringen. Erst die Sommerferien beider Kinder deckten sich, und so setzten

wir unseren Hochzeitstermin für Ende Juli fest.

Teil II

1.
In meiner Heimat war es Brauch, dass die Eltern der Braut die Hochzeit ausrichteten, was bedeutete, dass wir diesem Brauch zufolge in Fischbach heiraten würden. Das Gefühl der Vertrautheit sollte mir noch ein wenig erhalten bleiben, weshalb ich dankbar auf diesen Brauch verwies, um in meiner Heimat ein schönes Fest mit meinen Freunden und meiner Familie zu feiern.
Einige Tage später sah dies ganz anders aus.
„Heute habe ich mit meinen Eltern telefoniert und ihnen von unserer Hochzeit erzählt. Sie bestehen darauf, die Hochzeit auf unserem Weingut im Bordeaux auszurichten, mein Engel."
Ich war enttäuscht. Meine Bemühungen waren umsonst. Und nun sollte ich in einem fremden Land, dessen Sprache ich nur unzureichend beherrschte, heiraten. Was fiel Timothy da ein?
„Ich weiß, mein Engel, ich habe dir freie Hand für die Hochzeitsfeier versprochen, doch dies sind Ereignisse, die nicht von mir, sondern von meiner Familie abhängen. Ich kann sie nicht so vor den Kopf stoßen."
„Und meine Eltern? Sie sprechen weder englisch noch französisch."
„Sie sind herzlich eingeladen, ebenso wie deine Freunde. Und es werden ihnen Übersetzer zur Seite gestellt, sie werden sich nicht verlassen fühlen."
Dennoch missfiel mir dies alles zutiefst.
„Mama besteht darauf, die Hochzeit auszurichten. Wenn wir an Ostern zur Hochzeit meines Bruders kommen, kannst du mit ihr alles besprechen, mein Engel. Sie wird auf deine Wünsche eingehen, da bin ich mir sicher."
Ich war enttäuscht. Sollte ich darauf bestehen, die Hochzeit bei mir zu Hause zu feiern? Ich fühlte mich nicht wohl. Sollte ich nachgeben?

2.
Die Frage, wohin unsere Hochzeitsreise gehen sollte, war schnell beantwortet, denn Julia und Frank sprachen sich für die USA aus. Julia wollte unbedingt nach Los Angeles, Frank nach San Francisco und Timothy einige National-Parks besuchen. Doch hatte ich gedacht, es würde leicht werden, wurde ich schnell eines Besseren belehrt.
„Nicht mit dem Bus. Mir wird schlecht", sagte Julia.
Ein Auto zu mieten und selbst durch Amerika zu fahren, erschien mir nicht erstrebenswert, ebenso wenig mit einem Wohnmobil. Mir gefiel der Gedanke, mich in einem Hotel verwöhnen zu lassen und mich nicht um das tägliche Essen zu kümmern.
„Ich will nicht mit fünfzig unbekannten Menschen in einem Bus sitzen", schrieb mir Timothy.
Damit war eine Busrundfahrt, wie ich sie bisher kannte, keine Option mehr. Zunächst war ich enttäuscht, doch ich gab nicht auf. Es gab sicherlich auch andere Möglichkeiten einer Rundreise, besonders dann, wenn Geld keine Rolle spielte. Da entdeckte ich spezialisierte Kleingruppenreisen in einem Van mit deutscher oder englischer Führung. Schnell fand ich das Einverständnis meiner Patchworkfamilie und so buchten wir eine Rundreise für vier Personen in vier Wochen.
Alle waren zufrieden, was mir ein gutes Gefühl vermittelte und mich für meine Frustration hinsichtlich unserer Hochzeit entschädigte. So ist Leben, dachte ich. Einmal kann man sich durchsetzen, ein andermal muss man nachgeben.

3.
Am Schmutzigen Donnerstag herrschte in unserer verschlafenen Kleinstadt ein buntes Treiben. Das Rathaus

und die Schüler wurden durch die Narren befreit und am Nachmittag gab es noch einen Umzug. Den wollten Julia und ich auf keinen Fall verpassen. So flogen wir erst am Freitag nach London.

Timothy holte uns vom Flughafen ab und fuhr uns zu seinem Haus. Ich freute mich und begrüßte John und Margret herzlich, ebenso wie Frank, der gerade aus der Schule kam.
Es würde bald mein Heim sein, unser beider Heim und ich sah mir das Haus aus einem anderen Blickwinkel an.
„Du bist die Herrin dieses Hauses, mein Engel. Was dir nicht gefällt, kannst du verändern. Außer mein Atelier."
Ich lächelte. „Das Meiste gefällt mir."
Timothy lächelte und küsste mich zärtlich auf die Wange.
„In welche Schule soll Julia gehen?"
„Du kannst dir verschiedene Schulen ansehen."
„In welche Schule geht Frank?"
„Er geht in die Redhealth High School", sagte er. „Sie ist quasi um die Ecke. Julia kann diese Schule auch besuchen. Es gibt viele ausländische Schüler und sie kann schnell Kontakte knüpfen."
„Dann sollten wir am Montag dort vorsprechen, damit sie sich die Schule ansehen kann."
„Ich habe schon einen Termin mit dem Rektor vereinbart."
Ich lächelte. „Sehr vorausschauend, Timothy."
„Ich will, dass du dich wohl fühlst."
Wir küssten uns und mir lief wieder eine Gänsehaut über den ganzen Körper.
„Morgen gehen wir in die City zum Shoppen", meinte er.
„Julia liebt Shopping. Ich gehe nicht gerne einkaufen."
„Dann sehen wir zu, dass morgen alle auf ihre Kosten kommen. Ich habe dir eine Kreditkarte eingerichtet, mein Engel."
„Gefallen dir meine Kleider nicht?"
„Sie sind wunderschön, so wie du, mein Engel."
„Ich kann meine Kleider selber kaufen."
„Wie du weißt, mein Engel, bin ich ein wohlhabender

Mann. Und für die Hochzeit meines Bruders werden du und Julia einige Cocktailkleider und Abendkleider brauchen."
„Ich will aber für mich selbst sorgen", wandte ich ein.
„Und ich will dir eine Freude machen, mein Engel."
„Ich will keine Almosen."
„Gewöhne dich daran, dass dein zukünftiger Mann genug Geld hat, und du dir Kleider kaufen kannst, die dir gefallen."
„Du weißt, wie ich dazu stehe. Ich werde mir einen Job suchen."
„Das habe ich schon in die Wege geleitet, mein Engel. Ein Patentanwalt sucht eine Sekretärin und du kannst dich bei ihm am Dienstag vorstellen."
„Einen Patentanwalt? Da würde ich gerne arbeiten."
„John und Margret führen den Haushalt, da musst du dich nicht weiter darum kümmern. Ich weiß, du bist eine unabhängige Frau. Du bist die Herrin dieses Hauses. Was mein ist, gehört auch dir. "
„Ich war noch nie Herrin, und schon gar nicht über Chauffeur und Köchin."
„John und Margret sind meine Freunde. Nach dem Tod meiner Frau haben sie sich um Frank gekümmert. Vor allem Margret hat Frank seine Mutter ersetzt."
„Ich mag sie."
„Ich auch mein Engel."

4.
Langsam wurde mir bewusst, dass ich in eine ganz neue Welt eintauchte. Ich ließ es geschehen und stellte mich der Herausforderung. Für die Hochzeitsfeier würde ich das Angebot meines Verlobten annehmen und mich an der von ihm gegebenen Kreditkarte bedienen.
Am Samstagmorgen steuerte meine Patchworkfamilie eine Shoppingmall in London an. Julia und ich erwarben einige Basics und waren nach drei Stunden schon müde,

weshalb wir eine kleine Pizzeria aufsuchten und zu Mittag aßen. So gestärkt bummelten wir weiter durch einige Boutiquen, in denen wir Kleinigkeiten erwarben, bevor wir nachmittags nach Hause fuhren.
„Du solltest mehr kaufen", ermunterte mich Timothy. „Die Karte ist voll."
„Die Kleider für die Hochzeitsfeier werden Julia und ich ohne Herrenbegleitung aussuchen."
„Das könnt ihr nächste Woche erledigen."
„Was brauchen wir denn? Ein langes Abendkleid? Oder lieber ein kurzes Cocktailkleid?"
„Bei der standesamtlichen Trauung am Samstag ist nur der engste Familienkreis dabei. Die Hochzeit am Sonntag beginnt am Nachmittag und die Damen ziehen sich zum Abendessen um und tragen dann elegante Abendroben."
„Also zwei Cocktailkleider und ein Abendkleid?"
„Genau."
„Dann werden wir uns Mühe geben, etwas Schönes zu finden."
„Du siehst in allem bezaubernd aus mein Engel."

5.
In seinem Haus fühlte ich mich langsam heimisch. Das Schwimmbad und der Fitnessbereich sowie die Sauna waren für mich herrlich entspannend, was ich auskostete, wann immer es möglich war.
Ich überredete Timothy, mit mir in den Pool zu steigen und versuchte, ihm Vertrauen zu geben, das Wasser als Verbündeten, statt als Gegner zu sehen.
„Warum hast du eigentlich Angst vor dem Schwimmen?", fragte ich ihn.
„Ich bin als Kind einmal fast ertrunken. Seitdem habe ich Angst vor dem Wasser."
„Ich fühle mich im Wasser wohl."
Für Timothy war es schwierig, seine Ängste zu überwinden. Er bemühte sich und hatte Erfolg. Bald zogen

wir zusammen unsere Bahnen.

Timothy hatte Opernkarten für Mozarts Entführung aus dem Serail besorgt und dazu Charlotte und David Gregg eingeladen. Charlotte und David fanden sich bei uns ein und Timothy fuhr in die Oper. Die Klänge der heiteren Oper berauschten unsere Sinne und so fuhren wir freudig in unser Haus zurück, wo Margret noch ein Dinner servierte. Zur späten Stunde verabschiedeten sich unsere Gäste.

6.
Am Montag morgen führte mich Timothy in die Garage.
„Eine Frau muss auch mobil sein, deshalb möchte ich dir diesen grünen Polo überlassen."
Ich sah ihn an und wusste zunächst keine Antwort. Natürlich hatte ich mir schon selbst überlegt, mein Auto mit nach London zu nehmen.
„Gefällt es dir nicht?", fragte er mich unsicher.
„Du hast hundertprozentig meinen Geschmack getroffen Timothy", sagte ich mit Tränen in den Augen. „Du kannst mir doch kein Auto schenken."
„Du wirst bald meine Frau sein und dann wird das, was mir gehört auch dir gehören."
„Ich wollte mein eigenes Auto nach London mitnehmen."
„Verkaufe es."
Es entsprach seinem Wesen, mir teure Geschenke zu machen.

Um zehn Uhr sprachen Julia und ich beim Rektor vor. Julia müsste einen Test machen, damit sie wüssten, in welche Klasse sie käme. Er führte uns durch die Einrichtungen der Schule. Julia gefiel die Schule, da sie auch nahe bei unserem Haus lag. Und ich fand die Schule ordentlich und sauber. Nach der Besichtigung kamen Julia und ich zum Schluss, den Test zur Einstufung durchzuführen.

Meine Sorge, dass ihr Englisch nicht ausreichte, um dem Unterricht zu folgen, wurde vom Rektor entschärft. Sie würde durch einen Lerncoach begleitet werden, der ihr beim Einstieg helfen und sie entsprechend ihrer Fähigkeiten förderte. In einem Jahr würde sie große Fortschritte machen, zumal in ihrem Elternhaus englisch gesprochen würde.

Am Nachmittag sprach ich beim Tee mit Margret über Veränderungen im Haus und wir besichtigten jedes einzelne Zimmer. Ich wünschte mir helle und lichtdurchflutete Räume mit leichten Vorhängen.
In der Bibliothek wollte ich Bücherregale für meine eigenen Bücher haben. Und gemütlicher sollte sie werden, mit zwei Sesseln und kleinen Tischen, dazu ein heller Teppich, mit dem der Raum gleich freundlicher wirken würde.

Die Möbel des Esszimmers waren aus Nussbaum, was mir an sich gefiel, doch der Raum wirkte dunkel. Die Holzvertäfelung sollte herausgerissen werden und die Wand in einem hellen Gelb gestrichen werden. Ich wollte moderne Stühle mit Hussen.
Für das Frühstückszimmer sah ich einen Glastisch und Vorhänge mit hellen Farben vor. Das große Wohnzimmer konnte so bleiben, wie es war, es gefiel mir, da die Farben miteinander harmonierten.

Im Kaminzimmer war die L-förmige Couch zu groß und vorherrschend. Zum blauen Kamin wollte ich eine weiße Couch und zwei gemütliche Sessel. Die Wände sollten in weiß und blau gehalten werden.

Julia gefiel ihr Zimmer, aber sie wünschte sich einen grünen Wandanstrich und dazu eine passende Tagesdecke.
Die Bäder waren alle modern eingerichtet und so stand hier keine Veränderung an.

Unser gemeinsames Schlafzimmer sollte lediglich einen neuen Anstrich erhalten.
Margret versprach, die notwendigen Arbeiten ausführen zu lassen. Und dann fuhren wir in ein Möbelhaus, um einige Gardinen in den passenden Farben zu erwerben.
Am Abend zeigte ich Timothy unseren erfolgreichen Einkauf und erzählte ihm von den Veränderungen, die ich beabsichtigte.
„Du gehst mutig mit Farben um mein Engel. Als Innenarchitektin hättest du sicher Erfolg."
„Da habe ich aber kein Diplom."
„Hier in England braucht man nicht immer ein Diplom. Da zählt Talent und Geschmack. Und beides hast du."

7.
Mit gemischten Gefühlen fuhr ich am Dienstagmorgen zum Bewerbungsgespräch dieser Patentanwaltsfirma. Ich wollte so gerne endlich eine Arbeit finden, bei der ich mich wirklich wohl und willkommen fühlte und versuchte so vor allem, das Betriebsklima der Firma zu spüren.
Ein Mister Harry Hancox begrüßte mich höflich.
„Warum wollen Sie bei uns arbeiten?"
„Ich werde nach London ziehen und suche eine Arbeitsstelle. Ich habe Erfahrungen bei verschiedenen Anwaltskanzleien in Deutschland sammeln können."
„Und Ihre Englischkenntnisse sind hervorragend, wie ich feststellen darf. Wie viele Stunden wollen Sie denn arbeiten?"
„Ich würde gerne fünfundzwanzig Stunden in der Woche arbeiten."
„Also eine Teilzeitstelle. Wir können unseren Mitarbeitern ein auf sie flexibel ausgerichtetes Modell anbieten. Frau Charlotte Gregg hat hier ihre Verbindungen spielen lassen. Kennen Sie Charlotte?"
„Ich habe sie und ihren Mann kennengelernt."
„Darf ich fragen, wer Sie bekannt gemacht hat?"

Ich lief rot an, denn nun musste ich ihm von Timothy erzählen.
„Timothy Marsh hat uns bekannt gemacht. Er ist mein Verlobter."
Harry Hancox sah mich durchdringend an und lächelte. „Dann sagen Sie Timothy einen schönen Gruß. Ich schätze seine Bilder. Wann wollen Sie beginnen?"
„Wir werden Ende Juli heiraten, anschließend sind wir vier Wochen auf Hochzeitsreise, ich könnte den 1. September festschreiben."
„Dann wünsche ich Ihnen alles Gute für Ihre Hochzeit, Mrs. Heart. Wir werden den Vertrag auf 1. September machen."
Das ging mir fast ein bisschen zu schnell. Schließlich hatte ich hier nur durch gute Beziehungen diesen Job ergattert.
„Mister Hancox, ich habe noch eine Frage. Stellen Sie mich nur ein, weil ich die Verlobte von Timothy Marsh bin?"
Er machte eine Pause bevor er sprach. „Mrs. Heart, ich glaube, Sie machen Ihren Weg, da bin ich ganz sicher, ganz unabhängig von Ihrem Verlobten. Er hat Ihnen die Türen geöffnet und Sie sind hindurch gegangen und haben mich überzeugt. Ich glaube an Ihre Fähigkeiten."
„Ich hätte noch eine Bitte, Mister Hancox. Da ich mich diese Woche hier in London aufhalte, möchte ich einen Tag ein Praktikum absolvieren, um mir anzusehen, wie und wo ich eingesetzt werde."
„Mrs Heart, Sie haben mich mehr als überzeugt, dass Sie in unsere Firma passen. Machen Sie bei meiner Sekretärin einen Termin aus, wann Sie kommen können."
„Ich danke Ihnen."
„Nein, ich danke Ihnen, Mrs. Heart. Wir werden sehen, wie wir Ihre speziellen Fähigkeiten richtig einsetzen, und ich freue mich aufrichtig auf eine Zusammenarbeit."
Wir besprachen noch mein Gehalt und den mir zustehenden Urlaub. Am Empfang vereinbarte ich für Donnerstag mein Praktikum.

8.
Kopfzerbrechen bereitete mir noch die Kleiderfrage für die Hochzeit im März. Bisher waren unsere Bemühungen noch nicht von Erfolg gekrönt, also fuhr uns Timothy in die Westfield Stratford City mit dem größten Einkaufszentrum Europas. Er führte uns direkt ins Mulbery. Schon der Eingang ließ ahnen, dass es sich hier um ein Luxusgeschäft handelte.
Obwohl es führende Marken gab, konnte ich mich für kein Cocktailkleid begeistern. Ich wollte etwas schlichtes, in einer schönen Farbe, jedenfalls nicht schwarz. Timothy gab sich alle Mühe, doch wir fanden nichts Passendes. Sichtlich enttäuscht setzte er uns in der Innenstadt ab und vereinbarte, uns einige Stunden später wieder abzuholen.
Auf uns allein gestellt, wurden wir in einer kleinen Boutique fündig, in der Julia ein Organzakleid in Rosa, tailliert mit einem Tüllrock, erwarb. Es war ein wenig gewagt und figurbetont, aber sie sah hinreißend darin aus. Das zweite Kleid wählte sie in türkis. Dieses war am Oberteil sowie an den feinen Trägern mit vielen edlen Swarovski-Steinen besetzt. Letztendlich entschied sich Julia noch für ein hellblaues Kleid, tailliert, mit Trägern und einem perlenden Gürtel. Ich war zufrieden, denn sie sah in jedem Kleid bezaubernd aus.
Für mein Kleid wünschte ich mir ein schönes Dekolleté und einen figurbetonten Schnitt. Doch bei den meisten Roben die ich probierte, fühlte ich mich ausgezogen und nicht angezogen. Nach langem Suchen fand ich ein grünes Kleid aus Chiffon, tailliert und knapp über dem Knie endend, mit einer Stola sowie ein türkisfarbenes Trägerkleid aus Organza mit einem dazu passenden Mantel.
Ich verbrachte eine Ewigkeit in der Umkleidekabine, bis ich mich schließlich für eine asymmetrisch geschnittene dunkelblaue Robe aus Chiffon entschied, die auf der linken Seite durch eine Blume aus Swarovski-Steinen

zusammengehalten wurde.

Nachdem wir die Kleider ausgesucht hatten, benötigten wir noch die entsprechenden Accessoires wie Schuhe und Handtaschen. Es folgte eine erneute nicht endend wollende Zeit des Suchens und Anprobierens bis uns Timothy vier Stunden später erschöpft, aber mit vollen Taschen am verabredeten Treffpunkt abholte.
Frank kam gerade aus der Schule, als wir das Haus betraten.
„Seid ihr fündig geworden?" fragte er uns höflich.
„Ich habe wundervolle Kleider gefunden," schwärmte Julia und ging mit ihm nach oben, während Timothy und ich das Wohnzimmer aufsuchten.
„Ich bin müde Timothy," sagte ich und er lachte.
„So ein Einkaufstag ist ziemlich anstrengend, nicht wahr? Willst du einen Schluck Whisky?"
„Whisky? Wie kommst du darauf?"
„Der weckt deine Lebensgeister wieder auf."
„Gut, ich probiere einen kleinen Schluck."
Tatsächlich, nach dem Schluck fühlte ich mich schon besser.

9.
„Spricht deine Verwandtschaft französisch?"
„Du brauchst dir keine Gedanken über Sprache machen. Wir sprechen alle französisch und englisch, manche auch deutsch."
„Werden sie mich akzeptieren?"
„Du kommst als meine Braut."
„Das ist nicht die Antwort auf meine Frage, Timothy."
„Ich weiß es nicht, mein Engel. Aber es ist nicht wichtig, ob sie dich akzeptieren. Wir werden in London leben und meine Verwandtschaft ist weit weg. Sie hat keinen Einfluss auf unser Leben."
Seine ausweichende Antwort machte mich eher besorgt,

doch ich liebte Timothy aufrichtig und vertraute ihm. Man konnte sich seinen Mann aussuchen, doch die Verwandtschaft dazu nicht. Viele Jahre hatte ich gegen Ungerechtigkeiten gekämpft. Die Zeit hatte mich dünnhäutig werden lassen und meine Sehnsucht nach Harmonie war enorm gewachsen. Ich nahm mir vor, nicht zu streng mit seiner Familie zu sein und sie zu akzeptieren, wie sie war.
Dabei hatte ich das Gefühl, dass Timothy selbst Distanz zu seinen Eltern und Brüdern suchte. Die Gründe waren mir nicht klar und so sprach ich ihn darauf an.
„Ja, mein Engel, das hast du richtig erkannt. Meine Familie ist sehr von sich eingenommen und findet meinen Weg als Künstler nicht akzeptabel, weshalb ich meine Familie meide. Leider gehören Veranstaltungen wie eine Hochzeit zu einer Pflicht, der ich nicht entgegen kann."
„Du meidest deine Eltern?"
„Vater kann sehr dominant sein und ich will keinen Dauerkonflikt."
„Ja, du bist sensibel."
„Deine Eltern sind so entzückend, Olivia, ich habe mich so wohl bei euch gefühlt. Ich fürchte, dir wird es bei meinen Eltern nicht so ergehen."
„Du machst mir Angst."
„Sei wie du bist, mein Engel, und fürchte dich nicht. Wir haben unser Leben in London. Denke daran."
„Ich will auch nichts anderes."

10.
Das Gebäude besaß eine Tiefgarage, wo ich mein Auto parken konnte. Mit dem Aufzug gelangte ich in den 7. Stock.
„Ich heiße Betty", begrüßte mich eine junge Frau am Empfang.
„Mein Name ist Olivia", antwortete ich.
„Ich bin für heute Ihre Ansprechpartnerin. Kommen Sie, ich

zeige Ihnen zunächst Ihren Arbeitsplatz."
Sie führte mich durch verwinkelte Gänge in ein Zimmer mit zwei Schreibtischen, die einander gegenüber lagen. Ein Fenster spendete Tageslicht. Viele Pflanzen sorgten in diesem Zimmer für eine angenehme Atmosphäre.
„Wir arbeiten hier teamorientiert. Jeden Montag Morgen haben wir Teamsitzung, in der die verschiedenen Arbeitsaufgaben verteilt werden."
„Wie werden diese verteilt?"
„Jeder kann sich melden, was er in dieser Woche gerne machen würde. Jeder kann auch Neues probieren und lernen. Man kann sich auch zu zweit für eine Aufgabe melden."
„Hört sich gut an", meinte ich.
„Das ist es auch", meinte Betty lächelnd. „So ist einerseits gewährleistet, dass die Routineaufgaben erledigt werden. Andererseits hat jeder die Herausforderung, die er gerne hätte. Das kann ja ganz unterschiedlich sein."
Nun wies sie mich in die Software ein und gab mir einige Schreiben zur Überprüfung. Danach erklärte sie mir das Abrechnungssystem und ich schrieb unter ihrer Anleitung einige Rechnungen.
In der Pause gingen wir zusammen zu Starbucks, der im selben Haus im Erdgeschoss untergebracht war. Betty war eine lustige Braunhaarige und wir verstanden uns auf Anhieb und kamen überein, uns zu duzen.
Nach der Pause gab sie mir einen Text zur Übersetzung. Es war kein einfacher Text und ich benötigte fast zwei Stunden, bis ich fertig war. Betty sah den Text durch.
„Gut hast du das gemacht", grinste sie. „Komm in das Besprechungszimmer."
Zusammen gingen wir in das Besprechungszimmer, in dem Mr. McKenzie, ein Anwalt und Mrs. Brown, eine weitere Mitarbeiterin, saßen. Wir sprachen über meine Arbeit. Alle waren zufrieden. Auch mir hatte das teamorientierte Arbeiten gefallen. Und ich hatte die Augen offen gehalten und geschaut, wie die Mitarbeiter miteinander umgingen. Es wurde ein respektvoller Ton

angeschlagen, der vom britischen Humor geprägt war. Dies brachte ich auch zum Ausdruck.
„Dann steht einer Anstellung nichts im Wege", meinte Mr. McKenzie. „Wir haben hier eine Kernzeit zwischen 10 und 12 Uhr und zwischen 13 bis 15 Uhr. Wie Sie arbeiten, können Sie selbst entscheiden. Sie arbeiten 25 Stunden in der Woche, ist das richtig?"
„Ja."
„Das Gehalt haben Sie schon mit Mr. Hancox besprochen, dann steht einer Unterzeichnung des Arbeitsvertrags wohl nichts mehr im Wege."
Er legte mir den Arbeitsvertrag vor, den ich freudig unterschrieb.

Es war Nachmittag und bevor ich zu Timothy zurück kehrte, wollte ich noch ein wenig allein sein. Bei ihm hätte ich keine Zeit zum Überlegen. Im angrenzenden Park setzte ich mich auf eine Bank und zog die frische Luft ein. Ich liebte Timothy und er liebte mich. Er respektierte mich und legte mir seine Welt zu Füßen. Doch die Schnelligkeit, in der sich alles entwickelte, machte mir zu schaffen. Ich hatte keine Zeit zum Überlegen und so beschloss ich, diese Veränderungen anzunehmen und sich ihnen zu stellen. Voller Erwartung fuhr ich zu meinen Lieben.

11.
Auch Julias Woche war abwechslungsreich. Der Test stufte Julia in Klasse 8 der Secundary School ein, zwei Schuljahre unter Frank. Der Rektor war zuversichtlich, dass sie sich schnell eingewöhnen würde und so verbrachte sie den Donnerstagvormittag in ihrer zukünftigen Klasse. Zusammen mit Frank kam sie nach dem Unterricht zurück.
„Mami, ich habe eine Freundin gefunden", sagte sie zur Begrüßung. „Sie heißt Ella und wohnt auch nicht weit von hier."

„Wie schön."

Da die Kinder nach der Schule hungrig waren, wurde Dinner um sechs Uhr gereicht. Auch Frank erzählte von seinem Schultag und blühte sichtlich auf.
„Ich will reiten", sagte Julia plötzlich. „Frank spielt doch auch Polo und ich würde gerne Springreiten."
Timothy sah mich fragend an.
„Jeder braucht ein Hobby", meinte er. „Du musst entscheiden, ob du es erlaubst."
„Ich erlaube es. Aber wo kann sie reiten?"
„Da werde ich nachfragen", sagte Frank.
„Und ich werde den Fahrdienst übernehmen", meinte John.

Ich machte einen Termin mit dem von Frank vorgeschlagenen Hawkwood Estate Reitstall aus. Wir hatten einen Termin zum Probereiten ausgemacht.
„Hallo, ich bin Kathy", stellte sie sich die Inhaberin vor, als wir sie besuchten. „Du musst Julia sein."
Schüchtern begrüßte sie Kathy.
„Na dann sehen wir mal, wen wir für dich haben."
Sie ging mit Julia an den Boxen entlang und stellte ihr einige Pferde vor. Bei einer Schimmelstute blieb sie stehen.
„Das ist Maja. Sie ist zurückhaltend wie du und wenn du dich mit ihr verstehst, wirst du ihr Temperament entdecken", gab sie geheimnisvoll weiter. Julia streichelte ihre Nüstern.
„Wir werden uns verstehen", meinte sie.

Eine Stunde später fuhr ich mit einer lebensfrohen überglücklichen Tochter nach Hause, die ständig von ihrer Schimmelstute berichtete. Kathy hatte sie einige leichte Springübungen machen lassen und war von ihrem Sitz im Sattel begeistert.

Wie auch bei meinem letzten Besuch ließ mich Timothy an

diesem Abend eine unvergessliche Nacht erleben. Als ich am nächsten Morgen meinen Koffer packte, hatte ich viele Erlebnisse im Gepäck. Wehmütig verabschiedeten wir uns.

12.
Nach meiner Rückkehr freute ich mich auf meine eigene Wohnung, meine vertraute Umgebung, meine Sportgruppe und meine Freundinnen. Ich nutzte die sechs Wochen bis Osten, um mein Schulfranzösisch etwas aufzubessern, damit ich mich in Bordeaux nicht zu sehr blamieren würde. Aufgeregt packten wir unsere Koffer. Das Klima in Frankreich würde so wie in Deutschland werden, vielleicht etwas wärmer, weshalb wir vorsorglich auch einige kurzärmlige T-Shirts einpackten. Natürlich durfte auch unsere Reitausrüstung nicht fehlen. Frank hatte Julia erzählt, dass es auf dem Weingut auch Pferde gäbe.
Am Mittwochnachmittag fuhren wir mit dem Zug nach Stuttgart, checkten ein und wurden am Flughafen von Bordeaux von Timothy am Ausgang begrüßt. Timothy küsste mich und ich roch wieder sein herbes Aftershave, das mir schon bei unserem ersten Treffen den Atem geraubt hatte. Heute sah er mit seinem T-Shirt und seiner langen Mähne wieder aus wie ein Pirat. Mein Pirat.
Vor dem Flughafen wartete eine Limousine mit einem Chauffeur, den er als Jacques vorstellte und der uns zum Weingut Chateau La Tour d'Illac seiner Familie fuhr. Eine Allee mit Platanen führte zu einem gelben Schloss mit drei Geschossen. An jeder Ecke befand sich ein Turm, der dem Schloss ein märchenhaftes Aussehen verlieh. Der Eingangsbereich war kreisförmig mit einer Mittelinsel angelegt, in dessen Mitte ein barocker Springbrunnen mit einer Statue von Poseidon, den ich an seinem Dreizack erkannte, ragte. Jacques stellte das Auto ab und sofort kamen zwei Männer in Uniform, die unser Gepäck aus dem Auto holten und hinauf trugen.

Eine ältere Dame mit kurzgeschnittenen schwarzem Haar kam uns von der Treppe entgegen. Ein enganliegendes rotes Kleid betonte ihre schlanke Figur. Als einzigen Schmuck trug sie auffällige Brilliantohrringe.
„Mutter, darf ich dir Olivia vorstellen", begrüßte Timothy seine Mutter auf französische Art.
„Ich bin Harper und es freut mich, dich kennenzulernen", sagte ihre tiefe Stimme und umarmte mich.
„Fffrreeuuuttt miiiich", stotterte ich.
„Ihr seid sicher müde von eurer Reise. Ich zeige euch eure Zimmer", antwortete Harper und wir folgten ihr über eine Marmortreppe in den ersten Stock. Als ich nach unten sah, bemerkte ich auf dem weißen Marmorboden einen Stern mit zwölf Zacken. Timothy ging in ein Zimmer, während Harper die Zimmertür von gegenüber öffnete und mich eintreten ließ.
„Das ist dein Zimmer für deinen Aufenthalt auf unserem Weingut. Dinner gibt es um zwanzig Uhr im großen Speisesaal", teilte sie mir kühl mit. Timothy hatte mich vor meinem Abflug informiert, dass ich nicht mit ihm das Zimmer teilen würde. Bei seinen Eltern würde sehr auf dem äußeren Anstand geachtet.
„Muss ich mich umziehen?"
Sie sah mich an. „Es ist ein formelles Abendessen und die Herren erscheinen im Anzug."
„Ich werde schon etwas Passendes finden."
„Dann lasse ich dich jetzt allein, um deinen Koffer auszupacken. Timothy wird euch zum Esszimmer geleiten." Sie wandte sich an Julia.
„Und du folgst mir. Dein Zimmer ist nebenan." Sie schloss die Tür und ich sah mich um. Das Zimmer hatte drei Fenster, umrahmt von gelben Vorhängen. Eines der Fenster ging zum Turm hinaus, in dessen halber Runde eine Bank mit gelben Kissen angebracht war, die zum weißen Marmor des Bodens harmonierten.
Auf einem Podest im Zimmer stand ein rundes Bett. Der Kleiderschrank war in der Wand eingebaut mit modernen Spiegeltüren zum Schieben. An einem Raumteiler aus

Schmiedeeisen stand ein Frisiertisch mit einem Stuhl und einem Spiegel. Auf der anderen Seite des Raumteilers stand eine weiße Chaiselongue auf einem gelben Teppich und lud zum Ausruhen ein.
Wer auch immer diesen Raum gestaltet hatte, hatte sein Handwerk verstanden. Sofort fühlte ich mich wohl und schritt zum Fenster, um zu sehen, in welchem Teil des Schlosses der Raum lag. Rechts lag der Eingangsbereich des Schlosses und vor mir der Garten mit üppigen Blumenstauden, die zwischen Rasenstücken und Weiden als englischer Garten angelegt waren. Auch hier herrschte eine Harmonie vor, die mich gerne hinaussehen ließ.
Es klopfte und Timothy erschien. „Sei ihr nicht böse, ich glaube, sie war recht förmlich."
„Ja, so kann man es sagen."
„Sie will erst ausloten, was für ein Mensch du bist."
„Das soll sie", antwortete ich keck und Timothy küsste mich. Wir hatten uns viele Wochen nur über Skype unterhalten und ich freute mich, ihn zu spüren. Bald lagen wir nackt nebeneinander auf dem Bett und ich gab mich seinen Liebkosungen und unserer sexuelle Vereinigung hin.
„Was ziehe ich zum Abendessen an? Ein Cocktailkleid?"
„Nein, zu elegant."
Ich zeigte Timothy meine Kleider.
„Welches soll ich anziehen?"
„Dies hier", er deutete auf ein rotes Kleid, das ich ein Jahr zuvor zur Konfirmation meiner Tochter erworben hatte. Er zog sich an und gab mir einen Kuss.
„Ich muss mich umziehen, mein Engel. Ich hole dich dann in einer halben Stunde ab."
„So schnell?"
„Wir haben uns anderweitig beschäftigt."
Ich lächelte und Timothy verschwand. Ich ging in das Badezimmer, duschte mich, trocknete meine Haare, föhnte sie und zog mich an, als es klopfte. Ich öffnete die Tür und Julia stand vor mir in einer zerrissenen Hose und einem schwarzen T-Shirt. Oh nein, dachte ich, lass diesen Kelch

an mir vorüber gehen.

„Hallo Julia. Hast du deinen Koffer ausgepackt?"

„Ja, hab ich."

„Könntest du vielleicht ein Kleid anziehen?"

„Ich habe kein Kleid", rebellierte sie. Ich selbst hatte einige Kleider in ihren Koffer gelegt.

„Das Kleid, das du an deiner Konfirmation getragen hast, wäre passend. Ziehst du das an, Schätzchen? Für mich. Bitte."

Es gefiel ihr ganz und gar nicht, doch sie verschwand und kam kurz darauf in ihrem Kleid und schicken Highheels wieder. Ich schminkte mich schnell, als Timothy eintrat. Bei meinem Anblick begannen seine Augen zu leuchten. Dann sah er Julia und schenkte ihr ein breites Lächeln. Er kam zu mir und küsste meine Hände.

„Wunderschön sind meine beiden Damen. Frank wartet und wird Julia zum Tisch geleiten."

Timothy führte uns kurz durch das Haus, damit wir uns orientieren konnten. In der großen Eingangshalle, zu der alle Räume sowie der Treppenaufgang führten, zog wieder dieser zwölfzackige Stern seinen Blick auf mich. Ich wollte fragen, was er bedeutet, doch Timothy zog mich schon weiter. Am Ende seiner Führung erreichten wir das Esszimmer, wo seine Familie mich herzlich begrüßte.

Ein Dienstmädchen reichte uns auf einem Tablett ein Glas Champagner und wir stießen mit allen an.

Sein Vater David war groß und schlank wie Timothy mit asiatischen Augen und schwarzen, kurzgeschnittenen Haaren. Er machte einen heiteren, lebensbejahenden Eindruck auf mich und sah mich mit verschmitzten Augen an.

Sein ältester Bruder Peter war groß und muskulös und sehr von sich eingenommen. Er trug ein buntes T-Shirt und dazu ein schwarzes Jackett. An seinem rechten Arm sah ich ein schweres Goldarmband blitzen. Sein Vollbart wirkte gepflegt, wie seine ganze Erscheinung.

Der mittlere Bruder George war von kleiner und drahtiger Gestalt, während seine Braut Chloé einen halben Kopf größer war mit den dunklen Augen einer Südfranzösin. George wirkte schüchtern, doch Chloé gegenüber schien er aufzutauen. Sie sprühte vor Witz und Charme und alle Männer schienen sich nur um sie zu drehen.

„Darf ich zu Tisch bitten", sagte Harper und zog mich mit sich.

Seine Elten hatten mich freundlich, aber distanziert empfangen. Ein Anflug von Angst kroch in mir hoch, doch als ich Timothy ansah, wurde ich wieder ruhiger. Er war mein ruhender Pol, er war der Mann, der mich beschützen würde und ich vertraute ihm.

Als vollendeter Gentleman saß David an seinem Ende des Tisches und unterhielt sich mit seinen Söhnen und den Kindern. Ich bemerkte, dass er auf Julia besonders einging, konnte jedoch angesichts der Entfernung nicht immer mitbekommen, was sie sprachen.

Im munteren Geplauder verging das Abendessen, das aus fünf Gängen bestand. Als Vorspeise wurde eine Gemüsequiche, anschließend ein Salat gereicht. Der Hauptgang setzte sich aus gebratenem Zanderfilet und Risotto zusammen. Vor dem Dessert wurde Käse serviert, doch ich war schon satt.

Zunächst war ich etwas schüchtern und gehemmt. Ich begann zu stottern, doch Harper sprach auf Deutsch weiter. Sie erzählte, wie sie das erste Mal ein Pferd bestiegen hatte und es mit ihr durchging und sie unverletzt in einem Heuhaufen landete.

Frank und Julia verabschiedeten sich nach dem Abendessen und gingen zum Schwimmen, während die Erwachsenen im großen Wohnzimmer Platz nahmen. Timothy war noch mit seinem Vater in ein Gespräch vertieft, und so folgten sie erst später.

Timothy hatte mir erzählt, dass Peter das Leben eines Playboys führte und sich nicht festlegen konnte, wen er heiraten wollte. Peter verwickelte mich beim Hinübergehen ins Wohnzimmer charmanterweise in ein Gespräch über

Autorennen. Dieses Thema interessierte mich zwar wenig, durch meinen Vater kannte ich jedoch die Rennstrecken und Rennfahrer recht gut und konnte mich mit Peter darüber unterhalten, als sich auch Timothy zu uns gesellte. So verging der Abend in heiteren Unterhaltungen. Timothy begleitete mich bis an meine Zimmertür und verabschiedete sich galant mit einem Handkuss.

Ich war noch nicht müde, deshalb nahm ich mein Tagebuch und schrieb hinein, was mich gerade bewegte. Um mich zu beruhigen, hörte ich mir eine Meditation auf meinem Handy an. Gerade wollte ich mich gerade schlafen legen, als es leise klopfte. Ich stand auf und öffnete die Tür. Timothy stand davor.
„Vertreibst du meine Dämonen?"

13.
Donnerstagmorgen wachte ich in den Armen Timothys auf, als es hell wurde.
„Ich muss gehen, mein Herz", flüsterte er mir zu und verschwand in seinem Zimmer.
Es war erst sechs und das Frühstück würde ab acht Uhr im Frühstückszimmer serviert werden. Ich drehte mich um und wollte schlafen, als es erneut klopfte und meine Tochter erschien. Ich brachte ein schwaches „Hallo" zustande und sie schlüpfte zu mir unter die Bettdecke.
„Mami, Frank will mir heute die Ställe zeigen", teilte sie mir mit.
„Ställe?"
„Ja. Sie haben Nutztiere wie Kühe, Schweine, Hühner und einige Pferde. Und wir wollen zusammen ausreiten."
„Das ist schön."
„Frank zeigt mir die Gegend vom Pferd aus. Und was machst du?"
„Keine Ahnung, was Timothy vorhat."
Ich wusste wirklich nicht, was mich an diesem Tag

erwartete. Eine Stunde unterhielt ich mich mit Julia, dann standen wir auf. Ich ging ins Bad und zog mich an. Es klopfte und Timothy stand vor der Tür.
„Ich hole dich zum Frühstück ab."
„Was haben wir heute vor?", fragte ich meinen Liebsten.
„Heute morgen haben wir ein Gespräch mit meinen Eltern."
„Oh."
„Keine Sorge, mein Herz. Ich liebe dich und mehr musst du nicht wissen."
Da war ich nicht ganz so überzeugt und so gingen wir zum Frühstück, während ich noch darüber sinnierte, was auf mich zukommen würde und wie ich mich wohl am besten darauf vorbereiten könnte. Das Frühstück war typisch französisch mit Croissants, Baguette, Marmelade und Milchkaffee. Normalerweise aß ich wenig zum Frühstück, doch die Nacht mit Timothy hatte mich hungrig gemacht und so machte ich mich mit viel Appetit über das Frühstück her.

14.
Um neun Uhr standen wir im Büro seines Vaters. Er saß hinter seinem Schreibtisch und Harper, Timothy und ich nahmen auf der anderen Seite Platz. Typisch patriarchalische Strukturen, dachte ich. Das machte mir keine Angst. Er wandte sich an Timothy.
„Die nächste Mesalliance, die du eingehen willst?", begann er das Gespräch, ohne mich anzusehen.
„Ich liebe Olivia von ganzem Herzen", antwortete Timothy.
„Ich kenne die Macht der Liebe", entgegnete er streng und sah Harper an.
„Ich kann mich nicht mit eurem Reichtum messen, doch ich bin nicht arm", wandte ich ein. „Und ich werde für meinen Unterhalt selbst sorgen."
„Eine Emanze", meinte David.
„Was ist so schlimm an einer Emanze?"

„Wir achten hier die Traditionen. Die Frau bekommt Kinder und erzieht sie."

„Ich habe aber noch andere Interessen als die Erziehung der Kinder."

„Du weißt genau, wie der Rest der Familie über deine Wahl denken wird Timothy."

„Seit wann scherst du dich um den Rest der Familie, Vater?"

„Oliver wird morgen erscheinen und ihm wird es nicht gefallen. Du weißt, was von uns erwartet wird. Frauen aus unserer Gesellschaftsschicht zu wählen."

Ich wurde langsam wütend. Doch ich ließ mir keine Angst einjagen.

„Wenn ich hier nicht willkommen bin, gehe ich." Ich machte auf dem Absatz kehrt, doch Timothy hielt mich auf.

„Kommt gar nicht in Frage", sagte er und sah mir tief in die Augen. Ich blieb stehen.

„Vater, ich werde Olivia heiraten, ob es der Familie gefällt oder nicht. Olivia ist die Frau, die ich liebe, und ich werde sie auch ohne deinen Segen heiraten."

David sah von mir zu seinem Sohn. Seine Augen blickten mich ruhig an.

„Du hast Mut, Olivia. Und hübsch bist du auch, wenn auch nicht mehr jung. Und du scheinst intelligent zu sein, vielleicht zu intelligent."

Was hatte sein Umschwenken zu bedeuten?

„Ich liebe deine Mutter über alles und ich bin dem Schicksal dankbar, das sie an meine Seite gestellt hat. Ich kann dich verstehen Timothy. Doch um die Familie zu beruhigen, stellen wir eine Bedingung, Timothy: Ein Ehevertrag wurde vorbereitet, den ihr beide unterzeichnen werdet. Hierbei verzichtet Olivia auf dein Erbe."

Ich sah Timothy an.

„Was mir gehört, gehört auch meiner Frau, Vater. Das habe ich bereits gesagt."

„Ich bestehe auf diesen Ehevertrag. Eine Ehe kann scheitern und da muss Vorsorge getroffen werden."

„Meine Ehe wird nicht scheitern. Ich liebe Olivia und sie

liebt mich. Nur das zählt. Und es gefällt mir, dass sie eine Emanze ist."

„Olivia ist eine außerordentliche Persönlichkeit und wird Timothy glücklich machen. Davon bin ich überzeugt David", mischte sich seine Mutter ein.

„Glück und Geschäft sind zweierlei. Das weißt du, Harper."

„Eine Ehe ist keine geschäftliche Beziehung", wandte Timothy ein.

„Du irrst dich, mein Sohn. Es geht nur um das Geschäft."

Doch Timothy gab nicht auf.

„Ich werde nichts dergleichen unterzeichnen und Olivia auch nicht. Wir weigern uns." Er nahm meine Hand und ich wurde unsicher.

„Du stellst dich mir entgegen?"

„Ja, Vater. Ich werde keinen Ehevertrag unterschreiben", bekräftigte Timothy.

„Vielleicht sollten wir ihnen erst einmal Zeit lassen", meinte Harper und David sah sie lange an.

„Stimmt. Geben wir ihnen Zeit. Lest den Ehevertrag durch. Er ist dreisprachig ausgeführt. Die Übersetzung aus dem Französischen ist beglaubigt. Falls du Fragen hast, kannst du uns jederzeit ansprechen."

Jeder von uns erhielt eine Ausfertigung des Ehevertrags. Wir gingen in mein Zimmer und setzten uns auf die Bank des Turms.

15.

„Timothy, ich habe kein Interesse an deinem Reichtum."

„Das weiß ich, mein Herz, und deshalb bestehe ich darauf, dass du diesen Vertrag nicht unterzeichnest."

„Zeigst du mir das Anwesen?", fragte ich meinen Liebsten, um das Thema zu wechseln.

„Aber sicher, mein Engel. Komm." Er stand auf und ich folgte ihm. Im ersten Stock gab es vierzehn Schlafzimmer und vierzehn Badezimmer, während sich im Erdgeschoss mehrere Wohnzimmer, Esszimmer, Frühstückszimmer,

Arbeitszimmer, eine riesige Küche sowie eine Bibliothek befanden. Timothy stellte mir den Koch Louis und seine Frau Camille vor. Am Treppenaufgang konnte ich endlich nach dem Stern fragen.
„Was bedeutet dieser Stern, den ich immer wieder sehe?"
„Ich weiß es auch nicht genau. Er ist das Zeichen der Herrenmenschen. Eine Ideologie, an die meine Familie glaubt."
„Herrenmenschen? Im Sinne von Nietzsche?"
„Ich kenne Nietzsche nicht. Es gibt Sklaven und es gibt Herren. Die Herren müssen herrschen und die Sklaven gehorchen. So ist das System. Vor allem Onkel Oliver macht da keine Kompromisse."
„Das wird eine schöne Herausforderung für ihn", meinte ich schnippisch.
„Wie meinst du das?"
„Ich werde es ihm nicht leicht machen", entgegnete ich meinem Liebsten. Ich hatte nicht vor, zu kuschen.
Wir waren im Untergeschoss angekommen, in dem ein Schwimmbad untergebracht war. Blumen trennten den Fitnessbereich sowie die Sauna mit Duschen und Liegen ab.
„Wir werden weiter schwimmen üben", kündigte ich an.
„Jeden Tag." Timothy zog mich zu sich und küsste mich.
Auf der Rückseite des Hauses befand sich eine große Terrasse, auf der das Essen eingenommen werden konnte, mit einem großen Gartentisch und Stühlen. Die Gartenanlage war im englischen Stil mit einer weiten Rasenfläche und vielen Bäumen gehalten. Ein großes Partyzelt wurde gerade aufgebaut.
Voller Stolz präsentierte mir Timothy das Weingut Chateau La Tour d'Illac, das sein Vater aufgebaut hatte und nun zusammen mit seinen zwei Brüdern verwaltete. Der Wein wurde in Barrique-Fässern gelagert, die dem Wein seinen unnachahmlichen Geschmack verliehen.
„Am Freitag und Samstag werden weitere Gäste und Zweige unserer Familie kommen, unter anderem die chinesische Sektion."

„Meine Familie ist klein im Gegensatz zu deiner Familie."
„Und am Sonntag erscheint dann die weitere Verwandtschaft."
„Dein Vater flößt mir Respekt ein."
„Nun verstehst du auch, weshalb ich in London lebe."
Ich lächelte ihn an.
„Ich habe nichts gegen Geld, Timothy. In der richtigen Dosierung macht es das Leben einfacher. Aber ich weiß nicht, ob ich mit so viel Reichtum umgehen kann."
„Du wirst es lernen, mein Engel. Du bist charmant und hast meine Mutter um den Finger gewickelt. Sie ist von dir begeistert, wird uns beistehen und Vater überzeugen."
„Timothy, langsam entgleitet uns alles und ich weiß nicht, ob ich das will. Macht macht abhängig."
„Unsere Welt ist nicht die Welt der Mächtigen. Unsere Welt ist in London. Das einfache Leben eines Künstlers."
„Dennoch lösen deine Eltern ambivalente Gefühle in mir aus. Sie sind so kühl und zurückhaltend."
„Das sind sie. Meine Mutter war niemals so herzlich wie du mein Engel. Das liegt nicht in ihrer Natur."

16.
Mittagessen gab es gegen ein Uhr, ich hatte noch Zeit und ging in das Untergeschoss, um zu schwimmen. Das Wasser war warm und ich begann, meine Bahnen zu ziehen, als Peter erschien.
„Da hat sich mein kleiner Bruder ja eine schöne Braut ausgesucht", sagte er anzüglich und stolzierte daher wie ein eitler Gockel. Ich schwamm zügig weiter und Peter sprang mit einem Kopfsprung ins Wasser.
„Hallo Peter", begrüßte ich ihn höflich und beendete meine Bahnen.
„Du bist eine gute Schwimmerin", stellte er fest. „Da wird mein Bruder nicht mithalten können. Ich kann wenigstens schwimmen!"
„Ich muss gehen und mich umziehen, sonst werde ich bis

zum Mittagessen nicht fertig", entgegnete ich schnell und stieg aus dem Wasser.
Peter folgte mir. Kaum war ich aus dem Wasser, fasste er mich von hinten an den Po.
„Du hast Rundungen an der richtigen Stelle", sagte er und strich mit der anderen Hand frivol über meinen Busen. Ich wollte mich aus der Umklammerung befreien, doch er hielt mich umso fester.
„Lass mich in Ruhe", keifte ich.
„Du brauchst einen richtigen Mann." Er zog mich zu sich heran und wollte mich küssen, doch ich hob mein Knie, stieß es in sein Gemächt und schubste den überraschten Peter ins Wasser. Schnell streifte ich meinen Bademantel über und verschwand.
„Das wirst du bereuen", rief er hinter mir her.

Als ich in mein Zimmer kam, schloss ich sofort ab. Ich war völlig aufgewühlt und setzte mich auf die Bank des Turms. Was war das? Peter war mir gegenüber anzüglich geworden, hatte es an Respekt mangeln lassen. Was sollte ich machen? Ich überlegte verschiedene Optionen. Wenn ich es Timothy erzählte, gab es Ärger zwischen den Brüdern. Wollte ich das?
Peter hatte mich in eine Zwickmühle gebracht.
Ich ging unter die Dusche und überlegte fieberhaft weiter. Meine Gegenwehr hatte er sicherlich richtig verstanden.
Es klopfte und ich ging zur Tür und öffnete.
„Du schließt die Tür ab?" Er sah mir auf den ersten Blick an, dass etwas nicht stimmte. Die Tränen kamen und ich sah mich in einer Situation, in der ich nicht wusste, was ich tun sollte.
„Was ist los, mein Engel?"
Ich schmiegte mich an ihn und bekam kein Wort heraus.
„Hab Vertrauen und sag mir, was passiert ist."
„Peeettter", stotterte ich und hielt inne, als ich in das Gesicht meines Geliebten sah.
„Hat er versucht ...?", fragte er und ich nickte nur. „Hatte er Erfolg?"

Ich schüttelte nur den Kopf.
„Er landete im Pool."
Langsam lief Timothy rot an. Ich hatte ihn noch nie so wütend erlebt. Er nahm mich in den Arm, tröstete mich und dann erzählte ich, was sich ereignet hatte. Ich erlangte langsam meine Fassung wieder.
„Timothy, du bist wütend und das zurecht. Peter hat sich mir gegenüber respektlos verhalten und wie ich an deinem Gesicht erkenne, war es wohl nicht das erste Mal."
„Er sieht Frauen als Objekte an, die er gebrauchen kann", schäumte er.
„Das habe ich bemerkt. Du sagst ihm in aller Ruhe, dass er sich von mir fern halten soll."
„Genau das habe ich vor."
„Falls Peter mich noch einmal respektlos behandelt, werden Julia und ich sofort abreisen. Das ist mein Ernst."
Timothy küsste mich sanft und verschwand.

17.
Ich zog mich an und legte Make-up auf, als Timothy erschien, um mit mir in den Garten zum Essen zu gehen. Es war noch warm an diesem Abend. Timothys Aftershave vermittelte mir Vertrauen und er blieb demonstrativ an meiner Seite. Julia und Frank erschienen. Mit einem blauen Auge musterte Peter Julia von oben bis unten, da sie eine moderne schwarze Hose mit Löchern trug und kein Kleid. Als er meinen Blick bemerkte, wandte er sich sofort ab.
„Was hat Peter gesagt?", flüsterte ich Timothy zu.
„Das willst du nicht hören. Er wird dich nicht mehr belästigen."
„Ich hoffe, dies gilt auch für Julia."
„Das habe ich nicht ausdrücklich gesagt. Muss ich das noch hinzufügen?"
„Wenn ich den Blick von gerade richtig deute, solltest du das vorsichtshalber tun."

„Ich werde Frank bitten, eine Auge auf Julia zu haben."
Timothys Tante Lena und ihr Mann Lu Yili mit ihren Kindern und deren Begleitung waren gekommen und wir wurden uns vorgestellt.
Lena hatte kurzgeschnittenes schwarzes Haar mit den typischen schräg stehenden Augen. Ihre Haltung drückte eine eiserne Selbstdisziplin verbunden mit einem Standesdünkel aus. Ihr Erscheinungsbild war tadellos, ebenso wie das ihres Mannes, der in einem dunklen Anzug mit grauer Krawatte erschien. Lu Yili hatte wache Augen, die alles um sich herum zu analysieren schienen. Er ging auf jeden zu und kam sofort ins Gespräch.
Der älteste Sohn Barry war ein eher kleiner, gutaussehender Mann. Seine hübsche Begleitung Lilou Merde war mir etwas zu vorlaut. Sie stellte sich ständig in den Vordergrund, um bewundert zu werden. Doch war sie auch recht unterhaltsam.
Grace war großgewachsen und der Mann an ihrer Seite, der amerikanische Politiker Jones Daltan, hatte graue Schläfen, die ihm ein interessantes Erscheinungsbild verliehen. Sie strahlte eine gewisse Arroganz aus und beäugte mich von oben herab. Es gefiel mir nicht und ich mied sie und ihren Politiker-Kollegen.
Mia hingegen war klein und eher ruhig und zurückhaltend.

Ihr Sohn Daniel war mit seiner Frau Jade und seinen Töchtern Megan und Jana gekommen, beide Teenager in Julias Alter, weshalb hier schnell Kontakte geknüpft wurden. Daniel machte auf mich einen höflichen und reservierten Eindruck, während seine Frau Jade offen auf mich zuging.

Nach dem Essen fragten Megan und Jana bei Frank und Julia an, ob sie mit ihnen zusammen ausreiten konnten. Timothy und ich hatten uns für diesen Nachmittag ebenfalls angeschlossen. Es bereitete mir tiefe Freude, mich auf den Rücken eines Pferdes zu schwingen, den Wind in meinem Gesicht zu spüren, wenn wir galoppierten und mich im Rhythmus des Pferdes zu wiegen. Ich sah zu Timothy, der auch als Reiter eine gute Figur abgab und perfekt im Sattel saß. Ich sandte ihm eine Welle der Liebe zu und er strahlte mich an.

18.
Nach dem Frühstück am Freitag Morgen fuhr Timothy mit Julia, Frank, Megan und Jana und mir nach Bordeaux. Zunächst führte uns Timothy durch die Kathedrale und den Miror d'eau Bordeaux, weiter zum Ponte de Pierre, wo ein Maler auf Wunsch Timothys ein Bild von mir fertigte. Es ging weiter zum Rathaus, wo es einige Boutiquen gab, die die Mädchen sofort ansteuerten. Ich hatte keine Chance mich zu wehren und wurde mitgerissen. Frank und Timothy wollten in ein Sportgeschäft und wir verabredeten uns in einem Café. Megan und Jana verpassten Julia und mir schicke Outfits, was einige Stunden in Anspruch nahm. Nachdem wir schließlich mit viel Erfolg auch noch die passenden Accessoires dazu gefunden hatten, wurden wir von Frank und Timothy herzlich begrüßt. Die Zeit war wie im Flug vergangen und wir fuhren zum Lunch auf das Weingut zurück.

Nach dem Mittagessen nahm ich den Ehevertrag und setzte mich in den Turm. Ich hatte gerade zu lesen begonnen, da fuhr ein Auto auf den Hof. Ich erkannte Oliver und seine Tochter Katie. Die ältere Frau an seiner Seite war sicher Katies Mutter. Mit einem arroganten Blick sah er zu mir hinauf. Sofort zog sich mein Bauch zusammen, als sie auch schon im Haus verschwanden.

Auf jedem Blatt des Ehevertrags war in der rechten oberen Ecke der zwölfzackige Stern angebracht, der mir schon in der Halle aufgefallen war. Was bedeutete er?
Im Falle einer Scheidung wurde mir ein monatlicher Unterhaltsbetrag von 3.000 Euro bis an mein Lebensende

zugesagt, sowie Unterhalt für jedes Kind in Höhe von 3.000 Euro, was meiner Meinung mehr als großzügig war. Ferner würde man mir eine Wohnung oder ein Haus kaufen, ich hätte aber im Gegenzug keinen Anspruch auf Anteile am Familieneigentum. Selbstverständlich dürfte ich alle Geschenke behalten.

So schlecht fand ich diesen Vertrag nicht und war willig, ihn zu unterschreiben. Doch ein Ehevertrag musste von beiden Ehepartnern unterschrieben werden, und Timothy schien damit nicht einverstanden zu sein. So beschloss ich, seine Mutter aufzusuchen, die ich in ihrem Arbeitszimmer fand.

„Hast du einen Augenblick Zeit für mich?", begann ich. Sie lächelte und mit einer Bewegung setzte ich mich in einen Stuhl ihr gegenüber.

„Ich bin damit einverstanden, diesen Ehevertrag zu unterschreiben, da ich selbst schon eine Scheidung hinter mir habe."

„Das ist sehr vernünftig, meine Liebe."

„Aber Timothy wehrt sich vehement dagegen."

„Ja, Timothy kann schon etwas stur sein. Er will dich schützen."

„Aber er schützt mich gerade mit dem Vertrag", meinte ich.

„Das sehe ich auch so." Sie sah mich an. „Ich kann verstehen, weshalb dich Timothy liebt. Du bist schön, intelligent und unabhängig."

„Danke für das Kompliment."

„Und du scheinst nicht machthungrig zu sein."

„Machthungrig? Ich verstehe nicht?"

„Der Konzern hat weit verzweigte Beteiligungen, die für unseren Reichtum und unsere Unabhängigkeit sorgen. Vor allem verhilft es uns zur Macht. Und Macht garantiert gewisse Freiheiten, die unsere Männer suchen. Es ist ein Spiel."

„Timothy sucht keine Macht", entgegnete ich.

„Sie ist tief in ihm verwurzelt, Olivia. Auch wenn er im Moment nicht nach Macht strebt, so ist sie ein Teil seiner Persönlichkeit, die er von seinen Vorvätern geerbt hat.

Und diese Familie hat die Tendenz, andere zu beeinflussen, um das zu erreichen, was sie sich vorgenommen hat."
„Jeder hat Ziele und will diese erreichen."
„Aber diese Familie hat weniger Hemmungen, ihre Macht auch durchzusetzen."
„Das habe ich schon erlebt", sagte ich leise.
„Ist etwas vorgefallen?"
„Timothy hat es geregelt", sagte ich knapp und zeigte ihr, dass ich nicht weiter darüber reden wollte. Sie überlegte kurz.
„Hat sich Peter wieder einmal daneben benommen?" Sie sah mich an und ich sagte nichts. „Du musst nichts sagen, ich kenne meine Söhne. Und das Veilchen an seinem Auge spricht Bände."
„Ich will darüber nicht reden, Harper, bitte hab Verständnis."
„Also gut. Vielleicht können wir Timothy überzeugen, da du dich für diesen Vertrag aussprichst. Dieser Vertrag wird dich stärken."
„Wie meinst du das?"
„Es gibt Mächte, die eine Ehefrau schwächen. Dieser Vertrag sorgt für deine Unabhängigkeit. Was sie dir geben wollen, ist nicht gerade viel und ich werde mich einsetzen, dass der Betrag erhöht wird."
Von welchen Mächten sprach sie da? Ich verstand, dass sie sich für mich einsetzen wollte. Alles weitere blieb mir schleierhaft, aber Harper war mir nach dieser Begegnung sympathisch geworden.
„Ich werde mit Timothy sprechen. Vielleicht hat er ja ein Einsehen."
„Eine Ehe kann nicht aufgelöst werden, denn wir sind mit unseren Männern tief verbunden", meinte Harper zum Abschied.

19.

Als Timothy und ich zum Abendessen gingen, hörten wir Stimmen in der Empfangshalle. Die ganze Familie hatte sich versammelt und ich entdeckte Oliver unter ihnen. Harper kam uns entgegen und begleitete mich zu Oliver und seiner Familie.

„Das ist Olivia, die Verlobte Timothys." Wir gaben uns die Hand, während Harper hinzufügte: „Darf ich dir Lisa, Katie und Oliver vorstellen."

„Wir sind uns bereits begegnet", sagte ich.

„Die charmante Begleitung aus der Oper, welche Überraschung", sagte Oliver.

„Ich freue mich, die Verlobte von Timothy kennenzulernen", begrüßte mich seine Frau herzlich. „Woher kommst du?"

„Ich komme aus Deutschland, aus einer Kleinstadt am Bodensee."

Harper gesellte sich zu ihrem Mann und ließ mich mit Lisa allein. Wir kamen schnell ins Gespräch über die Kinder, während sich Oliver mit Timothy unterhielt. Oliver erzählte Timothy einen Witz.

„Der Kontrolleur fragt einen zweiundzwanzigjährigen nach der Fahrkarte. Der zeigt ihm eine Kinderfahrkarte. 'Das geht nicht. Das ist eine Kinderfahrkarte', sagt der Kontrolleur. Der Junge antwortet: 'Da sehen Sie mal, wie lange ich auf den Zug warten musste.'"

Ich hörte beide lachen.

„Kommt", sagte Harper laut. „Gehen wir zum Dinner."

Alle machten sich auf den Weg in den Speisesaal. Ein Gewusel entstand und ich sah mich an der Seite Olivers wieder.

„Ich habe dich doch gewarnt. Warum hast du meine Warnung nicht befolgt?", meinte Oliver zu mir gewandt.

„Ich bin eine freie und unabhängige Frau", entgegnete ich.

„Du irrst dich. Du bist gefangen in deinen gesellschaftlichen Ansichten. Und nun katapultiert Timothy eine Plebejerin in unsere Kreise."

„Diese Kreise interessieren mich nicht."

„Du wirst lernen müssen, dich in diesen Kreisen zu bewegen."
Seine abwertende Art stieß mich ab.
„Aus Liebe zu Timothy werde ich mit seiner Familie auskommen", entgegnete ich.
„O la la, da ist eine Sklavin ziemlich aufsässig. Du hast sicher tolle Titten, leider bist du für eine Zuchtstute zu alt."
Mit diesen Worten kehrte er mir den Rücken zu, wandte sich an seine Schwester und ließ mich taktlos stehen.
Mit seiner rein körperlichen Präsenz hatte er mir zu verstehen gegeben, der Überlegene zu sein. Ich ließ mich nicht einschüchtern und begann ein Gespräch mit seiner Frau Lisa. Lisa war in jungen Jahren eine exotische Schönheit gewesen, deren einstiger Glanz sich in den feinen Linien ihres Gesichts immer noch erahnen ließ. Sie wirkte ängstlich und sah sich während unseres Gesprächs immer wieder unsicher nach ihrem Mann um, als wollte sie sich beständig seines Wohlwollens vergewissern.
Katie sah ihrer Mutter ähnlich und trug wie sie ausgewählte Kleider mit teurem Schmuck. Ich spürte die Habichtsaugen Olivers in meinem Rücken und drehte mich um. Augenblicklich wandte er sich ab und ich bemerkte erneut, wie auch das Dienstpersonal ängstlich darauf bedacht war, seine Wünsche genauestens zu erfüllen. Ich blieb an Timothys Seite und unterhielt mich mit Harper.
Beim Essen saß Oliver weit von mir entfernt. Ich warf nur hin und wieder einen Blick auf ihn, um ihn zu beobachteten. Er war mir vollkommen unsympathisch. Breitbeinig saß er am Esstisch und präsentierte sich mit einem herausgestrecktem Brustkorb umso bedrohlicher. Alles an ihm demonstrierte Machtentfaltung.
Nach dem Dinner zogen sich Timothy und ich frühzeitig in unsere Räume zurück. Ich wollte diesem Mann aus dem Weg gehen.

20.
Am Samstag fand im Rathaus von Bordeaux die standesamtliche Trauung statt. Zu diesem Anlass trug ich das türkisfarbene Organzakleid mit dem dazu passenden Mantel und Gürtel. Sorgfältig richtete ich mein Make-up und meine Haare, als Timothy erschien.
„Du siehst bezaubernd aus mein Engel. Da erblasst die Braut." Er küsste meinen Nacken zärtlich und da es kitzelte, lächelte ich.
„Dieses Kleid benötigt noch etwas ganz Besonderes, damit es zur Geltung kommt."
Er übergab mir eine kleine Schachtel, in der sich ein Schmuckstück befand. Mit zitternden Händen öffnete ich das Geschenk. Darin lagen Ohrringe aus Weißgold und Diamanten in Tropfenform.
„Sie sind prächtig Timothy."
„Zieh sie an."
Ich folgte seinem Wunsch und trug seine Ohrringe, die zu meinem Verlobungsring passten.
Julia kam in ihrem rosafarbenen Organzakleid und sah einfach hinreißend aus.

Chloé war noch jung und erschien zur standesamtlichen Trauung in einem kurzen weißen Kleid, das sich hauteng um ihren zarten Körper schmiegte und mit kunstvoller Perlenstickerei verziert war. Ein weißes Pelzjäckchen sorgte dafür, dass die Braut nicht fror. Chloé war eine dunkle Schönheit, schlank und groß, sie könnte jedes Kleid tragen und darin eine gute Figur machen. Ihr Brautstrauß war in Weiß mit hellblauen Blümchen gehalten und strömte einen betörenden Duft aus, als ich ihr nach der Trauungszeremonie gratulierte.

Die Hochzeitsgesellschaft fuhr zum Weingut Chateau La Tour d'Illac, wo Kaffee und Kuchen gereicht wurden. Im Garten vertraten wir uns anschließend die Beine. Das Hochzeitspaar hatte seinen Termin beim Fotografen und war verschwunden. Ich stand allein etwas abseits und

beobachtete Oliver, wie er breitbeinig mit in die Seite gestemmten Händen im Garten stand und mit David sprach. Eine Uhr blitzte an seinem Handgelenk und er streckte seinen Zeigefinger drohend seinem Bruder entgegen. David schien sich im Gespräch seinem älteren Bruder unterzuordnen, doch auch seine Gesten wurden im Laufe des Gesprächs heftiger. Ich wurde von meinen Beobachtungen abgelenkt, als mich die Mutter der Braut ansprach. Wir plauderten eine ganze Weile, bevor Timothy wieder zu mir stieß und wir zusammen zum Abendessen gingen.
Nach dem Abendessen verteilten sich die Hochzeitsgäste, die aus Familienangehörigen bestanden, in Grüppchen. Einige gingen auf ihre Zimmer, andere in das Wohnzimmer oder nach draußen. Julia und Frank, Megan und Jana wollten schwimmen gehen und verabschiedeten sich für diesen Abend. Timothy begleitete mich in mein Zimmer, wir redeten, und dann fanden unsere Körper zueinander. Als ich am nächsten Morgen in seinen Armen aufwachte, stand er auf und verschwand in sein Zimmer.

Als zukünftige Schwägerin war ich eingeladen, beim Ankleiden der Braut für die religiöse Zeremonie mit anwesend zu sein. Es gab Fingerfood und Sekt zum munteren Geplapper. Ein Heer von Friseuren sorgte für das attraktive Aussehen aller Frauen.
Für diesen Tag wählte ich das grüne Kleid mit einer Stola und Julia trug das türkisfarbene Kleid mit Swarovski-Steinen. Frank in einem dunklen Anzug wich nicht von Julias Seite und Timothy begleitete mich in einem grauen Cut und einem dazu passenden Zylinder.

21.
Im Laufe des Vormittags waren immer neue Gäste angekommen, Verwandte, wie mir Timothy sagte. Auf der Gartenterrasse war ein Podium aufgebaut und davor lange

Reihen mit Stühlen, auf denen die Hochzeitsgäste der Zeremonie beiwohnen konnten. Die Männer der Familie standen gemeinsam auf dem Podium, Oliver, David, Peter und Timothy, ebenso George, der im selben grauen Cut, wie alle Männer, auf seine Braut wartete. Ich stand in der vordersten Reihe neben Harper und der Mutter der Braut.

Gerade schritt die Braut am Arm ihres Vaters unter Musikbegleitung durch die Menge.
Chloé trug ein Kleid mit einer langen abnehmbaren Schleppe sowie einem dazu passenden Schleier aus Spitze. Ein Diadem hielt den Schleier zusammen. Ihr Vater Gabriel übergab Chloé George, bevor er sich neben die Männer auf das Podium stellte.
Oliver trat vor.
„Liebe Gäste. Ich freue mich, dass in unserer Familie heute wieder eine Hochzeit gefeiert wird, und darf als Ältester der Familie diese Zeremonie leiten. Zwei junge Menschen werden heute den Bund für ihr gemeinsames Leben schließen. Und ich freue mich, die bezaubernde Chloé als Familienmitglied in die Arme schließen zu dürfen."
Nach einer Pause fuhr er fort: „So frage ich dich, Chloé Manon Leiris, bist du bereit, mit George François Sun dein Leben zu teilen, ihm zur Seite zu stehen bis in den Tod?"
„Ja, ich will", kam es leise von ihr.
„Und nun frage ich dich, George François Sun, bist du bereit dein Leben für Chloé Manon Leiris zu geben, ihr zur Seite zu stehen bis in den Tod?"
„Ja, ich will", sagte er laut und vernehmlich.
Auf einem kleinen Kissen wurde ein kleines Messer gereicht, beide schnitten sich in die rechte Hand. Oliver verband beide Hände miteinander mit einem cremefarbenen Stoffband, auf dem schwarze zwölfzackige Sterne zu sehen waren.
„Bis dass der Tod uns scheidet", sagte George zu Chloé und sie antwortete: „Bis dass der Tod uns scheidet." Sie küssten sich und Oliver wickelte das Band wieder ab.

Ein Kelch mit einem zwölfzackigen Stern wurde gereicht und beide tranken daraus.

„Bis dass der Tod uns scheidet", sagte George wiederum zu Chloé und sie antwortete: „Bis dass der Tod uns scheidet."

Schließlich wurden die Ringe getauscht.

„Dieser Ring verbindet unser Leben", hörte ich George sagen und Chloé flüsterte ihre Antwort, die ich nicht verstand.

Nach der Trauzeremonie schritten beide in das große Zelt und wandelte unter Musikbegleitung über Lorbeerblätter, die Glück bringen sollten.

Harper hatte mir beim Frühstück erzählt, dass über 300 Hochzeitsgäste an runden Tischen mit jeweils acht Personen saßen. Die Tische waren in Weiß gehalten und das Silberbesteck glänzte. Die Croquembouche, die Hochzeitstorte durfte bei Kaffee und Kuchen natürlich nicht fehlen und wurde feierlich von Chloé und George angeschnitten.

Der Tisch mit der Braut war an der Stirnseite angebracht und etwas erhöht. Chloé hatte keine Geschwister, weshalb an diesem Tisch die Familie Sun und die Eltern der Braut saßen.

Da ich außer der Familie niemand kannte, hielt ich mich an diese, ebenso wie Timothy. Hin und wieder kamen einige Menschen an, stellten sich vor und sprachen mit uns einige Augenblicke, bevor sie weiter zogen. Die Gäste trugen teure Roben mit teurem Schmuck und zeigten so, dass sie aus einer besseren Gesellschaft kamen. Es waren viele, doch der eine oder andere Gast blieb mir in lebhafter Erinnerung.

Da war Steven Cliffheart mit seinem ebenso arroganten Auftreten, der Oliver fast in den Schatten stellte. Auch Edzard Greenshield blieb mir mit seinem unverhohlenen Blick auf mich in lebhafter Erinnerung. Seine Avancen musste ich brüsk zurückweisen und er lachte nur. Der junge Jean Bernard Bernicot fiel mir mit höchst zuvorkommenden Umgangsformen besonders positiv auf.

Danach ging das Brautpaar in den Garten, um für die Hochzeitsbilder gemeinsam mit den Gästen zu posen. Timothy und ich nutzten die Zeit, uns ein wenig die Beine zu vertreten. Die Frauen zogen sich zurück, um ihre Abendroben anzulegen und sich frisch zu machen.
Mein nachtblaues Abendkleid war mit Swarovski-Steinen besetzt, ebenso die dazu passende Stola. Die Halskette, die mir Timothy zu Weihnachten geschenkt hatte, zierte mein Dekolleté. Gerade als ich fertig war, klopfte es an meiner Zimmertür und Timothy trat ein.
„Ich freue mich, eine so liebreizende Frau heiraten zu dürfen", flüsterte er mir zu und küsste mir sanft den Nacken.

An der Seite meines Verlobten schritt ich in das Zelt, wo sich in einer Ecke eine Musikkapelle positioniert hatte. Davor war eine Tanzfläche mit einem Holzfußboden aufgebaut. Die Kapelle spielte unterschiedliche Lieder und Timothy erwies sich als hervorragender Tänzer. Unsere Körper wiegten sich gemeinsam in der Musik und ich sah voller Liebe in seine Augen, die mich anstrahlten. Sein Aftershave betörte meine Sinne und führte mich in einem rauschhaften Zustand in das Land der Liebe.

22.
Nach der Hochzeit war der Montag zum Aufräumen und Ausruhen gedacht. Keiner achtete auf Timothy und mich, was er geschickt nutzte und in meinem Zimmer übernachtete. Wir standen spät auf und kamen in das Frühstückszimmer, in dem ein Brunch serviert wurde.
Die Kinder waren nirgends zu sehen und würden vermutlich noch schlafen, dachte ich. Barry, seine Freundin Lilou, Grace und ihr Politiker sowie Mia

verabschiedeten sich nach dem Brunch, um mit Lena und Lu Yili nach New York zu fliegen.

„Nach dem Essen sehen wir uns im Arbeitszimmer", befahl uns Oliver und stand auf. Mit zittrigen Beinen betrat ich, begleitet von Timothy, das Arbeitszimmer, das von der physischen Präsenz Olivers drohend ausgefüllt war.

„Ich habe gehört, ihr wollt den Ehevertrag nicht unterschreiben", begann Oliver mit strenger Miene.

„Ich halte diesen nicht für nötig", antwortete Timothy seinen Onkel.

„Eine Ehefrau hat im Konzern kein Mitspracherecht und erhält keine Anteile am Familieneigentum. Dies dürfte dir doch klar sein Timothy?"

Er blickte mich unverhohlen an und ich erwiderte trotzig seinen Blick. Timothy war derjenige, der den Vertrag nicht annehmen wollte. Ich wollte meinem künftigen Ehemann nicht in den Rücken fallen, auch wenn ich anderer Meinung war, deshalb schwieg ich.

„Warum hast du dir keine Braut aus der Gesellschaft ausgesucht? Sie weiß nichts von unserer Lebensart und unseren Bräuchen."

„Ich werde eure Bräuche lernen", mische ich mich ein.

„Du bist zu vorlaut und zu selbstbewusst. Das missfällt mir."

„Danke."

„Wofür?"

„Für das Kompliment."

„Du bist frech!"

Oliver drehte sich zu Timothy um und raunte mir wiederum zu:

„Du solltest deine Entscheidung nochmals überdenken", und stand vor Timothy.

„Ich erwarte von dir, dass der Ehevertrag bis Ende der Woche unterschrieben wird, Timothy."

Timothy schwieg und starrte seinen Onkel böse an.

„Ich verabschiede mich hiermit. Heute Nachmittag trete ich meine Rückreise an."

Damit waren wir entlassen.

Ich sprach mit Timothy über unseren Ehevertrag und dass ich gewillt war, ihn zu unterschreiben. Ich schickte ihn zu seiner Mutter, damit er mit ihr reden konnte. Währenddessen wollte ich schwimmen gehen. Ich zog mir meinen Badeanzug an und ging barfuß, nur mit einem Bademantel bekleidet, in das Schwimmbad. Als ich in das Wasser steigen wollte, hörte ich Stimmen aus dem abgeteilten Fitnessbereich. Neugierig sah ich nach, was da vor sich ging. Oliver stand hinter Harper, die ihren Oberkörper über eines der Geräte gebeugt hatte. Ihre Hände suchten krampfhaft irgendwo Halt. Oliver hatte seine Hose herunter gelassen und presste sich in rhythmischen Stößen heftig gegen ihren Unterleib, während er brutal an ihren Haaren riss.
„Sorge dafür, dass er kooperiert."
Der Schrei Harpers riss mich aus meiner momentanen Lethargie und ich verschwand, ohne dass die beiden mich wahrnahmen.

Meine bürgerliche Kleinstadtwelt erhielt einen Riss. Natürlich waren Vergewaltigungen immer ein Thema, mir war auch bekannt, dass diese oftmals innerhalb der Familien geschahen. Doch eine Vergewaltigung selbst mitanzusehen erschütterte mich zutiefst. Ich setzte mich in meinen Turm und sah hinaus, um mich zu entspannen. Wenig später bemerkte ich, wie Oliver, Lisa und Katie das Haus verließen und zum Flughafen gebracht wurden. Mich ließen sie als ein Häufchen Elend zurück. Konnte ich diesen Menschen vertrauen? Einem Mann, der seine Schwägerin vergewaltigte? Was passierte hier sonst noch?
Als ich mein Zimmer verließ, traf ich Julia und Frank. Wir verabredeten uns zum Reiten, was mich auf andere Gedanken brachte. Nach dem Reiten suchte ich mein Zimmer auf, um zu duschen und mich für das Abendessen umzuziehen. Da klopfte es und Timothy trat herein.
„Ich habe gerade mit Mutter gesprochen und werde den

Ehevertrag unterschreiben", begann er.
„Bist du damit einverstanden?", fragte ich ihn.
„Ja. Mutter hat die Beträge um 2.000 Euro erhöht."
„Das ist mehr als großzügig und ich bin nicht gierig."
Wir unterschrieben den geänderten Vertrag, suchten David in seinem Arbeitszimmer und übergaben diesen.
„Das war vernünftig von dir, mein Sohn", meinte David.

23.
Ich klopfte bei meiner Tochter. Sie war in ihrem Zimmer und machte sich für das Abendessen zurecht.
„Mami, ich will nicht immer diese eleganten Kleider tragen. Kann ich nicht mal in Hosen kommen?"
„Julia, ist dir irgend jemand hier zu nahe getreten?"
„Kannst du meine Frage beantworten, Mama?"
„Ja darfst du. Nun beantworte meine Frage."
„Ich weiß nicht, was du meinst Mami. Frank passt auf mich auf, das weißt du doch."
„Und Frank?"
„Frank ist mein Bruder."
„Dann ist nie etwas passiert?"
„Mami, was stellst du für verrückte Fragen. Mir geht es gut."
„Wenn dir jemand einmal zu nahe tritt, dann sagst du es mir?"
„Aber natürlich, Mama."
„Es gibt keine Drohung, die mich abhalten könnte, dir zu helfen."
„Das weiß ich doch, Mami. Mir geht es gut."
„Dann bin ich froh, mein Schatz. Bis später."

In meinem Zimmer sah ich zum Fenster hinaus. Immer noch wusste ich nicht, was ich machen sollte. Am liebsten wollte ich meine Sachen packen und gehen. Der Vergewaltiger war weg. Peter hatte sich an mich herangemacht. Konnte ich dieser Familie trauen?

Ich zog eine schwarze Hose und ein schwarzes Top an. Mir war nicht nach Farbe zumute. Als mich Timothy abholte, bemerkte er sofort, dass etwas nicht stimmte.
„Darf ich hereinkommen?"
„Natürlich."
Er schloss die Türe und wir setzten uns in den Turm.
„Was hast du, mein Engel?"
Ich musste lächeln. „Da habe ich mir einen einfühlsamen Mann ausgesucht, der mich auf Händen trägt. Und dann bemerkt er sofort, wenn mich etwas beschäftigt."
„Deshalb bin ich auch so sensibel."
„Ich kann es dir nicht sagen, zumindest jetzt nicht."
„Kann ich dir helfen?"
„Ich werde mit dir reden, aber ich muss mir erst selbst über einiges klar werden."
„Einverstanden, mein Engel. Können wir zum Abendessen?"
„Ja."

24.
Der Rest der Woche verging schneller, als wir dachten. Es waren Werktage und deshalb wurde auf dem Weingut Chateau La Tour d'Illac gearbeitet. Peter hatte einen Termin in Bilbao und fuhr am Dienstagmorgen mit dem Auto davon. Ich war froh, dass er ging, denn obwohl er mich nicht weiter belästigte, so hatte dies doch ein ungutes Gefühl zurück gelassen. Und ich traute ihm nicht. Den größten Kick erhielt er beim Autofahren, erzählte mir Timothy beiläufig. Er raste gerne durch die Gegend, was ihm hin und wieder auch Strafzettel einbrachte.

Wir saßen beim Abendessen, als einer der Bediensteten David ein Telefon brachte. Er ging zum Fenster. Ich konnte sein Gesicht nicht sehen, denn er drehte mir den Rücken zu. Seine ganze Haltung drückte Anspannung aus, als er sich an den Tisch setzte. Harper war blass und es wurde

still.
„Peter ist bei einem Verkehrsunfall ums Leben gekommen", sagte David leise und ging zu seiner Frau, um ihr beizustehen. Sie hatte es geahnt und wurde von David in ihr Zimmer gebracht.
An Essen war kaum zu denken, so hatte diese Nachricht die Familie in einen Schockzustand versetzt.

Drei Tage später war wieder die ganze Familie versammelt, dieses mal jedoch zu einer Beerdigung. Aus weißen wurden schwarze Kleider, ebenso elegant und ebenso bizarr wie bei der Hochzeit. Oliver und Lena mit ihren Familien sah ich nur kurz. Sie flogen sofort nach der Beerdigung wieder zurück.

Ich war froh, als diese Woche vorbei war und wir wieder in unsere gewohnte Umgebung nach Hause fliegen konnten. Mit Timothy hatte ich wegen des Vorfalls nicht weiter gesprochen. Dies müsste ich vor unserer Hochzeit noch nachholen.

25.
Drei Wochen nach Ostern kündigte Timothy sich für einen Wochenendbesuch an. Ich holte ihn in Stuttgart ab und wir fuhren in meine Wohnung. Am Samstagmorgen gab er mir eine Adresse unweit meinem Zuhause.
„Bringst du uns dort hin?"
Die Adresse lag außerhalb von Fischbach und wir hielten vor einem apricotfarbenen Haus mit weißer Eingangstüre im toskanischen Stil.
„Darf ich der Herrin des Hauses die Schlüssel übergeben?"
Ich verstand nicht. Er nahm die Schlüssel und schloss auf.
„Dieses Haus gehört dir mein Engel. Ich habe es für dich gekauft und hoffe, es gefällt dir."
Ich war entsetzt.

„Das geht nicht."
„Erinnerst du dich an unseren Ehevertrag? Dir sollte eine Wohnung oder ein Haus zustehen, was ich hiermit erfülle."
„Und wozu benötigen wir hier ein Haus? Wir werden in London leben."
„Sieh es als unsere Ferienwohnung an. Wir wollen doch deine Eltern besuchen und eine adäquate Unterkunft haben, wenn wir hier Ferien machen."

Timothy führte mich durch das unmöblierte Haus mit sieben Zimmern, davon fünf Schlafzimmer sowie vier Bäder. Zur Südseite mit Blick auf den Garten befand sich ein Erker, der Gemütlichkeit ausstrahlte.
Die Bäder waren mit weißen Fliesen und schönen Borten versehen, das Dach hatte Sonnenkollektoren und die Schlaf- und Wohnräume waren mit Parkett ausgestattet. Das Haus ließ keine Wünsche offen, selbst ein Swimmingpool war im großen Garten angelegt. Das große Grundstück lag direkt am See und hatte eine eigene Bootsanlegestelle.
„Es war ein reiner Glücksgriff, dieses Haus so schnell zu erwerben", meinte Timothy zu mir gewandt. „Das Haus stand zum Verkauf und muss eingerichtet werden. Du kannst die Zimmer nach deinen Wünschen streichen lassen und die dazu passenden Möbel aussuchen."
Ich war sprachlos.
„Mein Engel, wenn Frank und ich hierherkommen, brauchen wir eine angemessene Unterkunft. Schaffst du das bis zu unserem Besuch in den Pfingstferien?"
„Ja, natürlich."

Timothy verabschiedete sich am Sonntag und flog nach London zurück. Nun musste das Haus fertiggestellt werden.
Mit Julia besprach ich, in welchen Farben die einzelnen Zimmer gestrichen werden sollten. Wir besuchten Möbelhäuser, wählten die Küche und unsere übrigen Möbel aus, die wir für das Haus benötigten. Fünf

Schlafzimmer mussten eingerichtet werden, das Wohnzimmer, das Esszimmer und ein Hauswirtschaftsraum im Keller. Mit dem großen Zimmer im Keller wusste ich noch nicht, was ich machen sollte. Im kleinen Raum ließ ich eine Sauna einbauen.
Ich entschied mich, das Wohnzimmer in Grün und Weiß zu halten und kaufte ein weißes Sofa, ein dazu passendes Recamiere, einen weißen Ohrensessel mit Hocker. Zwei weiße Vitrinen und ein Fernseher sowie Stereoanlage ergänzten die Ausstattung. Ich wählte einen dunkelgrünen Teppich und grün-weiße Gardinen. Mit dem Ergebnis konnte ich zufrieden sein. Es war gemütlich.
Die Galerie hatte Platz für Regale, die ich in Weiß wählte und dahinter eine orange Wand. Julia wollte ihr Zimmer weiß gestrichen mit roten Gardinen und einem grauen Teppich. Ein schmiedeisernes Bett bildete den Mittelpunkt des Raums, wurde ergänzt durch einen Frisiertisch, einen Schreibtisch sowie einem großen Kleiderschrank.

Für mein Schlafzimmer wählte ich gelbe Wände, ein weißes Bett und einen Kleiderschrank mit schiebbaren Spiegeltüren. Einen Frisiertisch hatte ich mir dazu ausgesucht und Gardinen in rot, orange und gelb gewählt. Frank hatte mitteilen lassen, dass er es uns überlassen wollte, wie wir sein Zimmer gestalten würden und so beschlossen wir, sein Zimmer in Türkis und Weiß zu halten und fanden eine schöne Jugendzimmereinrichtung mit einem breiten Bett.
Alles war fertig, bevor wir in die Pfingstferien nach London flogen.

26.
Das Haus in London war in meinem Sinne fertig. Da die Pfingstferien der Kinder sich nicht überschnitten, hatte sich Timothy entschlossen, Julia und mir Großbritannien zu zeigen. So fuhren wir am Samstag mit dem Auto nach

Schottland. Eine bizarre Landschaft erwartete uns, die wir vom Pferd aus erkunden wollten. Timothy fuhr ein Hotel in der Nähe von Glasgow an und am nächsten Tag starteten wir unseren Ausritt. Da Frank am Montag Schule hatte, flog er am Sonntagabend zurück. Timothy, Julia und ich fuhren weiter nach Glasgow und Edinburgh.
Edinburgh hatte eine wunderschöne Innenstadt und als wir mit unserem kulturellen Teil fertig waren, sahen wir uns einige Geschäfte an. Julia bewunderte die Auslage eines Juweliers, so lange, bis Timothy vorschlug, hineinzugehen. Wir suchten gerade eine Goldkette für Julia aus, als zwei vermummte Männer mit einer Pistole in den Laden stürmten.
„Alle bleiben wo sie sind", sagte einer der Männer und fuchtelte mit einer Pistole herum.
„Alle Schmuckstücke da rein", wetterte ein anderer, der einen schwarzen Sack geöffnet hielt. Der Verkäufer tat schnellstmöglich, was die Räuber verlangten. Genau in dem Moment, als das letzte Schmuckstück in den Sack glitt, ging ein Polizist auf der Straße vorüber. Sein Blick fiel durch das Schaufenster in den Laden und blieb auf den maskierten Männern hängen. Erschrocken schnappte sich einer der beiden Julia und hielt ihr eine Pistole an die Schläfe.
„Nein", schrie ich. „Nehmen Sie mich."
„Nein", sagte Timothy schnell. „Nehmen Sie mich."
Die Männer sahen uns an.
„Alle mit", meinte der eine.
„Nein", bestimmte der andere. „Wir nehmen nur ihn mit."
Mit der Pistole im Rücken verließen die beiden Männer mit Timothy den Laden. Ich nahm Julia in den Arm, als sie hemmungslos zu weinen begann.
„Ruhig mein Schatz." Noch größere Sorge machte ich mir um Timothy.
Ich sah die zwei Männer mit Timothy in eine Seitengasse verschwinden. Der Polizist hatte Verstärkung gerufen, die auch nicht lange auf sich warten ließ. Ein Polizeibeamter befragte uns gerade, als eine Stunde später Timothy in

Begleitung der Polizei eintraf.

„Timothy", schrie ich erleichtert und umarmte ihn stürmisch.

„Bist du verletzt?"

„Nein, mein Engel. Mir ist nichts passiert."

„Gott sei Dank."

Die Polizei befragte uns als Zeugen und Timothy erzählte, dass er die Räuber am Stadtrand überreden konnte, ihn freizulassen. Sie fesselten ihn und setzten ihn am Straßenrand einer Landstraße aus. Ein vorbeifahrendes Auto erkannte seine missliche Lage und befreite ihn. Wenig später erschien die Polizei. Die Räuber waren weiter auf der Flucht, doch ich war froh, Timothy unversehrt wiederzusehen.

Alle drei hatten wir einen Schock erlitten. Julia fasste sich recht schnell, doch sie war weiter ängstlich und sah sich immer wieder suchend um sich. Timothy kümmerte sich rührend um uns beide. Meine Angst zuerst um Julia und dann um Timothy verschaffte sich Raum in den folgenden Nächten, in denen wir die Zusammengehörigkeit unserer Körper zelebrierten.

In den nächsten Tagen in Perth, Dundee, Aberdeen wollte keine so rechte Begeisterung mehr aufkommen. Zu sehr hatte uns die Anspannung noch im Griff. So kehrten wir bald nach London zurück, wo Frank neugierig unser Abenteuer geschildert erhalten wollte. Timothy und mich hatte dieser Vorfall umso mehr aneinander geschweißt und das Vertrauen ineinander gestärkt.

Da am Ende der Woche die Ferien von Julia zu Ende gingen und die von Frank begannen, flog unsere Patchworkfamilie zusammen nach Stuttgart, um Franks Pfingstferien in Deutschland zu verbringen. In Stuttgart erwartete uns ein Mietauto, mit dem wir nach Fischbach fuhren.

Timothy und Frank waren überrascht, was ich aus dem

Haus gemacht hatte. Ich hatte es tatsächlich geschafft, innerhalb von vier Wochen alle Zimmer streichen zu lassen und einzurichten sowie unsere Habe aus meiner kleinen Wohnung in das Haus zu schaffen.
Bei einem Notartermin wurde das Haus auf mich überschrieben.

Es wurden heitere und sorglose Tage. Noch immer hatte ich Timothy nichts von Oliver und seiner Mutter erzählt und ich wusste nicht, wie ich es sagen sollte, ohne ihn zu verletzen. Da wollte Timothy eine Wanderung ins Allgäu machen. Frank und Julia blieben in Fischbach und so konnten wir ungestört miteinander reden.
„Erzählst du mir, was auf Chateau La Tour d'Illac geschehen ist?", fragte mich Timothy. „Ich sehe, es beschäftigt dich."
„Es ist nicht nur für mich schmerzhaft. Auch für dich."
„Du wolltest ehrlich sein."
Ich blieb stehen und sah ihm in die Augen.
„Noch schmerzhafter ist es, nichts zu sagen, mein Engel."
„Da bin ich mir nicht sicher."
„Ich liebe dich für deine Ehrlichkeit."
„Und ich schätze deine Sensibilität über alles. Dennoch muss ich dir Schmerzen bereiten und ich weiß nicht, wo ich beginnen soll."
„Ich bin bereit."
„Sicher."
„Sicher."
Ich atmete tief durch. „Ich habe gesehen, wie Oliver deine Mutter vergewaltigt hat."
„Nein!", rief Timothy aus und drehte sich um. Ich sah, wie er mit sich selbst kämpfte, wie er wütend wurde.
„Komm", sagte er und wir gingen weiter. Er brauchte sicher Zeit, um diese Nachricht zu verdauen, weshalb er ein Tempo anschnitt, dem ich kaum folgen konnte. Nach einer halben Stunde blieb er plötzlich stehen.
„Was hast du genau gesehen?"
„Es war so entsetzlich! Ich wollte gerade schwimmen

gehen, da hörte ich Stimmen aus dem Fitnessbereich. Ich sah Harper über ein Fitnessgerät gebeugt. Oliver verging sich an ihr. Dabei forderte er: ‚Sorge dafür, dass er kooperiert' und zog sie an den Haaren. Als Harper schrie, schlich ich mich davon."

Timothy atmete tief durch. „Du solltest wissen, dass meine Mutter und mein Onkel schon seit vielen Jahren ein Verhältnis haben."

Nun erschien mir die Szene noch bizarrer.

„Ich dachte, es sei vorbei", meinte er traurig und ich hätte am liebsten geweint.

„Weiß es dein Vater?"

„Ja."

Ich verstand diese Familie nicht. Wie verlogen konnte man noch sein? Und ich spürte, dass das noch nicht alles war.

„Wie lange geht das schon?"

„Ich bin sein Sohn", flüsterte Timothy.

„Hat er dir das gesagt?"

„Komm, wir setzen uns hier auf die Bank, dann erzähle ich dir alles."

Er kämpfte sichtlich mit sich selbst.

„Als Kind habe ich gesehen, wie mein Onkel über meine Mutter hergefallen ist. Er nahm sie mit solch heftiger Brutalität und meine Mutter schien es noch zu genießen."

Ich nahm seine Hand und fuhr sanft darüber.

„Ich war verwirrt und versteckte mich im Stall. Als sie mich Stunden später fanden, hatte ich hohes Fieber und wurde ins Krankenhaus eingeliefert. Meine Mutter erzählte mir, ich hätte Leukämie und müsse die nächste Zeit im Krankenhaus verbringen, um wieder gesund zu werden. Mutter wich kaum von meiner Seite und ich vergaß alles. Erst als ich erwachsen wurde, fiel mir wieder ein, was ich gesehen hatte. Als es dann die ersten DNA-Tests gab, habe ich mir Haarbüschel meines Onkels und meiner Mutter besorgt, was meinen Verdacht bestätigte." Timothy machte eine Pause.

„Wissen sie es?"

„Dass ich es weiß? Nein."

„Weiß Oliver dass du SEIN Sohn bist?"
„Das kann ich nicht sagen. Mein Vater ist David. Er hat mich erzogen und Oliver war immer mein Onkel, auch wenn er mein Erzeuger ist."
Mir kamen die Tränen.
„Schweigst du?"
Ich nickte, denn ich brachte kein Wort heraus.
„Sie sind erwachsene Menschen und es ist ihr Problem, nicht unseres."
„Es macht dich traurig."
„Was dich traurig macht, macht auch mich traurig."

27.
Mit meinen Eltern und Timothy besprachen wir die Hochzeit. Es blieben jedoch viele Fragen offen. Hatte ich Einfluss auf den Speiseplan? Wenn ja, was sollte es zum Essen geben? Wie sollte der Ablauf gestaltet werden? Wer sollte uns trauen?
„Warum reist du nicht auf das Weingut und besprichst dich mit Mutter?" fragte mich Timothy. Ich nahm seine Anregung auf und flog mit gemischten Gefühlen nach Bordeaux. Harper holte mich am Flughafen ab, begrüßte mich mit typisch französischen Küsschen und fuhr auf das Weingut.

Harper lernte ich von einer ganz anderen Seite kennen. Sie stand selbstbewusst neben ihrem Mann und nicht unter ihm. Sie führte den Haushalt auf Chateau La Tour d'Illac. Da hatte David nichts zu anordnen. Und Harper wiederum mischte sich nicht in die Belange des Weinguts ein. Sie war immer bestens angezogen, meist in Hosenanzügen oder einem Kostüm, der ihre schlanke Figur gut zur Geltung brachte.
Wir waren uns schnell einig, was zum Essen serviert werden sollte. Die obligatorische Hochzeitstorte würde von einem Konditor in Bordeaux geliefert werden, während das

Essen von der Küche auf dem Weingut selbst zubereitet werden sollte. Louis und Camille waren hervorragende Köche und man würde sich zu diesem Anlass noch Hilfen holen, um alles zu bewältigen.

Harper wusste genau, was zur Ausrichtung einer Hochzeit notwendig war und notierte alle meine Anregungen. An einem Nachmittag fuhren wir nach Bordeaux zum Einkaufen. Sie zog mich in die Fußgängerzone und ich erwarb neben einigen Basics auch ein Hochzeitsgeschenk für Timothy. In einem riesigen Möbelladen kauften wir Tischdekorationen. Einfühlsam ging sie auf meine Wünsche ein.
So entspannt lernte ich sie und David von einer ganz anderen Seite kennen. Bei abendlichen Dinner erzählten beide aus der Kindheit von Timothy, Peter und George lustige Begebenheiten. Es waren heitere Abende. Kein Streit gab es zwischen David und Harper. Mehr denn je war ich verwirrt. Spielten mir Harper und David nur ein liebevolles Ehepaar vor oder waren sie es?

28.
Immer noch hatte ich kein Hochzeitskleid, was meine Mutter fast zur Verzweiflung trieb. Deshalb beschlossen wir, ein Wochenende in München zu verbringen. Meine Mutter, Julia und meine Freundin Sandra sollten mir bei der Auswahl helfen.
Wie bei Chloé würden wir auch am Samstag die standesamtliche Trauung durchführen und dazu brauchte ich ein kurzes Kleid und am Sonntag ein langes Brautkleid. Nach vielen Anproben und nach vielen Diskussionen, entschied ich mich für zwei bezaubernde Kleider.
Auch Julia benötigte Kleider für unsere Hochzeit, was nicht so einfach war. Viele Kleider wurden probiert, bis sich Julia entscheiden konnte. In diesem Fachgeschäft

konnten auch meine Mutter und meine Freundin Kleider für die Hochzeit erwerben.

Mittlerweile hatte ich herausgefunden, dass David und seine Familie Atheisten waren. Harper und David hatten Timothy und seine Brüder in dieser Weise erzogen. Ich drängte auf eine Trauung mit einem evangelischen Pfarrer, womit Timothy einverstanden war. Ihm wurden von seiner Familie nie religiöse Werte vermittelt. Dies war wohl auch der Grund, weshalb er sich zu mir hingezogen fühlte. Mein christlicher Glaube gab ihm Werte, nach denen er sich sehnte.
Nach langer Suche fand ich einen deutschen Pfarrer, der sowohl französisch als auch englisch sprach, denn die Zeremonie wollte ich in diesen drei Sprachen, damit alle Gäste verstanden. Ich lud den Pfarrer und seine Familie für eine Woche ein, Gast auf dem Weingut zu sein, was er annahm.

29.
Unser Umzug von Fischbach nach London musste organisiert werden. Nachdem mir Timothy das Haus in Fischbach schenkte, waren meine persönlichen Gegenstände in dieses Haus gebracht worden. Nach London nahm ich nur wenig mit. Ebenso erging es Julia. Fortan hätten wir zwei Häuser, in denen wir leben würden. Während meiner Abwesenheit würde sich ein Bekannter meiner Eltern um den Garten und die Pflanzen kümmern.

Ende Juli wurde ich mit dem Firmenjet in Friedrichshafen abgeholt. Meine Eltern, Julia und meine Freundin Sandra waren mit dabei. Meine Freundinnen Ute, Angelika, Tina und Heike mit ihren Partnern und Kindern würden am Samstag nachkommen.
Timothy selbst holte uns mit der Limousine am Flughafen ab und beförderte unser umfangreiches Gepäck in den

Kofferraum. Meine Eltern staunten über die Größe des Weinguts und wurden zusammen mit meiner Freundin im Gästehaus untergebracht. Julia bezog ihr Zimmer und hatte sich schon mit Frank zum Reiten verabredet.
Als ich Chloé begegnete, erzählte mir diese von ihrer Schwangerschaft und ich freute mich mit ihr.

Meine Eltern und meine Freundin wollten sich Bordeaux ansehen und Jacques fuhr sie in die Stadt. Timothy hatte sich als Stadtführer angeboten, doch Sandra lehnte dankbar ab und wollte mit Hilfe einer App auf ihrem Smartphone die Führung übernehmen. Sie war der Meinung er solle mehr Zeit mit mir verbringen.
Timothy und ich nahmen das Angebot an und ritten eine Stunde ohne die Kinder aus. Ich war froh für diese Zeit zu zweit, denn in letzter Zeit hatte sich viel ereignet.

30.
Am Freitag kam Timothys Verwandtschaft und meine Freundinnen mit ihren Begleitern. Harper war damit beschäftigt, jedem Gast sein Zimmer zuzuweisen und ich selbst übernahm den einen oder anderen Rundgang auf dem Weingut. Am Nachmittag fuhr ich mit meinen Freundinnen und ihren Partnern nach Bordeaux. Ich setzte mich in ein Café, während meine Freundinnen noch Kleinigkeiten besorgten. Ihre Männer blieben gerne mit mir im Café und wir unterhielten uns. Es war die Ruhe vor dem Sturm.
Timothy und ich erreichten die Terrasse, um das Dinner einzunehmen. Meine Eltern und meine Freundinnen standen bei Harper und unterhielten sich mit ihr, als ich Oliver in der Gruppe wahr nahm. Gedanken schossen mir durch den Kopf. War er Ehebrecher oder Vergewaltiger? Sein ganzes Gebaren offenbarte einen Mann, der sich durchzusetzen wusste, einen Mann, der keine Emotionen kannte. Seine große massige Gestalt war mir schon

unangenehm. Er hatte mich mehr als einmal erniedrigt. Warum er diese Art der Selbstüberschätzung an den Tag legen musste, war mir nicht bekannt. Er kam auf uns zu.
„Wie schön dich wiederzusehen Olivia. Du siehst bezaubernd aus, wie es sich für eine Braut gehört", er begrüßte mich auf französische Art mit Küsschen. Ich war erstaunt. Was war in Oliver gefahren? Auf einmal so nett?
„Danke Oliver."
„Ich hoffe du hast mittlerweile gelernt, dich unterzuordnen Olivia", begrüßte er mich. „Und dich mit chinesischen Traditionen vertraut gemacht?"
„Timothy hat mich unterwiesen", stellte ich fest. „Aber wir befinden uns nicht in China, sondern in Europa, wo eine Frau zuvorkommend behandelt wird. Wir Frauen haben uns die Gleichberechtigung erkämpft und ich werde mich nicht unterordnen." Ich bot ihm die Stirn und Oliver wurde sichtlich wütend.
„Was bildest du dir ein? Du willst dich mit mir auf dieselbe Stufe stellen? Du bist Sklavin. Du solltest dankbar sein, in die Familie der Herrenmenschen einheiraten zu dürfen. Du solltest keine Forderungen stellen", schrie er und zerdrückte sein Champagnerglas, das er in der Hand hielt. Es zersplitterte klirrend in tausend Stücke. Stille. Alle Augen wandten sich uns zu.
„Du bist hier Gast und hast meine Braut beschimpft, ONKEL", sagte Timothy ruhig. „Und das am Tag vor unserer Hochzeit. Du beruhigst dich besser!"
Oliver sah mich durchdringend an, drehte sich brüsk um und verschwand im Haus. Hatte ich ihn an diesem Abend gegen mich aufgebracht?

31.
Das Haus quoll am Samstag über von den vielen Gästen, vor allem der weitläufigen Verwandtschaft Timothys, die nach und nach erschienen. Am Nachmittag um 14 Uhr saßen wir im Rathaus von Bordeaux. Ich hatte ein weißes,

kurzes Kleid mit weitem Rock angezogen. Ein kleiner Blumenstrauß mit roten Rosen und einer weißen Perle in der Mitte war mein Farbtupfer. Als einziger Schmuck glänzten meine Ohrringe. Timothy trug einen grauen Cut mit grauer Krawatte und grauer Weste. Seine langen Haare hatte er mit einem Band zusammen gebunden. Als ich sein herbes Aftershave roch, schwanden mir die Sinne. Dieser Mann gehörte mir und ich liebte ihn.
„Du bist die schönste Frau, die ich je sah, mein Engel", versicherte mir Timothy und ich sah in seinen Augen die Liebe, die auch ich ihm entgegenbrachte.

Oliver saß bei seiner Frau und Tochter und ignorierte mich. Nach der standesamtlichen Trauung gratulierte er kurz, und war sogleich wieder verschwunden.

Nach der Trauung gingen Timothy und ich in den Stadtpark, wo einige Hochzeitsbilder geknipst wurden, bevor wir zum Tee und Kaffee zurück auf das Weingut Chateau La Tour d'Illac begaben. Im Garten waren Stehtische aufgestellt. Es gab auch einige Gartenstühle und Tische, so dass sich die ganze Gesellschaft im Garten erst einmal vergnügen konnte.
Da ich als Braut im Mittelpunkt des Interesses stand, konnte ich mich kaum einmal einige Minuten entfernen, ohne dass es bemerkt wurde.

Das Abendessen, so hatten Timothy und ich entschieden, nahmen die Damen und die Herren getrennt ein. Es war eine laue Sommernacht, weshalb im Garten gefeiert wurde. Die Damen dinierten vor dem Haus, während die Herren im großen Zelt, das unweit im Garten stand, speisen würden. Es sollte eine Art Junggesellenabschiedsfeier sein, und so hatten meine Gäste auch einige diesbezügliche Späße vorbereitet. Spät in der Nacht legten uns Timothy und ich in meinem Zimmer schlafen.

32.
Ich war viel zu aufgeregt, um lange zu schlafen. Deshalb weckte ich Timothy mit einem Kuss. Er war sofort wach und umarmte mich.
„Meine liebste Braut", sagte er und zog mich zu sich.
„Ich habe ein Geschenk für dich, Liebster", flüsterte ich ihm zu und übergab ihm ein kleines Päckchen. Er packte Manschettenknöpfe aus Platin mit einem Diamanten aus, der in der Morgensonne glitzerte.
„Mein Engel, wie reizend. Soll ich diese heute tragen?"
„Natürlich", antwortete ich ihm.
Timothy stand auf und übergab mir eine Kassette.
„Das ist dein Hochzeitsgeschenk."
Ich öffnete die Kassette und sah eine Perlenkette mit dazu passenden Ohrringen. Zwischen den Perlen waren Diamanten eingearbeitet und glitzerten zu dem in Tropfenform gehaltenen Ohrgehänge.
„Sie sind prächtig", flüsterte ich.
„Darf ich sie dir anziehen?"
„Ja."
Timothy nahm die Perlenkette, öffnete den diamantbesetzten Verschluss und legte sie um meinen Hals. Nach kurzer Zeit wurden die Perlen warm und glänzten in der Morgensonne.
„Es sind Tahitiperlen."
Ich küsste Timothy.
„Ich kann es kaum erwarten, bis du für immer mein bist."
„Ich auch nicht Liebster. Ich muss jetzt gehen."

Nach dem Frühstück wurden Timothy und ich in Davids Arbeitszimmer gebeten.
„Durch die Heirat mit Timothy bist du Teil unserer Familie Olivia. Deshalb ist es an der Zeit, euch beide in die Geheimnisse der Société einzuweihen", begann David.
„Was ist die Société?" fragte Timothy.
„Die Société ist die Vereinigung von zwölf Familien, mit

denen wir auch verwandt sind. Ihr werdet sie in den nächsten Monaten kennenlernen. Die Société wird symbolisiert von einem zwölfzackigen Stern. Diese Familien werden durch Blut und Eid zusammengehalten und bestimmen die Geschicke dieser Welt. Timothy gehört von Geburt an zu den Herrenmenschen. Die Einweihung in die Welt der Société wurde bei deiner ersten Hochzeit versäumt, doch dieses Mal ist es unumgänglich, mein Sohn. In den nächsten Monaten wird in einer Einweihungszeremonie die Kamarikraft in euch geweckt."
„Was ist das?" fragte ich.
„Durch die Kamarikraft könnt ihr in das Bewusstsein der Menschen um euch herum eindringen und sie in eurem Sinne beeinflussen. Ihr werdet eine Einladung der Société erhalten, der ihr nachkommen werdet."
„Ich weiß nicht ...", wandte ich ein.
„Du gehörst zu unserer Familie. Die Frauen stärken die Männer. Das ist die Aufgabe der Frauen seit es die Société gibt. Dies ist auch der Grund, weshalb eine Scheidung nicht in Frage kommt", Davids Ton war streng.
„Du redest am Tag meiner Hochzeit von Scheidung."
„Du heiratest nicht nur in unsere Familie ein. Es ist viel mehr. Denn mit deiner Heirat gehörst du zur Société und gehörst damit von nun an zu den Herrenmenschen", wandte er sich an mich. „Und mit Blut bist du mit uns verbunden. Dies ist der Grund, weshalb Teil unserer Zeremonie die Verbindung des Blutes ist", erklärte David und wandte sich an Timothy.
„Ihr übernehmt Verantwortung für diese Welt. Die Société wünscht, dass ihr den Anweisungen Folge leistet."
„Welche Anweisungen?", fragte ich.
„Das werdet ihr zu gegebener Zeit erfahren."
Ich sah ihn fragend an, doch David wandte sich ab.
„Ihr könnt euch für eure Hochzeit richten."

Verwirrt verabschiedete ich mich von Timothy und ging in mein Zimmer, wo Sandra und Chloé auf mich warteten. Auch meine Mutter kam dazu. Meine Gedanken zu Davids

Eröffnung stellte ich erst einmal zurück.
Champagner wurde gereicht, auch ich trank ein Glas, aber zum Essen war ich viel zu aufgeregt. Sandra brachte mir später einen Teller mit Oliven, Schafskäse, Peperoni und Tomaten.

Der Friseur arbeitete in meine schulterlangen Haare einige falsche Haare und künstlichen Blumenschmuck aus weißen Rosen ein und verlieh damit meiner Frisur Fülle. Das Pony hatte der Friseur schräg geschnitten und den Rest nach hinten gekämmt.
Eine Stunde vor der Feierlichkeit sollte ich mein Kleid anlegen. Zuerst wurde das Korsett fest geschnürt, damit meine Taille gut zur Geltung kam. Der Petticoat wurde angezogen und danach das Kleid. Der Rock war aus Tüll mit bezaubernden Perlenstickereien. Das Oberteil mit Flügelärmeln und einem V-Ausschnitt hatte Perlenstickereien und ließ den Rücken frei. Meine Schwiegermutter trat hinzu.
„Du brauchst etwas Altes. Dies Diadem trug schon meine Urgroßmutter zu ihrer Trauung und ich möchte dich fragen, ob du es heute trägst?"
Ich sah sie an.
„Wenn es zu meinem Schmuck passt?" fragte ich sie und holte Timothys Kassette mit den Perlen hervor. Harper sah mich an, die Perlen und das Diadem.
„Nein mein Kind, das passt nicht. Du willst sicher die Perlen tragen?"
„Es ist Timothys Hochzeitsgeschenk", strahlte ich.
„Dann muss ich etwas anderes für dich besorgen. Warte, ich komme gleich."
Die Frauen waren ganz entzückt von meiner Perlenkette und so verging die Zeit im munterem Geplauder, als Harper mit einem Paar Brauthandschuhen kam. Die Spitze passte exakt zu meiner Spitze im Rock und ich gab ihr einen zustimmenden Blick.
Die Handschuhe waren fingerlos und gingen nur über die Hand bis knapp zum Ellenbogen. Timothy konnte den

Ehering gut überziehen.
Ich stand auf und stieg in meine Schuhe.
Diese schicken aber recht unbequemen Highheels wollte ich so bald wie möglich gegen etwas flachere Schuhe tauschen, damit ich den Tag gut überstehen würde.
Harper reichte mir den kurzen Brautschleier und der Friseur befestigte ihn.

Der Fotograf hatte schon beim Anziehen einige Bilder aufgenommen. Immer wieder wechselte er von den Männern, die sich in Timothys Zimmer versammelt hatten, zu uns Frauen.
„Wie steht es bei Timothy?"
„Er ist fertig und wartet auf die Braut."
„Ich bin auch fertig."

Da der Bräutigam mich erst im Garten sehen sollte, wurde dafür gesorgt, dass Timothy zuerst hinunter ging und dort auf mich wartete.
Die Floristin hatte einen wundervollen Strauß mit roten Rosen und weißen Lilien in Form einer Kaskade gefertigt.
Meine Eltern gingen mit mir zusammen zur versammelten Menge, wo Timothy wartete.
Auch Timothy war ganz in weiß gekleidet mit Hose, Weste und ein knielanger Gehrock, dazu eine gebundene Schleife und einen Zylinder. Seine langen Haare fielen ihm offen auf die Schulter und mit seinem dunklen Teint sah er einfach nur aufregend auf. Ich fixierte meinen Blick auf Timothy, roch sein herbes Aftershave, das mich wie immer verwirrte. Wie auf einer Wolke schritt ich an seiner Seite.
Da diese Hochzeit nach deutschen Gebräuchen durchgeführt wurde, gab es keine Brautjungfern und ich schritt auch nicht an der Seite meines Vaters, sondern an der Seite meines Ehemannes zum Hochzeitsmarsch von Wagner zum Altar.

Das Podest war wieder gerichtet und ein Tisch diente als Altar, auf dem Wein und Brot, die Ringe und das Messer auf uns warteten. Der Pfarrer eröffnete den Gottesdienst mit einem Gebet in Englisch, Französisch und Deutsch, dann sang eine eigens dafür engagierte Sängerin das 'Ave Maria', auf den meine Freundin Angelika Psalm 23 in deutsch, englisch und französisch vortrug. Es folgte eine kurze Predigt über die Ehe, dann ein Lied der Gemeinde. 'I will give thanks' wurde von allen gemeinsam gesungen. Beim anschließenden Abendmahl wurde zuerst Brot geteilt, dann der Kelch, den schon George und Chloé benutzten. Er war mit dem schweren Rotwein des Chateaux's gefüllt und schoss mir sofort in den Kopf.

Meine Freundin Angelika hatte sich bereit erklärt, die Lesung zu übernehmen, in Deutsch, Französisch und Englisch, gefolgt vom Gebet des Pfarrers.

"Es ist nicht gut, dass der Mensch allein sei, stellt Gott am Ende seines Schöpfungswerkes fest. Der Mensch findet erst zu seiner Bestimmung in der Zweisamkeit. Und auch diesem Zusammensein von Mann und Frau gilt Gottes Urteil: Und siehe, es war sehr gut. Die Hochzeit ist das Fest dieser menschlichen Gemeinschaft, voller Dankbarkeit und Hoffnung. Zwei Menschen danken dafür, dass sie einander gefunden haben, sie feiern ihre Liebe und hoffen, dass Gutes wachsen kann in ihrer Beziehung – auch in schweren Zeiten", führte der Pfarrer aus.

„Vor dem heiligen Gott und vor diesen Menschen frage ich dich Timothy Clement Sun, willst du Olivia Heart als deine Frau aus Gottes Hand nehmen, sie lieben und ehren, in guten und bösen Tagen sie nicht verlassen und allezeit die Ehe mit ihr führen, bis der Tod euch scheidet, so antworte: Ja."

„Ja ich will", war Timothys laute Stimme zu vernehmen.

„Vor dem heiligen Gott und vor diesen Menschen frage ich dich Olivia Heart, willst du Timothy Clement Sun als deinen Mann aus Gottes Hand nehmen, ihn lieben und ehren, in guten und bösen Tagen ihn nicht verlassen und allezeit die Ehe mit ihm führen, bis der Tod euch scheidet, so antworte: Ja."

Ich wartete einen Augenblick und antwortete dann mit

„Jjjja", stotterte ich.
Nun wurden die Ringe getauscht.
„Mit diesem Ring verbinden sich unser beider Leben miteinander. Ich werde für dich sorgen, ich werde dich lieben und respektieren, so lange ich lebe."
Anschließend nahm ich den Ring für Timothy.
„Mit diesem Ring sind wir eins", antwortete ich „keiner ist allein, sondern wir sind zwei Hälften, die sich gefunden haben. Nur zusammen sind wir ein Ganzes. Dies gelobe ich für den Rest meines irdischen Daseins."
Zur Tradition der Familie Sun gehörte, dass die Ehepartner sich symbolisch mit ihrem Blut miteinander verbanden.
Timothy ritzte meine Hand mit dem Messer auf, dann seine. Der Priester verband unsere beiden Hände mit der Schärpe der Société und segnete unsere Verbindung im Namen Gottes.
„Und nun frage ich dich Timothy Clement Sun und dich Olivia Heart, seid ihr bereit, in eurem Leben füreinander einzustehen?"
„Ja, ich will", sagte er laut und vernehmlich und ich ebenso.
Nach einem weiteren Lied der Sängerin „von guten Mächten wunderbar geborgen" in deutsch und einer englischen Übersetzung folgte das Vaterunser und danach der Segen.
„So segne euch der gütige Gott und helfe neben dem Wollen auch das Gelingen beizutragen." Der Priester wickelte das Band ab.
Nach Beendigung der Zeremonie sang die Sängerin „Ich bete an die Macht der Liebe" von Teerstegen bei unserem Auszug. Und wie bei der Hochzeit seines Bruders wandelten auch wir über Lorbeerblätter.
Nun kamen alle Gäste zum Gratulieren, auch Oliver marschierte auf und war höchst freundlich. Vergessen war unsere Auseinandersetzung.

33.
Im Garten hatte ich Stehtische für ein ungezwungenes Miteinander aufstellen lassen. Viele Bäume spendeten Schatten und Kühle in der Nachmittagshitze und die Gäste konnten wählen, ob sie sich an einen der Stehtische stellten oder in kleinen Grüppchen im Garten Platz nahmen. Ich aß kurz etwas und dann mussten Timothy und ich schon zum Fotografen. Im Schlosspark wurden die offiziellen Aufnahmen unserer Hochzeit gemacht.
Als wir zurück kamen, wurden wir mit viel Hallo von den Hochzeitsgästen begrüßt und ich wurde sofort von einer Traube mir unbekannter Menschen umringt.
Eine Stunde vor Sonnenuntergang wurde im Zelt das Essen serviert.
Die Stühle mit weißen Hussen waren mit einer dunkelroten Schleife kombiniert, auf jedem Tisch stand ein kleiner Strauß mit roten Rosen und die Platzteller bestanden aus dunkelrotem Porzellan, auf die die weißen Teller gestellt werden sollten. Dazu passten weiße Stoffservietten mit roten Papierservietten kombiniert. Ich musste kurz lächeln, denn ich dachte an unser erstes Treffen, das so daneben gegangen war. Jeder Gast erhielt einen Schlüsselanhänger mit einem Bild von Timothy und mir, das wir extra dazu hatten anfertigen lassen und das neben dem Silberbesteck blitzte. Die Zeltwände waren offen, damit die Hitze des Tages entweichen konnte. Große Blumenschalen mit roten Rosen standen an allen Eingängen und Schalen mit Eis sorgten für Kühlung.

Es war schon spät und ich war froh, einige Zeit sitzen zu können und meinen Ehemann an meiner Seite zu wissen. Wir gönnten uns einen kurzen Moment, sahen uns in die Augen und strahlten uns an. Es war der schönste Tag in meinem Leben und ich nahm jeden Moment als Erinnerung in mich auf.

Harper hatte das Essen arrangiert und sich selbst

übertroffen. Ich dankte ihr zwischen den Gängen und ging zu meinen Eltern.

„Habt ihr euch gut unterhalten in dieser internationalen Gesellschaft?"

„Ja", meinte meine Mutter. „Ich habe viele Menschen getroffen, die deutsch sprechen. Und deine Schwiegermutter war so lieb und hat uns übersetzt, wo es notwendig war. Du hast es mit ihr gut getroffen."

„Wir haben zusammen die Hochzeit vorbereitet."

„Sie hat sich sehr um uns bemüht."

„Schmeckt es dir Papa?"

„Bis auf den Käse," sagte er und lachte. Er mochte keinen Käse, aber der gehörte zu einem französischen Essen nun mal als Gang dazu. Gut, dass anschließend noch das Dessert gereicht wurde.

Im Zelt war eine Tribüne mit einer Tanzfläche aufgebaut, auf der ein kleines Orchester Platz genommen hatte. Mit der schönen blauen Donau eröffneten Timothy und ich den Tanz. Schnell wurde ich von Mann zu Mann weiter gereicht und tanzte ununterbrochen.

Als ich mich in einer Pause kurz frischmachte, schnappten mich Julia, Frank und Sandra. Sie hatten eine Brautentführung arrangiert. Sandra, Julia und Frank schleppten mich in ein Auto, was mit meinem Kleid nicht so einfach war. Im Auto sitzend drehte ich mich um und sah von weitem Timothys erstauntes Gesicht. Grace war gerade dabei, Timothy zu erklären, was hier vor sich ging. Als ich mich nochmals umdrehte, sah ich ihn lauthals lachen, bevor er aus meinem Gesichtsfeld verschwand.

Wir fuhren nach Pauillac in eine Bar. Dort sah ich mir zum ersten mal genau an, wer an der Brautentführung beteiligt war. Meine Freundinnen Sandra, Ute, Angelika, Tina und Heike sowie Julia und Frank hatten die ganze Sache arrangiert und Charlotte Gregg, Daniel, Barry und Katie waren mit von der Partie. Ich zählte 11 Personen in drei Autos verteilt, jeweils mit Chauffeur, da jeder willens war, so viel wie möglich zu trinken. In dieser Bar wurde eine

Runde eines höllisch scharfen Schnapses getrunken, bevor wir dem Wirt noch einen Hinweis für den Bräutigam hinterließen und weiter nach Lamarque in eine kleine Weinstube fuhren.

Da der Abend noch warm war, saßen wir in einem Garten, tranken etwas Wein und ließen uns noch einige Kleinigkeiten zum Essen bringen. Hier verbrachten wir fast eine Stunde. Als Timothy immer noch nicht kam, fuhren wir alle zusammen weiter nach Saint-Laurent Medoc in eine kleine italienische Taverne, in der Musik gespielt wurde. Barry, der zu meiner Hochzeit ohne Begleitung kam, tanzte mit mir, als Timothy mit George, Daniel, John, den Ehemännern meiner Freundinnen und David Gregg erschien. Wir begrüßten uns, tranken noch etwas Champagner und ich tanzte noch mit jedem der Herren, bevor wir zur Hochzeitsgesellschaft zurück fuhren.

34.
Die Familie hatte Timothy, Julia, Frank und mir für unseren Flug nach San Francisco einen Privatjet zur Verfügung gestellt. Nach einem elfstündigen Flug erreichten wir San Francisco und wurden in unser Hotel gebracht. Ich packte einen Koffer aus, da wir zwei Tage in San Francisco verbringen würden. Wir entschlossen uns noch, den Swimmingpool zu benutzen und verabredeten uns danach mit den Kindern zum Abendessen. Es war nicht einfach, sich übermüdet an die Ortszeit zu gewöhnen, doch wir schafften es.

Wir wachten früh auf und verbrachten diesen Tag in San Francisco mit Shopping.

Verabredungsgemäß erschien unser Reiseleiter Stuart Mitchell am nächsten Morgen um 9.00 Uhr mit dem Fahrer Ken. Unser Gepäck wurde in den luxuriösen Van befördert. Wir überquerten die Oakland Bridge und fuhren über Modesto in den Yosemite Nationalpark. Stuart führte uns zunächst zu den Yosemite Falls, die wie ein Schleier den Berg hinunter fielen.

Wir mieteten Fahrräder und Stuart fuhr mit uns den schön ausgebauten Fahrradweg entlang des Merced Rivers. Die Kinder waren aufgeregt, als uns Murmeltiere und Schlangen begegneten. Von weitem konnten wir auch einen Luchs erkennen. Im von Gletschern geformten Yosemite Valley stürzten nicht nur wunderschön anzusehende Wasserfälle von den umgebenden Felswänden der Sierra Nevada herab, sie schufen ein atemberaubendes Gesamtbild mit Half Dome und El Capitan.

Weiter ging es nach Oakhurst, wo wir noch am frühen Abend im Hotel eincheckten. Ich drehte einige Runden im Swimmingpool zusammen mit Frank und Julia, bevor ich in unser Zimmer zurück kam, wo Timothy schon sehnsüchtig auf mich wartete. Auf dem Gang sah ich auf meinen Zimmerschlüssel und übersah einen weißen Mann mittleren Alters mit schütterem Haar, der mir entgegen kam und stieß mit ihm zusammen. Ich sah ihn kurz an und sagte „excuse me" und er murmelte seinerseits „excuse me".

Mariposa Grove mit seinen Riesenmammutbäumen, dem Aussichtspunkt Glacier Point, den Bridalveil Falls und eine Wanderung zum El Capitan stand für diesen Tag auf dem Programm. Müde kehrten wir abends in unser Hotel zurück. Den nächsten Vormittag nutzen wir zum Abschluss für eine Goldsuche im Yosemite-Valley, was den Kindern und auch uns sichtlich Spaß bereitete.

Danach führte uns unser Weg von den saftig grünen Tälern im Yosemite Nationalpark hoch zu der kargen Schönheit der Hochebene. Die Straße bot uns eine grandiose Aussicht auf das Yosemite Tal, das wir hinter uns ließen und uns der kurvenreichen Strecke des Tioga

Passes näherten. Wir besichtigten den Tenaya Lake, bevor wir den 3030 Meter hohen Tioga Pass erreichten. Im Tioga Lake spiegelten sich die Berge auf unnachahmliche Weise wieder, die diesen Teil der Welt so berühmt gemacht hatten. Es war kälter als im Tal, doch wir hatten vorgesorgt und uns gut angezogen.

Entlang dem Ellery Lake und dem Monolake erreichten wir am frühen Abend das Skigebiet Mamoth Lakes mit unserem urig aussehenden Hotel. Es war recht kühl geworden und ich entschloss mich, in der Sauna ein wenig zu entspannen. Timothy wollte mich nicht begleiten.
Als ich auf dem Rückweg ganz in Gedanken zu unserem Zimmer zurück schlenderte, sauste plötzlich etwas an meinen Ohren vorbei und krachte scheppernd auf den Steinboden vor mir. Es war ein Blumenkasten, der vom Balkon herunter gestürzt war. Mir stockte der Atem und mein Herz schlug mir bis zum Hals. Er hatte mich nur knapp verfehlt. Hatte er sich aus seiner Verankerung gelöst? Ich sah nach oben, doch kein Mensch war zu sehen. Aufgeregt kam ein Angestellter gerannt, der den Aufschlag gehört hatte. Er entschuldigte sich vielmals, und war sehr erleichtert, dass ich unverletzt war.

Unser Reiseleiter hatte uns ein gutes Restaurant genannt, in dem wir zu Abend aßen. Als Spezialität hatte er uns Steaks empfohlen, die wir auch alle bestellten. Ich sah mich in dem urig eingerichteten Restaurant um und entdeckte einen Mann mit schütterem Haar am Nebentisch, den ich zu kennen meinte. Ich konnte mich nur nicht erinnern, woher. Als unser Essen kam, wurde ich von meinen Überlegungen abgelenkt und ich vergaß den Mann, der auch verschwunden war.

Früh am Morgen fuhren wir nach Süden durch das Death Valley nach Las Vegas. Stuart hatte für diesen Tag besonders viel Wasser einpacken lassen, da er der Durchquerung des Death Valley im Sommer immer mit

Respekt begegnete. Es fuhren zwar viele Busse hindurch, doch sollten wir ein Panne haben, konnte das Wasser im Gebiet der Mojave Wüste sehr schnell knapp werden. Nach fast endlos erscheinender Fahrt erreichten wir den Aussichtspunkt Zabriskie Point mit einem grandiosen Blick auf die surrealen, ausgefurchten Dünen des Death Valley.
Wie eine überdimensionale Leuchtreklame begrüßte uns Las Vegas einige Stunden später. Glitzernde Casinos, Hotels in der Form berühmter Skylines und Konzertsäle konzentrierten sich entlang des berühmten Las Vegas Strips. Abends sahen wir uns eine der Las-Vegas-Shows an. Die berüchtigten unzähligen einarmigen Banditen konnten weder Timothy noch mir wirklich Interesse abgewinnen.
Ein herrlicher Sonnenuntergang im 15. Stockwerk unseres Zimmers rundete diesen Tag ab.

Am nächsten Morgen brachen wir zum Zion National Park auf, der uns am Rande des Colorado Plateaus mit weißen, roten und rosafarbenen Sandsteincliffs erwartete. Stuart hatte eine Wanderung zu den Emerald Pools vorbereitet. Der Weg führte durch dichte Wälder zu kleinen, klaren Wasserfällen, die sich in natürliche, smaragdgrün leuchtende Becken ergossen. Die bizarren Felsen des Zion National Parks bewunderten wir, bevor wir weiter zum Bryce Canyon fuhren und in unser Hotel eincheckten. Ken fuhr uns an den Rand des Bryce Canyons zu einem eindrucksvollen Sonnenuntergang, in dem sich die Gesteinsschichten in verschiedenen Farbnuancen widerspiegelten. Spalten, Cliffs und Zinnen formten eine einzigartige Landschaft, die durch Jahrtausende währende Erosion entstanden war. Aus dem Augenwinkel nahm ich einen Mann war, der unweit von uns ein wenig abseits am Rande der Felsen stand. Als ich mich zu ihm drehte, wand er sich plötzlich ab. Hatte er uns beobachtet? Irgendwo hatte ich ihn schon einmal gesehen. Oder meinte ich das nur? Aber gerade als ich einige Schritte näher zu ihm treten wollte, legte Timothy seinen Arm um mich und zog mich zu sich heran, um gemeinsam mit mir einen letzten Blick auf die untergehende Sonne zu erhaschen. Als ich mich wieder umwandte, war der Mann verschwunden.

Stuart führte uns früh am Morgen auf einem Rundweg in den Bryce Canyon hinein. Wir bewunderten die Größe und die eigenwilligen Eigenheiten der Felsen, bevor es durch eine Felslandschafte bis zum Capitol Reef Nationalpark weiter ging. Weite Ebenen mit den charakteristischen Tafelbergen sorgten für eine außergewöhnliche Szenerie. Der „Island in the Sky" war ein Tafelberg und das Herzstück im Canyonland. Auf einer Straße gelangten wir an den Colorado River, der sich 700 Meter tiefer seinen Weg durch diese zerklüftete Landschaft gebahnt hatte. Das Gebiet um die Monolithen und die steilen Felsnadeln wurde von den Navajo-Indianern verwaltet, die wir in ihrem Reservat besuchten. Ich erwarb einige Schmuckstücke und eine CD mit Musik von den Navajo-Indianern.

Von Moab aus hatten wir eine zweitägige River-Rafting-Tour auf dem Colorado gebucht.
Wir bekamen eine ausführliche Einführung in den Verlauf der Strecke und wie wir uns auf dem Fluss zu verhalten hatten. Die Ausrüstungsgegenstände waren schon im Schlauchboot festgezurrt, wir zwängten uns in Neoprenanzüge und stiegen ein.
Obwohl mitten im Sommer, war das Wasser eisig kalt. Der Neoprenanzug schützte uns. Nur Timothy fühlte sich nicht wohl auf dem Boot, da er immer noch nicht gut schwimmen konnte. Doch uns zuliebe hatte er dieser Tour zugestimmt. Der Guide hatte ein besonderes Augenmerk auf Timothy und beruhigte ihn. Die Sicherheits-Übungen würden nur für den Ernstfall geprobt und waren für alle Teilnehmer Pflicht. Das Ziel wurde für gewöhnlich ohne größere Zwischenfälle erreicht.

So ging es durch die erste Stromschnelle. Der Guide sagte uns, wann wir paddeln sollten und so meisterten wir diese Stromschnelle rasch. Aber bald kam auch die zweite

und dritte Stromschnelle, bevor wir auf einer Sandbank die Mittagspause einlegten. Es wurde gegrillt und wir aßen gierig die mitgebrachten Lebensmittel.
Zwei Stunden, manchmal durch dunkle tiefe Schluchten mit riesigen Felswänden, die sich über uns auftürmten, paddelten wir weiter. Frank und Julia hatten Helmkameras auf und wir freuten uns schon jetzt auf die Filmvorführung. Timothy entspannte sich langsam, als er bemerkte, dass das River-Rafting auch für ihn sicher war.

Zusammen mit dem Guide errichteten wir drei kleine Zelte, in denen wir übernachteten. Früh standen wir auf, da wir auf dem harten Boden kaum geschlafen hatten. Weiter ging es durch Schluchten und tosende Stromschnellen.
Am Nachmittag erreichten wir unser Ziel und wurden von Stuart und Ken abgeholt. Sie brachten uns in unser Hotel im Grand Canyon Village. Wir kamen spät an und konnten uns im großen Imax-Theatre noch den Film über die Entstehung des Grand Canyon ansehen, bevor wir zum Essen gingen. Wir waren alle müde und am nächsten morgen stand eine Wanderung entlang des Grand Canyons sowie ein Helikopterrundflug an. Gigantisch konnte man dieses Plateau nur nennen. Am Abend zeigte uns Stuart noch eine Aussichtsplattform, an der man die Farben der untergehenden Sonne besonders gut in den Felsen widerspiegeln sehen konnte.

Am nächsten Tag reisten wir durch das Mojave National Preserve nach San Diego.
Dort hatten wir den Tag zur freien Verfügung und vergnügten uns zunächst im pazifischen Ozean, bevor wir in das berühmte Sea World gingen und uns die Vorführungen der Blauwale und Delphine ansahen. Wir entspannten am Strand, bevor es Tags darauf nach Santa Monica zum Venice Beach in Los Angeles ging.

Mittlerweile hatte ich zunehmend das Gefühl, beobachtet zu werden. Wenn ich mich umsah, konnte ich jedoch niemand sehen, aber ich fühlte mich unbehaglich.

In Los Angeles zeigte uns Stuart den berühmten Sunset Boulevard, wo Julia und ich einige kleine Kleidungsstücke zu horrenden Preisen erwarben. Ein Ausflug in die Universal Studios gefiel uns besonders und wir kamen wieder einmal müde in unser Hotel am Venice Beach zurück, in dem wir noch zwei Tage zur freien Verfügung hatten.
Ich nutzte diesen Tag und buchte an der Rezeption eine Schönheitsbehandlung für Julia und mich.
Als ich an die Rezeption ging, erhielt ich eine Nachricht, dass die Schönheitsbehandlung an einem anderen Ort stattfinden sollte. Wir informierten uns über den Weg. Eine besondere Attraktion dieses Hotels stellte ein See dar, über den eine Hängebrücke ging, die von Fußgängern benutzt wurde. An diesem Tag waren Julia und ich die einzigen, die die Hängebrücke benutzten. Als wir in der Mitte waren, krachte es und Julia, die voraus ging, fiel hindurch. Sie konnte sich noch an einem Stück der Hängebrücke festhalten. Ich sah nach unten. Es ging bestimmt 10 m in die Tiefe.
„Ich helfe dir nach oben", sagte ich zu Julia.
„Mami, ich springe", schrie sie.
„Nein, das ist zu hoch. Ich ziehe dich nach oben."
Ich versuchte, Julia nach oben zu ziehen, doch es ging nicht.
„Macht nichts Mami, ich springe jetzt", sagte Julia fröhlich und ließ los. Sie schien keine Angst zu haben, legte ihre Arme an den Körper und sprang mit den Beinen voraus in die Tiefe. Ich sah hinunter. Mein Herz schien still zu stehen. Julia versank im Wasser. Einige Sekunden später kam sie an die Oberfläche.
„Mir ist nichts geschehen, Mami", schrie sie zu mir nach oben.
Ich ging wieder zurück und erreichte Julia. Ihre nassen Kleider hingen an ihr.
„Macht nix, Mami. Es ist warm und die Kleider trocknen

schnell", sagte sie fröhlich.
Zusammen gingen wir außen um den See herum, um an dem Raum, den man uns genannt hatte festzustellen, dass er verschlossen war und niemand war weit und breit zu sehen. Ich wurde langsam wütend. Wo hatte man uns hingeschickt? Wir gingen zurück in Julias Zimmer und sie zog sich um. Unverrichteter Dinge traten wir den Weg zur Rezeption an.
„Entschuldigung Madam, ein Kollege hat mich kurz vertreten und hat Sie wohl in die falsche Richtung geschickt. Ich werde Sie führen", sagte ein junger Mann und als Julia erzählte, was ihr passiert ist, meinte er, da müsse man sofort nachsehen.
Wir kamen etwas zu spät zu unserer Schönheitsbehandlung und wurden vom Personal verwöhnt, was uns für das vorangegangene Desaster entschädigte. Mit frischem Make-up und tollen Frisuren kamen wir zurück.

Nach einem Stopp in der „dänischen" Stadt Solvang, gefolgt von einer Fahrt entlang der berühmten Küstenstraße Highway No. 1 nach Big Sur, erreichten wir die letzte Station unserer Reise, San Francisco, eine Weltstadt voller Charme mit modernen Wolkenkratzern und alten viktorianischen Häusern. Hier waren wir am Ende unserer Reise angekommen und entdeckten die Stadt per Cable Car. Die Golden Gate Bridge überquerten wir zu Fuß. Der alte Hafen Fisherman's Wharf und der legendäre Pier 39 wurde uns ebenso gezeigt wie Chinatown.
Wir beschlossen, in einem Restaurant in Fishermans Wharf zu Abend zu essen. Vom Kellner wurden wir zu einem Tisch geführt, als ich im Vorbeigehen einen Mann bemerkte, den ich zu kennen glaubte. Wir warteten auf unser bestelltes Essen und da fiel mir ein, dass ich mit diesen Mann in unserem Hotel in Oakhurst zusammen gestoßen war. Und nun saß er hier mit uns im selben Restaurant. Hatte er uns verfolgt? Und warum? Als ich

Timothy auf ihn aufmerksam machen wollte, war dieser Mann verschwunden.

Unser Essen wurde aufgetragen. Bevor wir mit dem Essen loslegten, begann plötzlich ein Hund laut zu bellen, zog an seiner Leine und riss diese weg. Wie wild sprang er durch das Restaurant und warf dabei unseren Tisch und das darauf befindliche Essen um. Dabei war seine Leine an dem Tisch hängen geblieben. Der Hund zog zwar an der Leine, doch er konnte nicht weg. Er schnüffelte kurz und schnappte sich ein Steak, das Julia bestellt hatte sowie einige Kartoffeln von meinem Menü.

Selbstverständlich wurden wir an einen anderen Tisch geführt und neue Speisen aufgetischt. Es schmeckte vorzüglich und einen Moment vergaß ich alles andere.

Plötzlich ließ uns lautes Geschrei aufhorchen. Der Hund, der eben noch ungestüm durch das Restaurant gejagt war, lag winselnd zusammengekrümmt auf dem Boden. Er begann zu zucken und Schaum trat ihm aus den Lefzen. Dann bewegte er sich nicht mehr. Ein kleiner Junge und ein etwas älteres Mädchen weinten hemmungslos, die Mutter versuchte hilflos zu trösten, während ihr das Entsetzen ins Gesicht geschrieben stand. Ich erstarrte und brachte keinen Ton heraus. Der Hund hatte nach seiner Hetzjagd durch das Restaurant von unserem Essen gegessen, das auf den Boden gefallen war. War es vergiftet gewesen?

Ich wollte nur noch weg. Timothy bezahlte und wir verließen das Restaurant, um in unser Hotelzimmer zurückzukehren.

Am nächsten Morgen verabschiedeten wir uns erfüllt mit vielen außergewöhnlichen Reiseerlebnissen und Eindrücken von dieser Reise von 'der Stadt' und flogen mit einer Linienmaschine zurück nach London.

Teil III

1.
Entspannt fand ich mich mit meiner Patchworkfamilie in unserem Haus in London ein, wo uns John und Margret herzlich empfingen. Sie machten es uns leicht, uns in London einzuleben.
Julia verabredete sich bald mit ihren Freundinnen von der Schule und auch hin und wieder mit Megan und Jana. So lernten wir Daniel und Jade etwas näher kennen. Daniel leitete eine Investmentbank in London und war oftmals abwesend, wenn wir sie besuchten und war auch eher der zurückhaltende und schweigsame Typ. Immer wenn ich mit Daniel zusammen traf, hatte ich das Gefühl, er würde etwas verbergen, ich konnte nur nicht sagen, was. Sein Auftreten war bescheiden, obwohl er zur Kaste der Herrenmenschen gehörte. Jade war nicht berufstätig und kümmerte sich um die Kinder und um den Haushalt in der großen Stadtvilla der Suns. Sie engagierte sich in Charity-Veranstaltungen und versuchte auch mich zu animieren, daran teilzunehmen. Durch meine Berufstätigkeit hatte ich jedoch nicht allzu viel Zeit.

Timothy arbeitete in seinem Atelier und seine Bilder und Skulpturen nahmen neue Formen und neue Farben an. Unsere Familie wuchs zusammen. Noch war es Spätsommer und die Tage warm, weshalb wir auch viele Ausflüge als Familie zusammen unternahmen. Besonderen Eindruck machte dabei der Besuch von Stonehenge auf mich. Die Steinkreise aus den Megaliten beeindruckten mich zutiefst.

Im Team der Patentanwälte konnte ich mich schnell eingewöhnen und ging ganz in meinen neuen Herausforderungen auf, die sie mir stellten. Bald freundete ich mich mit der einen oder anderen Arbeitskollegin an und wir trafen uns nach Arbeitsende, um ins Kino oder zum Essen zu gehen.

Sorgen bereitete mir Frank. Er und seine Freunde machten sich einen Spaß daraus, Julia und ihre Freundinnen zu erschrecken. Die Mädchen ließen sich natürlich nichts gefallen, und schlugen zurück. Bevor der Ärger eskalierte, war ich gezwungen, einige Regeln aufzustellen, vor allem im Hinblick auf die Benutzung des Schwimmbads. Reibereien blieben zwar nicht aus, doch beide Parteien hielten sich an die aufgestellten Regeln.

Ich hatte schon vergessen, was uns David und Oliver über die Société enthüllt hatten, als Daniel uns bei einem meiner Besuche aufforderte, uns für das Wochenende bereit zu halten, denn wir würden zusammen in ein Schloss nach Schottland fahren.

2.
Daniel holte uns am Freitag Nachmittag ab. Er fuhr uns in den hohen Norden auf eine Fähre, um auf die Insel Lewis and Harris überzuwechseln und wir erreichten Robin Castle in Grabhair. Der Hausherr, Duke of Dandy begrüßte uns und begleitete uns in die Zimmer. Die Dienstboten brachten unsere Koffer.
„Die Zeremonie der Erweckung ist individuell und benötigt viel Kraft. Deshalb erhält jeder von euch ein eigenes Zimmer und ich möchte euch bitten, euch in dieser Nacht auch auszuruhen," teilte uns Daniel mit.
Eine Stunde später wurden wir vom Personal abgeholt und in den Speiseraum geführt. Der Hausherr und seine Frau warteten schon und wir wurden auf dem festlich gedeckten Tisch fürstlich bewirtet. Nach dem Abendessen führte uns der Duke in die Kellergewölbe. Die Mitte bildete ein Tisch, der als zwölfzackiger Stern ausgebildet war. Der Duke verschwand und ließ uns allein, als Daniel

auftauchte.
An den Enden der Ecken standen jeweils zwei bequeme Sessel.
„Setzt euch," sagte Daniel freundlich.
„Ihr beide seid unwissend wie Babys und es liegt an mir, euch einzuführen."
Daniel machte eine Pause.
„Dies ist eine Initiationszeremonie, die eine Einführung in die höhere Welt der Herrenmenschen darstellt. Mit der Initiation übernehmt ihr die Verantwortung für diese Welt, zu der ihr gehört. Dabei sollte euch klar sein, dass ihr Teil eines Ganzen seid."
Daniel sah mich an.
„Die Kamarikraft ist eine Höherentwicklung der Menschheit. Ihr werdet in euer tiefstes Inneres geführt, bis in die Zelle hinein. Die in jeder Zelle liegende Energie zieht ihr als Anavara-Energie zusammen und speist damit die Kamarikraft."
Wieder machte Daniel eine Pause.
„Ihr gehört zu den Herrenmenschen und habt mit der Kamarikraft die Macht inne, diese Welt zu lenken. Sklaven lehnen die Macht über andere Menschen ab, passen sich an, sind inaktiv und genügsam. Euer Potential ist jedoch ein anderes. Deshalb müsst ihr alle Sklavenmoral ablegen, alles was euch hindert Macht über Menschen auszuüben. Ihr solltet frei sein von den Heucheleien Namens Glück, Tugend, Moral und Mitleid."
Daniel sah mich an.
„Es werden an euch Herausforderungen gestellt und Wissen vermittelt, die als Grundlage für unsere Arbeit auf dem Weg der Kamarikraft dient."
Daniel machte eine Pause.
„Der zwölfzackige Stern stellt unsere 12 Familien dar, die die Welt in Händen hält. Ihr gehört zur Société. Ihr seid Teil der 12 Familien. Auch du Olivia, denn durch das Blut deines Mannes bist du mit der Société verbunden. Wir sind die Herren und haben die Welt aufgeteilt. Jede Familie beherrscht einen Teil der Welt. Ihr werdet in

nächster Zeit alle Familien besuchen und sich mit ihnen anfreunden, denn ihr seid mit diesen Familien auch verwandt. Olivia ich muss dich eingehend daran erinnern, dass du keine Sklavin mehr bist und durch die Heirat mit Timothy zu den Herrenmenschen gehörst. Deine Aufgabe besteht darin, deinen Mann mit deiner Kraft zu stärken und ihm zur Seite zu stehen, um die Herrscher dieser Welt zu beeinflussen, damit sie unsere Ziele umsetzen. Das klappt weitgehend, doch immer wieder kommen Vertreter aus den Völkern, die sich unserer Leitung entziehen. Dies muss unter allen Umständen verhindert werden. Die Freehome Group wurde gegründet, um die Herrscher weiter in unserem Sinn zu beeinflussen, ohne dass sie es merken und ihnen gleichzeitig zu soufflieren, wie wichtig sie sind. Es ist eine Ehre in der Freehome Group aufgenommen zu werden, da es sich um eine elitäre Vereinigung handelt. Ihr werdet an der Versammlung der Freehome Group im nächsten Jahr teilnehmen und die Herrscher kennenlernen. Danach werden wir euch unterweisen, wie ihr eure Kamarikräfte einsetzt."
Daniel machte eine Pause.
„Die Kamarikraft wird in euch erweckt werden, wodurch ihr Kontrolle über das Bewusstsein der Sklaven erhaltet. Ihr könnt und sollt diese Menschen beeinflussen, damit sie nicht bemerken, was die Société plant."
„Und was plant die Société?" wagte ich zu fragen.
„Das wird dir zu gegebener Zeit bekannt gegeben", wich Daniel aus. Er sah von Timothy zu mir.
„Ihr könnt jetzt in eure Zimmer gehen und euch ausruhen."

3.
Mir schwirrte der Kopf. Was hatte Daniel diesen Abend alles gesagt? Wir sollten uns einer Initiation unterziehen. Wollte ich das? Welche Konsequenzen hatte dies? Ich hatte noch niemals von einer Kamarikraft gehört. Woher kam diese Kraft? Er sprach auch von Herrenmenschen

und Sklaven und dass ich zu den Sklaven gehört hatte. Ich hatte nichts übrig für elitäres Gehabe. Das hatte mich auch an meinen Chefs so gestört, dass sie ihre Mitarbeiter herablassend als „Sklaven" behandelten. Gab es eine Möglichkeit, mich dem zu entziehen?

Mit Timothy konnte ich nicht sprechen, da wir getrennt schliefen, doch an Schlaf war nicht zu denken, so aufgewühlt war ich. Panisch suchte ich nach einem Ausweg, doch ich fand keinen. So fügte ich mich zunächst in mein Schicksal.

Früh am nächsten Morgen sollte es losgehen. Eine Wanderung zu den Calanais Standing Stones, die etwa 50 km entfernt lagen, stand an. Timothy und ich sahen uns die Strecke auf dem Tablet an und stellten fest, dass sie mindestens 10 Stunden dauern würde. Wir würden zwei Tage benötigen. Hierzu wurden uns zwei Rucksäcke zur Verfügung gestellt, die wir mit unseren notwendigsten Kleidungsstücken, Wasser und Nahrungsmittel packten.

„Ihr habt folgende Aufgabe: Geht zu Fuß zum Calanais Standig Stones und umkreist diese 12 Mal. Dabei gibt es eine Bedingung. Ihr beiden dürft miteinander kein Wort wechseln, so lange ihr unterwegs seid."

„Dürfen wir mit anderen Menschen reden?" fragte ich Daniel.

„Ja, das dürft ihr."

„Gut. Das werden wir schaffen. Noch eine Frage. Dürfen wir ein Schiff nehmen?"

„Ihr dürft ein Schiff nehmen."

„Danke."

„Wir werden es wissen, wenn ihr miteinander sprecht", fügte Daniel hinzu.

Wir erhielten einen Kompass und würden den schnellsten Weg nach Gabharstadt nehmen, um dort eine Fähre über den Loch Eireasort auf die andere Seite zu wählen. Da die Highlands dünn besiedelt waren, gingen wir über Loch Fada nach Admor. Dort fanden wir schnell eine Unterkunft bei freundlichen Schotten, die uns ein gutes Abendessen mit altem schottischem Whisky servierten. Eng

umschlungen schliefen wir in einem kleinen Bett.
Im vergangenen Jahr war ich mit Sandra den Jakobsweg gewandert und so war ich längere Wanderungen gewöhnt. Timothy hingegen hatte sich Blasen gelaufen, die ich versorgte.
Auch wenn es anstrengend war durch die Highlands zu Fuß zu gehen, so war es doch schön. Ich gab mich der Landschaft hin, dem Gehen, was mich wie in eine Trance versetzte. Hin und wieder nahm Timothy meine Hand und lachte mich an, gab mir einen Kuss. Entlang Loch na Gainmhich erreichten wir am späten Nachmittag unser Ziel.
Es handelte sich um 12 Steine einer megalithischen Kultstätte. Timothy hatte mit mir Stonehenge besucht und diese machten auf mich schon einen großen Eindruck.
Wir hatten den 23. September, die Tag- und Nachtgleiche, als wir Calanais Standing Stones erreichten. Einige Menschen hatten sich versammelt und beteten in einem mir unbekannten Ritual. Wir blieben am Rand stehen, doch wir wurden sofort freundlich einbezogen. Man hieß uns willkommen und wir kamen schnell ins Gespräch. Nach Sonnenuntergang warteten wir auf Daniel. Er holte uns mit dem Auto ab und fuhr uns wieder zurück zum Schloss. Anstatt zum Essen ging es in den Untergrund zum Sternentisch.
„Ihr werdet heute Nacht meditieren", befahl Daniel. „Ihr dürft wieder miteinander reden." Er ließ uns etwas Wasser zurück und schloss uns ein. Wir setzten uns in einen der Sessel.
„Wie geht es dir?" fragte ich Timothy, der ziemlich fertig aussah.
„Nicht so gut."
„Ich sehe es dir an. Trink etwas." Ich reichte ihm die Trinkflasche und massierte seine Füße.
„Das sollte ich eigentlich mit dir machen."
„Pst", sagte ich und küsste Timothy zärtlich.
„Du bist doch die Stärkere."
Ich lächelte und wir küssten uns inniger.

„Dann lass uns meditieren", meinte Timothy. „Ich weiß nur nicht, wie das geht."
Vom Yoga kannte ich einige Mantras, die ich zusammen mit Timothy sang. So vergingen die Stunden und schließlich schliefen wir vor Erschöpfung ein. Ich erwachte bei Tagesanbruch und ließ Timothy schlafen. Der Marsch hatte ihn mehr mitgenommen als mich. Was immer an diesem Tag auf uns zukommen mochte, wir würden uns gegenseitig unterstützen. Timothy wachte erst auf, als Daniel erschien.

4.
„Heute werde ich eure Kamarikräfte erwecken," begann er. Timothy rieb sich die Augen und starrte Daniel mit seinem prachtvollen roten Umhang an. Dieser Umhang war aus Seide, mit einen Drachen aus goldenen Fäden bestickt, der Feuer spie. In der rechten Hand trug er einen Stab mit einem gekringeltem Ende. Er legte den Stab auf den Tisch, nahm Salz und streute es rund um den Sternentisch.
„Ihr bleibt innerhalb dieses Kreises, den ich aus Salz gezogen habe. Es ist unser Schutzkreis. Für die Reinigung stelle ich Weihrauch auf."
In einem kleinen Kessel wurde ein Stück Weihrauch angezündet, das seinen Duft verströmte. Mit seinem Stab fuhr er an der Salzlinie entlang.
„Dies dient zur Lenkung der Anavara-Energie, die den Träger der Kamarikraft darstellt", erklärte er uns. Dann nahm er ein Athame, einen zweischneidigen Dolch und ritzte zuerst Timothy und dann mir die Hand auf wie bei unserer Hochzeit. Auf dem Dolch blitzte wieder der zwölfzackige Stern.
„Die Anavara-Energie dient der Manipulation kosmischer Kräfte, weshalb ihr durch Blut ein Opfer bringen müsst."
Das Blut tropfte auf den Boden.
„Die Nervenverbindungen werden neu strukturiert und

weitere Hirnfunktionen aktiviert, wobei Versiegelungen entfernt werden, was zur Folge hat, dass beide Gehirnhälften intensiver miteinander kommunizieren. Es findet eine massive Veränderung im Gehirn statt, was physische Symptome mit sich bringt. Unser Gehirn wird in diesem Prozess umstrukturiert, wobei ein Energiebogen in Form eines Regenbogens gebildet wird. Die in uns wohnenden Lichtreflexionen werden entschlüsselt und ein Empfängerkristall über deinem rechten Ohr aktiviert. Dies wird sich als Brennen bemerkbar machen. Dadurch können wir Informationen weiter leiten."
Daniel räusperte sich kurz und fuhr weiter.
„Ich versetze euch nun in eine tiefe Trance. Setzt euch in die Sessel, ganz bequem und versucht euch zu entspannen."
Seine Stimme war fest und ruhig. In dieser Trance erhielt ich Zugang zu einem Teil meines Bewusstseins, das ich nicht kannte. In einer Art Hypnosesitzung führte er mich durch meinen Körper in jede einzelne Zelle. Hier sammelte ich aus jeder Zelle Energie und leitete sie als Energiebogen in einer Art Ball, der nach der Vorgabe von Daniel in meinem Hinterkopf platziert wurde. Weiter führte mich Daniel in mein innerstes Wesen, nahm jeden einzelnen Nervenstrang in Augenschein und ordnete diese Nervenstränge neu. Ich spürte an meinem Ohr eine Schwingung, die von mir ausging und ein Brennen stellte sich ein.
Daniel holte uns in die Wirklichkeit zurück. Ich öffnete die Augen und sah Timothy an.
„Wie geht es euch?"
„Mein rechtes Ohr brennt", sagte Timothy und ich stimmte ein.
„Dann haben wir die Kamarikraft bei euch aktiviert. Der Mann ist derjenige, der die Kamarikraft anwendet, während die Frau ihren Mann unterstützt. Frauen wenden die Kamarikraft nicht selbst an. Deshalb stehen die Frauen bei unserer jährlichen Versammlung hinter ihren Männern. Und die Männer sind sich gewahr, dass sie ohne ihre Frau

keinen Erfolg haben. Aus diesem Grund sind Mann und Frau durch ein Band verbunden, das normal Sterbliche nicht haben, weshalb die Kinder der Société auch mit Blut heiraten."

Daniel machte eine Pause.

„Geht nun in euer Inneres und schaut euch die Kamarikraft einfach nur an."

Ich schloss die Augen und sah die Kraft in meinem Inneren wie einen Ball ruhen. In Gedanken nahm ich meine Hand und berührte die Kraft.

„Vorsichtig Olivia", warnte mich Daniel. „Genau das ist deine Kraft. Und nun nimm diese Kraft und sende sie Timothy."

Ich nahm meine Hand und gab der Kraft wie bei einem Ball einen Ruck und sandte sie zu Timothy, der mit samt dem Sessel umkippte.

„Das war zu viel Olivia, du musst vorsichtiger sein. Timothy, du nimmst jetzt den Kraftanteil von Olivia und vereinigst diesen mit deiner eigenen Kraft."

Er wartete einen Augenblick.

„Ja, so. Nun hast du einen großen Ball vor dir. Stell dir nun den englischen Premierminister vor."

Daniel machte eine Pause.

„Gut. Und nun sende diese Kraft zu ihm und suggeriere ihm Folgendes: Du bist auf dem richtigen Weg. Nicht mehr. Wir wollen ihn heute nur bestärken."

Ich nahm eine Art Welle wahr, die von Timothy ausging. Was war das? Wir beeinflussten mit dieser Kraft die Politiker? Ich war zu müde, um nachzudenken. Das wollte ich später.

„Das hast du gut gemacht Timothy und auch du Olivia. Ihr werdet sicher bald eine Aufgabe für die Société erhalten, der ihr folgen werdet."

Nach einer Pause fuhr er weiter aus.

„Es wird nicht mehr lange dauern, einige Entartete zu vernichten und ihr werdet daran beteiligt sein. Seid stolz darauf."

Daniel machte nochmals eine Pause.

„Dies war die Einführung, doch ihr braucht Unterweisung. Dazu erhaltet ihr einen neuen Termin." Daniel atmete tief durch. „Jetzt gibt es Frühstück und dann fahren wir nach London zurück."

5.
Wo war ich da hinein geraten? Eine Kraft, die unsere Politiker beeinflusste? Und ich sollte dabei meinen Ehemann noch unterstützen. Ich nahm diese Kamarikraft in meinem Inneren wahr, wann immer ich danach sah. Es gab sie und ich hatte es nicht geträumt.
In Herrenmenschen und Sklavenmenschen wurde die Welt eingeteilt. Ich dachte nach und überlegte, wo ich so etwas schon gelesen hatte. In Jenseits von Gut und Böse vertrat Nietzsche den Begriff „Herrenmensch" als ein aristokratischer Mensch mit hoher Moral. Die Übermensch-Philosophie war letztendlich verantwortlich für die Ideologie des Nationalsozialismus. Und darauf basierte die Ideologie, die die Société zusammen hielt?
Die Männer seiner Familie herrschten als Herrenmenschen. Das hatte ich unbestreitbar gesehen. Deshalb war auch eine Scheidung in der Société nicht möglich, weil die Frauen ihre Ehemänner stärkten und weil die Männer diese Stärke benötigten. Ein gegenseitiges Abhängigkeitsverhältnis. Nun wurde mir auch klar, was ich unterschwellig immer gefühlt hatte. Die machthungrigen Männer dominierten ihre Frauen. Sie fühlten sich anderen überlegen und setzten diese Überlegenheit auch entsprechend ihrem autoritären Gehabe um.
Würde das auch aus meinem Ehemann werden? Würde ich kuschen wie Lisa? Oder würde ich meinen Ehemann betrügen wie Harper?
Was hatte Daniel gesagt? Wir sollten frei sein von den Heucheleien Namens Glück, Tugend, Moral und Mitleid. Sklaven würden die Macht über andere Menschen ablehnen, passten sich an, waren inaktiv und genügsam.

Es stimmte, denn ich verteufelte die Stärke der Macht, wollte sie nicht anwenden. So wurde ich erzogen. Doch ich hatte gegen die Macht schon immer aufgemuckt. Und nun war ich dazu bestimmt, Macht auszuüben. Irgend etwas stimmte hier nicht und lief entschieden schief.

Nichts von alledem schien für mich erstrebenswert. Ich kam aus kleinbürgerlichen Verhältnissen, wo Anstand und Moral zum Leben gehörten. Ansichten einer Sklavin, wie ich feststellte. Oliver stellte sich über alle Moralvorstellungen und hielt sich sicherlich nicht an die Gesetze. Er würde sie ausdehnen, wie ich ihn kannte, oder korrumpieren.
Der Wille zur Macht war greifbar. Ich wusste von Nietzsche, dass er es als Kraft zu erkennen meinte. Der Machtwille bestimmte bei Nietzsche die Kultur, Religion, Wissenschaft und jede Form des Lebens als Lebensprinzip. Doch hier wurde der Wille zur Macht als Expansionskraft und Ideologie missbraucht.
Als Sklavenmensch lehnte ich das eigene Potential der Macht über andere Menschen ab. Meine „Sklavenmoral" ließ mich anpassungsfähig bleiben. Sklaven wurden beherrscht und entwürdigt. Klar war für mich mittlerweile eines. Die Menschheit wurde von Despoten beherrscht.

6.
Müde fielen wir am Spätnachmittag in unsere Betten und erwachten erst am frühen Morgen. Die Kinder trafen wir zum Frühstück, und verabschiedeten sie in die Schule. Nun erst hatten Timothy und ich die Gelegenheit, uns über das Erlebte auszutauschen.
„Wusstest du davon?"
„Ich kannte den zwölfzackigen Stern. Und Vater sprach immer von Herrenmenschen und dass wir Verantwortung für die Sklaven hätten. Doch nach meiner Krankheit war alles anders. Dort musste ich auch erleben, wie meine

Freunde an Krebs starben. Und ich lernte sie und ihre Eltern kennen und sie waren nett zu mir. Wenn Vater mich besuchte, wollte er immer, dass ich allein blieb. Doch ich wollte nicht. Lieber mit Freunden spielen, mit Freunden reden als allein bleiben. Mutter unterstützte mich darin. Die langen Wochen der Chemotherapie waren die Hölle. Dennoch überlebte ich und benötigte ein Jahr, bis ich den Krebs besiegt hatte. Und dann noch einmal drei Jahre, bis klar war, dass er nicht zurück kommen würde. Die Ärzte meinten damals, dass ich zeugungsunfähig sei, was sich erwiesenermaßen nicht bestätigt hat. Als ich wieder gesund war, schickte mich Vater auf ein Internat nach England. Mein Vater hatte mich vor Freundschaften immer gewarnt. Ein Sun dürfe sich nicht mit den Sklaven anfreunden, sondern Abstand halten. Doch auf dem Internat war alles anders. Ich fand Freunde, mit denen ich Streiche spielte. Und dann starb mein bester Freund bei einem Autounfall."

Timothy machte eine Pause.

„Wieder kam der Tod in mein Leben. Es wiederholt sich immer dasselbe, weshalb ich mich entschloss, Kunst zu studieren. Vater war zunächst dagegen, doch Mutter überredete ihn, dass ich meiner Berufung folgen konnte. Zu meiner großen Überraschung hatte ich Erfolg und meine Werke wurden verkauft. Charlotte und David Gregg managten meine Bilder. Wir wurden Freunde. Dann kam Leila in mein Leben und Frank wurde geboren. Zusammen haben wir John und Margret eingestellt. Ich war glücklich, doch es ging nicht lange, da wurde Leila krank und verstarb. Immer wieder kommen Krankheit und Tod in mein Leben Olivia. Ich möchte wissen, warum?"

„Das kann ich dir auch nicht sagen Timothy. Mir scheint, dass jeder von uns eine Lebensaufgabe erhält, von wem auch immer. Du musst mit dem Tod umgehen lernen, während mein Thema Macht und Ohnmacht ist."

„Doch Karma?"

Ich lächelte.

„So kann man es auch sehen. Oder ein mächtiges Wesen

bestimmt über unser Schicksal."
„Ich weiß nichts von Gott."
„Wer weiß das schon? Wir glauben es und jeder macht sich seinen Himmel oder seine Hölle selbst."
„Wie gut, dass ich dich gefunden habe, mein Engel."
„Mein Leben wäre nicht vollständig ohne dich Liebster."
Ein zärtlicher Kuss ließ mich dahinschmelzen.

7.
Ich war rundum zufrieden und liebte Timothy von ganzem Herzen, wie auch er mir sein Herz täglich zu Füßen legte. An diesem Samstagmorgen besprachen wir die Pläne für das kommende Wochenende. Wir fuhren nach Clacton-on-Sea, um zu reiten. Es wurde mittlerweile zur Leidenschaft meiner Patchworkfamilie.
Am langen Sandstrand konnten wir mit den von uns gemieteten Pferden eine wilde Verfolgungsjagd veranstalten, da nur einige Spaziergänger unterwegs waren. Nach drei Stunden brachten wir die Pferde überglücklich wieder zurück. Die Kinder waren fröhlich auf der Rückfahrt, als Timothy einen Umweg über Julias Reitstall machte.
„Ich habe heute keinen Termin", sagte sie zu Timothy.
„Aber ich habe einen", meinte er zu Julia und parkte sein Auto auf dem dafür vorgesehenen Parkplatz des Reitstalls. Er führte uns zur Koppel, als die Reitlehrerin von Julia herbei kam.
„Oh, da ist ja meine beste Reitschülerin", sagte Kathy und begrüßte uns herzlich.
Sie führte uns zu einem Rappen, groß und mit schlanken Fesseln. Mir war bewusst, dass Julia Rappen bevorzugte.
„Das ist Abadan", stellte sie den Hengst vor.
„Oh, ist der schön", sagte Julia sofort, als sie ihn sah. „Darf ich ihn das nächste mal reiten?" fragte sie ihre Lehrerin.
„Du darfst ihn immer reiten", meinte Timothy, „denn er gehört dir."

Julia sah Timothy ungläubig an.
„Mir?"
„Kathy meinte, du hättest Talent zum Springreiten und sie würde dich gerne trainieren. Deshalb haben wir zusammen dieses Pferd für dich ausgesucht."
Ich war sprachlos, denn er hatte mir nichts davon gesagt. Auch für mich war es eine Überraschung.
„Danke Timothy", sagte Julia und umarmte ihn.
„Darf ich ihn reiten?"
„Sicher, wenn du willst."
Sie gingen in den Stall, um Sattel und Zaumzeug zu holen und ihre Lehrerin half ihr beim Putzen und Aufsatteln. Mit Augen voller Glanz stieg sie auf und verstand sich mit ihrem „Abadan" sofort.
Auf einer anderen Koppel standen zwei wundervolle Schimmelstuten, die mich neugierig begrüßten, als wir näher kamen.
„Das sind Mariposa und Hambra," sagte Timothy.
„Du kennst dich hier ja aus", meinte ich leichthin.
„Gefallen sie dir?"
„Sie sind wunderschön."
„Ich habe die beiden Stuten für uns beide gekauft."
Ich schluckte, denn ich war sprachlos.
„Timothy, du weißt, ich halte nicht viel von so teuren Geschenken."
„Es gefällt mir, mit dir zusammen auszureiten, weshalb ich die Pferde besorgt habe. Und als Julias Lehrerin mir erzählte, dass sie eine begabte Reiterin sei, dachte ich, dies sollte gefördert werden."
„Da kann ich wohl nichts weiter einwenden."
„Nein mein Engel. Ich liebe dich."

8.
Daniel teilte Timothy mit, dass wir am folgenden Wochenende einen der Mitglieder der Société kennenlernen sollten, Iwan Gogol aus Russland. Er und

seine Frau Ivanka würden bei ihm in London zu Gast sein. Ich hatte nichts weiter zu tun, als zum Abendessen zu erscheinen und mich zu unterhalten.
Daniel und Timothy fuhren zum Flughafen und holten Iwan Gogol und seine Frau ab. Das sei so üblich bei der Société, hatte mir Daniel erklärt. Ich war zu Jade gegangen, um zu helfen, doch sie lehnte ab. Dabei erzählte mir Jade von der Familiengeschichte. Iwan Gogol war auch der Vater von Jessica Cliffheart. Die Affäre mit ihrer Mutter Hope blieb eine Affäre und er heiratete später eine andere Frau.

Eine Stunde später begrüßte ich Iwan und Ivanka mit einer herzlichen Umarmung. Iwan war schon ein alter Mann, groß und behäbig, während Ivanka eine junge und spritzige Blondine war. Jade führte die Familie sowie die Bodyguards in ihre Räume. Sie wollten sich frischmachen und umziehen und würden sich im Salon einfinden.
Julia und Frank kamen ebenso wie Jana und Megan zum Dinner. So saßen zum Abendessen 10 Personen am Tisch.

Im Salon wurde zunächst Champagner und etwas Fingerfood gereicht und für die Kinder einen Cocktail ohne Alkohol. Die Herren sprachen gerade über Fußball und Ivanka über ihren letzten Besuch in Afrika bei Paul Dike und seiner Frau Ngozi Onuahu.
„Die Schwarzen haben einfach keine Kultur", sagte sie gerade. „Wir aßen im Freien und es war heiß. Keine Klimaanlage war vorhanden. Es war einfach schrecklich."
„Du hast es überstanden Liebes", meinte Iwan und lachte.

Der Koch hatte sich viel Mühe gegeben und uns mit einem exzellenten Essen verwöhnt. Es war schwer für mich, ein passendes Gesprächsthemen zu finden. Dies war nicht meine Welt, doch ich musste mich irgendwie anpassen.
„Ich habe gehört, du setzt dich für Frauenrechte ein?" fragte mich Ivanka mit einem Lächeln auf den Lippen, das

ich zunächst nicht deuten konnte.

„Ich denke, dass jede Frau das Recht hat, selbst über ihr Leben und ihren Körper zu bestimmen. Dazu gehört vor allem das Recht auf Bildung. Denn nur durch Bildung kann man den irrigen Ansichten des Patriarchats widersprechen. Wenn das feministische Ansichten sind, dann bin ich eine Feministin."

„Der Feminismus ist in Wirklichkeit eine Erfindung der Société und gegen die Frauen gerichtet", warf ihr Mann Iwan ein.

„Eine Erfindung der Société. Inwiefern?", erkundigte ich mich.

„Wir halten die Frauen in einem nicht enden wollenden Tätigkeitstaumel, damit sie ihre natürlichen biologischen Instinkte unterdrücken", offenbarte Ivanka.

„Wir haben den Frauen eingeredet, dass sie sich nicht mehr für die gefühlsmäßige Wiederherstellung des Wohlbefindens ihres Mannes und des Familienklimas zuständig fühlen. Damit brechen die Familien auseinander, denn die Frau soll sich selbst verwirklichen. Sie wollen unabhängig von ihrem Mann sein, weshalb sie gezwungen sind, Familie und Beruf miteinander zu verbinden", brachte Iwan vor.

„Deshalb werden weniger Kinder geboren", warf Ivanka ein.

„Vor allem geben sie die Kindererziehung in die Hände der Kindertagesstätten und der Schule. Die Société bestimmt, was in den Schulen gelehrt wird. Und sie beeinflusst auch den Kindertagesstätten", deutete Iwan an.

„Du kommst doch aus Deutschland?", war die Frage von Ivanka an mich.

„Ja."

„Ich habe von der Gender-Erziehung in Deutschland gehört. Hier werden die Kinder schon im Kindergarten auf die Sexualität vorbereitet", bemerkte Ivanka.

„Das habe ich auch schon gehört", antwortete ich. „Es ist mir aber nicht ganz wohl dabei."

„Viele Männer wollen Sex mit Kindern. Übrigens auch in

der Société. Wir verkünden es nur nicht so laut. Kinder sind leicht beeinflussbar. Deshalb suggerieren wir ihnen, dass sie durch ihre Sexualität, die sie mit den Erwachsenen ausleben, gute und gehorsame Kinder sind, dass sie den Ansprüchen ihrer Eltern genügen. Um einen möglichst einfachen Übergang zu gewährleisten, werden die Kinder schon früh beeinflusst, damit sie sich dem Willen der Herrenmenschen fügen", brüstete sich Iwan.
Mir war sehr wohl bewusst, was sie damit meinten. Ein perfider Plan.
„Für die Herrenmenschen gelten andere Regeln", lachte Iwan. Ivanka wechselte das Thema und ließ sich über Sinn und Unsinn von Handicaps im Golfsport aus. Ich hatte nie Golf gespielt und auch kein Interesse daran. Nach einiger Zeit ihres Monologs, fragte sie, was Julia und Frank so machen würden und ich erzählte, dass Frank Polo spielte und Julia beim Springreiten mitmachen würde. Freudig brachte sie zum Ausdruck, dass ihr Pferd Rennen gewann. Wieder erzählte sie ununterbrochen, wie sie das Pferd gekauft hatte, einen Trainer engagiert und das erste Rennen gewonnen hatte. Es drehte sich immer alles um sie und ihre Erfolge.

9.
Wenn ich Timothy an meiner Seite am Morgen wahrnahm, so ging die Sonne auf. Jeder Tag mit meinen Liebsten war ein schöner Tag, nur unterbrochen von unseren vielfältigen Verpflichtungen. Eine dieser Verpflichtungen war es, die Mitglieder der Société kennenzulernen. Dieses Mal kamen Wolfgang und Siglinde Hartz aus Deutschland.
Siglinde war eine schüchterne Frau und ließ gerne ihren Mann sprechen. Die Aura der Macht, die von ihm ausging, ließ unangenehme Gefühle in mir aufkommen, doch ich ignorierte sie.
Siglinde erzählte von ihren Söhnen Moritz und Karl, die beide die Universität der Société besuchten. Moritz und

Karl würden sich mit Baihu und Xia, den Töchtern des Chinesen Wei, gut verstehen.

„Was meinst du Olivia, sollten wir sie zum Wiener Opernball einladen? Da könnten sich die Kinder ganz unverfänglich außerhalb des Campus treffen."

„Das werden sie auch ohne unsere Einwilligung."

„Meinst du?"

„Sie brauchen uns nicht, um sich zu verlieben", lächelte ich.

„Ich will alles richtig machen und den Kindern ein wenig unter die Arme greifen."

„Wenn du das der Natur überlässt, greifst du genau richtig ein."

„Du hast Recht. Aber ich werde sie dennoch zum Wiener Opernball einladen."

Nach dem Essen ließen sich Julia und Frank von John nach Hause fahren, während wir uns mit dem Besuch noch im Wohnzimmer zu einem Glas Wein zusammen setzten. Wolfgang war sehr von sich eingenommen.

„Lass sie selbst entscheiden", sagte ich gerade zu Siglinde.

„Die Menschen in Deutschland haben keine Möglichkeit, selbst zu entscheiden. Deutschland wird von der Société kontrolliert. Wir bestimmen die Politik", mischte sich Wolfgang ein. Er sprach deutsch.

„Wir sind ein demokratisches Land und wählen unsere Politiker", antwortete ich.

„Alle politischen Führer kontrolliert die Société", sagte Siglinde. „Deshalb können Sklaven auch nicht entscheiden. Wir entscheiden für sie."

„Ihr führt die Sklaven in den Untergang", antwortete ich.

„Den Untergang führen die Sklaven selbst herbei. Die Société hilft nur etwas nach, indem sie Krisen erzeugt. Mit Krisen erzeugen wir Angst, wodurch der Druck erhöht wird", führte Siglinde weiter aus.

„Wir wollen die Sklaven abhängig halten. Die sozialen Sicherungssysteme, die in den vergangenen hundert Jahren eingeführt wurden, haben die Sklaven übermütig

werden lassen. Sie beginnen zu denken. Und das muss unbedingt unterbunden werden", sagte Wolfgang.
„Deshalb wurden Dauerbefristungen, Minijobs Leiharbeit oder Werkverträgen eingeführt. Die Sklaven sollen keine Sicherheit erhalten", sagte Siglinde.
„Und wo es nichts nützt, korrumpieren wir", prahlte Wolfgang weiter.
„Wer wird korrumpiert?", fragte ich.
„Die Richter werden in Deutschland korrumpiert, damit sie Urteile fällen, die den Zielen der Société dienen."
„Das habt ihr aber gut hinbekommen", warf ich ein und die beiden lachten, bevor Wolfgang ein neutrales Thema anschnitt. Konnten mich die Mitglieder dieser Société noch überraschen?

10.
Weihnachten stand vor der Tür und wir wollten das Fest in Fischbach feiern, um meine Eltern und Freunde wiederzusehen. So flogen wir am 23. Dezember nach Stuttgart, wo wir ein Auto mieteten und zu unserem Haus fuhren.
Wie immer besuchten wir den Gottesdienst, dann gab es Bescherung und danach wurde Raclette gegessen und lange geredet. Frank und Timothy konnten sich mittlerweile besser in Deutsch verständigen.

Als meine Familie in ihren Zimmern verschwunden war, setzten sich Timothy und ich vor den Kamin, dessen Feuer fröhlich vor sich hin flackerte.
„Ich habe noch ein besonderes Geschenk für dich", flüsterte ich und übergab Timothy eine von mir geschmückte Karte. Quälend langsam las er und sein Gesicht erhellte sich zusehends.
„Quelle surprise mon amour", verfiel er ins Französische.
„Tu va bien?"
„Es geht mir gut und das Kind ist gesund. Ich bin in der 15.

Schwangerschaftswoche", antwortete ich auf Französisch. Es fiel mir mittlerweile leichter, mich im Französischen auszudrücken.
„Freust du dich?"
„Du weißt nicht wie glücklich du mich machst mein Engel", Timothy küsste mich inniglich.
Mit meinen 43 Jahren war ich zwei Jahre jünger als mein Ehemann und meine Frauenärztin hatte mir in diesem Jahr gesagt, ein Kind zu bekommen wäre wie ein Lottogewinn, fast ausgeschlossen. Doch ich war schwanger.
„Ich wollte erst das Ergebnis der Fruchtwasseruntersuchung abwarten und sicher sein, dass das Kind gesund ist, bevor ich dir davon erzähle. Willst du das Geschlecht des Kindes wissen?"
„Weißt du es?"
„Ja mein Schatz. Ich rede mit dem Kind, weshalb ich wissen wollte, ob es weiblich oder männlich ist."
„Ja."
„Es wird ein Junge."
Er küsste mich lange und zärtlich, dann nahm er mich auf den Arm und trug mich ins Schlafzimmer.

11.
Die Tage in Fischbach waren entspannt und abwechslungsreich und so flogen wir am 30. Dezember mit dem Privatjet seiner Familie von Friedrichshafen nach Bordeaux. Der Chauffeur holte uns ab und brachte uns zum Weingut.
David und Harper begrüßten uns herzlich und wurden in unsere Zimmer geführt. Timothy und ich bewohnten das Turmzimmer, in dem ich mich so wohl fühlte.
Ich entschloss mich, vor dem Abendessen noch eine Runde zum Schwimmen zu gehen, als ich der hochschwangeren Chloé begegnete. Chloé sah blass und viel zu mager aus. Sie begrüßte mich auf französische Art.

„Hast du Zeit für mich", fragte sie mich leise und ich nickte. Wir setzten uns in eines der Wohnzimmer.
„Wie ich sehe, kommst du mit Frank gut aus", begann sie.
„Ich liebe Frank wie meine Tochter", erklärte ich.
„Das sieht man Olivia und ich beneide dich. Ich habe eine Bitte an dich. Wenn mir etwas passiert, kümmerst du dich um mein Kind?"
Ich erschrak. Was sollte passieren? Sie sah blass und ungesund aus, doch ich war keine Ärztin, die dies beurteilen konnte. Chloé war groß und schlank, doch als Schwangere wirkte sie zierlich.
„Chloé, es wird nichts passieren. Du darfst dir nichts einreden."
„Ich habe Angst, Olivia."
„Das ist ganz natürlich, die hat jede Frau vor der Geburt. Dies führt dazu, dass wir Frauen vorher meist das Haus putzen oder sonst alles um uns herum in Ordnung bringen."
„Ich weiß Olivia. Aber es würde mir Sicherheit geben, wenn ich wüsste, dass mein Kind gut versorgt ist."
„Und was ist mit deiner Familie?"
„Weißt du nicht, dass wir kein Mitleid empfinden?"
Sie schlug die Augen nieder.
„Chloé, du kümmerst dich selbst um dein Kind. Und wenn das nicht möglich ist, so werden es Timothy und ich übernehmen und dein Kind wie unser eigenes aufziehen."
„Danke Olivia", flüsterte sie und ich nahm sie in den Arm.
„Ich brauche diese Stütze."
„Es ist selbstverständlich Chloé. Freust du dich auf dein Kind?"
„Oh ja", und ihre Augen strahlten, was mich beruhigte.

Der Tisch im großen Speisesaal war zum Abendessen etwas kleiner geworden, denn es war nur die Familie anwesend. Timothy verkündete beim Essen meine Schwangerschaft und Chloé lächelte mich schüchtern an. George hatte an Silvester in Bordeaux noch Besorgungen zu machen. Als ich zum Schwimmbad gehen wollte,

begegnete ich George, der das Schloss betrat. Chloé kam ihm entgegen und begrüßte ihn.
„Was ist mit dir?"
„Ich habe ein seltsames Gefühl in meiner rechten Wade."
„Was hast du gemacht?"
„Ich weiß nicht. Als ich vor einer Stunde Bordeaux verließ, begegnete mir ein Mann mit einem Regenschirm. Als er vorbei war, bemerkte ich so etwas wie einen Stich."
„Du hast Fieber, mon amour. Komm und leg dich hin. Ich lasse den Arzt holen", sagte Chloé und sie sah mich an. Ich ging zu Harper und sie rief bei ihrem Arzt an. Harper erzählte bei Tisch, dass der Arzt eine Grippe diagnostiziert und ihm ein fiebersenkendes Mittel verschrieben hatte. Er wollte am nächsten Morgen wieder nach George sehen.

Wir feierten Silvester ohne George, jedoch mit Chloé, Julia, Frank, David und Harper, Timothy und mir. Das Essen zog sich bis Mitternacht hin. Wir stießen an und da alle müde waren, zogen wir uns bald zurück. Ich war zufrieden, dass Timothy bei mir war und dass es den Kindern gut ging. Mehr wollte ich nicht.

Als es George am nächsten Tag nicht besser ging und er noch einen Brechdurchfall und Husten bekam, wies der Arzt ihn mit einer hämorrhagische Gastroenteritis ins Krankenhaus ein. Es handelte sich um eine Schleimhautentzündung des Magens und des Dünndarms, mit der auch Blutungen einher gingen. Krampfartige Koliken und Schmerzen hatten sich mittlerweile eingestellt. Bei unserem Besuch am Nachmittag war sein Körper schon sehr geschwächt und er fiel ins Koma. Drei Stunden später trat der Tod als Folge eines allgemeinen Organ- und Kreislaufversagens ein.
Die ganze Familie war geschockt. Chloé begann hemmungslos zu weinen und konnte nicht mehr aufhören. Sie steigerte sich so sehr hinein, dass der Arzt kam und einen Schock feststellte. Wegen ihres Zustandes wurde sie sofort in die Gynäkologie eingewiesen und ein

Kaiserschnitt wurde vorbereitet.
David und Harper sowie Timothy und ich saßen vor dem Kreißsaal und warteten. Eine halbe Stunde später kam eine Schwester mit einem Baby im Stubenwagen.
„Sie haben einen Enkel", sagte sie an David und Harper gewandt. „Soweit wir feststellen konnten, ist er gesund."
David und Harper sahen sich ihr Enkelkind an.
„Und wie geht es Chloé?" fragte ich.
„Das kann ich Ihnen nicht sagen", wich sie aus und ich musste bei Timothy Halt suchen. Sollten sich nun Chloés Befürchtungen doch bewahrheiten? Ich hatte Timothy nichts erzählt, weil ich sie nicht für ernst genommen hatte. Timothy kannte mich gut genug und sah mich fragend an, weshalb ich den Kopf schüttelte. Er begriff sofort.
„Wo ist der Arzt?" fragte er die Schwester.
„Er kommt gleich", antwortete sie. „Ich kümmere mich um den Kleinen."
„George hat bestimmt, dass der Name des Kindes, wenn es ein Junge werden sollte, Jules heißen sollte. Ich heiße Jules David Sun in der Familie willkommen", sagte David.
Jacques unser Chauffeur erschien.
„Dies ist Jacques, er wird auf Jules aufpassen", teilte er der Schwester mit.
„Das machen wir schon", konterte die Schwester.
„Jacques ist nicht nur unser Chauffeur, er ist auch im Personenschutz ausgebildet. Bis dieses Kind einen eigenen Bodyguard hat, wird Jacques für ihn zuständig sein."
Seine Worte ließen keinen Widerspruch zu.
„Und auch euch beide möchte ich einstweilen bitten, das Gut nicht zu verlassen, bis ein jeder von euch einen Bodyguard erhält."
Ich sah Timothy an und wollte schon etwas sagen, doch angesichts des seltsamen Versterbens von George blieb mir mein Widerspruch im Halse stecken. Vielleicht hatte er ja recht. Ein Arzt mit einem Mundschutz erschien. Er zog ihn ein wenig nach unten, als er auf uns zutrat.
„Ihre Schwiegertochter bleibt vorerst auf der

Intensivstation."
„Was ist mit ihr?" fragte ich ihn und meine Besorgnis wuchs.
„Aufgrund des Todes ihres Mannes hat Madame Sun einen Schock. Sie bekam keine Luft und wir diagnostizierten eine Lungenembolie. Madame Sun hatte verfügt, dass in solch einem Fall das Leben des Kindes Vorrang hätte. Wir haben sofort einen Kaiserschnitt eingeleitet. Madame Suns Zustand ist ernst und sie ringt um ihr Leben. Wir tun unser Bestes."
Ich nahm wieder die Hand Timothys, um mich zu stützen. Hatte sie es geahnt?
„Darf ich sie sehen?", fragte ich ihn.
„Ja."
Timothy wollte mich begleiten, doch ich wehrte ab.
„Nein, ich will zuerst allein zu ihr."
Harper und David nickten mir zu und ich ging hinein.
Chloé wurde beatmet, doch sie war bei Bewusstsein. Mit großen Augen sah sie mich an, als ob sie mich an mein Versprechen erinnern wollte.
„Chloé, ich kümmere mich um dein Kind. Kämpfe für dich und dein Kind. Jules braucht dich."
Sie nickte und sank in Bewusstlosigkeit. Ich hielt noch einen Augenblick ihre Hand und ging vor die Tür, wo David, Harper und Timothy warteten.
„Sie ist bewusstlos."
„Wir werden bei ihr bleiben", sagte Harper und ich nickte.
„Ich will nicht von ihrer Seite weichen", sagte ich zu Harper.
„Sie ist im Moment bewusstlos. Ihr fahrt nach Hause und teilt Julia und Frank mit, was passiert ist."
„Ja." Zu einem Widerspruch fehlte mir die Energie.
„Nehmt Jules mit", fügte Harper hinzu.
„Das machen wir."
„Ich sage Jacques Bescheid, er wird euch fahren."
Die Schwestern übergaben uns den kleinen Jules, den wir in den Kindersitz hinein legten. Er schien so zerbrechlich zu sein, so klein und so zart. Timothy nahm meine Hand

und streichelte sie. Ohne Zwischenfälle erreichten wir das Gut.

Es war die Nacht des 1. Januars und an diesem Tag war für uns eine Welt zusammen gestürzt. Die Kinder saßen im Wohnzimmer und warteten. Julia war eingeschlafen, doch als wir den Raum betraten, wachte sie auf.
„Was ist passiert?", fragte Frank verschlafen.
„George ist tot und Chloé ringt um ihr Leben."
„Oh nein," Julia war völlig aus dem Häuschen und kam in meine Arme gelaufen.
„Warum häufen sich die Todesfälle in unserer Familie?" fragte auch Frank.
„Ich weiß es nicht," meinte Timothy.
„Wir haben noch eine gute Nachricht. Ihr habt einen kleinen Neffen mit Namen Jules."
„Oh, das ist aber ein netter Name", erwiderte Frank und grinste Julia an. Sie sahen sich den kleinen Jules an, als Holly, das von Chloé engagierte Kindermädchen, ankam und ich ihr Jules übergab.
„George kam unter mysteriösen Umständen ums Leben und ich will euch bitten, das Gut vorerst nicht zu verlassen. Vater wird für uns alle Bodyguards engagieren, doch das wird einige Tage in Anspruch nehmen und so lange seid ihr hier sicher. Habt ihr verstanden?" Timothy war ernst.
Julia wurde blass und kam zu mir. Sie verstand nicht. Ich nahm sie bei der Hand und wir gingen in ihr Zimmer.
„Ich verstehe das nicht Mami."
„Die Familie von Timothy ist eine sehr einflussreiche und reiche Familie. Das bringt immer Neid mit sich. Und nachdem Peter und George tot sind, ist Timothy der Erbe, wenn seine Eltern sterben. Und da dich Timothy adoptiert hat, bist auch du zu einer eventuellen Zielscheibe geworden."
„Nein, heißt das, dass ich nicht mehr machen kann, was ich will?"
„Wir werden mit gewissen Einschränkungen leben müssen."

„Das habe ich nicht gewusst."
„Sieh Julia, alles hat seinen Preis. Auch Reichtum und Einfluss haben ihren Preis."
„Ich habe Angst."
„Dazu gibt es keinen Grund. Wir sind hier sicher. Du wirst dich an alles gewöhnen."
Ich nahm sie in den Arm. Sie war schon sehr müde und schlief bald ein.

Timothy war noch nicht in unserem Zimmer. Ich setzte mich in den Turm und sah zum Fenster hinaus. Er würde wohl noch mit Frank sprechen. Wenig später erschien er.
„Ich will zu Chloé zurück", teilte ich Timothy mit.
„Ich begleite dich."

12.
Eine Stunde später saß ich am Krankenbett bei Chloé. Sie war noch immer bewusstlos, als ich eintraf. Harper saß neben ihrem Bett und hielt ihre Hand. Sie überließ mir wortlos ihren Platz und setzte sich auf die andere Seite. Ich nahm Chloés Hand und streichelte sie, als sie ihre Augen öffnete.
„S ..." Sie wollte reden, doch durch das Beatmungsgerät war es nicht möglich. Ich nickte ihr zu, als mir eine Träne herunter rann.
„Jules ist gesund und munter", flüsterte ich. „Er wartet auf dich."
Ihr letzter Blick drückte Dankbarkeit aus und ich drückte ihre Hand. Doch Chloé war schon zu schwach, als die Sirenen der lebenserhaltenden Systeme zu sirren begannen. Sofort waren zwei Ärzte zur Stelle und versuchten, den Herzstillstand zu verhindern. Doch umsonst. Sie stellten nur noch ihren Tod fest.
Ich war erstarrt, als Timothy kam und mich in den Arm nahm. Mit tränenverschmiertem Gesicht nahm ich wahr, wie auch Harper in den Armen ihres Mannes weinte.

Harper war in den vergangenen Monaten um Jahre gealtert. Zwei Söhne und ihre Schwiegertochter musste sie in dieser kurzen Zeit zu Grabe tragen.
Schweigend fuhr uns Jacques am Morgen des 2. Januar zum Weingut Chateau La Tour d'Illac.

13.
Es war still an diesem Morgen, selbst die Kinder stritten nicht.
„Nach dem Essen treffen wir uns im Arbeitszimmer," teilte David uns mit. Schweigend saßen wir vor seinem Schreibtisch.
„George wurde obduziert und ich erhielt gerade die Nachricht, dass er mit einer Injektion von Rizin vergiftet wurde."
„Was ist Rizin?", fragte Timothy.
„Rizin ist ein pflanzliches Eiweiß, das schon in geringen Mengen giftig ist. Vermutlich wurde es ihm von dem Mann mit dem Regenschirm injiziert."
„Ich will wissen wer dafür verantwortlich ist. Denn wer George vergiftet, könnte es auch auf uns abgesehen haben." Timthys ansonsten weiche Stimme nahm eine Härte an, die mich überraschte.
„Die Polizei ist verständigt. Oliver schickt uns die ersten Bodyguards. Sie sind verlässlich und werden uns alle schützen. Auch die Kinder."
„Gut."
„Und was ist mit dem Regenschirmmann?"
„Die Polizei sucht diesen Mann."
„Nachdem deine beiden Brüder tot sind, bist du mein Erbe und du wirst mein Nachfolger. Und da Oliver eine Tochter hat, wirst du eines Tages das Familienunternehmen führen."
„Ich will nicht", widersprach Timothy. „Ich bin Künstler."
„Dir bleibt nichts anderes übrig mein Sohn."
„Dann will ich meine Frau an meiner Seite", forderte

Timothy.
„Wie meinst du das?"
„Sie soll die Verantwortung mit mir teilen."
„Die Männer führen ...", begann er, da mischte sich Harper ein.
„Die Société ist patriarchalisch ausgerichtet, da die Männer die Kamarikraft anwenden", erinnerte sie ihren Mann. „Es ist nicht untersagt, dass Frauen leitende Positionen im Konzern erhalten. Es wird nicht gerne gesehen, weil es für die Société wichtig ist, dass sie Kinder bekommen."
„Also doch Gebärmaschinen und sexuelle Objekte?", fragte ich spitz.
David lachte. „Du bist deiner Pflicht trotz deines Alters nachgekommen."
„Unterschätze niemals die Kraft der Liebe", fügte Harper hinzu.
„Gewiss nicht, meine Liebe. Du selbst kennst die Hinderungsgründe. Ich werde dafür plädieren Timothy, und mit Oliver, Lena und Yili besprechen. Das Erbe unserer Söhne ist innerhalb des Konzerns noch nicht verteilt und es wird zu Auseinandersetzungen führen. Ob es dir gefällt oder nicht Timothy, du wirst dich in deine vorgegebene Rolle fügen müssen. Du bist nun der einzige männliche Nachkomme und das bringt Pflichten mit sich."
David machte eine Pause und sah mich an.
„Und dann gibt es auch noch unser Weingut Chateau La Tour d'Illac, das mein ganzer Stolz ist. Ich habe Mitarbeiter, denen ich das meiste überlassen kann. Doch sie sind Angestellte und bedürfen der Führung."
„Und wer soll sie führen?"
„Ihr beide seid die Führer und müsst lernen, Verantwortung für das Weingut und den Sun-Konzern zu übernehmen."
„Müssen wir umziehen?", fragte Timothy.
„Ihr lernt den gesamten Sun-Konzern kennen, alle Beteiligungen, alle Sparten. Das Weingut ist nur ein kleiner Teil, der dir allein gehören wird Timothy. Erst wenn

ihr alle Teile des Sun-Konzerns kennt, wird entschieden, wer welche Aufgabe übernimmt."
David überlegte einen Augenblick.
„Auf Betreiben Olivers habt ihr die Initiation hinter euch und seid beide Teil der Société. Ihr wurdet in den Gebrauch der Kamarikraft eingeweiht. Die Russen und die Deutschen habt ihr schon kennengelernt und ihr werdet im nächsten halben Jahr auch den Rest der Société kennenlernen. Europa ist aufgeteilt in Frankreich, Deutschland und Großbritannien. Großbritannien wird von den Greenshields und Frankreich wird von Jean Bernard Bernicot repräsentiert. Die Cliffhearts in Nordamerika sind sehr mächtig und expandieren ständig. Die Familie Greenshield ist eng mit ihnen verbunden. In Asien ist Wei Quan für China, Iwan Gogol für Russland, Genki Kagawai für Japan, Tun Pen Dewan für Malaysia und letzten Endes auch sehr mächtig Israel mit Jacob Mosche Olmert. Paul Dike Onuahu für Afrika und William Hobson Busby in Neuseeland vervollständigen unsere liebliche Gesellschaft und unsere Familie repräsentiert Hongkong und den nahen Osten."
„Und was hält euch zusammen?"
„Die Macht."
„Es geht nur um Macht?"
„Macht ist alles. Deshalb schüchtern die Herrenmenschen die Sklavenmenschen ein und manipulieren sie wo sie können."
„Ich wollte nie Mitglied der Société werden", warf ich ein.
„Das hängt nicht von dir ab, Olivia", antwortete David und wandte sich an Timothy.
„Das Machtgefüge innerhalb der Société gerät im Augenblick etwas durcheinander und das ist es, was mir Sorgen macht."
„Das ist klar zu erkennen", entgegnete ich David.
„Wie kommst du darauf?"
„Die Destabilisierung Europas."
„Der amerikanische Zweig der Société hat sie in die Wege geleitet."

„Warum?"
David fokussierte mich und lächelte.
„Auch innerhalb der Société gibt es Strömungen. Wir sind uns nicht immer einig." Das war keine Antwort auf meine Frage. Er wich mir aus.
„Und wie verständigt ihr euch?" hakte ich nach.
„Einmal jährlich findet ein Treffen statt, bei dem der Eid erneuert wird. Jede Familie entsendet einen initiierten Mann und seine Frau. Die Männer erneuern den Bluteid. Zunächst erläutert jedes Mitglied, was er im vergangenen Jahr erreichen konnte und setzt Ziele für das kommende Jahr. Danach wird diskutiert, welche Ziele die Société gemeinsam erreichen will. Das nächste Treffen findet am 6. Januar in Japan statt und im nächsten Jahr werden wir Gastgeber sein."
„Die Société verhandelt miteinander?"
„Wenn man das so nennt. Es geht um Macht und Durchsetzungsvermögen. Und wir beeinflussen die Regierungen durch Bewusstseinserweiterung."
„Durch die Kamarikraft werden die Regierungen beeinflusst? Wie?"
„Es sind immer 12 Männer notwendig, damit die Anavara-Energie ihre vollständige Kraft entfalten kann. Dabei kann jeder dieser 12 Männer einen oder mehrere Regierungschefs per Telepathie beeinflussen. Diese Menschen sind sich der Beeinflussung durch Gedankenkraft nicht bewusst."
„Sie sind sich dessen nicht bewusst?", wiederholte ich.
„Natürlich nicht. Dazu haben wir die Freehome Group ins Leben gerufen. Es ist eine Vereinigung der führenden Politiker dieser Welt, die wir in Händen halten. Es ist eine Ehre, dazuzugehören. Keiner weiß, was wirklich dahinter steckt, denn sie sind ja beeinflusst und können sich diesem Einfluss nicht entziehen."
„Es gibt keine Möglichkeit, sich den Einflüsterungen der Société zu entziehen?"
David sah mich an.
„Es gibt eine Möglichkeit. Doch darüber will ich heute nicht

reden Olivia."
„Und warum wollt ihr noch mehr Macht?"
Er lachte.
„Macht muss ständig verteidigt werden, sie bleibt nicht wie sie ist und sie verändert sich ständig, da Macht von vielen Faktoren abhängig ist."
„Und wie gedenkst du uns zu schützen?"
„Das wird ein Familienrat beschließen, der morgen zusammen tritt. Habt keine Angst, wir werden alles tun, damit ihr sicher seid. Aber ihr könnt nicht nach London zurück."
„Und die Kinder?"
„Sie werden vorerst hier unterrichtet werden. Das können wir noch nicht entscheiden."
„Die Kinder werden enttäuscht sein", mischte sich Timothy ein.
„Besser enttäuscht als tot."
„Übermorgen ist die Beerdigung und im Laufe des Tages wird die Verwandtschaft kommen."
„Und Chloé?"
„Wir werden sie zusammen beerdigen."

14.
Harper teilte mir mit, dass sie und David unsere Familie bei der Société in Tokio vertreten würden.
Ich setzte mich in meinen Turm und überlegte. Was hatte David mir eröffnet? Dass es eine Verschwörung gab, die unsere Welt in den Händen hielt und alles bestimmte. Er nannte mir auch die Mitglieder dieser Verschwörung. Dennoch kannte ich ihre Ziele nicht, denn da hatte sich David mit Ausreden gewunden.
Aber noch schlimmer. Durch meine Heirat war ich nun Mitglied dieser Verschwörung. In welche Familie hatte ich da eingeheiratet?
Die Bediensteten auf dem Weingut Chateau La Tour d'Illac waren für mich oft namenlos. Harper stellte mir ihr

Personal vor. Da waren Louis und Camille, das Kochehepaar. Zoé war für das Haus zuständig, Sauberkeit und Dekoration. Geoff war für den Garten verantwortlich und Theo verwaltete das Weingut.
Noch kannte ich die Menschen um mich herum kaum, doch ich wollte sie kennenlernen, so wie John und Margret, die unsere Freunde waren und nicht Personal.

15.
Oliver brachte zwei Bodyguards mit, als er mit Lisa und Katie zur Beerdigung aus Hongkong kam.
„Dies sind eure Bodyguards Michael und Monica Johnson", stellte er uns ein Ehepaar vor.
„Monica soll Olivia bewachen und Michael Timothy."
Die hochgewachsene und schlanke Monika hatte ein perfektes Make-up aufgetragen, das ihre blauen Augen betonte, die zu ihrem dunkelblauen Businessanzug harmonierten. Ihr gestyltes brünettes Haar trug sie kurz und machte auf mich den Eindruck eines Menschen, der mit sich im Einklang lebte.
Michael war groß und schlank mit einem durchtrainierten Körper in einem Maßanzug mit gepflegtem Vollbart. Alles war korrekt an ihm, sein Bart und sein Anzug, ebenso wie seine Schuhe.
David war mitfühlend und ging respektvoll mit Harper um. Ich spürte seine Sorge um unser aller Wohlergehen. Er hatte mich akzeptiert und in die Familie integriert, obwohl ich zu den „Sklaven" gehörte. Ob Timothy seiner Aufgabe als Erbe der Suns gewachsen war, würde sich noch zeigen. Timothy war kein Machtmensch, er fühlte mit den Menschen um sich herum und behandelte sie respektvoll.
Ganz beiläufig erzählte mir Timothy, dass John und Margret als Bodyguards ausgebildet wären.
„Könnten die Kinder nicht in London bleiben?" fragte ich Timothy. „John und Margret könnten auf sie aufpassen. Dann müssten Frank und Julia nicht hier bleiben."

„Die Kinder unserer Familie wurden meist auf Internate geschickt."
„Julia hat erst kürzlich ihre Schule gewechselt. Das ist gerade ein halbes Jahr her. Sie will ihre Freundinnen treffen, ebenso wie Frank. Ich sehe ein, dass wir hier bleiben müssen. Aber die Kinder?"
Timothy sah mich lange an.
„Ich verstehe dich mein Engel. Ich werde mit Vater nach seiner Rückkehr sprechen und wir werden eine Lösung finden."
„Danke", hauchte ich.

16.
Harper klopfte an mein Zimmer, trat ein und setzte sich zu mir in den Turm. Es war mein Lieblingsplatz.
„Du bist während meiner Abwesenheit die Herrin auf Chateau La Tour d'Illac."
„Du kommst bald wieder."
„Ich vertraue dir Olivia. Du hast dich in unsere Familie eingelebt."
„Danke."
„Du kümmerst dich um Jules?"
„Ich habe es Chloé versprochen und ich werde mich daran halten. Er wird mit meinem Sohn zusammen als Bruder aufwachsen."
„Bevor ich gehe wollte ich dir noch sagen: Du bist eine großartige Frau. Schön, intelligent und du hast ein großes Herz. Mein Sohn konnte keine bessere Frau finden."
Ich sah sie mit großen Augen an denn ich wusste nicht, wie ich auf diese Lobeshymne auf mich reagieren sollte. Ich sah zum Fenster hinaus.
„In deinem Zustand solltest du dir Ruhe gönnen."
Es überraschte mich, wie einfühlsam sie auf mich einging.
„Ich freue mich sehr, dass du die Verantwortung für den kleinen Jules übernimmst. Er wird es bei dir und Timothy gut haben."

„Chloé hat es geahnt."
„Ja."
„Ich vermisse sie."
„Ich auch."
Ich sah eine Träne in ihrem Gesicht und nahm sie in den Arm.
„Geh deinen Weg und bleib dir treu Olivia. Es ist ein guter Weg."
Ich wusste nicht was sie meinte.
„Ich muss gehen, wir fliegen in einer Stunde."
„Guten Flug."
„Danke Olivia."

David und Harper verabschiedeten sich von der Familie und wurden zum Flughafen gebracht, um nach Tokio zu fliegen.
„Wir sprechen uns im Arbeitszimmer", sagte Oliver zu Timothy und mir.
„David teilte mir deinen Wunsch mit, dass Olivia mit dir zusammen in der Firma eingelernt wird. Lena, David, Yili und ich haben kontrovers diskutiert. Lena sprach sich dafür aus, ebenso wie David und Yili. Du hast die moralischen Bedenken einer Sklavin, die im geschäftlichen Umgang hinderlich sind und du musst erst lernen, dich den Gepflogenheiten der Herrenmenschen anzupassen und musst erst noch beweisen, dass du Fähigkeiten entwickeln kannst, die unseren Zwecken dienen. Ich wurde in dieser Hinsicht überstimmt, deshalb hast du eine Chance erhalten."
„Herrenmenschen, Sklavenmenschen. Ihr teilt die Welt ein wie vor hundert Jahren. Doch wir haben uns weiter entwickelt."
„Die Herrenmenschen haben sich weiter entwickelt und bald werden einige der Entarteten vernichtet werden."
„Seid ihr nicht die Entarteten? Ihr wollt euch selbst vernichten?"
Oliver lachte.
„David hat mich vor deinem scharfen Verstand gewarnt

und ich sehe, er hatte recht."
Oliver erläuterte uns zunächst die verschiedenen Beteiligungen an den Banken und die verschiedenen Sparten. Oliver saß am Firmensitz in Hongkong. Lena und ihr Mann lebten in New York und leiteten das Investment-Banking. Daniel leitete in London das Onlinebanking, Barry war in Paris im Bankengeschäft, Grace in Washington als Politikerin und Katie in Hongkong noch in der Ausbildung. Sie würde im nächsten Jahr einsteigen. David, so erzählte Oliver, kannte sich in allen Bereichen aus und hatte geholfen, die Firma auszubauen. Doch er zog es vor, sich auf sein Weingut zurückzuziehen.
Durch das Bankgeschäft war die Familie reich geworden. Mit den Jahren hatten sich dann die unterschiedlichsten Beteiligungen an anderen Konzernen entwickelt, die mittlerweile in unüberschaubarer Weise miteinander verflochten waren.
Es war nicht offiziell festgelegt, welches Familienmitglied welchen Teil übernehmen sollte, weshalb Oliver durchaus einverstanden war, Timothy und mich entsprechend unseren Talenten im Sun-Konzern einzusetzen.
„Da mir eure Talente nicht bekannt sind, werdet ihr in den verschiedenen Teilen des Konzerns ein Praktikum absolvieren. Als erstes zieht ihr in die Zentrale nach Paris um. Wir haben dort erfahrene Mitarbeiter, die euch einweisen werden."
„Mein Französisch ist noch nicht so gut, dass ich verhandeln kann", wandte ich ein.
„Auch das wirst du lernen. Unsere Mitarbeiter sprechen alle englisch, das wird einstweilen reichen. Und du lernst schnell, wie ich sehe."
„Mir bleibt nichts anderes übrig."
Er lachte.
„Und was ist mit Jules? Wir haben versprochen für ihn zu sorgen."
„Im Stadthaus in Paris ist genug Platz. Und Holly wird sich um ihn kümmern."
„Lebt nicht Barry in Paris?"

„Das Palais ist weitläufig, es finden alle Platz. Wir können euch dort auch besser schützen."
An diesem Punkt musste ich erst einmal tief durchatmen.
„Was ist mit Frank und Julia?"
„Sie bleiben hier."
„Sie wollen aber nach London zurück."
„Was die Kinder wollen ist unerheblich. Es geht zuerst um ihre Sicherheit und die können wir in London nicht gewährleisten."
„Daniel lebt mit seiner Familie in London und die Kinder haben sich mit Megan und Jana angefreundet. Könnten die Kinder nicht zu Daniel ziehen?"
Er sah mich an und lächelte.
„Du versuchst mit allen Mitteln die Kinder nach London zu bekommen?"
„Ich will sie nicht aus ihrem alltäglichen Umfeld heraus reißen. Julia wechselte erst vor kurzem ihre Schule. Ich bin mir nicht sicher, wie sie einen weiteren Wechsel verdauen wird", fügte ich hinzu. „John und Margret sind auch als Bodyguards ausgebildet."
„Ich werde mit Daniel und Jade reden. Und hier noch ein Wort der Warnung an euch beide. Liebe und Mitleid hat in der geschäftlichen Welt nichts zu suchen. Hütet euch davor."

17.
Es war vier Uhr morgens, als es an unserer Türe klopfte. Timothy ging hinaus und lehnte die Türe an. Durch den Spalt konnte ich die Umrisse von Oliver erkennen. Er flüsterte etwas und schloss die Türe. Nun waren im Gang Schritte zu hören, die sich langsam entfernten. Ich war verunsichert und wurde unruhig, schnappte meinen Morgenmantel und ging nach unten. Im Wohnzimmer hörte ich Stimmen. Die Tür war nur angelehnt. Timothy schien vollkommen verstört zu sein und sein Onkel redete ununterbrochen auf ihn ein, eine Hand tröstend auf seine

Schulter gelegt.

„Du musst stark sein Timothy, denn du stehst anstelle deines Vaters. Erweise dich als ein rechter Nachfolger."

„Ich kann es nicht fassen. Erst Peter, dann George und nun meine Eltern."

„Sei stark. Du bist ein Sun, denk daran."

„Ich bin vor allem Timothy Marsh, der Maler. Und danach erst bin ich ein Sun. Das hast du noch nicht begriffen."

„Du bist in diese Familie als Herrenmensch hinein geboren, mit allen Pflichten, die diese Rolle mit sich bringt. Du wirst die Führung übernehmen, wie es in unserer Familie üblich ist."

„Ich führe die Sklavenmenschen nicht in ihren Untergang."

„Der Untergang wurde schon vor langer Zeit eingeläutet, als wir entdeckten, wie wir als Herrenmenschen die Sklaven beeinflussen können. Die Sklaven sind dem Untergang geweiht, zumindest der größte Teil davon."

Mir lief es kalt über den Rücken.

„Man kann doch Menschen nicht einfach zerstören", entgegnete Timothy.

„Sie werden es selbst tun."

„Und wir werden zusehen, wie sie sich zerstören?"

„Es sind zu viele geworden und wir verlieren die Kontrolle. Deshalb werden sie aufgewiegelt, damit sie sich gegenseitig zerstören."

„Das ist unmenschlich."

Ich hatte genug gehört und sah zu, dass ich wieder in mein Zimmer kam. Kurz darauf kam Timothy zurück. Als er bemerkte, dass ich nicht schlief, setzte er sich zu mir.

„Das Flugzeug mit meinen Eltern ist abgestürzt."

„Oh nein Timothy." Ich nahm ihn in den Arm und wir weinten gemeinsam.

„Ich kann das nicht, was von mir erwartet wird mon amour. Ich kann nicht die Nachfolge meines Vaters antreten."

„Du hast keine Wahl Timothy, denn das Schicksal hat dich dazu bestimmt. Wir können unserer Bestimmung nicht entgehen, wir können sie nur erfüllen."

„Und worin liegt sie?"

„Sie sprechen davon, dass sie die Herrenmenschen sind und die nächste Evolutionsstufe darstellen. Doch derart gefühllose Wesen, die Glück, Tugend, Moral und Mitleid als Heuchelei bezeichnen, stellen nicht die nächste Evolutionsstufe dar. Sie sind es, die ausgerottet werden müssen."
„Da sagte Oliver etwas ganz anderes."
„Aus seiner Sicht, aber nicht aus der Sicht der Sklaven."
„Du willst die Sklaven unterstützen?"
„Du nicht?"
„Ich weiß nicht, ob wir etwas tun können. Alles scheint so aussichtslos zu sein."
„Diese Macht und dieser Reichtum und die dazu gehörende Ideologie ist zerstörerisch. Sie haben sogar die Macht, die Welt zu zerstören und zu formen wie es ihnen beliebt. Doch eines können sie nicht zerstören. Menschen, die mitfühlend sind. Wir haben bisher einige Mitglieder der Société kennengelernt, doch ihnen fehlt jedes Mitgefühl."
„Macht und Mitgefühl schließen sich aus."
„Und was ist mit Freundschaften?"
„Oliver sagt, dass die Menschen nur etwas von unserer Macht wollen, deshalb gibt es keine Freundschaften."
„Siehst du, ich habe Freunde. Nicht viele, aber die sind mir wichtig."
„Ja, das habe ich bemerkt. Und es war so schön mit dir in London. Es war die schönste Zeit meines Lebens. Jeder Tag mit dir war ein glücklicher Tag, mein Engel."
„Mit dir auch Liebster. Diese Zeiten sind vorbei und auf uns wartet ein anderes Leben. Leben heißt Anpassung, und in diesem Fall passen wir uns an."
„Soll ich meine Malerei vergessen?"
„Du wirst Zeit finden für deine Malerei, weil es ein Teil deiner Persönlichkeit ist. Du wirst nur weniger malen als früher."
„Weniger?"
„Wir können im Leben nicht immer alles bekommen, was wir uns wünschen, Timothy. Das gilt für das Leben eines Sklaven, aber auch das eines Herrn."

„Weniger malen und den Aufgaben nachkommen, die Oliver uns stellt?"
„Ich unterstütze dich Timothy, damit du das tun kannst, wozu du dich berufen fühlst."
„Ich habe dich nicht verdient, mein Engel."
„Auch wenn es uns nicht gefällt. Es scheint unser Schicksal zu sein, unseren Platz in deiner Familie einzunehmen. Vielleicht haben wir die Möglichkeit, das System zu ändern."
„Da stehe Gott uns bei."

18.
Nach der Trauerfeier wurden wir von Oliver in das Arbeitszimmer gebeten.
„Ich habe mit Daniel gesprochen und er ist einverstanden, Frank und Julia in seinem Haus aufzunehmen und Jade wird sich um die beiden kümmern. John und Margret werden auf die Kinder aufpassen. Sie können weiterhin auf ihre Schulen gehen."
Ich strahlte vor Glück.
„Danke Oliver. Da werden sich Frank und Julia freuen", meinte ich.
„Morgen fliegt ihr zusammen nach Paris. John und Margret werden die Kinder abholen."
„Und wer leitet das Weingut?" fragte ich.
„Das habe ich einstweilen Theo übergeben. Wenn Olivia im Sommer ihr Kind entbindet, kann sich Timothy Urlaub nehmen und um das Weingut kümmern. Das Weingut gehört nur Timothy, nicht dem Konzern."
Er machte eine Pause.
„Ich fliege nach Hongkong und verabschiede mich hiermit."

Die Kinder freuten sich über die gute Nachricht.
„Timothy und ich werden zunächst in Paris ausgebildet werden."

„In Paris?"
„Ihr könnt uns an den Wochenenden oder in den Ferien besuchen oder wir besuchen euch. Wir werden in das Management des Sun-Konzerns eingearbeitet."
Die beiden zogen ein langes Gesicht.
„Ihr wisst, euer Wohlergehen steht für uns an erster Stelle. Diese Aufgabe wurde uns vom Schicksal übergeben und wir werden sie entsprechend unseren Fähigkeiten durchführen. Wie ihr werden wir viel lernen müssen."
„Was müsst ihr denn lernen?" fragte Frank.
„Wir müssen lernen, wie man ein Unternehmen führt. Weil John und Margret als Bodyguards auf euch aufpassen, habt ihr die Möglichkeit, in eurer Schule in London zu bleiben."
„Ist das Leben so unsicher?" fragte Julia.
„Wir wissen im Moment nicht, wer die Morde begangen hat und wer dahinter steckt. Wir werden es erfahren."
„Und dann? Was ändert sich dann?" fragte Frank.
„Für euch nichts. Ihr habt euer Leben vor euch und könnt wählen, was ihr wollt", sagte ich zu den Kindern.
Schnell legte sich ein breites Grinsen über die Gesichter der Kinder.
„Wie ihr wisst, wurde George vergiftet und eine Bombe wurde ins Flugzeug deiner Großeltern geschmuggelt. Aus irgendeinem Grund versucht jemand, unsere Familie auszulöschen", teilte ich den Kindern mit.
„Es ist sehr wichtig, dass ihr immer eure Personenschützer um euch habt. Ist das klar?"
„Ja", sagten Frank und Julia.
„Ihr seid alt genug, um einsichtig zu sein."
„Ja, Vater", antwortete Frank.
„Ich weiß Julia, dass es für dich schwer ist, dies alles zu verstehen. Alles hat seinen Preis. Und dass wir Teil dieser reichen Familie sind, dass wir sorglos leben, hat den Preis der Sicherheit. Hast du verstanden?"
„Ja Mami."
„Und du versprichst mir, nur mit einem Personenschützer das Haus zu verlassen?"

„Ich verspreche es."
„Die Ferien sind schon längst zu Ende. Timothy hat mit dem Rektor gesprochen. John wird vor dem Klassenzimmer auf dich warten und Margret vor Julias Klassenzimmer."
Ich machte eine Pause.
„Und für uns beide geht es mit dem kleinen Jules nach Paris. Timothy und ich werden täglich mit euch sprechen. Wir bleiben eine Familie, auch wenn wir nicht mehr so nah zusammen leben. Alles wird gut. Und Paris ist nicht weit weg."

19.
Frank, Julia, Jules, Holly, Michael, Monica, Timothy und ich flogen zusammen nach Paris.
Barry kam zum Flughafen und der Chauffeur brachte uns zum Stadthaus. Es war ein renoviertes Haus aus dem 19. Jahrhundert mit den typischen hohen Decken mit Stuck und einem Innenhof. Barry führte uns zunächst durch das Haus. Im Erdgeschoss befand sich ein großes Wohnzimmer für Empfänge, ein großer Speisesaal sowie ein kleineres Esszimmer, ein Billiardzimmer, ein kleines Wohnzimmer mit einem Kamin, die Küche sowie zwei Schlafzimmer. Barry hatte sich in diesem Stockwerk einquartiert.
„Und deine Freundin Lilou Merde wohnt nicht bei dir?"
Barry sah mich entgeistert an, als er begriff.
„Lilou? Sie war nur meine Begleitung, nicht meine Freundin."
„Ich verstehe", sagte ich lächelnd.
Den Fußboden zum Treppenaufgang zierte der zwölfzackige Stern der Société.
„Der erste Stock wird euch allen zur Verfügung stehen", teilte uns Barry mit. Ein Wohnzimmer, ein Esszimmer sowie Schlafzimmer standen zur Verfügung. Timothy und ich nahmen das Schlafzimmer, das zum Balkon hinaus

ging. Nebenan war Holly mit Jules und gegenüber sollten Monica und Michael einziehen. Die restlichen zwei Zimmer erhielten Frank und Julia. Selbstverständlich hatte jedes Schlafzimmer ein eigenes Bad.

Das Dachgeschoss war ebenso schön ausgebaut mit weiteren fünf Schlafzimmern, einem Wohnzimmer und einem kleinen Esszimmer. Dies stand für Gäste zur Verfügung.

Selbstverständlich hatte diese Stadtvilla ein luxuriöses Schwimmbad im Kellergeschoss, in dem ich gerne meine Bahnen zog, wenn die Zeit es erlaubte.

Vor der Türe standen Tag und Nacht Bodyguards bereit, die in einem kleinen Raum das gesamte Haus mit Video überwachten. Im Erdgeschoss befand sich auch die Küche, in der Hugo sein Domizil hatte. Ihm zur Seite stand seine Frau Emma. Herzlich begrüßten sie uns und besonders Jules stand sofort im Mittelpunkt.

Jemand hatte einen Kinderwagen besorgt und ich ging mit Jules in den Innenhof, als John und Margret erschienen. Ich freute mich auf das Wiedersehen und begrüßte sie herzlich. Sie bezogen eines der Gästezimmer und speisten mit uns zusammen.

Am nächsten Morgen verließen John und Margret gemeinsam mit Frank und Julia Paris im Privatjet der Familie Paris und flogen nach London, wo sie von Daniel und einem Chauffeur in sein Stadthaus gebracht wurden.

Meine Patchworkfamilie schien auseinanderzubrechen und ich litt. Ich wusste Julia und Frank bei John und Margret in guten Händen, bei Jade und Daniel war ich da nicht so sicher. Im vergangenen Jahr hatte sich in meinem Leben so viel ereignet und ich hatte kaum die Zeit gehabt, inne zu halten und etwas nachzudenken. Der Schreck meiner Kündigung nach dem herrlichen Wochenende mit Timothy in München. Wenige Monate später sein Heiratsantrag, die Hochzeit von George und Chloé in Frankreich, der Tod seines Bruders, unsere eigene Hochzeit und der Umzug nach London, der Tod von George und Chloé und schließlich der Tod seiner Eltern.

Meine Schwangerschaft. Dies alles hatte sich im vergangenen Jahr ereignet. Was für Auswirkungen hatten diese Geschehnisse auf mein Leben? Auf das Leben meines Sohnes?
Ich war dem Schicksal dankbar, dass es mich mit Timothy zusammengeführt hatte. Unsere Liebe war eine Kostbarkeit, die ich ehrfürchtig und voller Dankbarkeit betrachtete. Würde sie angesichts der aufkommenden Stürme halten?

Teil IV

1.
Zunächst führte uns Barry durch die Bank und zeigte uns die den einzelnen Abteilungen mit den leitenden Mitarbeitern. Barry hatte Wirtschaftswissenschaft studiert. Ich nahm ein Unbehagen an ihm im Umgang mit Timothy und mir wahr. Ob es daher rührte, dass wir als Berufsfremde nun in die Leitung des Konzerns eingearbeitet werden sollten? Sogar ich als Sklavin sollte Verantwortung übernehmen, was für einen Herrenmenschen schwer einsehbar war. Keine gute Situation, denn weder Timothy noch ich waren mit ganzem Herzen dabei. Wir taten unsere Pflicht und leisteten den Anweisungen Olivers Folge, ebenso wie Barry.
Der Vorstand hatte im 33. Stockwert seine Büros und auch Timothy und ich erhielten jeder ein Büro mit einer fantastischen Aussicht auf Paris.
Barry ging mit uns in das Vorzimmer und stellte uns unseren gemeinsamen Sekretär vor.
„Das ist Gerard, der Sekretär für dich und Timothy", stellte er mir vor.
„Bonjour Madame Sun."
„Bitte sagen Sie Olivia zu mir."
„Ja Madame Olivia." Ich lachte.
„Ohne Madame bitte, nur Olivia."
„Wie Sie wünschen."
„Falls Frank oder Julia anrufen, dürfen Sie mir die Kinder durchstellen."
„Sicher."

Gerard besprach mit Timothy und mir den Ablauf der kommenden Tage und legte uns einige Stapel von Unterlagen zur Durchsicht vor. Täglich waren Meetings angesetzt, an denen wir teilzunehmen hatten. Zur Vorbereitung erhielten wir eine Zusammenfassung, die ich

mir genau ansah.
Termin auf Termin folgte in den nächsten Wochen, was uns kaum Zeit ließ, unsere Unterlagen durchzusehen, da schon das nächste Meeting anstand. Ich fühlte mich gestresst, weshalb ich mich an unseren Sekretär wandte.
„Gerard, ich möchte mich in einem Fitnesscenter entspannen. Wissen Sie, wo es in der Nähe ein Fitnesscenter gibt?"
„So viel ich weiß, haben Sie in Ihrem Haus einen Fitnessbereich. Ich kann Ihnen einen Personal Trainer besorgen."
„Ich trainiere ungern allein. Deshalb meine Frage."
„Ich werde mich umhören Madame."

Er musste mein Anliegen an Barry weiter gegeben haben, denn dieser sprach mich darauf an.
„Es ist nicht akzeptabel, sich unter das Volk zu mischen."
„Ich gehöre zum Volk."
„Seit du eine Sun nicht mehr."
„Und warum habt ihr hier in der Bank keinen eigenen Fitnessbereich?"
„Die Bank? Wie kommst du auf so etwas?"
„Ihr habt viele Angestellte. Da könnte man doch auch etwas tun, damit sie sich wohl fühlen."
„Du hast seltsame Vorstellungen."
„Ein Angestellter, der sich wohl fühlt, bringt letztendlich bessere Leistung, macht weniger Fehler, ist weniger krank und leidet nicht unter Burnout."
„Bist du links?"
„Nein, ich spreche aus Erfahrung Barry. Ich weiß von Unternehmen wie Facebook, die tun alles, damit ihre Leute zufrieden sind. Fitness ist nur ein Bereich. Facebook hat eigene Friseure, eigene Bars und eine eigene Kinderversorgung. Habt ihr das nicht?"
„Jeder erhält eine angemessene Vergütung und hat die Möglichkeit für sich selbst zu sorgen."
„Natürlich. Jeder kann die staatlichen Einrichtungen in Anspruch nehmen. In den Vorstandsetagen ist Burnout

weit verbreitet. Dies ist eine Art, einem Burnout vorzubeugen, indem der Betrieb positive Strukturen schafft."
Er sah mich lange an.
„Ich werde mir das durch den Kopf gehen lassen, Olivia."

2.
Barry teilte mir mit, dass Jean Bernard Bernicot am nächsten Tag eintreffen würde. Ich hatte ihn auf der Hochzeit von George und Chloé kurz kennengelernt. Er war mir als junger und strebsamer junger Mann in Erinnerung.
Es stellte sich heraus, dass Jean und Barry zusammen dasselbe Internat und anschließend die Hochschule der Société besucht hatten. Eine Freundschaft hatte ich bei Mitgliedern von Timothys Familie noch nicht erlebt, weshalb ich umso erstaunter war. Noch mehr als die Freundschaftsbande zählte für beide ihre Verwandtschaft und die Zugehörigkeit zur Société.
Dabei zeigte sich Jean besorgt.
„Mir machen die Amerikaner Sorgen. Sie werden immer gieriger. Und die Familie Cliffheart hat sich mit der Familie Greenshield verbündet, um hier in Europa Fuß zu fassen", gab Jean kund.
„Da stimme ich dir zu Jean. Da kommt eine große Allianz auf uns zu", antwortete Barry.
„Sie nehmen schon auf unsere Politiker Einfluss. Du weißt ja, durch TTIP wollen die Amerikaner in Europa ihren Einflussbereich erweitern. Grundsätzlich bietet dies auch für uns mehr Vor- als Nachteile. Wir sollten unsere Politiker beeinflussen, dieses Abkommen anzunehmen", meinte Jean.
„In Deutschland opponieren viele Menschen dagegen und die Politiker können nicht unterschreiben, weil sie keinen Rückhalt in der Bevölkerung haben", warf ich ein.
„Das Volk kann man leiten."

„Indem es durch das Fernsehen abhängig gehalten wird", bemerkte Barry lachend.
„Indem man die Aufmerksamkeit auf etwas anderes lenkt. Und das werden wir mit den Flüchtlingen schaffen", äußerte Jean.
„Und die Bundeskanzlerin Lena Glaerkem schafft es auch, den Widerstand in das Gefühl schlechten Gewissens umzuwandeln", erklärte Barry.
„Oder die Politiker machen einfach, was sie wollen. Das Volk hat sowieso nichts zu melden und wird in Deutschland nicht revoltieren. Die Deutschen fügen sich letztendlich immer", fügte Jean hinzu.
„Das weiß Lena Glaerkem."
„Sie weiß wie man das Volk manipuliert." Jean und Barry lachten lauthals.
„Anders als die Franzosen. Die sind schon eher Revolutionäre. Auf die müssen wir aufpassen. Sie könnten ganz Europa anzünden."
„Das hast du richtig erfasst Jean. Ich bin ganz deiner Meinung. Aber lassen wir das für heute. Wir werden morgen weiter reden."

3.
Ich kam aus kleinen Verhältnissen und nun gehörte ich zu den Entscheidungsträgern des Konzerns. Ich musste umdenken lernen. Doch manchmal erwies es sich als schwierig.

Am Wochenende kamen Frank und Julia, als auch William Hobson Busby und seine Frau Joyce mit ihrer neunzehnjährigen Enkeltochter Madison. William und Joyce waren von kleiner und schmaler Statur und der Schalk sprach aus ihrem Gesicht. Bald waren wir in ein Gespräch über Hunde vertieft, die Joyce züchtete. Madison machte auf mich einen hochnäsigen Eindruck. Sie sah auf alle Menschen herunter, die nicht wie sie

Designerkleidung trugen. Sie studierte an der Universität der Société Rechtswissenschaften und schien zu wissen, was sie wollte. Mich konnte sie mit ihrem Charme nicht blenden, denn mit ihrem unersättlichen Anspruchsdenken vertrat sie die Werte der Herrenmenschen.

Julia und Frank verabredeten sich am Samstag mit Madison und ich zeigte Joyce am nächsten Tag Paris und ging mit ihr in Begleitung von Monica und Michael ins Archäologische Museum. Eine schöne Sammlung von Ausstellungsobjekten begeisterte uns und hinterher setzten wir uns noch in ein gemütliches Café, um zu tratschen. Joyce war Amerikanerin und mit den Kennedys verwandt. Sie strahlte Selbstvertrauen aus und war mit ihrer Offenheit unterhaltsam. Sie erzählte mir, dass sie weitläufig auch mit Harper verwandt sei und damit auch mit uns.
Julia berichtete mir am Abend, dass sie zuerst das Musee d'Art Picasso besichtigt hatten und dann shoppen waren. Im Kaufhaus Lafayette konnte Madison nichts finden, das ihren Ansprüchen genügte und sie war Julia zutiefst unsympathisch. Auch Frank fand sie zickig. Madison hatte Frank und Julia erzählt, dass sie mit Samuel Greenshield verlobt war und lud uns zur Hochzeit ein. Wir konnten jedoch nicht zusagen, da meine Geburt anstand und Frank und Julia wollten nicht ohne uns hingehen.

Am zweiten Tag gingen Joyce und ich zu einer Kunstauktion von Sothebys und Joyce erwarb ein Gemälde einer chinesischen Künstlerin. Das Bild würde direkt nach Neuseeland geliefert werden.
In diesen Tagen hatte ich eine Freundin gewonnen, weshalb mir der Abschied schwer fiel, ebenso wie ihr. Sie lud mich ein, sie bald in Neuseeland zu besuchen. Gerne sagte ich zu.

Mit William lieferte ich mir beim Essen verbale Schlachten, was Barry und Timothy mit schiefen Blicken quittierten.

Doch William gefiel es, dass ich nicht immer seiner Meinung war. Es war eher eine Art Wettkampf und ging um Themen wie Pferde, Fußball und Kunst.
William fragte, warum er Timothy bisher nie begegnet war.
„Als Kind erkrankte ich an Leukämie und war im Krankenhaus. Als ich heraus kam, war man nicht sicher, ob ich überleben würde. Deshalb hatten es meine Eltern erlaubt, dass ich meiner Berufung als Maler folgte. Und Leila, meine erste Frau, starb nach der Geburt unseres Sohnes an Krebs."
„Es ist ungewöhnlich, dass nach der Heirat die Eheleute nicht in die Kamarikraft eingewiesen werden", meinte William.
„Leila und ich haben in Las Vegas geheiratet und lebten in London. Wir hielten uns von meiner Familie fern, weshalb es keine Veranlassung gab, uns einzuweihen."
„Nach unserer Heirat drängte Oliver darauf", warf ich ein.
„Dann haben wir es Oliver zu verdanken, dass wir heute hier zusammen sitzen."
„Und seit wann gibt es die Société?"
„Vor hundert Jahren hatte Gilbert Cliffheart zufällig die Kamarikraft entdeckt und zusammen mit Aaron Greenshield beschlossen, die Société aus 12 Familien ins Leben zu rufen. Sie machten sich auf die Suche nach weiteren zehn Familien und fanden Alexej Gogol, François Bernicot, Gideon Olmert, James Busby, Riku Kagawai, Danish Dewan, Sino Wei, Moritz Hartz, Emeka Onuahu und Luke Sun. Um die Verbindung zu stärken, heirateten die Mitglieder der Société untereinander. Deshalb sind wir auch alle mehr oder weniger miteinander verwandt."
„Warum gibt es für Europa eigentlich drei Société-Mitglieder und beispielsweise für Afrika nur einen Vertreter?", fragte ich. William sah mich verschmitzt an.
„Gute Frage Olivia. Genau kann ich dir das auch nicht beantworten. Doch ich denke, das hängt mit der Entstehung der Société zusammen. Gilbert Cliffheart entdeckte diese Kraft. Sein Freund war Aaron Greenshield und dessen Freund François Bernicot und dessen Freund

Moritz Hartz. So kam eines zum anderen."
„Und warum macht ihr all das?"
„Wir streben die Weltherrschaft an. Einer unserer Nachfahren, der alle Gene der zwölf Familien in sich vereinigt, soll Herrscher werden."
„Aber deine Frau ist kein Mitglied der Société", stellte ich fest. „Ebenso wie einige andere Frauen."
„Wir wollen doch keine Inzucht betreiben, deshalb haben einige in meiner Generation beschlossen, Frauen außerhalb der Société zu heiraten und erst in der nächsten Generation wieder Verbindungen zu einzugehen."
„Die Weltherrschaft zu erlangen, braucht Zeit. Im Moment haben wir ganz andere Probleme", meinte Joyce.
„Schon vor vielen Jahren wurde beschlossen, das Bevölkerungsproblem Afrikas zu lösen, indem diese nach Europa geschickt werden. Sie sollen sich mit den Sklaven in Europa vermischen und die Nationalstaaten aufheben. Wir wollen keine Nationalstaaten mehr. Wir wollen eine Weltbevölkerung, eine neue Welt."
„Das wird zu Spannungen führen", meinte ich.
„Die wir beabsichtigen. Durch diese Spannungen können wir die Demokratie demontieren. In Europa gibt es zu viele Freiheiten, die uns im Wege stehen", antwortete William.
„Ihr wollt jede Freiheit im Keim ersticken", sagte ich. "Das ist unmenschlich."
„Du redest wie eine Sklavin. Aber wir sind Herrenmenschen. Und Tugenden wie Moral sind Heuchelei. Wir wollen diese Welt beherrschen. Kein Staat, kein Sklave soll sich dieser Herrschaft entziehen können. Über den Rest sollte euch Oliver aufklären."
William lachte laut auf, als Barry unsere Aufmerksamkeit auf ein anderes Thema lenkte. Nach einem kurzweiligen Abend verabschiedeten sich William, Joyce und Madison.

4.
„Nächste Woche fliegen wir nach Beijing", teilte uns Barry nach dem Weggang der Busbys mit. „Wir nehmen den großen Firmenjet."
Ich überlegte schon, ob ich Jules und Holly mitnehmen wollte, als Barry noch hinzufügte.
„Wir werden über Tokio nach Miami fliegen."
„Wie lange sind wir unterwegs?"
„Eine Woche, denke ich. Vielleicht 10 Tage."
„Dann werden uns Jules und Holly begleiten."
„Wenn du unbedingt willst."
„Ist Platz genug im Flugzeug?"
Barry lachte. „Aber ja."

Der Großraumjet bot uns allen eine komfortable Unterkunft und brachte uns ausgeruht nach China, das wir am Nachmittag nach einem neunstündigen Flug erreichten.

Wei Quan begrüßte uns am Flughafen und wir fuhren mit einer großen Limousine zu seinem Haus.
„Ich wohne in Tianjin am Meer, wo immer eine frische Brise weht und die Luft sauberer ist als in Beijing."
Die Fahrt dauerte zweieinhalb Stunden und wir kamen an einem modernen zweistöckigen Haus mit einer hohen Mauer an. Wei Quan führte uns in den ersten Stock, der uns allein zur Verfügung stand mit zwei Wohnzimmern, einer kleinen Küche, fünf Schlafzimmern sowie fünf Badezimmern. Auch hier war im Treppenaufgang der zwölfzackige Stern der Société angebracht. Das Haus war luxuriös und gemütlich eingerichtet. Holly, Jules sowie unsere Bodyguards, Barry, Timothy und ich verteilten uns auf die Schlafzimmer. Für Jules stand ein Stubenwagen bereit, den wir zunächst zu uns in unser Schlafzimmer schoben. Eine Stunde später holte uns Wei Quan zum Dinner ab und führte uns in den Speisesaal.
Dort begrüßten uns seine Frau Mei-Zhi und die Töchter Baihu und Xia, die an der Universität der Société studierten. Siglinde Hartz hatte mir schon von den beiden

erzählt und so freute ich mich, die Mädchen kennenzulernen. Mei-Zhi war sichtlich viel jünger als Wei Quan und eine wahre asiatische Schönheit mit einem ovalen Gesicht und großen braunen Augen mit vollen Lippen. Mit Anmut setzte sie gekonnt ihren Augenaufschlag ein, der die Männer in ihren Bann zog. Auch mir schenkte sie ein freundliches und warmes Lächeln.

Barry hatte mich schon im Vorfeld vorbereitet, dass die Männer, wie üblich separat ohne mich verhandeln würden, weshalb Mei-Zhi und ich in eines der Wohnzimmer gingen und uns unterhielten. Sie sorgte für unser Wohlergehen und schenkte mir Tee ein, der einen herrlichen Duft verströmte und wunderbar schmeckte. Ganz ungezwungen plauderten wir über das Reiten und über meine Schwangerschaft. Mei-Zhi erzählte mir aus ihrem Leben als Schauspielerin und wie sie Wei Quan vor einigen Jahren kennengelernte und sich in ihn verliebt hatte. Auch sie war Sklavin, was auch bei ihrer Heirat für Aufsehen sorgte. Doch nun war sie seit vielen Jahren Mitglied der Société und ihr Status wurde nicht mehr angezweifelt. Leider blieb ihr die Geburt eines Sohnes verwehrt, was sie zutiefst bedauerte. Nach einiger Zeit der Plauderei zog ich mich in unser Zimmer zurück, wo Holly und Jules schon warteten. Timothy kam spät in der Nacht zurück, als ich schon schlief und kuschelte sich zu mir ins Bett.

Am nächsten Morgen trafen sich die Männer zu ihrem neuerlichen Meeting, während mir Mei-Zhi auf meinen Wunsch hin die Stadt zeigte.

Wir schritten über den Tian'anmen-Platz und gingen in Begleitung von Monica zur Verbotenen Stadt. Ich stellte mir vor, wie der letzte Kaiser auf dem Drachenthron saß, von oben auf seine Untertanen herunter sah. Dieser Thron brachte die Diskrepanz zwischen Herrenmenschen und Sklavenmenschen zum Ausdruck und alle mussten vor dem Herrscher kuschen. Nur der Wille des Herrschers zählte. Ob die Herrenmenschen dies wieder einzuführen gedachten?

Nach einem kurzen Mittagessen ging es weiter zum Himmelstempel. Es war Mitte Februar und es schneite leicht. Wir kamen gerade zu einer Zeremonie, in der mit Gewändern aus der Quing-Dynastie für eine fruchtbare Ernte gebetet wurde.

Mei-Zhi stellte sich an der Echomauer auf die gegenüberliegende Seite und flüsterte mir ein „herzliches Willkommen" zu. Durch die runde Form wurden Schallwellen entlanggeführt und ich konnte sie, wie viele andere Besucher, an der Mauer wahrnehmen. Tief beeindruckt fuhren wir zum Dinner in das Anwesen der Weis zurück.

Mei-Zhi gab sich beim Dinner alle Mühe und langsam fasste ich Vertrauen zu dieser schönen Frau. Sie konnte wahrhaft gut Konversation betreiben und wir lachten an diesem Abend. Als wir im Wohnzimmer noch einen Whisky tranken, redeten Timothy, Barry und Quan über Politik, während mir Mei-Zhi gerade erzählte, dass ihre Mädchen viel zu früh schon zum Studium gingen und nur hin und wieder bei ihr vorbei sahen. Mit dem anderen Ohr hörte ich jedoch, was Quan erzählte.

„Die Société hat sich in China das Ziel gesetzt, dass sie die Banken kontrolliert."

„Ist das nicht so?" fragte Barry.

„Es gibt einige kleine, unabhängige Banken. Die sind unser Ziel. Wir werden eine Krise auslösen und dabei werden diese Banken eingehen und nur noch die drei Banken der Société werden übrig bleiben."

„Dann sind die Diktatoren in China von der Société abhängig. Denn wer das Geld gibt, kann sagen, wo es lang geht."

„Das hast du richtig erkannt, Barry", meinte Quan.

Die Männer lachten lauthals.

„Wir haben dafür gesorgt, dass ungebildete Funktionäre die Parteigeschäfte übernehmen. Diese können die

Folgen ihrer Entscheidungen nicht ermessen, was uns umso mehr in die Hand spielt."
„Du herrschst gut in diesem Teil der Welt", stimmte Barry ein. Mei-Zhi war mit ihren Ausführungen gerade fertig, als ich mich an Timothy wandte.
„Ich bin müde und würde mich gerne schlafen legen."
„Ich begleite dich mein Engel. Ich darf mich für den Abend verabschieden", verneigte sich Timothy vor Quan, Barry und Mei-Zhi.

Die Herren benötigten noch einen Tag für ihre Besprechungen, weshalb Mei-Zhi und ich morgens zum Sommerpalast aufbrachen. Der See war gefroren und das Marmorboot der Kaiserin steckte fest. Der lange Wandelgang war in vielen Farben ausgeschmückt und reichhaltig verziert und wir bewunderten die Kunstwerke. Die mythologischen Szenen zeigten verschiedene Motive und beeindruckten mich zutiefst.
Auch wenn es eiskalt war, so fuhren wir anschließend noch nach Badaling zur Großen Mauer, wo wir zunächst Lunch einnahmen, bevor wir die Stufen der Mauer erklommen. Mei-Zhi blieb mit einem Bodyguard und Jules unten, während ich mit Holly die verschieden großen Stufen zum Turm bestieg. Eine großartige Aussicht auf die Berge erwartete uns. Nach unserem Abstieg ging Holly mit Jules und dem Bodyguard voraus und Mei-Zhi und ich folgten ihnen.
„Sei vorsichtig", raunte sie mir zu. Ich blieb sehen und sah sie an.
„Sie sind gegenüber Sklaven besonders misstrauisch. Du musst unter allen Umständen versuchen, dich anzupassen."
„Sonst?"
„Sie können sehr unangenehm werden", flüsterte sie und ging weiter.
„Was tun sie?" wollte ich genauer wissen.
„Nimm dich vor Oliver in Acht, er ist der Schlimmste von allen", hauchte sie und ging schneller. Ich konnte sie fast

nicht einholen, doch dann war schon Holly mit Jules wieder da. Ein Gespräch war nicht mehr möglich.

Pünktlich zum Dinner waren wir wieder im Haus der Weis zurück, das ich voller Eindrücke am nächsten Tag verließ, um nach Tokio weiter zu fliegen. Was hatte Mei-Zhi mit ihrer Warnung bezweckt? Was sie sagte, warf mehr Fragen auf, als sie beantwortete. Es war auch nicht möglich, allein mit Mei-Zhi zu sprechen.

Timothy und ich zogen uns in unser „Zimmer" im Flugzeug zurück, das eigentlich nur aus einem großen Bett bestand. Endlich waren wir allein und konnten reden.

„Ich habe zugehört Timothy. Die Chinesen wollen eine Krise auslösen, damit einige ihnen unliebsame Banken bankrott gehen. Das wird viele Menschen verarmen lassen."

„Das ist ihre Absicht, mein Engel."

„Die Société behandelt die Völker wie Sklaven, während sie als Herren alles beherrschen. Das kann in einem aufgeklärten Zeitalter nicht gutgehen."

„Es gab immer Herren und es gab immer Menschen, die den Herren folgten."

„Und was ist mit der Demokratie?"

„Sie ist eine Illusion mein Engel. Und sie wird durch die Société ausgemerzt werden."

„Hast du resigniert?"

„Ich habe Angst."

„Wovor?"

„Dass dir und den Kindern etwas passiert."

„Mir geht es ebenso. Andererseits will ich mich nicht zu einer Marionette machen lassen."

„Wir sind schon Marionetten in diesem Spiel."

5.
Zunächst landeten wir in Tokio auf dem Flughafen und wurden auch hier von Genki Kagawai begrüßt. Barry,

Timothy und ich flogen mit dem Helikopter zum Haus in Tomaya mitten in den Bergen, während Jules, Holly, Monica, Michael und Gabriel mit der Limousine und unserem Gepäck nachkommen würden.
Barry plauderte munter mit Genki Kagawai und bezog Timothy immer wieder mit ein, während mich die Männer ignorierten. Die Sicht aus dem Hubschrauber verschaffte mir einen Überblick, bei dem ich das Haus auf einer Anhöhe mit einem atemberaubenden Blick bis auf das Meer entdeckte. Von oben bemerkte ich, dass das Haus wie ein zwölfzackiger Stern angelegt war.
In den Bergen lag noch Schnee.
Genki Kagawai stellte uns seine Frau Aiko vor, die uns zum großzügig gehaltenen Gästetrakt führte, der in den weitläufigen Garten führte. Auch hier wurde der zwölfzackige Stern immer wieder abgebildet. Meine Schwangerschaft war inzwischen so weit fortgeschritten, dass sie nicht unbemerkt blieb und Aiko fragte mich höflich, ob es mir gut ginge und ob ich etwas brauchte. Sie hätte ein gutes natürliches Mittel, das gegen Übelkeit helfen würde. Ich dankte ihr, aber dieses Problem hatte ich in dieser Schwangerschaft nicht. Mein Arzt hatte mir noch hinsichtlich der Flüge Verhaltensmaßnahmen mitgegeben und gemeint, ich solle zusehen, mich genügend auszuruhen, da er wusste, dass ich mich gerne verausgabte.

Die Herren hielten ihre Besprechung ab, als Jules, Holly und unsere Bodyguards mit unserem Gepäck eintrafen. Ich nahm Jules auf den Arm und Aiko zeigte mir das weitläufige Anwesen, das gut bewacht wurde.

Wie üblich zogen wir uns zum Dinner um. Holly würde beim Personal essen und auf Jules aufpassen, ebenso unsere Bodyguards.
Da ich noch nie in Japan war, erklärte mir Aiko die Traditionen der Japaner, ihre Begrüßung sowie Höflichkeitsformen.

Ihr Sohn Sora und Tochter Hinata waren bei diesem traditionell japanischen Essen auch anwesend. Sie studierten an der Universität der Société.
Im großen Speiseraum war für sieben Personen ein niedriger japanischer Tisch gedeckt. Wie bei einem japanischen Essen üblich, saßen wir nicht auf Stühlen, sondern hockten uns vor die Tische hin. Aiko erklärte, wie man saß, ohne dass die Füße dabei einschliefen.
Viele verschiedene japanische Speisen wurden aufgetragen, immer mit Reis serviert. Ich probierte das köstliche Essen und nach langen Gesprächen verabschiedeten wir uns und zogen uns in unsere Gemächer zurück.
Die Männer wollten wie immer ohne uns Frauen reden, weshalb Aiko vorschlug, mir Tokio zu zeigen, was ich gerne annahm.

Mit Aiko verstand ich mich auf Anhieb, und so hatten wir viel Spaß in Tokio. Es war nicht einfach, sich in dem Gewirr aus Neonreklamen und japanischen Schriftzeichen inmitten der Menschenmassen zurechtzufinden. Doch Aiko war eine gute Führerin und fasziniert beobachtete ich das Treiben und den ruhigen Umgang der Japaner untereinander. Jedes Stadtviertel hatte sein eigenes Flair mit vielen Museen, Tempel, Parks, Schreine und anderen Sehenswürdigkeiten.
Sie führte mich auch in Diskotheken, um mir die japanische Popkultur zu zeigen, die vor allem schrill und laut war. Es ging um Zeichentrickfilme sowie Comics. Aus diesen entwickelten sich im Laufe der letzten Jahre viele weiteren popkulturelle Trends, berichtete mir Aiko wie Cosplay, ein japanischer Verkleidungstrend mit dem Ziel, Charaktere aus Filmen oder Comics möglichst detailgetreu nachzustellen. Die Teilnehmer passten sich im Kostüm und im Verhalten ihrem Idol an.
„Die alten Japaner sehen das Verhalten unserer Jugend nicht immer gerne, denn wir sind eine bedächtige und spirituelle Kultur und die Werte aus dem Westen, aus der

Popkultur, führen oft zu Spannungen zwischen den Generationen", teilte sie mir mit und ich verstand.

Aiko war in der japanischen Teezeremonie unterwiesen worden und lud Timothy und mich zur Teilnahme an diesem Ritual ein, das auf der Zen-Philosophie basiert. Durch den japanischen Garten erreichten wir ein eigens dafür gebautes Teehaus. Aiko erklärte uns, dass das Wandeln im Garten schon die erste Stufe der Zeremonie darstellen würde. In einem überdachten Pavillon stand eine „Wartebank" bereit, auf der wir Platz nehmen sollten. Aiko erklärte uns, dass Harmonie, Ehrfurcht, Reinheit und Stille immer Teil dieser Zeremonie sind, die je nach Jahreszeit variiert. Wir wurden in den Vorraum des Teehauses geführt und uns wurde heißes Wasser gereicht, mit dem wir Mund und Hände reinigen sollten. Nacheinander betraten wir das Teehaus durch einen sehr niedrigen Eingang, bei dem wir uns bücken mussten. Dies drückte Demut und Respekt aus und alle gesellschaftlichen Unterschiede sollten auf der Schwelle abgelegt werden.

Aiko reichte uns Suppe sowie Reiswein und eingelegtes Gemüse. In einer Schale wurde der Raum mit Holzkohle beheizt, auf dem in einem Topf Wasser erhitzt wurde.

Aiko forderte uns auf, wieder in den Warteraum zurückzukehren. Nach dem fünfmaligem Ertönen eines Gongs sollten wir den Teeraum wieder betreten. Danach wurde die Türe geschlossen. Die Teeutensilien holte Aiko von einem Tischchen und ordnete sie vor jedem von uns an. Wir saßen nebeneinander im japanischen Sitz. Die Teeschale, die Teedosen für den starken und den leichten Tee, das Frischwassergefäß, der eiserne Wasserkessel, der Teebambuslöffel und der Teebesen erklärte uns Aiko. Nun servierte sie den dicken Tee und ordnete das Holzkohlefeuer neu, um den dünnen Tee zu servieren.

Was nun folgte war ein bis in kleine Einzelheiten geordnetes Ritual, das mich innerlich tief bewegte. Mit innerem Frieden erfüllt begaben sich Timothy und ich zurück in unsere Räumlichkeiten.

Am nächsten Morgen verabschiedete ich mich von Aiko voller Dankbarkeit, dass sie uns dieses Ritual ermöglicht hatte.

6.
Steven Cliffheart holte uns in Miami am Flughafen ab und wir flogen mit einem Helikopter zum Anwesen. Unweit des Hauses war ein Hubschrauberlandeplatz, wo man uns absetzte. Das Herrenhaus mit mehreren kleineren Häusern lag direkt am Meer mit einem eigenen Steg und Bootshaus. Der Garten war gigantisch und in Form eines zwölfzackigen Sterns angelegt.

Uns wurde ein eigenes Gästehaus zur Verfügung gestellt mit fünf Schlafzimmern, fünf Badezimmer, zwei Wohnzimmer, einem eigenen Swimmingpool, Sauna Fitnessbereich und einer Küche. Hatte ich bisher gedacht, ich würde im Luxus leben, wurde ich hier eines besseren belehrt. Die Räume waren modern eingerichtet und lichtdurchflutet mit vielen Pflanzen. Unser Schlafzimmer, das zum Meer hinaus ging, war geräumig und wies sowohl für Timothy als auch für mich einen begehbaren Kleiderschrank auf. Was ich damit sollte, war mir unbekannt, da ich trotz meiner vielen Koffer diesen nicht zu füllen vermochte. Welch eine Verschwendung.

Steven Cliffheart musste im selben Alter wie Oliver sein, doch er hatte eine jugendliche Ausstrahlung. Mittelgroß und von schlanker Statur waren seine Haare weiß. Sein Auftreten war selbstbewusst und herrisch. Seine Frau Eve war einige Jahre jünger und trug wie so viele Frauen der Société, ihren Reichtum in Form von wertvollem Schmuck und Kleidern zur Schau. Ihre Kinder Aileen und Richard erfüllten schon Aufgaben in ihrem Teil der Welt. Der Verlobte von Aileen, Nathan Greenshield, war ebenso zu Gast und wurde uns vorgestellt. Sie schienen sich aufrichtig zu lieben, hatte ich den Eindruck. Doch alles war irgendwie steif. Ich fühlte mich nicht wohl in dieser Umgebung. Es war perfekt. Zu perfekt?

In Miami war es im Februar schon manchmal warm, so wie an diesem Tag. Das Dinner wurde im großen Speisesaal direkt am Meer serviert, was uns einen herrlichen Ausblick in einen Sonnenuntergang bescherte.
Als Timothy und ich in den Gästetrakt zurück kehrten, war es spät und ich wollte noch etwas frische Luft im Garten schnappen, während sich Timothy um Jules kümmerte.
Nathan Greenshield und Steven Cliffheart saßen auf der Veranda und rauchten eine Zigarre. Ich stand nah genug, um zu hören, was sie sagten.
„Die Sklaven", meinte Nathan. „meinen, sie sind selbst schuld an ihrer Erfolglosigkeit, was ihnen ständig suggeriert wird. Ihre mangelnde Kompetenz und Intelligenz führt dazu. Dadurch haben die Sklaven ein mangelndes Selbstwertgefühl, das zur Blockade weiteren Handelns führt."
Sein Ton war hämisch.
„Noch besser ist es, wenn sich die Menschen durch eigene Laster beherrschen lassen."
„Wie meinst du das?"
„Den französischen Politiker André Vogel-Kuhn haben wir mit seinem eigenen Laster herein gelegt. Wir konnten eine Angestellte dazu bringen, ihn der versuchten Vergewaltigung und sexuellen Belästigung anzuklagen. Damit hatten wir ihn aus dem Weg."
„Er wurde langsam gefährlich für die Société."
„Ja, deshalb musste er mundtot gemacht werden."
„Das war einfach."
„Wer nicht für uns ist, wird gefügig gemacht, das weißt du doch."
„Das ist mir schon klar."
„Und mit unserer Wasser-Waffe hat die Société nun alle Regierungen in der Hand. Die Mitglieder der Société müssen nun endlich unseren Vorschlägen zustimmen."

Ich hatte genug gehört und verschwand.

Steven Cliffheart war der jüngere Bruder von Nelson Cliffheart. Seinen Bruder Nelson hatte ich noch nicht kennengelernt, doch Steven war eine Führernatur. Bei Tisch redete er ununterbrochen. Er war unterhaltsam und charmant, doch sehr von sich eingenommen. Hochnäsig sah er auf die Menschen herunter. Steven konnte gut reden und man hörte ihm gerne zu. Nach einiger Zeit war ich von ihm so eingelullt, dass ich ihm bei allem zustimmen wollte. Als ich dies bemerkte, nahm ich mir vor, vor ihm auf der Hut zu sein und emotionalen Abstand zu wahren. Beeinflusste er so die Menschen um sich herum?
„Man sieht ja, wohin es führt, wenn Frauen die Politik bestimmen."
„Inwiefern?", fragte Timothy.
„Man muss sich nur die Bundeskanzlerin Lena Glaerkem ansehen, dann weiß man es. Sie meint mittlerweile, dass selbst der Präsident der Vereinigten Staaten ihren Vorschlägen folgen sollte."
„Wenn die Vorschläge vernünftig sind, kann der Präsident diesen Vorschlägen auch folgen."
„Die Deutschen denken nur an Umweltschutz. Und das ist nicht vernünftig."
„Dann scheinen die Deutschen weiter zu denken als die Amerikaner. Denn nicht an den Umweltschutz zu denken, ist ein Denken in der Gegenwart ohne an die Zukunft zu denken."
Steven lachte lauthals.
„Ich habe schon gehört, du bist eine Emanze", sagte er und nahm sein Weinglas und trank einen Schluck.
„Hat Oliver geplaudert?"
Er lachte laut.
"Der Feminismus ist die Erfindung der Société. Früher zahlte nur die Hälfte der Bevölkerung Steuern, jetzt fast alle, weil die Frauen arbeiten gehen. Nebenbei konnten wir die Zerstörung der Familie erreichen. Wir haben die Macht über die Kinder, wir bestimmen, wie und worin sie

unterrichtet werden. Es ist leicht, Kinder unter Kontrolle unserer Medien zu bekommen und ihnen unsere Botschaften einzutrichtern. Sie stehen ja nicht mehr unter dem Einfluss einer intakten Familie. Indem wir die Frauen gegen die Männer aufhetzen und die Partnerschaft und die Gemeinschaft der Familie zerstören, haben wir eine kaputte Gesellschaft aus Egoisten geschaffen. Wir haben einen Anreiz geschaffen, einen Traum vom guten Leben. Sie sind gefangen in ihrer Karriere und ihrem Konsum. Schon den Schülern wird eingetrichtert, wie wichtig es ist, Marken zu kaufen, um dabei zu sein. Und Mode und Schönheit sind zum selben Zweck erfunden worden. Sie finden das gut, bleiben aber immer als Sklaven gefangen."

„Auch wenn der Feminismus für die Société nur Mittel zum Zweck darstellt, so verhilft er den Frauen doch zur Gleichberechtigung."

Er lachte lauthals.

„Frauen sind nirgendwo auf der Welt gleichberechtigt. Das wird euch als Ziel eingeredet, damit ihr funktioniert."

„Nur weil ich eine Frau bin, kann ich nicht weniger nachdenken als ein Mann, ich kann auch nicht weniger machen als ein Mann. Warum sollten für mich andere Rechte gelten, als für einen Mann?"

„Weil die Männer auf dieser Welt das stärkere Geschlecht sind und die Frauen sich unterzuordnen haben."

„Warum sollte ich mich unterordnen", gab ich Kontra.

„Weil du eine Sklavin bist und keine Wahl hast."

„Ich habe eine Wahl. Zweifle nicht daran."

„Ich glaube, wir sollten diese erhitzte Debatte etwas abkühlen", dämpfte Timothy die Stimmung und drückte unter dem Tisch unbemerkt meine Hand.

„Anwesende natürlich ausgenommen", lenkte Steven ein.

Ich atmete tief durch.

„Anwesende natürlich immer ausgenommen."

7.
Nach unserer Rückkehr teilte uns Oliver mit, er würde am kommenden Wochenende einen Ausflug mit uns machen und wir sollten Rucksack und gutes Schuhwerk einpacken. Wie gewünscht richtete ich alles her, als Oliver vorfuhr.
„Ich bin im 5. Monat schwanger, wie du weißt. Machen wir irgendetwas, das dem Kind schadet?"
„Ich denke nicht Olivia. Du bist stark und es wird dir und dem Kind nichts geschehen."
„Wirklich?"
„Glaub mir."
Oliver nahm die Autobahn nach Rouen, dann nach Caen und schließlich nach Villedieu-les-Poeles, wo wir die Autobahn verließen und nach Granville ans Meer fuhren. Hier lag eine Motoryacht bereit, die Oliver mit uns bestieg, um an der Insel Jerey vorbei zur Insel La Rade zu fahren. Der Norden war zerklüftet, doch es war erkenntlich, dass ein Weg auf eine Anhöhe führte. Oliver zurrte das Schiff fest. Es war später Abend und wir übernachteten auf dem geräumigen Schiff. Am nächsten Morgen stiegen wir den Weg zu einer Anhöhe und liefen noch gut eine halbe Stunde, als wir eine Höhle erreichten.
„Dies ist die Fairy Grotto", sagte uns Oliver.
Die Höhle war mit bequemen Liegen und Stühlen bestückt.
„Setzt euch", befahl er.
„Ich habe euch hierher geführt, weil ihr eine Aufgabe erfüllen sollt. Ihr versetzt euch in Trance, wie ihr es von Daniel gelernt habt und aktiviert eure Kamarikraft. Wisst ihr noch, wie das durchgeführt wird?"
Wir nickten.
„Ihr habt heute eine spezielle Aufgabe für die Société durchzuführen. Die Kraft kann nur bei Personen wirken, die wir uns konkret vorstellen. Dazu müssen wir wissen, wie sie heißen und wie sie aussehen. Ich habe euch heute Bilder von einigen Richtern in Frankreich und Deutschland mitgebracht. In der nächsten Stunde nehmt ihr euch einen nach dem anderen vor. Der Name steht dabei. Ihr

visualisiert die Männer und Frauen, ruft sie bei dem Namen. Und dann suggeriert ihr ihnen, dass sie unter allen Umständen die Flüchtlinge milde zu beurteilen hätten."
„Was?" Ich verstand nicht.
„Die Richter werden von der Société in unserem Sinne beeinflusst, Olivia. Das solltest du doch wissen."
Ich senkte die Augen, damit Oliver nicht bemerkte, was ich wirklich dachte.
„Ich lasse euch allein, damit ihr euch besser konzentrieren könnt."
Oliver verschwand und wir legten uns auf die Liegen. Wie uns Daniel unterwiesen hatte, nahm ich einen Teil meiner Kraft und übergab sie Timothy. Timothy nahm diese Kraft und sandte sie als Welle zu den Richtern aus. Ich bemerkte jedoch, dass sie nicht besonders kräftig war.
Zwei Stunden später erschien Oliver.
„Könnt ihr euch nicht mehr anstrengen?" schimpfte Oliver.
„Es sollte eine Übung für euch sein."
„Haben wir versagt, Onkel?" fragte Timothy.
„Das nicht, aber ihr habt nicht euer volles Potential entwickelt. Das nächste Mal macht ihr es besser."

8.
Frank und Julia besuchten uns am Wochenende in Paris und wir beschlossen, das Musee D'Orsay mit den Impressionisten anzuschauen. Timothy nahm seine Aufgaben in der Firma Sun sehr ernst und vernachlässigte seine Arbeit als Künstler. Er begleitete uns und erzählte aus dem Leben einiger impressionistischen Künstler. Der umgebaute Bahnhof, der malerisch direkt an der Seine lag, bezauberte uns und die Bilder von Renoir und Monet nahmen mich und die Kinder gefangen. Jules hatten wir mit einem Kinderwagen mitgenommen und Holly freigegeben, Monica und Michael begleiteten uns.

Angeregt durch die Impressionistenausstellung suchte Timothy nach unserer Rückkehr das von mir eingerichtete Atelier auf, um zu malen. Ich freute mich, dass er zu seiner eigentlichen Berufung wieder zurück fand und den Rest des Sonntag Nachmittags im Atelier verbrachte. Frank und Julia verabschiedeten sich und flogen mit einem Privatjet nach London zurück, wo sie von Daniel abgeholt wurden.

Paris war eine Weltstadt und im Frühjahr beschloss ich, die Stadt zu erkunden und nahm Monica und Jules mit. Die ersten grünen Sträucher sprossen in den Gärten von Paris. Meine Schwangerschaft war fortgeschritten, weshalb ich nur noch halbtags in die Bank ging und mich sonst eher um den Haushalt und Jules kümmerte.

An diesem schönen Frühlingstag wollten Monica und ich die Sacré-Coer besichtigen. Jules trug ich in einem Tuch am Bauch, da die vielen Treppen an der Sacré-Coer mit einem Kinderwagen kaum zu bewältigen waren. Die Aussicht auf Paris war atemberaubend schön, da klares Wetter für eine gute Sicht sorgte. Nach einer Besichtigung der Kirche sahen wir uns bei den Straßen-Künstlern um und ich ließ ein Bild von mir und Jules malen, das ein junger Künstler reizend interpretierte. Ich schlug Monica vor, noch einen Kaffee zu trinken und dann nach Hause zu fahren und sie stimmte zu. Da es noch etwas frisch war, setzten wir uns im Inneren des Cafés nach hinten und beobachteten von dort das Treiben auf der Straße. Ich bestellte einen Café für Monica und mich. Wir redeten miteinander und scherzten.
Plötzlich wurde es auf der Straße laut. Noch nie hatte ich so etwas gehört. Schüsse. Menschen schrien laut auf.
„Wir verlassen das Café durch den Hintereingang", sagte sie. Ich hielt Jules in den Armen.
„Warten Sie, ich sehe nach, ob die Straße frei ist." Sie stieß mich in die Damentoilette und ging mit einem Revolver, den sie aus ihrer Tasche gezogen hatte, hinaus.

„Legen Sie sich auf den Boden, es ist sicherer, bis ich weiß, was da vor sich geht."
Immer noch fielen Schüsse. Ich hörte Schreie und Stöhnen. Konnte ich helfen? Ich folgte Monicas Anweisung und legte mich mit Jules auf den Boden. Monica sicherte die Türe. Dabei bemerkte ich einen silbernen Siegelring mit einem Löwen an ihrem Finger.
„Ich habe Angst."
„Ich auch."
Bald wurde es still. Monika verschwand für einen Augenblick. Dann gingen wir durch die Hintertüre auf die Straße hinaus, wo die Limousine vorfuhr. Monika und öffnete die Tür, als der Chauffeur schon los fuhr.
„Wissen Sie, was passiert ist?"
„Terroristen scheinen wild um sich geschossen zu haben. Es gab wohl mehrere Tote."
„Oh nein", entwischte es mir.
Wir erreichten das Palais und ich stieg mit Jules und Monica aus. Mein Handy klingelte.
„Geht es dir gut mein Herz?" fragte Timothy.
„Ja, Monica hat auf uns aufgepasst."
„Ich habe gerade von dem Terroranschlag gehört. Wo bist du?"
„Ich bin zu Hause angekommen."
„Ich komme."

Eine halbe Stunde später erschien Timothy.
„Uns ist nichts passiert."
„Und unserem Sohn?"
„Er strampelt", sagte ich zu Timothy und er fuhr mit seiner Hand über meinen Bauch.
„Du gehst sofort zu deinem Arzt", befahl er mir.
„Timothy, es geht mir gut. Morgen habe ich Termin."
„Nein, mein Engel. Ich will wissen, dass es unserem Kind gut geht. Moment, ich rufe deine Gynäkologin an."
Timothy verließ das Wohnzimmer, wo ich mich auf das Sofa gelegt hatte. Nach einigen Minuten kehrte er wieder.
„Sie kommt", teilte er mir mit.

Eine Stunde später erschien sie. Man half ihr, das Ultraschallgerät aus dem Auto zu hieven und in meinem Zimmer anzuschließen.
„Der Herzschlag des Kindes ist etwas erhöht Madame Sun. Das wundert mich nicht nach der Aufregung. Wie fühlen Sie sich?"
„Gut und etwas aufgeregt."
„Aufregung ist nicht gut für das Kind. Kennen Sie Entspannungsübungen?"
„Ja, einige Yogaübungen."
„Dann führen Sie sie durch. Das wird das Kind beruhigen – und Sie auch. Ansonsten ist alles in Ordnung."
„Timothy hat darauf bestanden, dass Sie mich untersuchen."
„Madame Sun. Sie sind über 40 Jahre und damit eine Risikoschwangerschaft. Und dann die Aufregung heute. Das ist nicht gut für Ihr Kind. Es war in Ordnung, dass Ihr Mann mich gerufen hat. Lieber einmal mehr nachsehen."
Sie verabschiedete sich und ich ließ Monica rufen.
„Ich wollte mich bedanken", begann ich.
„Das ist mein Job Madame. Wie geht es Ihnen?"
„Gut. Ich soll einige Yogaübungen machen, um mich zu beruhigen."
„Soll ich Ihnen Gesellschaft leisten? Ich weiß, Sie üben nicht gern allein."
Ich lächelte sie an.
„Oh ja, wenn Sie nicht zu müde sind."
„Gehen wir in den Fitnessbereich."
Während sich Timothy um Jules kümmerte, führte ich mit Monica zusammen die Yogaübungen durch, die mich sichtlich beruhigten.
Wenig später erschien auch Barry und das Dinner wurde serviert. Ich hatte den Fernseher angestellt und einen deutschen Sender gewählt, weil ich die Terroranschläge durch die Deutschen kommentiert wissen wollte. Aber es war nicht viel, was sie brachten. Ein Pariser Sender war viel genauer.
„Du solltest dich doch entspannen", meinte Timothy

vorwurfsvoll.
„Ich will wissen, was da passiert. Sonst kann ich mich nicht beruhigen."
„Denkst du an unser Kind?"
„Ja, Liebster", sagte ich, als mein Handy klingelte. Meine Tochter rief an.
„Mami, geht es dir gut?" fragte sie.
„Ja, mir geht es gut."
„Ich habe gerade von den Anschlägen gehört."
„Du brauchst dir keine Sorgen zu machen, Monica hat gut auf uns aufgepasst."
„Warst du dort?"
„Ja, ich habe gehört, wie geschossen wurde. Wir saßen wegen Jules weit hinten im Restaurant und sind sofort auf die Toilette geflohen."
„Oh nein Mami."
„Dir und Frank geht es auch gut?"
„Ja Mami, uns geht es gut."
„Ihr habt Bodyguards mein Schatz."
„Manchmal fliehe ich."
„Das habe ich von einem Teenager auch nicht anders erwartet, der seine Freiheit liebt."
„Mami!"
„Ich kenne dich doch. Aber du siehst, wie gut es ist, unsere Bodyguards zu haben."
„Ja."
„Liebe Grüße auch an Frank."
„Er hat zugehört."
„Gut."
„Tschüss Mami."

Eine Woche später am Freitag stand kein Besuch an.
„Wir fliegen nach Berlin", lud uns Barry ein. Timothy und ich konnten uns dieser Einladung nicht entziehen.
„Holly passt auf Jules auf, wir können keine Kinder gebrauchen", bestimmte er. Monica und Michael begleiteten uns jedoch.
Barry hatte ein angesagtes Hotel für uns buchen lassen

und so nahmen wir den Firmenjet nach Berlin. Das Hotel sah baufällig aus, doch unser Zimmer war gemütlich.

„Wir treffen uns in einer halben Stunde in der Lobby", verabschiedete sich Barry. Wir hatten gerade Zeit uns umzuziehen, bevor es in eine Diskothek ging.

Am Eingang gab es eine Personenkontrolle, doch da Barry bekannt war, wurden wir vorgelassen und konnten die lange Schlange einfach umgehen.

Der Club war voller Spiegel und hatte eine bizarre Atmosphäre. Auf mehreren Tanzflächen in drei Stockwerken wurde verschiedene Musik gespielt und getanzt. Auf der Hauptfläche im Erdgeschoss spielte eine Live-Band Rock. Was sie spielten gefiel mir, doch Barry war es zu soft und zog mich in das Obergeschoss, wo Hip Hop gespielt wurde. Timothy folgte uns. Barry traf einige Bekannte und tanzte mit ihnen, während ich an der Bar saß und Timothy uns ein Wasser bestellte. Auch Monica und Michael setzten sich.

„Tanzt du mit mir?" fragte Timothy und ich folgte ihm auf die Tanzfläche. Nach einiger Zeit kam Barry und zog uns in ein Nebenzimmer. Auf einem langen Bartisch sah ich mehrere Personen, die Koks schnüffelten.

„Willst du lieber Koks oder Ecstasy?" fragte er uns und ich sah ihn entsetzt an.

„Ich bin schwanger!"

„Das macht doch nichts."

„Ich will hier raus", flüsterte ich Timothy zu und er nickte. Am Ende der Bar sah ich Barry, wie er eine Pille einwarf. Timothy telefonierte kurz.

„Michael besorgt ein Taxi", sagte er zu mir. „Komm, wir tanzen so lange."

Barry sahen wir an diesem Wochenende nicht mehr. Er verbrachte die Tage und Nächte in der Diskothek, während Timothy und ich in die Stadt gingen, um uns Berlin anzusehen. Ein weiteres Mal wollte ich in keine „angesagte Disko" gehen. Ich war froh, als wir unser Haus in Paris wieder erreichten.

9.
Barry teilte mir mit, dass Jacob Mosche Olmert aus Israel mit seiner Frau und seiner Tochter bei uns zu Gast sein würden. Ich besprach das Essen mit unserem Koch, der hinsichtlich des koscheren Essens gut eingerichtet war. Er und seine Frau bewohnten im Keller eine kleine Wohnung und diese besaß eine Küche, die sie nie benutzten. Dort würde alles hergerichtet werden, was mit Milch zu tun hätte. Das hätten sie immer so gehandhabt, wenn Juden zu Gast waren, um koscheres Essen anbieten zu können. Unsere Küche wurde gründlich gereinigt, alle Milchprodukte entfernt und in die Küche von Hugo gebracht, was nur einen geringen Aufwand darstellte. Er schlug mir auch für das große Dinner und einem Empfang die Speisen vor und ich willigte ein.

Jacob und Sarah sowie ihre Tochter Judith kamen am Nachmittag an und ihnen wurde die Zimmerflucht im zweiten Stock zugewiesen. Vier Bodyguards begleiteten sie.
Julia und Frank besuchten uns an diesem Wochenende, um mit uns zu dinieren und Familie Olmert kennenzulernen. Judith war im selben Alter wie Julia und Frank und ein hübsches Mädchen, mit langen krausen Haaren. Aber Judith war vorlaut und wusste alles besser, weshalb Julia bald still wurde. Frank war wie immer höflich und unterhielt sich mit Judith. Doch als sie sich zurück zogen, hörte ich, wie er Julia etwas zuraunte und sie lauthals lachte. Diese Treffen dienten vor allem zum Kennenlernen und nebenbei wurden von den Herren das eine oder andere wichtige Thema besprochen.

Wie ich von Timothy erfuhr, war die Familie Olmert nicht nur besonders reich, sondern auch besonders einflussreich in der Welt der Société.
Ich erzählte, dass ich gerade mit der Umstellung meiner

Aufgaben zu kämpfen hatte.
„In London war alles so einfach. Durch Selbstoptimierung konnte ich so vieles leisten, was mir momentan schwer fällt."
„Die Société brachte die Idee der Selbstoptimierung auf", sagte Jacob Olmert zu mir.
„Was meinst du damit?"
„Wir sollten nicht wir selbst sein, sondern besser. Immer besser, immer kompetenter, immer kreativer und immer intelligenter. Es wird unterstellt, wenn du so bist, wie du bist, taugst du nichts. Damit wurde eine heimliche kränkende Botschaft verbunden. Der Zweck besteht darin, die Sklaven ununterbrochen zu kränken. Diese Kränkung wird gepaart mit der Angst, im aufgezwungenen Wettbewerb zu versagen. Sie sind nicht gut genug, redet man ihnen ständig ein, denn sie werden nie erreichen, was sie sich wünschen. Nämlich ausreichend zu verdienen, um ein angenehmes Leben führen zu können."
„Das führt aber ins Gegenteil", warf ich ein.
„Inwiefern?"
„Wie bei einem Vulkan wird sich dies eines Tages Luft verschaffen und die Sklaven werden rebellieren."
„Wir verstopfen den Vulkan so gut wir können", meinte Jacob lachend. „Und so lange sie in ihrem Tätigkeitstaumel gefangen bleiben, kommen sie nicht zum Nachdenken."
„Dann sollten wir dafür sorgen, das sie nicht nachdenken."
„Du hast sofort die wunde Stelle erkannt Olivia. Wir müssen die Sklaven beschäftigen. Und das machen wir mit Kontrolle."
„Auch dagegen werden sich die Sklaven wehren."
„Das können sie." Jacob Olmert lachte und wandte sich an Timothy.
„Frank und Judith gäben ein gutes Paar ab."
„Das hat noch ein paar Jahre Zeit", warf er ein.
„Dir ist doch klar, dass Beziehungen innerhalb der Société oder der Freehome Group bevorzugt werden?" fragte sie ihn.

„Das ist mir bekannt."
„Spätestens an der Universität der Société werden sie sich wieder begegnen", meinte Sarah Olmert. „Du warst nie auf der Universität der Société?"
„Ich habe in Paris und Berlin Kunst studiert."
„Doch nun gehörst du und deine Frau zur Société, ihr seid Eingeweihte."
„Ja."
„Dann solltet ihr auch als Mitglieder der Société handeln."
„Das werden wir."
Jacob Olmert blieb nur einen Tag, um mit Barry und Timothy zu verhandeln, danach flogen sie wieder zurück nach Israel.

Es war ein sonniger Sonntag Nachmittag und Timothy und ich gingen zusammen mit Jules in den nahe gelegenen Tuilerien-Park spazieren.
„Die Mitglieder der Société sind angehalten, untereinander oder mit der Freehome-Group zu heiraten. Eine Sklavin wie dich in die Société zu bringen, wird nicht gerne gesehen."
„Das kann ich mir vorstellen Timothy."
„Als ich meine Frau Leila in Las Vegas geheiratet habe, habe ich gegen die Satzungen der Société verstoßen, doch es war zu spät und ich war auch nicht eingeweiht und Vater holte es auch nicht nach. Als ich erneut eine 'Sklavin' anbrachte, verstiß ich wieder gegen ihre Regeln. Das hat mir Vater deutlich zu verstehen gegeben. Und du mischst dich auch noch ein. Du bist zu intelligent. Sie fürchten, dass du Zusammenhänge erfasst, die sie lieber verbergen wollen."
„Mei-Zhi meinte, ich solle vorsichtig sein, da ich eine Sklavin bin. Die Société wären Sklaven gegenüber besonders misstrauisch. Ich sollte mich anpassen."
Timothy blieb stehen.
„Mei-Zhi sieht das vollkommen richtig. Deshalb habe ich auch Angst um dich, mein Engel. Es ist besser, wenn du nicht zu viel weißt."

„Warum?"
„Sonst bringen sie dich um. Wer nicht für sie ist, ist gegen sie. Und du bist zu aufmüpfig."
„Gibt es niemand, der ihnen entgegen tritt?"
„Ich habe einmal gehört, dass es eine Gruppe Widersacher gibt, die sich ihnen entgegen stellen. Aber sie sprechen nicht über diese Gruppe und ich weiß auch nicht wie sie heißt."
„Ich würde dem gerne entfliehen."
„Das ist nicht möglich, denn sie würden uns überall auf der Welt finden. Entweder wir passen uns an oder wir werden liquidiert."
Timothy nahm mich in den Arm, denn ich zitterte am ganzen Leib. Wo war ich nur hinein geraten?
„Ich will mein altes Leben wieder zurück!"
„Ich liebe dich nach wie vor mein Herz. Du trägst mein Kind unter dem Herzen und ich werde alles tun, damit es dir und dem Kind gut geht. Das ist mein Schwur."

10.
Es war April und Ende Mai sollte das Kind auf die Welt kommen. Ich war unförmig und manche Bewegungen fielen mir zunehmend schwer.
Jules wollte ich an diesem Tag zum Shopping nicht mitnehmen und ließ ihn bei Holly, während ich mich mit Monica zum Boulevard Haussmann fahren ließ.
Drei Stunden hatten wir für den Einkauf benötigt und ich schlug vor, noch einen Abstecher zu Starbucks zu machen, bevor wir abgeholt werden würden. Monica war nicht begeistert, nachdem wir schon einmal in einen Terroranschlag geraten waren.
„So oft kommen keine Terroristen."
„Das denken Sie Madame. Also gut, aber wir setzen uns wie das letzte Mal ganz nach hinten."
„Einverstanden."
Monica suchte einen Platz im fast vollbesetzten Café aus

und holte Kaffee und Gebäck. Ich genoss es, ganz leger in einem Café zu sitzen und beobachtete die Menschen um mich herum. Es war entspannend und nach einiger Zeit machten wir uns auf den Weg nach Hause. Monica wurde mir mehr und mehr zu einer Freundin und ich empfand eine tiefe Vertrautheit mit ihr. Wir unterhielten uns wurde noch eine Weile, dann machten wir uns auf den Weg nach Hause. An einem Taxistand sollten wir abgeholt werden.

Wir überquerten die Straße und gingen am breiten Boulevard entlang, als ich ein Auto mit schneller Geschwindigkeit auf uns zukommen sah. Ich riss Monica herum und hörte nur noch den Krach des Aufpralls auf einen Baum neben uns, der uns zusammen schrecken ließ.

„Danke", brachte sie nur hervor, als uns unser Chauffeur entgegen kam. Wir stiegen ein. Monica hatte sich wieder gefangen und nahm meine Hand und drückte sie. Ich lächelte sie an.

„Nachdem wir einander das Leben gerettet haben, sind wir Freunde. Bitte nenne mich Olivia", begann ich.

„Ich weiß nicht Madame", wollte sich Monica heraus reden.

„Ich habe keine Freunde mehr. Und die Mitglieder dieser Familie sind so machtbesessen, dass ich mit keinem von ihnen befreundet sein will."

Monica grinste, denn sie verstand.

„Einverstanden Olivia."

Als ich einige Tage mit dem Kinderwagen in den Tuilerienpark ging, begleitete mich wie üblich Monica.

„Seit einiger Zeit habe ich etwas auf dem Herzen und weiß nicht, wie ich beginnen soll."

„Wir sind Freunde. Fang einfach an."

Ich sah sie an.

„Was weißt du von der Société?"

„Die Frage ist eher, was weißt du über die Société? Es ist gefährlich für dich, etwas zu wissen", sagte ich leise und Monica lächelte schwach.

„Es gibt einen Widerstand", antwortete Monica ebenso leise. „Eine Gruppe hat sich zusammen gefunden, um die Société zu bekämpfen. Ich gehöre dieser Widerstandsbewegung an und wurde beauftragt, dich zu fragen, ob du dich dem Widerstand anschließt."
Ich war überrascht. Was bedeutete dies?
„Ich werde schweigen, denn mir ist bewusst, dass du dein Leben aufs Spiel setzt Monica. Bevor ich jedoch zusage oder ablehne, will ich mehr über diesen Widerstand erfahren."
Monica sah sich vorsichtig um.
„Unsere Gruppe ist anonym und wir kennen nur wenige Mitglieder. Aber es sind einflussreiche Menschen dabei aus allen Schichten der Bevölkerung rund um den Erdball. Unsere Gruppe nennt sich Syrikat. Du kennst die Ziele der Société?"
„Durch die Kamarikraft beherrschen sie die Welt. Die Entscheidungen der Politiker und anderer Menschen werden kontrolliert und sie wollen die Weltherrschaft."
„Bist du unterwiesen worden?"
„Ja, ich wurde gemeinsam mit Timothy initiiert."
„Hast du die Kamarikraft angewendet?"
„Als Frau stelle ich die Kamarikraft meinem Mann zur Verfügung und das habe ich ein Mal. Timothy hat nur einen kleinen Energiestoß ausgesandt und wir wissen nicht, welche Wirkung es hatte."
Monica lächelte.
„Jede Kraft erzeugt eine Gegenkraft", sagte Monica vorsichtig.
Ich musste lächeln.
„Sie sind sich nicht immer einig, aber ich denke, sie wollen einen Teil der Sklaven, wie sie die Bevölkerung nennen, umbringen."
„Diese Information war es, die zur Gründung der Syrikat beigetragen hat."
Sie machte eine Pause.
„Die Syrikat funktioniert wie ein Kreis. Du lernst nur wenige Mitglieder kennen. Wenn einer etwas zu sagen hat,

Lösungsmöglichkeiten oder etwas erfährt, so sagt er es einer Person weiter, die wiederum ihrer Person die Information weiter gibt, ohne deren Identität weiterzugeben."

„Das ist sinnvoll. Und wie gehen sie gegen die Société vor?"

„Indem sie aufklären."

„Gehört Wikileaks dazu?"

„Ja."

„Du sprachst von einer Gegenkraft?"

„Die Anavara-Energie löst die Likunakraft aus. Durch die Likunakraft werden die Menschen befreit und sind bereit für den Frieden."

„Ich habe immer den Frieden gesucht und werde alle unterstützen, die friedfertig sind."

„Dann bist du bereit, der Syrikat beizutreten?"

„Ja", sagte ich bestimmt.

Monica sah mich an.

„Ich hoffe, du bist dir auch über die Konsequenzen im Klaren. Denn du wirst immer in Gefahr vor Entdeckung sein."

„Ich bin eine Sklavin und muss mich besonders anpassen. Das hat auch Timothy erkannt. Und wenn sie entdecken, dass ich noch gegen sie bin, dann werden sie mich liquidieren."

„Ich werde dich schützen, soweit ich es vermag", beruhigte sie mich.

„Willst du deinen Mann einweihen?"

„Du weißt, ich liebe Timothy von ganzem Herzen. Wir haben einander gelobt, uns niemals anzulügen. Doch wir dürfen schweigen."

„Was heißt das?"

„Ich will ihn nicht mit hinein ziehen."

Sie sah mich an.

„Es ist mehr als wir zu hoffen gewagt hatten. Du wirst bald mehr erfahren."

11.
Eine Woche später machte ich mit Monica, Holly und Jules einen Ausflug in den Garten der Tuilerien. Holly war mit Jules einige Meter vor uns.
„In den nächsten drei Wochen wird sich eine Person bei dir melden", begann Monica. „Hast du Raumschiff Enterprise gesehen?"
„Ja."
„Kennst du den Friedensgruß der Vulkanier?"
„Ja."
„Das ist unser Kennzeichen."
„Aber das könnte jeder Trekkie-Fan machen. Lebe lange und in Frieden würde er noch hinzu fügen."
Monica lachte.
„Du kennst dich ja aus."
„Ich habe als Teenager dafür geschwärmt. Und da diese Serie eine positive Zukunft sieht, blieb es dabei."
„Deshalb haben wir dies auch als Erkennungszeichen gewählt. Aber er oder sie wird sagen: 'Friede und viele Freunde für dein Leben'. Und erst dann erkennst du das Mitglied."
„Ihr habt Sinn für Humor."
„Und wir tragen alle einen Ring wie diesen", Monica zeigte mir ihren Siegelring mit einem Löwen.
„Es wird noch eine weitere Person geben, die dich einweihen wird."
„Danke."
„Wir sind Freunde," sagte sie sanft.

Unser Kind sollte auf dem Weingut Chateau La Tour d'Illac auf die Welt kommen, das nun allein Timothy gehörte. Nach dem Tod seiner Eltern hatte er jedoch mich als Mitinhaberin eingesetzt.
Trotz meiner Einladung wollten meine Eltern nicht zur Geburt nach Frankreich kommen, weshalb ich mit dem TGW zusammen mit Monica, Holly und Jules nach Bordeaux fuhr.

Wie Chloé war auch ich in Sorge vor der Entbindung. Dabei machte mir weniger mein Alter zu schaffen als die Tatsache, dass dieses Kind zur Société gehören würde und ich noch nicht alle Rituale kannte.

Jacques holte Monica, Holly, Jules und mich vom Bahnhof ab und brachte uns auf das Weingut. Dort erwartete mich eine Frauenärztin, die bei der Geburt dabei sein sollte. Ich besprach alle meine Wünsche mit ihr, sie untersuchte mich und meinte, trotz meines Alters wären das Kind und ich in einer guten Verfassung und die Geburt würde höchstwahrscheinlich unkompliziert verlaufen.

Da ich nun Mitinhaberin des Weinguts war, würde ich meiner Pflicht nachkommen, und mich um das Weingut kümmern. Unsere Angestellten führten mich über das Gelände, zeigten mir alles, auch die in Barriquefässern gereiften Weine, die teilweise schon zwanzig Jahre alt waren. Ich bemerkte, wie den Angestellten das Weingut am Herzen lag und beschloss, ihnen freie Hand zu lassen.

Zwei Tage später kam Timothy, um bei der Geburt an meiner Seite zu stehen. Wir hatten uns gegen einen geplanten Kaiserschnitt entschieden und wollten uns zunächst auf eine natürliche Entbindung einlassen. Auch Julia und Frank zusammen mit ihren Bodyguards Margret und John würden in den Pfingstferien eintreffen.

12.

Nach vielen Terminen und Besprechungen hatte ich etwas Zeit für mich und holte ein Buch hervor, das ich schon seit meinem Aufbruch nach Paris bei mir trug und noch keine Zeit gefunden hatte, es anzusehen. Als ich mein Buch aufschlug, fand ich mein Lesezeichen. Es handelte sich um ein Stück beschriebenes Papier. Als ich das Schriftstück genauer ansah, bemerkte ich, dass es sich nicht um meine Schrift handelte.

„David und ich haben uns mit unseren beiden Söhnen George und Peter gegen die Société gestellt. HS"

Ich musste zwei Mal lesen, um zu verstehen.
Hatte mir Harper diesen Satz zugesteckt? Es lief mir eiskalt über den Rücken, da sie kurz danach durch das Flugzeugunglück ums Leben kam. Ahnte sie etwas?
Wie immer setzte ich mich in meinen Turm und überlegte. Ich beschloss, den Zettel zu verstecken und suchte in meinem Zimmer nach einem passenden Versteck. Nach langer Suche entdeckte ich, dass die Bank, auf der ich saß, hohl klang. Ich fuhr mit meinen Fingern am Holz entlang und da öffnete sich eine kleine Türe. Ich holte eine Taschenlampe und leuchtete hinein. Ein Büchlein lag darin. Es war in derselben Schrift dicht beschrieben. Harpers Tagebuch.
„Wer dieses Tagebuch findet," schrieb sie, „sollte meine Geschichte kennen und ich bitte Gott darum, es in die richtigen Hände zu führen. Olivia hat mich dazu inspiriert alles niederzuschreiben. Denn die Société ist nicht das, wie sie zu sein scheint. In Wirklichkeit ist sie eine Terrororganisation. Anders kann ich es nicht nennen, denn sie machen ihren Einfluss geltend, um die Welt nach ihrem Muster zu gestalten. Und ihre Ziele sind keineswegs ehrenwert."
Harper hatte das Tagebuch an Ostern begonnen, als George und Chloé heirateten und es endete vor ihrem Flug nach Tokio.

Es war mir schon bekannt, dass Harper mit den Kennedys weitläufig verwandt war, und deshalb auch zur Elite der USA zählte. Bei ihrem ersten Kennenlernen verliebten sie sich ineinander und heirateten ein halbes Jahr später. David arbeitete im Sun-Konzern, als es zur Auseinandersetzung mit Oliver kam. David schied aus dem Konzern aus und kaufte das Weingut. Er und Harper bauten es quasi aus dem Nichts aus. Es war eine glückliche Zeit, als Peter und dann George auf die Welt kamen. Doch Oliver ließ sie nicht in Ruhe und besuchte sie ständig auf dem Weingut. Mit seinem Charme verführte er Harper, die ständig ein schlechtes Gewissen gegenüber ihrem Mann hatte. Mit der erneuten Schwangerschaft wurde ihr bewusst, dass Timothy der Sohn Olivers war. Sie beendete das Verhältnis. Ihr war nicht bekannt, ob David ahnte, dass Timothy nicht sein leiblicher Sohn war. Doch David erzog Timothy und liebte ihn wie seine anderen Söhne. In den folgenden Jahren fand Oliver immer wieder Wege, um Harper in seinem Sinne zu erpressen und sich ihm gefügig zu machen. Dann erkrankte Timothy und Harper wich nicht von seiner Seite. Viele Jahre vergingen, bis klar war, dass Timothy überleben würde. In dieser Zeit ließ sie Oliver in Ruhe.

Die Mitglieder der Société, so schrieb Harper, wurde nach der Hochzeit zusammen mit der Ehefrau initiiert. So geschah das auch mit David und ihr. Doch nachdem David entschieden hatte, ein eigenes Leben auf dem Weingut zu führen, wurden sie von Oliver nie mehr zum jährlichen Eid abkommandiert. Entweder Oliver oder Lena und ihr Mann wurden geschickt. Später Daniel und Jade.

Sie war wie David in der Ideologie erzogen worden, zu den Herrenmenschen zu gehören. Die Sklaven seien zu ihrem Vergnügen da und mussten sich den Herrenmenschen unterwerfen. Sie herrschten über die Sklaven, weil diese schwach waren. Den Sklaven wurde beigebracht, moralisch zu handeln sei gut. Und sie hätten die nächste Evolutionsstufe erklommen, weil sie die Tugenden ablehnten und sich nur an der Macht orientierten. Das können die Sklaven nicht, weil sie moralische Ansichten hätten. Und das wäre der Grund, weshalb die Société die Welt beherrschte.

Die Menschheit würde früher oder später dem Gedeihen der Herrenmenschen geopfert und die Entarteten, die an Moral und Tugend glaubten, vernichtet. In diesem Glauben seien sie und David aufgewachsen.

Sie schrieb, dass Gilbert Cliffheart vor hundert Jahren zufällig die Kamarikraft entdeckte und mit 11 anderen Familien die Société gründete. Der Bluteid verband die Familien, die zudem noch miteinander verwandt war. Aus ihnen sollte der Weltenherrscher hervorgehen.

Sie wollten eine neue Weltordnung ohne Nationalstaaten unter Führung der Société. Alles was die Société in den vergangenen Jahren tat, hatte nur dieses eine Ziel. Die Welt zu vereinen unter der Herrschaft der Société. Doch sie waren sich nicht immer einig, wie sie dieses Ziel erreichen konnten.

„David hatte eine Affäre mit Abigail Greenshield bevor wir uns kennenlernten. Ihr gemeinsamer Sohn Samuel müsste nun ungefähr 50 Jahre alt sein und alle Gene der Société besitzen."

Nachdem sie und David bei der Société keine Rolle mehr spielten und ihre Rituale nicht mehr mitmachten, hatten sie sich von dieser Ideologie befreien können. David und Harper erkannten, dass die Herrenmenschen in Wirklichkeit Terroristen waren, die ihre Welt an den Abgrund trieben. Sie wollten dies verhindern.

„Um die Politiker zu beeinflussen, müssen 12 Mitglieder der Société mit ihren Frauen zur selben Zeit die Kamarikraft beschwören. Nur dann gelingt es, Menschen zu beeinflussen. Dabei kann jeder einzelne der 12 Mitglieder einen oder auch mehrere Menschen beeinflussen."

Das war interessant. Um die Kamarikraft anzuzapfen, mussten die Mitglieder der Société zur selben Zeit meditieren. Das musste abgesprochen werden.

„Der Bluteid muss jährlich erneuert werden. Die Kraft zieht ihre Energie aus diesem Bluteid."

Wenn er unterbrochen würde, gäbe es keine Kamarikraft mehr, schoss mir durch den Kopf.

Als Timothy Leila in Las Vegas heiratete und sie vorstellte, setzte Oliver Harper wieder unter Druck. Unter allen Umständen wollte sie verhindern, dass Timothy initiiert wurde und deshalb war sie gezwungen, sich Oliver hinzugeben. Oliver erniedrigte Harper und wurde immer gewalttätiger. Wegen Kleinigkeiten rastete Oliver aus.

Dann starb Leila und Timothy war wieder allein. Er konnte nicht initiiert werden.

David stellte sich mittlerweile offen gegen die Société und

zog Peter und George auf seine Seite. Zunächst konnte er durchsetzen, dass George und Chloé nicht initiiert wurden. Doch es war nur eine Frage der Zeit, bis sich Oliver durchsetzen würde und die Initiation der beiden erzwang.

„Ich war froh, dass Oliver gehen würde, doch ich traf ihn am Eingang, als ich gerade auf den Weg in die Küche war. 'Komm mit', sagte er zu mir und zerrte mich in den Fitnessbereich. 'Du weißt was ich will', sagte er drohend und zog meinen Rock nach unten und drang in mich ein. 'Sorge dafür, dass sie kooperieren.' Er riss an meinen Haaren. Ich sollte meinen Einfluss auf David und meine Söhne geltend machen, dass sie wieder in den Kreis der Société zurück kehrten."

Oliver war dem Tagebuch nach zu schließen, ein Egozentriker, charmant, doch es ging ihm nur um Macht. Ohne Skrupel setzte er sich an die Spitze der Bewegung, die ihm jederzeit von anderen Mitgliedern der Société entrissen werden würde, sobald er nur etwas Schwäche zeigte.

„Doch wie sollte ich mit meinem Mann reden, der auf dem richtigen Weg war? Ich habe den Eindruck, diese Kamarikraft wirkt aggressiv."

Was hatte Harper alles mitmachen müssen! Ich hatte sie im Stillen beschuldigt, genauso moralisch verwerflich gehandelt zu haben wie Oliver. Doch sie war Opfer, wie so viele.

Als Peter durch diesen Autounfall ums Leben kam, befürchtete Harper schon einen Anschlag auf ihre Familie, doch David winkte ab. Sie verbrachten das Weihnachtsfest auf Long Island. Die Brüder stritten wieder und David erklärte Oliver, dass er und Harper nicht mehr für eine Beeinflussung der Politiker zur Verfügung stehen würden. Daraufhin bestimmte Oliver, dass David und Harper den Bluteid für die Familie in diesem Jahr abzulegen hatten. Nur zu dieser Bedingung würde Oliver David und George von ihrer Verpflichtung befreien. David stimmte schweren Herzens zu.

Ich überlegte. Daniel hatte uns im September initiiert. Folglich hatte Oliver seinen Bruder belogen.

„Oliver hat meine Söhne ermordet, da bin ich mir sicher. David und ich kamen überein, dass wir den Eid, zu dem uns Oliver zwingen will, nicht ablegen werden. Sie werden uns nicht am Leben lassen, weil wir die Société verraten haben."
Entsetzt las ich weiter.
„Über seine Gründe, unsere Familie auszulöschen kann ich nur spekulieren. Unsere Weigerung spielte sicherlich eine große Rolle. Vielleicht will Oliver Timothy als Nachfolger einsetzen, ebenso wie Frank und das ungeborene Kind von Olivia. Die Gründe kenne ich nicht. Aber sie sind sicher nicht ehrenwert."
Nein, diese Gesellschaft war in keiner Hinsicht ehrenwert.
„Ich bete darum, dass dieses Buch nicht umsonst geschrieben wurde und die Öffentlichkeit von den Machenschaften der Société erfährt. Meinem Sohn, meinen Enkelkindern und auch Olivia wünsche ich Gottes Segen. Ich werde im Himmel über sie wachen", beendete sie ihr Tagebuch. Als ich es zu Ende gelesen hatte, verbarg ich es in dem Versteck, das bisher niemand entdeckt hatte.

13.
Es war der Geburtstag meiner Tochter, der 22. Mai, als die Wehen einsetzten. Meine zweite Geburt ging schnell und am Abend kam im Beisein von Timothy unser Sohn Maxime Louis Timéo Sun, den wir kurz Max nannten, zur Welt. Wir hatten diesen Namen gewählt, weil Max aus verschiedenen Welten kam und in diese integriert werden sollte.
Timothy hatte mein Zimmer in einen Blumenladen verwandelt und übergab mir eine kleine Kassette. Als ich diese öffnete, blitzten mir ein Paar Ohrringe mit

birnenförmigen Saphiren, umrahmt von Diamanten, einen Anhänger und einen Ring in derselben Form entgegen.
„Das ist viel zu wertvoll", rief ich aus.
„Du hast mir das wertvollste Geschenk gemacht, mein Engel."
„Danke, Liebster. Es ist wunderschön."
„Du bist wunderschön." Er küsste mich, als Frank und Julia kamen und ihren kleinen Bruder ansahen.
„Wie runzelig er aussieht", meinte Julia und Frank nickte.
„Habe ich auch so ausgesehen?"
„Ja", flüsterte ich. „Doch heute siehst du wunderschön aus, mein Schatz."

Da auch Timothy für die nächsten zwei Wochen Urlaub erhalten hatte, verbrachten wir die Pfingstferien zusammen auf dem Weingut. Frank und Julia ritten aus oder wir unternahmen Ausflüge ans Meer. Timothy übte mit mir zusammen schwimmen, da ich meine Figur nach der Geburt schnell wieder erhalten wollte.
Monica erzählte ich von Harpers Tagebuch und sie wollte es an die Syrikat weiter geben, weil es viele interessante Informationen enthielt.

John und Margret waren mit Julia und Frank gekommen. Ich freute mich, wieder meine Freundin Margret um mich zu haben.
So kam sie an einem Nachmittag, als ich allein auf der Veranda saß und ein Buch las, auf mich zu.
„Die Kinder schlafen und du ruhst dich aus. 'Friede und viele Freunde für dein Leben'", sagte sie und hob ihre Hand zum vulkanischen Gruß. Ich sah sie groß an, denn ich war überrascht. Margret gehörte zur Syrikat. Als ich dies realisierte, lachte ich. Ja, der Ring mit dem Löwen war mir schon früher aufgefallen!
„Welch Überraschung Margret!"
„Du wirst noch eine Unterweisung erhalten Olivia. Diese soll in Fischbach stattfinden. Deine andere Partnerin wird dir den Termin nennen."

„Eine Unterweisung?"
„Eine Neutralisierung der Kamarikraft durch die Likunakraft."
„Was passiert da?"
„Das kann ich nicht sagen."
„Ich werde kommen, wenn man mich bestellt."
„Lebe lange und in Frieden. Namaste."
Mit meinen Angestellten und Freunden war ich im Kampf gegen die Machenschaften der Société vereint.
Von Monica ließ ich mich im Nahkampf unterrichten, da ich mich selbst verteidigen wollte, wenn es nötig werden sollte. Schießen wollte sie mir auch beibringen, doch dazu war ich noch nicht bereit. Mich zu verteidigen stimmte mit meinen Prinzipien überein, doch einen Menschen töten, aus welchen Gründen auch immer, das brachte ich nicht über mich. Monica wies zwar darauf hin, dass mein Gegenüber wohl nicht diese moralischen Skrupel aufweisen würde, doch sie verstand mich. Julia hingegen hatte sich einverstanden erklärt und lernte Schießen und Nahkampf, ebenso wie Frank.

Nach den Pfingstferien flogen die Kinder wieder nach London und Timothy nach Paris. Ich würde den Sommer auf dem Weingut verbringen, um mich von der Geburt zu erholen. Dies gab mir die Zeit, mich in die Belange des Weinguts einzuarbeiten und so machte ich mich zusammen mit Theo daran, mir die Weine und ihre Vermarktung anzusehen.
Da ich Max noch stillte, konnte ich keinen Alkohol trinken, weshalb ich die Verkostungen auf später verschob. Das Marketing schien mir in Ordnung zu sein und ich wollte im Moment alles beim Alten belassen, bevor ich mehr Zeit hatte, um mich mit Einzelheiten zu befassen.
Hin und wieder besuchte ich Louis und Camille in der Küche. Sie versorgten uns hervorragend und ich wollte einfach nur lernen. So freundeten wir uns an.
Mittlerweile kannte ich jeden einzelnen Arbeiter und hatte ein offenes Ohr für ihre Nöte. Wenn es mir möglich war,

half ich, wo ich konnte. Das Gut erwirtschaftete hohe Gewinne und ich fand, gerade die Arbeiter sollten ihren Anteil daran haben.
Da teilte mir Monica mit, dass ich am 21. Juni um 21 Uhr in Fischbach abgeholt werden würde. Ich sollte einen Rucksack packen, Kleidung, etwas Essen und Trinken mitnehmen. So buchte ich den TGW nach Deutschland und kam zusammen mit Max und Monica zehn Stunden später in Fischbach an. Meine Eltern wollten ihr zweites Enkelkind kennenlernen.

14.
Pünktlich fuhr am 21. Juni ein Auto vor.
„Friede und viele Freunde für ein langes Leben", begrüßte mich ein Mann mit einem Cowboyhut.
„Ich bin Gert", stellte er sich vor und grinste mich sympathisch an.
„Olivia", antwortete ich ihm.
Er half mein Gepäck ins Auto zu hieven. Ich setzte mich auf den Beifahrersitz.
„Du bist heute mein Gast Olivia," sagte er zu mir. „Wir fahren nach Oberstaufen."
Sein Siegelring mit dem Löwen glänzte in der untergehenden Sonne.
Nach eineinhalb Stunden erreichten wir den Parkplatz des Hochgrats. Langsam ging der Vollmond über dem Berg auf und erleuchtete den Pfad, der auf den Hochgrat führte.
„Im Gegensatz zur Société geht es bei uns auf den Berg hinauf."
„Ja, gegensätzlicher könnte es nicht sein."
Wir hatten Sommersonnenwende und einen warmen Sommertag mit einer tropischen Nacht. Der Weg war geteert, doch ich kannte ihn, ich war als Kind mit meinen Eltern oder mit meiner Schulklasse dort schon gewandert. Trotz der Dunkelheit konnten wir den Weg gut sehen. Gert hatte zudem eine Stirnlampe dabei, die er anmachen

konnte, wenn es nötig war. Der Weg war teilweise steil, doch ich konnte ihn mühelos bewältigen.
Vor einer Hütte machten wir eine Rast und setzten uns auf eine Bank.
„Ich habe mich über dich informiert Olivia", begann Gert. „Dein Schritt ist mutig."
„Dann weißt du, dass ich durch Heirat in diese Gesellschaft geraten bin."
„Ja. Umso mutiger bist du. Bist du in die Anwendung der Kamarikraft eingewiesen worden?"
„Ja. Als Frau sende ich meinem Mann die Kraft und er wendet sie an."
„Hast du das je gemacht?"
„Ja, einmal. Aber ich habe wahrgenommen, dass auch mein Mann keine große Kraftwelle erzeugte und somit die Wirkung eher gering war."
„Das ist gut. Mir wurde übertragen, dich in die Likunakraft einzuweisen. Wir sehen sie als Gegenkraft an nach dem dritten newtonschen Prinzip, bei der ein Wechselwirkungsprinzip existiert."
„Kräfte treten immer paarweise auf. Übt ein Körper auf einen anderen Körper eine Kraft aus, so wirkt eine gleich große, aber entgegen gerichtete Kraft vom anderen Körper auf den ersten Körper."
„Du hast im Physikunterricht aufgepasst."
„Ich habe in allen Naturwissenschaften aufgepasst."
„Dann muss ich dir hierzu nicht mehr viel berichten."
„Die Mitglieder der Société beeinflussen das Denken unserer Politiker. Können wir mit der Likunakraft diese Beeinflussung aufheben?"
„Bisher haben wir noch keine Möglichkeit gefunden."
„Was können wir dann tun?"
„Die Likunakraft ist die Kraft des Friedens."
„Des Friedens?"
„Friedfertige, in sich selbst ruhende Menschen haben diese Kraft in sich, ohne es zu ahnen."
„Dann kann jeder Mensch die Likunakraft haben?"
„Ebenso wie jeder die Kamarikraft anzapfen kann. Doch

dies verhindert die Société."
„Wie?"
„Ich weiß nicht."
„Vielleicht durch den Bluteid", gab ich selbst die Antwort auf meine Frage.
„Was ist der Bluteid?"
„Die Mitglieder der Société kommen jährlich zusammen und erneuern ihren Eid."
„Das wusste ich nicht."
„Und was macht die Syrikat nun anders?"
„Wir meditieren alle zur selben Zeit, täglich, zwischen 21 und 22 Uhr Mitteleuropäischer Zeit. Unsere Energien werden durch 12 weise Männer und Frauen, die auf der Erde verteilt sind, gebündelt. Unsere Weisen lenken die Energie an die Menschen weiter, um ihnen Frieden zu geben. Menschen mit offenen Herzen empfangen diesen Frieden und sie erhalten dadurch Zuversicht."
„Ich schenke den Menschen mit dieser Kraft nur Zuversicht?"
„Diese Zuversicht befähigt die Menschen zur Liebe. Eine allumfassende Liebe ist dadurch gemeint, die Mensch und Natur umfasst. Denn diese Liebe befähigt auch, sich gegen das System der Ausbeutung zu stellen."
„Dann ändern wir dadurch etwas?"
„Mutige Menschen vermögen eine Menge zu ändern."
„Und wie willst du die Likunakraft in mir aktivieren?"
„Nach Ankunft auf dem Berg meditieren wir und sprechen nicht, bis die Sonne aufgeht. Wir fasten so lange. Ich werde an deiner Seite sein."
„Ja", sagte ich und sah Gert in seine blauen Augen. Ein beeindruckender Mann mit grauen Haaren.
„Dann schweigen wir ab diesem Moment bis morgen früh bei Sonnenaufgang, denn dann muss ich dich unterweisen."
Ich nickte und wir standen auf. Schweigend erklommen wir den Rest des Weges. Gert führte mich den Weg ans Gipfelkreuz, wo er eine Decke hinlegte, auf die wir uns setzten. Mit einer Handbewegung bat er mich

niederzusetzen. Viele Jahre hatte ich Yoga betrieben, weshalb mir der Meditationssitz vertraut war. Es wurde kühl, doch wir hatten genug Jacken dabei, um uns warm zu halten. Hin und wieder standen wir auf, um uns etwas zu entspannen.

In einer entspannten Phase sah ich über den Bergen langsam die rote Sonne aufgehen, die meine Nase kitzelte. Gert holte eine kleine Trommel aus seinem Rucksack.

„Wenn ich zu trommeln beginne, wirst du Folgendes tun: In Gedanken gehst du auf einen Berg und lässt dich von dort herunter stürzten. Weit nach unten. Die Trommel dient als Instrument, um dich in Trance zu versetzen. Ich sorge dafür, dass die Anavara-Energie freigesetzt wird. Diese dient der Manipulation kosmischer Kräfte, die die Hirnfunktionen aktiviert, um unsere beiden Gehirnhälften zu einer intensiven Kommunikation zu bewegen. Bei diesem Prozess wird unser Gehirn umstrukturiert, wobei ein Energiebogen in Form eines Regenbogens gebildet wird. Die in uns wohnenden Lichtreflexionen werden entschlüsselt und ein Empfängerkristall über deinem linken Ohr aktiviert."

„Ich kenne das schon," sagte ich leise.

„Woher?"

„Die Initiation der Kamarikraft war ähnlich. Nur hier wurde ein Sendekristall unseres Gehirns über dem rechten Ohr installiert, während hier der Empfängerkristall am linken Ohr installiert wird. Sind die Likunakraft und die Kamarikraft ein und dasselbe?"

„Sie scheinen zwei Seiten derselben Energieform zu sein."

„Das verstehe ich nicht."

„Indische Yogis verfügen schon seit Jahrtausenden über die Likunakraft und der Energieform, die du mir gesandt hast."

„Besitze ich schon die Likunakraft?"

„Das wäre möglich. Du hast eine Umsortierung deiner Hirnfunktionen mitgemacht. Höherdimensionale Lichtsprache wurde bei dir schon hervorgerufen, doch auf

der falschen Seite. Du sprichst von einem Sender Olivia?"
„Ja, Ich sende diese Kraft aus."
„Die Likunakraft ist eine Empfangskraft."
Gert machte eine Pause und überlegte.
„Darf ich nach deiner Energie suchen?"
„Ja."
„Du wirst nichts merken."
Gert legte seine Hände an meinen Nacken und nahm sie nach einigen Minuten wieder ab.
„Ich muss die Sache anders machen, Olivia. Du besitzt die Energie schon. Dennoch müssen wir die Likunakraft als Empfangskraft bei dir initiieren."
Gert sah mir in die Augen und überlegte einige Zeit.
„Du machst also Folgendes: Während ich trommle, gehst du im Geist auf einen Berg und lässt dich hinunter fallen. Dabei greifst du nach deiner Energie und konzentrierst dich auf den Frieden und auf dein linkes Ohr, wo der Empfängerkristall auftauchen sollte."
Er begann zu trommeln und ich tat, was er mir sagte. Ich spürte an meinem Ohr eine Schwingung, die von mir ausging und ein Brennen stellte sich ein. Als der Empfängerkristall am linken Ohr auftauchte, litt ich unter Kopfschmerzen und stöhnte leicht auf.
„Das kann schon vorkommen, dass du unter Kopfschmerzen leidest", meinte Gert leise. „Ich sende dir etwas von meiner Energie, das wird helfen."
Gert fasste mich mit seinen Händen an den Nacken und im selben Moment ging es mir schon besser.
„Wie ich das sehe ist die Likunakraft quasi die Gegenkraft zur Kamarikraft. Bei dir war ein Lichtbogen vom rechten zum linken Ohr sichtbar, was zu deinen Kopfschmerzen führte."
Gert machte eine Pause und fuhr fort.
„Ein Politiker kann nur deshalb beeinflusst werden, weil er Macht will. Und Menschen die nach Macht streben, haben keinen inneren Frieden, sind Getriebene, die niemals ankommen. Anders ist es mit der Likunakraft. Sie macht die Menschen unabhängig, sie macht die Menschen

friedfertig. Während die Kamarikraft für Kontrolle, Herrschaft und Gewalt steht, ist die Likunakraft für Selbständigkeit und Freiheit und damit letztendlich für schöpferische Leistung verantwortlich."
„Gegensätzlicher könnte es nicht sein."
„Voraussetzung für die Likunakraft ist dein innerer Friede. Nur wenn du mit dir im Reinen bist, kannst du die Likunakraft anwenden und das werden wir jetzt versuchen. Du wirst deine Kraft über Oberstaufen ausschütten, damit die Bevölkerung neuen Mut schöpft."
Gert trommelte und versetzte mich wieder in eine Trance. Ich nahm die Anavara-Energie aus meinem Innersten und streute sie über Oberstaufen. Tiefer Friede bewegte mich, als ich die Kraft auf Oberstaufen platzierte.
„Wie ich dir schon mitteilte, wenden die Mitglieder der Syrikat die Likunakraft täglich zwischen 21 und 22 Uhr MEZ weltweit an. Wenn du unsere Gemeinschaft unterstützen willst, solltest du dir angewöhnen, in diesem Zeitraum mindestens 10 Minuten deine Anavara-Energie zu senden."
„Das werde ich."
„Nicht alle Mitglieder der Syrikat können dies täglich einrichten. Aber wir versuchen es zumindest so oft es uns möglich ist."
„Und dadurch erhalten die Menschen Frieden?"
„Durch die Aktivierung der Likunakraft können wir die Energien dieser Welt beeinflussen."
„Die schwindet."
„Leider. Wir brauchen mehr Menschen wie du."
„Es gibt viele Menschen wie ich. Wie rekrutiert ihr eure Mitglieder?"
„Unterschiedlich. Manche finden zu uns. Andere werden angesprochen, wenn ein Mitglied meint, es bestünde die Möglichkeit der Mitarbeit."
„Ich habe einige Freundinnen, die könnt ihr ansprechen. Vielleicht helfen sie euch."
„Das werden wir. Es ist höchst interessant, dass die Likunakraft und die Kamarikraft dieselbe Kraftquelle

schöpfen, jedoch gegensätzliche Wirkungen besitzen."
„Ja, das scheint der Fall zu sein."
„Wir kennen die Kraft noch zu wenig."
„Das wird sich ändern."

15.
Da Timothy und ich andere Teile der Firma in New York und Hongkong kennenlernen würden, war es absehbar, dass wir das Weingut früher oder später verlassen mussten. Das Wohlergehen des Weingutes stand für mich an erster Stelle, weshalb ich mit Timothy besprach, daraus eine europäische Genossenschaft zu machen. Wir hielten die Mehrheit, doch Theo und alle anderen Angestellten und Arbeiter erhielten Anteile. Je mehr und je bessere Arbeit sie leisten würden, desto mehr Anteile würden sie erhalten. Und je mehr Anteile sie hatten, desto größer war ihr Einkommen. Sie würden als Gemeinschaft über das Wohlergehen des Weinguts wachen. Wir selbst blieben Eigentümer der Ländereien, doch die Vermarktung des Weins übergaben wir in die Hände unserer Angestellten.
Ich war sicher, dass durch diese Rechtsänderung das Prosperieren unseres Weinguts sichergestellt sein würde. Unseren Angestellten war auch klar, dass sie uns jederzeit ansprechen konnten, wenn irgendwelche Schwierigkeiten auftauchen würden.
Timothy und ich waren froh, das Weingut auf eigene Beine gestellt zu haben. Wir waren keine Sklaventreiber und hatten neue Wege beschritten.

16.
Julia und Frank verbrachten ihre Sommerferien auf dem Weingut. Auch Timothy würde vier Wochen bei uns bleiben.

Die Familie Sun waren Atheisten, doch als sie erfuhren, dass Max und Jules getauft werden würden, bestimmte Oliver sofort, dass dies als Familienfest gestaltet werden sollte. Meinen Eltern war der Weg nach Frankreich zu beschwerlich und sie wollten auch nicht fliegen, weshalb sie nicht an der Taufe teilnahmen. Es war, als wenn Oliver nur einen Grund suchte, uns auf dem Weingut aufzusuchen. Als Taufpaten für Jules bestimmte Oliver Samuel Greenshield und seine Frau Madison. Er war Davids ältester Sohn und damit ein Cousin von Timothy. Meine Freundin Angelika und ihr Mann Ernst hatten sich bereit erklärt, als Taufpaten für Max zu kommen.

Lena kam mit ihrem Mann und ihren Kindern und Enkelkindern, ebenso wie Oliver mit Lisa und Katie. Wie ein Jahr zuvor wurde im Garten gefeiert und ich hatte ein Zelt aufbauen lassen. Es war Nachmittag, als Samuel und seine Frau Madison mit dem Auto vorfuhren.
„Herzlich willkommen", begrüßte ich beide als Herrin des Weinguts.
Ich war verwirrt, denn er sah Timothy ähnlich. Allerdings erinnerte er mich mit seiner körperlichen Präsenz eher an Oliver und war ebenso charmant wie er, als er mich begrüßte.
„Meine Frau Madison kennst du ja schon", meinte Samuel.
„Herzlich willkommen auf unserem Weingut und zur Taufe unseres Sohnes. Es tut mir leid, dass wir eure Hochzeit versäumt haben."
„Ihr seid entschuldigt, denn die Ankunft eines Kindes entschädigt für die Nichtteilnahme an einer Hochzeit", tat Madison hochnäsig kund. Ich war vorausgegangen und führte sie in ihre Zimmer.
„In einer Stunde gibt es Dinner auf der Terrasse", teilte ich ihnen mit und zog mich zurück. „Mein Sohn Frank wird euch abholen und führen."

Auf der Terrasse wartete schon die Familie sowie Angelika und ihr Mann Ernst sowie ihr Sohn Kevin, als ich mit

Timothy eintrat. Holly war mit Jules und Max auch dabei. Beide schliefen ruhig in ihren Bettchen, die an einem schattigen Plätzchen standen.

Samuel und Oliver starteten gemeinsam eine Charmoffensive und waren die Freundlichkeit und Höflichkeit in Person. Wie hatte ich das geschafft? Noch nie hatte ich mit dieser Familie ein so harmonisches Essen erlebt.

Am Sonntag Morgen fand in einer kleinen Kapelle die Taufe statt. Wieder hatte ich den evangelischen Pfarrer eingeladen, der die Zeremonie in englisch, französisch und deutsch leitete. Madison hielt den kleinen Jules im Arm, während der Pfarrer ihn mit warmen Wasser übergoss. Angelika nahm Max, der bei der Taufe meine Freundin ruhig in die Augen sah.

Das Mittagessen wurde im Zelt genommen. Wie bei meiner Hochzeit, hatte ich Kübel mit Eiswasser bereit stellen lassen, die das Zelt kühl hielten.

Oliver und Samuel saßen auf zwei Stühlen unter einem Baum. Ich schlich mich heran, und lauschte.

„Europa verändert sich", sagte Oliver gerade.

„Stimmt Onkel", antwortete ihm Samuel. „Wie du weißt, wurde dies von der Société vor Jahrzehnten beschlossen, dass die degenerierte Europäer genetisch etwas aufgebessert werden müssten."

„Und es wurde heiß diskutiert, ob dies der richtige Weg darstellt. Die Gene der Afrikaner sind zu aggressiv."

„Das war doch auch der Grund. Die Europäer sind so liebevoll und degeneriert."

„Das hat wohl mit dem christlichen Glauben zu tun, der die Menschen zu friedvoll werden lässt."

„Die Aufklärung hat Tugenden wie die Friedfertigkeit hervorgebracht. Sie neigen zur Demokratie und können nicht weiter beherrscht werden."

„Deshalb wurde vor zehn Jahren die Idee mit den Afrikanern kreiert. Nur dass damals so ein halsstarriger Gaddafi in Libyen herrschte, der diese Route blockierte.

Den konnten wir eliminieren, weshalb nun die Route übers Meer frei ist."
„Den nun auch viele Afrikaner nutzen."
„Man hat dich gut unterwiesen Samuel."
„Du weißt, warum." Er lachte, bevor er das Thema wechselte.

Am Abend reisten Oliver und seine Familie ab. Lisa und Katie saßen schon in der Limousine, die sie zum Flughafen bringen sollten.
„Wie mir Barry erzählte, habt ihr euch in Paris gut eingearbeitet. Deshalb haben wir beschlossen, dass ihr nächste Woche nach New York zu Lena zieht und dort weiter ausgebildet werdet. Es war schön, die Familie wieder zu sehen", verabschiedete er sich, stieg in die Limousine und schloss die Tür. Der Chauffeur fuhr los.
Auch Samuel und Madison verabschiedeten sich am nächsten Morgen.

Angelika, Ernst und Kevin blieben noch einige Tage, bevor auch sie wieder zurück flogen. Die Kinder hatten noch zwei Wochen Ferien und so sah ich zu, dass ich unseren Umzug nach New York schnellstmöglich in die Wege leitete. Frank war begeistert, er kannte das Anwesen von Lena und Lu Yili und begann sofort, Julia zu erzählen, was sie dort alles tun könnten. Vor allem reiten wollten sie, da sie einen eigenen Reitstall hatten und einen herrlichen Sandstrand, an dem man entlang reiten konnte.
Lena und Yili kannte ich kaum. Sie waren zu allen Familienfesten anwesend, doch sie gehörten sicher nicht zu denen, die aus der Menge hervor stachen. Yili hatte immer einen sehr strengen Eindruck auf mich gemacht und Lena war eine Lady, die sich nur mit sich selbst befasste.

Das Haus in Long Island lag direkt am Strand und besaß ein riesiges Arenal. Es war unterteilt in einen Haupttrakt und mehrere Gästehäuser. Timothy und mir standen zwei

Wohnzimmer, ein Arbeitszimmer, eine Küche, ein Esszimmer sowie fünf Schlafzimmer mit Bädern zur Verfügung. Die Einrichtung ließ keinen Luxus vermissen. Auch hier begegnete mir immer wieder der zwölfzackige Stern auf dem Gelände.

Auf dem großen Areal befand sich neben einem Tennisplatz auch ein Reitstall sowie eine Bootsanlegestelle am Meer mit einem langen Sandstrand. Das Gelände wurde streng bewacht, und so fühlten wir uns sicher.

Natürlich gab es einen Hubschrauberlandeplatz, damit Gäste vom Flughafen aus sofort weiterreisen konnten. In die City benötigte man zwei Stunden mit dem Auto, weshalb die dreiviertel Stunde mit dem Hubschrauber oft bevorzugt wurde.

17.
Lena teilte mir mit, dass sie Tun Pen Dewan aus Malaysia erwarteten. Das sei ein wichtiger Besuch, da es Missstimmungen zwischen den Familien gab. Da seine Kinder noch klein waren und seine Frau tot, kam er mit seinen Kindern und einem Bodyguard.

Lena und Lu Yili holten ihn vom Flughafen ab und flogen mit dem Helikopter nach Long Island. Timothy und ich warteten vor dem Landeplatz, als zuerst ein etwa zwölfjähriger Junge und ein etwas jüngeres Mädchen ausstiegen. Tun Pen Dewan war ein junger Mann mit etwa 35 Jahren, gutaussehend mit einem hellen Teint für einen Asiaten, seinen typischen dunklen Augen und schwarzen Haaren. Er war groß und hager. Mit seinem weißen Anzug und einer grauen Krawatte zum weißen Hemd sah er umwerfend gut aus. Seine Augen blickten heiter zu mir und wir begrüßten uns. Als er mir seine Hand zur Begrüßung reichte, durchfuhr mich eine elektrischen Schwingung, die ich mir nicht erklären konnte. Ich kannte diesen Mann, doch woher?

Auch er schien sich dieses Energiestrahls bewusst geworden zu sein, sagte jedoch nichts, sondern starrte mich nur an.

„Darf ich dir meinen Sohn Tajib und meine Tochter Daessa vorstellen", lenkte er mich ab. Nach der Begrüßung begleiteten wir ihn in eines der Gästehäuser.

Wie immer gab es ein Dinner, bei dem auch die Kinder präsent waren. Die Kinder Lenas Megan und Barry waren an diesem Abend ebenso anwesend wie Julia und Frank. Holly passte auf die Kleinen auf, ebenso auf Tajib und Daessa.

Als ich mich am Morgen mit Julia und Frank zum Reiten verabredete, klinkte sich Tun Pen bei uns ein. Er ritt auch gerne und würde den Morgen lieber mit Sport beginnen, bevor sich die Herren zur obligatorischen Diskussion zurückziehen würden. Es überraschte mich, doch ich stimmte zu.

Timothy wollte sich so lange um unsere zwei Kleinsten und die Kinder von Tun Pen kümmern, was mir nur Recht war.

Frank kannte das Gelände und meinte, am Meer entlang könnten wir einen Wettgalopp veranstalten. Tun Pen nahm die Herausforderung an und so galoppierten wir im Sand bald um die Wette. Ich war die Letzte im Ziel. Julia hatte knapp vor Tun Pen gewonnen, was sie mit einem strahlenden Lächeln quittierte. Da mich das Wettrennen ermüdet hatte, wollte ich eine Pause.

„Reitet nach Hause, ich bleibe noch etwas hier am Strand", sagte ich zu den Kindern.

„Wenn du erlaubst, leiste ich dir Gesellschaft."

„Gerne."

„Bitte richtet Timothy aus, dass wir in einer Stunde auch zu Hause sind. Ich brauche eine Pause", sagte ich zu Julia und Frank.

Die Kinder ritten weiter und ich setzte mich auf einen Stein am Strand, hielt die Zügel meines Pferdes in der Hand.

„Ich bin das Reiten nicht mehr gewöhnt."

„Du hast vor nicht allzu langer Zeit ein Kind bekommen. Da kann man nicht gleich weitermachen, wie vorher."
„Das stimmt."
„Du kümmerst dich gut um den kleinen Jules, den Neffen deines Sohnes."
„Ich habe Chloé versprochen, mich um ihn zu kümmern. Sie werden als Brüder aufwachsen."
„Das wird beiden sicherlich nur zum Vorteil dienen. Ich habe gehört, du kommst aus Deutschland. Darf ich fragen, wie du deinen Mann kennengelernt hast?"
„Das ist eine Geschichte, die ich aber nicht publik machen möchte."
„Ich erzähle niemanden davon, ich schwöre."
Tun Pen machte einen vertrauenerweckenden Eindruck auf mich. Und so schlimm war es wieder auch nicht, von meiner Begegnung mit Timothy zu erzählen. Er lachte, als ich ihn von unserer Facebook-Bekanntschaft erzählte, wie wir uns unterhielten, von unserem ersten Treffen in München und dem Besuch im griechischen Museum.
„Du hattest Glück, deinen Seelengefährten zu finden", meinte Tun Pen.
„Ob es wirklich so ein Glück ist, in diese Familie eingeheiratet zu haben, weiß ich nicht."
„Ob es solch ein Glück ist, in eine solche Familie hinein geboren worden zu sein, kann ich auch nicht sagen."
Ich lächelte, denn wir verstanden uns.
„Meine Frau starb vor einem Jahr und ich fühle mich im Moment allein."
„Ja, ich verstehe. Ich kann nichts gegen deine Einsamkeit tun, doch ich kann dir meine Freundschaft schenken."
„Timothy ist zu beneiden um die Perle, die er gefunden hat. Er sollte gut auf sie achtgeben. Und ja Olivia, ich nehme deine Freundschaft an."
Er machte eine Pause bevor er weiter sprach.
„Ich wurde als Herrenmensch erzogen und mir wurde von Kindheit an eingetrichtert, dass ich zu herrschen und auf die Sklaven herabzusehen habe. Du bist Sklavin und mit deinen moralischen Vorstellung hast du Jules

aufgenommen. In der Société ist das nicht möglich."
„Chloé sagte, sie kennen kein Mitleid."
„Das stimmt. Mitleid und Moral haben Sklaven, nicht Herrenmenschen."
„Sie haben ihre Menschlichkeit verloren", sagte ich vorsichtig.
„Richtig. Warum nur meine ich, dich zu kennen?", wechselte er das Thema und sah mir in die Augen.
„Als du mich bei unserer Begrüßung berührt hast, spürte ich eine Energie übergehen."
„Ich auch."
„Irgendwie scheinen wir uns zu kennen. Ich weiß nur nicht woher."
„Nicht in diesem Leben", flüsterte er. Was meinte er damit?
„Du kennst die Ziele der Société?"
„Sie wollen mit dem Weltenherrscher, der alle Gene der zwölf Familien vereinigt, die Weltherrschaft übernehmen."
„Sie stehen kurz davor", flüsterte er. „Reiten wir zurück?", wechselte er plötzlich das Thema und ich verstand.
Tun Pen half mir als Gentleman auf mein Pferd und wir ritten langsam zum Haus.

Als wir am Abend beim Dinner saßen, war die ganze Familie entspannt. Lena hatte mich noch kurz vorher beiseite gezogen.
„Was hast du mit ihm gemacht?"
„Nichts. Warum?"
„Er ist auf einmal ganz verändert und hat all unsere Vorschläge angenommen."
„Schön für euch."
„Du warst mit ihm allein."
„Es ist nichts passiert. Ich liebe Timothy von ganzem Herzen und ich bin ihm treu, wenn du das meinst."
„Ich wollte nicht ..."
„Nein Lena. Aber ich wollte nur klarstellen, damit du nichts Falsches denkst. Sei froh, wenn ihr einen Freund gefunden habt."

„Was auch immer vorgefallen ist, sollten wir dir dankbar sein."
„So hört es sich schon besser an."
Tun Pen blieb mit seinen Kindern, um am Sommerfest teilzunehmen.

18.
Im Sommer wurde von Lena immer ein Sommerfest arrangiert, auf dem die Kinder der Société-Familie eingeladen waren. Aber auch die Eltern würden ihre Kinder begleiten und mit uns eine Nacht lang feiern. Lena sorgte mit ihrem Majordomus dafür, dass alles reibungslos klappte. Die Gästeliste wurde immer länger und umfasste die Familie Nelson Cliffheart und seine Frau Amy mit ihren Kindern Laurence, Abbey und Nicolas, Steven Cliffheart mit seiner Frau Eve, die ich schon kennengelernt hatte sowie ihre Kinder Richard und Aileen, Alida Cliffheart mit ihrem Mann Jasper Burleson und ihrem Sohn William sowie Hope Cliffheart. Von der Familie Greenshield sollten auch alle kommen, nämlich Joshua und Rachel Greenshield mit ihren Kindern Nathan, Jonas und Ester, Abigail und Jonas Darnell mit Lea sowie Edzard und Deborah Greenshield mit Enzo und Raphael. Auch Samuel und Madison kamen, ich sah sie jedoch nur kurz. Wolfgang Hartz und seine Frau waren verhindert, schickten jedoch ihre Söhne Moritz und Karl Hartz. Auch Genki Kagawai und seine Frau sagten ab, sandten jedoch ihre Tochter Sora und Sohn Hinata Kagawai. Vom Hause Wei Quan konnte in diesem Jahr keiner kommen, ebenso wie aus dem Hause William Hobson Busby. Jacob Olmert und seine Frau Tamar sagten zu, ebenso wie ihre Kinder Josef und Ruth. Die Antworten von Iwan Gogol und Paul Dike Onuahu ließen auf sich warten und letztendlich sagten beide ab.

Viele Kinder brachten Freunde oder Ehepartner mit,

weshalb die Zahl der Zusagen stetig anwuchs. Es musste organisiert werden, wer bei uns übernachtete, wer in der Nacht wieder zurückflog und mit dem Helikopter zum Flughafen gebracht werden musste, oder sonstige Wünsche abklären.

Wir hatten Glück und es war gerade eine Hitzewelle im Osten, weshalb die Nacht sehr warm sein würde. Der Garten wurde hergerichtet, Tische und Stühle verteilt, auf denen sich die illustre Gesellschaft vergnügen konnte und die große Gartenanlage mit Lampions geschmückt. Liegestühle wurden aus dem Poolhaus geholt für jene, die sich etwas ausruhen wollten. Eine Tanzkapelle spielte vor dem Haus und sollte für Stimmung sorgen. Um Mitternacht war ein Feuerwerk geplant.

Die Kinder feierten und lachten die ganze Nacht, es war ein Kommen und Gehen, vor allem der Helikopter wurde ständig in Anspruch genommen. Als um Mitternacht das Feuerwerk abgebrannt wurde, war es der Höhepunkt des Festes.
Timothy und ich mischen sich unter die Gäste und sprachen mit vielen, lachten, scherzten und tanzten. Als mich Timothy auf die Tanzfläche entführte, betraten wir unsere Welt, zu der kein anderer Zutritt hatte. In seinen Armen tanzte ich auf Wolken, um in einem Strudel der Gefühle wieder die Erde zu erreichen.

19.
Die Musik hatte spät in der Nacht aufgehört zu spielen und da es eine laue Sommernacht war, gingen wir an den Strand hinunter. Ich wollte noch schwimmen. Timothy traute sich in der Dunkelheit nicht ins Wasser und wartete an einem kleinen Felsen auf meine Rückkehr.
Das Wasser war herrlich warm und ich schwamm ein ganzes Stück hinaus und wurde durch den Wind

abgetrieben, weshalb ich etwas entfernt aus den Wellen stieg. Ich sah im Dunkeln einen Felsen und hielt nach Timothy Ausschau, als ich Laute vernahm. Neugierig ging ich ihnen nach und entdeckte hinter einem Felsen Oliver. Er hatte ein schwarzes Mädchen fest im Griff und verging sich an ihr. Seine rechte Hand hielt er über ihr Gesicht, damit sie nicht schreien konnte. Ich stellte mich vor ihm hin.
„LASS DAS SEIN!" sagte ich laut und vernehmlich. Oliver sah zu mir auf und ließ das Mädchen los. Sie sah mich kurz an und ich bemerkte, dass sie die Uniform eines Dienstmädchens trug.
„Das wirst du bereuen", drohte Oliver, als das Mädchen aufsprang und wegrannte.
„Du weißt was auf Vergewaltigung in den USA steht? Drohe mir nicht und verschwinde."
Ich drehte mich um und suchte Timothy am Strand. Er war mindestens hundert Meter weg. Ich rannte so schnell ich konnte, aber es vergingen dennoch Minuten bis ich ihn erreichte. Nur weg von Oliver. Verstört kam ich bei Timothy an und flüchtete mich in seine Arme.
„Was ist denn los?"
„Oliver", konnte ich nur sagen.
„Was hat er getan?"
„Er hat versucht eines der Dienstmädchen zu vergewaltigen und ich habe ihn gestört."
„Oh", sagte er und wir sahen zu, dass wir unsere Wohnung erreichten.

Am nächsten Morgen suchte ich Lena auf.
„Ich habe gestern ein Dienstmädchen am Strand gesehen, eine Schwarze und die würde ich gerne sprechen."
„Das Mädchen das Oliver belästigt hat? Die haben wir heute entlassen."
Ich sah sie erstaunt an. Da hatte Oliver alles verdreht. Gut. Das Spiel konnte ich auch.
„Du rufst das Mädchen an und schickst es zu mir. SOFORT." Mein Ton war streng und duldete keinen

Widerspruch. Ich rauschte ab, ohne die Antwort Lenas abzuwarten. Zwei Stunden später klopfte es.
„Ich soll mich bei Ihnen melden", sagte eine leise Stimme. Ich sah sie an und erkannte das Mädchen von vergangener Nacht.
„Ich will Ihnen nichts Böses", begann ich. „Wie heißen Sie?"
„Mary McNeal", sagte sie leise.
„Darf ich Mary sagen?"
Sie nickte nur.
„Ich sollte ihm eine Flasche Champagner an den Strand bringen", wollte sie sich verteidigen.
„SIE müssen sich nicht verteidigen Mary. Die Situation war eindeutig. Wie geht es Ihnen?"
Sie begann zu weinen und ich nahm sie in den Arm.
„Das habe ich mir gedacht. Und dann hat man Sie auch noch entlassen."
Sie beruhigte sich langsam wieder.
„Das Unrecht das Ihnen Oliver angetan hat, kann ich nicht ungeschehen machen. Aber das Unrecht, das man mit Ihrer Entlassung an Ihnen begangen hat, da kann ich etwas machen. Verstehen Sie das?"
Sie nickte nur und die Tränen versiegten langsam.
„Ich kann den Täter auch nicht anzeigen. Das steht nicht in meiner Macht Mary."
Ich sah ihr in die tränenverschmierten Augen.
„Haben Sie Familie?"
„Meine Eltern und zwei Brüder."
„Würden Sie in ein anderes Land ziehen?"
„Wohin?"
„Nach Deutschland."
„Vielleicht."
„Ich könnte Ihnen einen Job anbieten. In einer Kleinstadt Deutschlands besitze ich ein Haus. Ich brauche jemand, der das Haus putzt und den Garten versorgt und sich noch ein wenig um meine alten Eltern kümmert, während ich nicht in Deutschland weile. Würden Sie das tun? Ich bezahle Sie auch gut."

„Ich weiß nicht."
Mary sah mich fragend an.
„Überlegen Sie es sich Mary. Ich gebe Ihnen meine Handy-Nummer."
Tatsächlich rief sie am Nachmittag an. Zwei Tage später flogen wir mit Julia und Frank nach Deutschland. Ich zeigte Mary das Haus und ihr Zimmer.
„Versuchen Sie sich hier ein neues Leben aufzubauen und das zu vergessen, was Sie erlebt haben."
„Danke Madam für Ihre Freundlichkeit."
„Sie werden deutsch lernen müssen."
„Das werde ich."
„Und Sie sollten wissen, dass es auch in Deutschland Vorurteile gegen Schwarze gibt."
„Das bin ich gewöhnt."
„Ich kann mich erkundigen, wo Sie deutsch lernen können. Und meine Eltern bringen Ihnen sicher auch einiges bei. Meine Mama braucht einfach hin und wieder Unterstützung im Haushalt und Garten. Mehr als 40 Stunden in der Woche sollte das aber nicht ausmachen. Sie sprechen es einfach mit meinen Eltern ab. Und hier das Haus und den Garten machen Sie, wie Sie es wollen. Können Sie so selbständig arbeiten?"
„Das kann ich Madam."
„Ich werde Sie auch nach deutschem Recht bezahlen. Sie erhalten 30 Tage Urlaub und Sie werden selbstverständlich bei der Krankenkasse angemeldet, ebenso bei der Rentenversicherung."
„Krankenversicherung?"
„In Deutschland bezahlt die Hälfte der Arbeitgeber."
„Ich danke Ihnen Madame."
„Geht es Ihnen besser?"
Ein Träne rann ihr herunter.
„Gehen Sie zu einem Psychologen und holen sich professionelle Hilfe. Das übernimmt die Krankenkasse."
„Ja."
Ich verabschiedete mich von Mary und flog mit den Kindern nach London, um sie bei Daniel wohlbehalten

abzuliefern und wieder nach Long Island zurückzufliegen.

20.
Die Jahresversammlung der Freehome Group fand in New York statt. Lena und Yili stellten Timothy und mir die Aufgabe, Kontakte zu verschiedenen Staatsmännern knüpfen.
Um Mitternacht fand das Treffen statt und Lena und Yili brachten uns mit dem Auto hin. Nicht weit entfernt war der Caumsett State Park, wo es bei einem Stein in die Tiefe ging. Der Eingang zu einer unterirdischen Welt war nicht zu sehen, wenn man es nicht wusste. Diese unterirdische Welt bestand aus einer Höhle, die hell beleuchtet war. Im großen Saal tummelten sich hunderte von Menschen aus allen Nationen sowie Mitgliedern der Société, die mich herzlich begrüßten, wenn wir uns begegneten. Etwas erhöht am Rande war ein Pult aufgestellt, auf dem der zwölfzackige Stern prangte. Yili nahm Timothy in Schlepptau und Lena machte mich mit dem Präsidenten von Ägypten, Gamal Abd Al-Fayyun, bekannt, Samuel Greenshield und seine Frau Madison standen bei ihnen. Wir wechselten einige Worte und ich wurde weiter gereicht zur nächsten Gruppe mit Präsident von Costa Rica José Guanacaste sowie Präsident Fernando Dominguez von der Dominikanischen Republik und Präsident Eduardo Sanchez von Honduras, die sich mit Iwan Gogol und seiner Frau Ivanka unterhielten. Eine weitere Gruppe bildete Kazi Jamaat aus Bangladesh, Präsident Lombot Sakai von Indonesien, Ministerpräsident Abdul Al-Arquam von Malaysia sowie Präsident Anwar Al-Bakr aus dem Irak. Präsident Mir Hatam Hossein von Syrien stand umringt von König Nabiulla von Saudi-Arabien und Sultan Faisal aus dem Oman und diskutierten gerade heftig mit Steven Cliffheart. Lena leitete mich weiter zu den Europäern. Ich lernte die deutsche Bundeskanzlerin Lena Glaerkem persönlich kennen, was mich mit Stolz erfüllte.

Sie nickte mir freundlich zu und sprach weiter mit Präsident Pierre Satre sowie Präsident Andrea de Neapoleno, bei der Edzard Greenshield stand. In einer Gruppe etwas abseits standen der Präsident der Vereinigten Staaten Peter Peak, der Premier des Staatsrates der Volksrepublik China Tsun Li-Bai und der Präsident von Russland Boris Gorki mit Oliver, Joshua Greenshield und Nelson Cliffheart. Sie schüttelten sich gerade die Hand, als wären sie sich einig.
Als Lena Tun Pen Dewan allein stehen sah, gab sie mich bei ihm ab und schwirrte weiter.
„Wie schön dich wiederzusehen Tun Pen", begrüßte ich ihn.
„Dann lasse ich euch mal allein, ich muss zu meinem Mann", sagte Lena und verließ uns.
„Es ist mir eine Ehre, dich wiederzusehen", begrüßte er mich mit einem gehauchten Handkuss.
Wieder spürte ich dieses Knistern zwischen uns und war zunächst sprachlos, als Tun Pen die Stille durchbrach und einen Witz erzählte, über den ich heftig lachte, als sich Timothy zu gesellte.
Eine wirre Kakophonie hallte in der riesigen Höhle wider, als Oliver zum Sternenpult schritt, wurde es still. Jeder suchte sich einen Platz und setzte sich nieder.
„Ich heiße heute alle Mitglieder der Freehome Group herzlich willkommen."
Er richtete einige nette Worte an alle Anwesenden und ich sah mich um. Keine Bodyguards, keine Diener waren anwesend, nur die Staatsmänner und Staatsfrauen.
„Ich möchte heute Lena Glaerkem aus Deutschland zu meinem Pult bitten", hörte ich. Lena Glaerkem stand auf und ging zu Oliver.
„Ich darf dir liebe Lena heute den Orden der Erwachten überreichen. Du hast dich für ein beherztes Eingreifen in einer Krise bewährt, hast Mitgefühl bewiesen und hast die Schuld deines Volkes mit deinem Vorgehen gesühnt."
An einem breiten roten Band hing eine goldene Medaille, die Oliver um den Hals von Lena Glaerkem hängte. Sie

trat ans Pult und bedankte sich bei Oliver und den 12 Familien für diese Ehre.
„Das erste politische Ereignis, an das ich mich erinnere, war der Bau der Berliner Mauer. Ich war sieben Jahre alt und sah, wie meine Eltern vor Fassungslosigkeit weinten.
Wie viele DDR-Bürger träumte ich von der Freiheit, nach New York reisen zu können. Deshalb erfüllt es mich mit Freude, hier stehen zu können und von dir lieber Oliver, die Medaille der Erwachten zu erhalten.
Ich danke dir persönlich Oliver, aber auch Nelson Cliffheart und Joshua Greenshield gilt mein besonderer Dank für ihre Unterstützung und ihre Begleitung in den vergangenen zwanzig Jahren. Die Mitglieder der Société brachten mir von Anfang an Hilfsbereitschaft und Vertrauen entgegen. Dabei dauerte es lange, bis ich begriff: Die Société führt uns zum Frieden. Einen Frieden, nach dem sich alle Menschen so sehr sehen. Sie setzt die Vision für eine Zukunft der Völker um. Diese Medaille ist ein Zeichen der Freiheit. Gemeinsam treten wir für die Verwirklichung unserer Ziele ein, den Frieden für die Menschheit. Und um zu diesem Frieden zu gelangen, bin ich bereit, mein Volk auf dem Altar des Friedens zu opfern. Ich verneige mich in Demut vor allen, die das Ziel im Auge behalten. Die Weltherrschaft der Herrenmenschen. Als Außenstehende wurde ich in die Société aufgenommen und bin dankbar, im Kreise der Herrschenden regieren zu dürfen. Wovon wir heute noch nicht zu träumen wagten, kann morgen schon Realität werden. Ich verneige mich vor den Mitgliedern der Société, die ihre Vision in naher Zukunft umsetzen wird. Eine Zukunft, frei von Kriegen. Die Völker werden unter der Führung der Société vereinigt, unter der Führung ihres Herrschers. Die Zeit dazu ist bald reif und ich werde mit meinem Volk die Früchte dieses Traums ernten. Ich setze mich für dieses Ziel ein. Dem Traum vom Frieden für alle Völker der Erde."
Tosender Beifall kam von der Versammlung, dann traten Oliver, Nelson und Joshua zu Lena Glaerkem und umarmten sie. Von Joshua Greenshield erhielt sie einen

Blumenstrauß und ging auf ihren Platz.

Oliver führte durch den Abend und mehrere Redner sprachen über politische Themen. Doch sie sagten mehr oder weniger alle dasselbe, dass sie froh waren, den Zielen der Société dienen zu können.

Als letzter trat der Präsident der Vereinigten Staaten von Amerika, Peter Peak, vor das Pult.

„Brüder und Schwestern, ich grüße die Welt die sich hier in Frieden versammelt hat, vor allem die Mitglieder der Société, die in diesem Jahr vollzählig erschienen sind.

Wir haben den Beschluss vom vergangenen Jahr nochmals erörtert und darüber diskutiert. Um unsere Ziele zu erreichen, führt kein Weg daran vorbei, den Krieg in Syrien weiter zu führen. Unser Ziel war die Destabilisierung Europas, eine Unterwanderung der europäischen Demokratien, die durch die aufklärerische Haltung der Christen den Sklaven eine Lebensweise ermöglichte, die nur den Herrenmenschen zustehen. Ein schwaches Europa wird nach unseren Vorgaben kein Mitspracherecht einfordern, wird sich von den demokratischen Prinzipien bald entfernen. Wir wollen die Entarteten dezimieren, die sich für Umweltschutz und Menschenrechte einsetzen. Deshalb werden auch die Moslems in ihrer irrigen Annahmen bestätigt, dass die islamische Ideologie die Welt erobern kann. Gerade mit ihrer mittelalterlichen Sichtweise werden sie hervorragende Sklaven abgeben und die aufmüpfigen Europäer mit ihren Ansichten müssen sich fügen. Damit ist die Herrschaft der Herrenmenschen gesichert.

Bundeskanzlerin Lena Glaerkem sprach von Opfern und ich bin ihr für ihre Bereitschaft, Opfer zu bringen, dankbar. Sie hat Deutschland und damit ganz Europa auf dem Altar der Einigkeit geopfert. Es möge ihr vergolten werden.

Die Vereinigten Staaten haben überall auf der Welt ihre Militärstützpunkte ausgebaut und sind bereit, einzugreifen, wo es nötig ist, um unsere Ressourcen zu schützen. Selbst ein Krieg mit Russland wird derzeit diskutiert, um den Weltfrieden durchzusetzen. Wir haben jedoch noch andere Optionen und prüfen diese.

Ich kann den Mitgliedern der Freehome Group mitteilen, dass alle wirtschaftlichen Entscheidungen dieser Welt zentral vom Finanzministerium in Washington getroffen und dadurch die Völker dieser Welt in Abhängigkeit gehalten werden. Dies geschieht letzten Endes im Interesse des Weltfriedens unter Führung der Vereinigten Staaten und in nicht allzu ferner Zukunft des Weltenherrschers.

Auch in den Vereinigten Staaten konnten wir die Sklaven in Abhängigkeit von den Medien halten. Wenn Gruppen aufbegehren, werden sie niedergeknüppelt oder diffamiert, damit sie am Ende keine Unterstützung mehr erhalten. Auch so wird die Demokratie in den Vereinigten Staaten zu Gunsten der Ziele der Société ausgehebelt.

Leider muss ich von einer immer stärker werdenden Widerstandsbewegung berichten, die sich Syrikat nennt. Unter Führung eines Dissidenten, der uns allen bekannt ist, stellt sich diese Bewegung gegen die Société. Diese Gruppe klärt die Welt auf. Es gibt mittlerweile weltweit viele Gruppen, die unsere Werte infrage stellen. Es gibt zu viele Friedensinitiativen, die sich der Kraft der Société entziehen und unter der Kraft der Syrikat stehen. Ich darf nochmals auf diese Terroristen hinweisen, die sich unserem Einfluss durch Frieden entziehen. Viele von ihnen stehen nicht mehr unter dem Einfluss der Medien, denken selbst. Es ist eine Bewegung, die schädlich für die Ziele der Société ist. Deshalb muss diese Bewegung unbedingt vernichtet werden. Ich habe schon Drohneneinsätze beauftragt, um einzelne Mitglieder zu liquidieren, doch umsonst. Diese Bewegung setzt sich immer mehr durch. Und es ist schwierig, die Mitglieder herauszufinden, denn in ihrer Vernetzung können sie nur wenige Mitglieder verraten. Und Denunziation scheint in dieser Gruppe nicht zu funktionieren. Wir müssen diesen Widerstand, der sich dem Weltfrieden entgegenstellt, unbedingt vernichten und dazu werden wir alle uns zur Verfügung stehenden Mittel einsetzen.

Und wie die geschätzte Bundeskanzlerin Lena Glaerkem schon ausführte, so sind wir in dem Ziel vereinigt, den Frieden über diese Erde zu bringen und damit Frieden für die Menschheit unter Führung der Société.
Ich danke der Freehome Group, die sich für den Weltfrieden einsetzt."

21.
Verstört kehrte ich zurück. Lena Glaerkem und Peter Peak hatten ihr wahres Gesicht offenbart. Und nun kannte ich auch die Ziele der Société. Wie hatte sich Harper ausgedrückt? Sie waren keineswegs ehrenwert. Die Reduzierung der Sklaven, vor allem der Friedliebenden und Einfühlsamen, sollte zugunsten der Aggressiven voran getrieben werden. Sie strebten die Weltherrschaft an. Diese Weltherrschaft sollte den Frieden bringen. Die Menschen sehnten sich nach Frieden, aber zu welchem Preis? Nichts weniger als unsere Menschlichkeit stand auf dem Spiel. Und letzten Endes unsere Freiheit, die wir uns in den vergangenen zwei Jahrhunderten erkämpft hatten. Unsere Politiker standen unter der Kontrolle der Société. Und diese Politiker nahmen den Niedergang ihres eigenen Volkes in Kauf, um selbst an der Herrschaft teilzunehmen.

Die Mitglieder der Société waren die Herrenmenschen, die die Moralvorstellungen der Sklaven vernichteten. Sie waren die Herrenrasse, die sich besser und weiterentwickelter dünkte als der Rest der Menschheit. Eine Herrenrasse, die vor hundert Jahren zufällig herausgefunden hatte, wie sie die Politiker für ihre Ziele beeinflussen konnten. Die Entarteten, so war mir mittlerweile bewusst, waren all die Menschen, die moralisch handelten. Aggressive Menschen schien die Société für ihre Ziele einzusetzen, während sie tugendhafte Menschen als „entartet" bezeichnete, die vernichtet werden sollten. Irgend etwas lief hier entschieden falsch, wenn alles, woran ich bis dato glaubte, verdreht wurde. Die Herrenmenschen besaßen kein Gewissen, da sie ja höher entwickelt waren und sich um die Geschicke dieser Welt kümmerten.

Ein Satz Harpers kam mir in den Sinn. „Auch wenn Timothy im Moment nicht nach Macht strebt, so ist sie ein Teil seiner Persönlichkeit, die er von seinen Vorvätern geerbt hat." Macht war tief in dieser Familie verankert. Würde auch Timothy diesem Machtwahnsinn anheim fallen? Konnte ich mit meinem Mann über diese Gedanken reden? Wir hatten uns geschworen, immer ehrlich zueinander zu sein. Und was ich hier gehört hatte, zerfraß mich innerlich. Wo war ich da hinein geraten!

22.
Es war Ende September, doch Long Island war in diesem Herbst besonders warm, weshalb ich am Abend mit Monica einen Spaziergang zum Meer machte.
„Es hat sich in den vergangenen Wochen viel ereignet", begann ich und Monica hörte aufmerksam zu. „Timothy und ich waren bei der Versammlung der Freehome Group."
„Erzählst du mir von dieser Versammlung?"
Ich erzählte ihr von der Medaille der Erwachten, die man Lena Glaerkem überreichte, von ihrer Rede und von der Rede des amerikanischen Präsidenten.
„Sie arbeiten an der Zerstörung ihrer eigenen Kultur. Ihr Ziel ist die Weltherrschaft der Société, wobei ein Teil der Menschheit vernichtet werden soll. Und Präsident Peter Peak sagte klar, dass der Widerstand ausgerottet werden soll. Monica, ich verstehe die Welt nicht mehr. Es scheint alles so verdreht."
„Das macht die Société mit den Politikern. Sie wissen nicht mehr, was sie tun. Sie sind überzeugt, alles richtig zu machen."

„Das habe ich in den Reden bemerkt."
„Das macht die Kamarikraft aus den Politikern."
„Wir müssen sehen, dass wir diese Kraft neutralisieren."
„Wir müssen das Volk mobilisieren."
„Wir tun schon unser Möglichstes und klären auf, wo wir können."
„Das ist zu wenig. Wir müssen uns wehren."
„Dazu bräuchten wir einen Führer, den wir nicht haben."
„Einen Führer, wie Hitler?"
„Nein, ich meine jemand, der diese Bewegung anführt. Einen Mann wie Mahatma Ghandi, einen charismatischen Kopf dieser Bewegung, einen Sprecher."
„Haben wir den nicht?"
„Unsere momentanen Führer sind Whistleblower und Aufklärer, keine charismatischen Köpfe. Und unsere 12 Waisen gehen nicht in die Öffentlichkeit."
„Dann wollen wir hoffen, dass eine Führungskraft irgendwo erscheint."
„Das wird es. Habe Vertrauen in das Universum."

23.
An einem Sonntag fand ich Zeit, mit Timothy zu sprechen. Wir verbrachten den Nachmittag mit den Kindern am Strand. Monica und Michael waren auch dabei und unternahmen die Beaufsichtigung der Kinder. Hand in Hand wanderten wir am Meer entlang.
„Ich mache mir große Sorgen, Timothy."
„Was meinst du, mein Engel?"
„Was Lena Glaerkem und Peter Peak bei der Freehome Group sagten, macht mir Sorgen."
Timothy blieb stehen.
„Ich teile deine Sorgen, denn sie sind berechtigt."
„Dann sollten wir etwas dagegen unternehmen."
Timothy lachte.
„Kämpferisch wie immer. Ich wüsste nicht was."
„Wir können doch nicht zusehen, wie die Société diese

Welt in den Abgrund reißt!"
„Olivia, wenn ich einen Ausweg sehe, dann werde ich mich gegen die Société stellen. Doch ich sehe momentan keinen Ausweg. Wir stehen allein da."
„Nein Timothy. Wir sind nicht allein. Da gibt es Millionen von Sklaven, Millionen von Entarteten, die leiden."
„Ich kann gegen ihr Leid nichts tun."
„Hast du dich angesteckt?"
„Wie meinst du das?"
„Willst du wie alle um dich herum Macht?"
„Nein. Wie kommst du darauf?"
„Deine Mutter sagte mir einmal, dass Macht Teil deiner Persönlichkeit ist, die du von deinen Vorvätern geerbt hast."
„Und warum brauche ich diese Macht?"
„Weil sie Freiheiten gewährt."
„Du solltest mich besser kennen, mein Engel. Die einzige Freiheit die ich brauche ist es, dich zu lieben."
„Dann sage mir, warum du dich nicht gegen die Ziele der Société einsetzt?"
„Weil ich für dich und die Kinder verantwortlich bin. Diese Verantwortung gebietet mir, mich zu fügen. Die Société liquidiert alle, die gegen sie sind. Bitte Olivia, ich höre aus deinen Worten, dass du gegen die Société opponierst. Wenn sie das herausfinden! Ich will dich nicht auch noch verlieren."
„Du wirst mich nicht verlieren, Liebster", beschwichtigte ich ihn.

24.
Lena drängte darauf, dass wir Paul Dike Onuahu in Nigeria besuchen sollten. Da ich von einer Reise nach Afrika nicht begeistert war und ich mich vor Malaria fürchtete, beschloss ich, dass die Kinder zu Hause bleiben sollten.
Paul Dike Onuahu holte uns am Flughafen in Abuja ab und

flog uns mit dem Helikopter in sein Haus. Das Haus war mit einer hohen Mauer umgeben, wurde gut bewacht und befand sich außerhalb der Stadt auf einem Hügel. Wie immer wurde uns eine Zimmerflucht zugewiesen, in die unsere Bodyguards mit einzogen.

Paul Dike Onuahu war der schönste Mann, den ich je gesehen hatte. Ich musste ihn angestarrt haben, als er uns begrüßte, doch er überging es geschickt, vielleicht weil er diese Reaktion kannte. Von großer athletischer Gestalt trug er einen weißen Anzug, der seine braune Haut gut zur Geltung brachte. Das ebenmäßige ovale Gesicht zeigte weiche Züge und sein Kopf war kahl geschoren. Große braune Augen mit einer schlanken Nase und einem großen Mund sahen mich freundlich an. Die hohen Wangenknochen gaben ihm das Aussehen eines sprungbereiten Panters, schön und gefährlich.

Als wir das Haus erreichten, wurden wir von seiner Frau Ngozi herzlich begrüßt. Auch sie war eine dunkle schwarze Schönheit, mit großen Augen und schwülstigen Lippen. Ihre Haare wurden mit einem Kamm zurück gehalten und sie trug große silber mit schwarz ziselierte Ohrringe.

Wie üblich zogen wir uns zum Dinner um. Ich hatte in den Wochen nach der Geburt mit viel Sport und Diät meine Figur wieder zurück gewonnen und zog ein kurzes nachtblaues Kleid an und dazu die Ohrringe, der Anhänger und den Ring, die ich zur Geburt geschenkt bekommen hatte.

„Du siehst bezaubernd aus mein Engel", flüsterte mir Timothy ins Ohr und küsste mir den Nacken. Auch er hatte sich in einen hellgrauen Anzug mit Weste, Hemd, einer dazu farblich abgestimmten Krawatte und Gehrock gezwängt und ließ seine langen Haare offen über die Schulter hängen. Sein herbes Aftershave betörte meine Sinne.

Paul kam uns in einem maßgeschneiderten weißen Anzug entgegen. Seine Frau Ngozi trug ein schwarzes Kleid im afrikanischem Stil. Dieses Paar würde überall auf der Welt auffallen, dachte ich und uns wurde zur Begrüßung ein Glas Champagner gereicht. In einer liebevollen Geste übergab Paul seiner Frau das Glas, sah sie kurz an. Vor unseren Augen zelebrierten Paul und Ngozi ihre Liebe, die mich tief beeindruckte.

Paul und seine Frau repräsentierten Afrika, obwohl die führenden Familien Afrika gerne als eine Art Kolonie sahen. Pauls Großvater hatte sich die Achtung der Société erworben, als er sein Imperium aufbaute, das auf Öl basierte. Er war Mitglied der OPEC und durch ihn wurde das saudische Königshaus gelenkt.

„Die Industrieländer ruinieren die Landwirtschaft. Sie produzieren zu billig und Afrika kann mit diesen Preisen nicht mehr mithalten. Das zieht sich quer durch den Kontinent. Manche Staaten haben Monopole geschaffen, die riesige Vermögen verschlucken und die nur den Zielen der Société dienen. Die Menschen in Afrika interessieren sie nicht."

„Ihr seid Herrenmenschen", warf ich ein.

„Und deshalb unterdrücken wir die Sklaven. Ich denke nicht, dass wir so Frieden finden", sinnierte Ngozi.

„Will die Société überhaupt Frieden?"

Ngozi und Paul sahen mich an.

„Mit dem Weltenherrscher soll der Friede kommen."

„Die Société spielt mit der Destabilisierung Europas, um für ihre Konzerne mehr billige Arbeitskräfte zu erhalten, die sie versklaven können. Afrika hat ein zu großes Bevölkerungswachstum und eine hohe Jugendarbeitslosigkeit. Die Jungen haben keine Aussicht, dass sich etwas ändert, weshalb sie ihr Glück in Europa suchen wollen. Es wird ihnen suggeriert, dass sie in Europa Arbeit erhalten und gut leben. Sie haben keine Wahl und machen sich auf den gefährlichen Weg. Viele erreichen nie ihr Ziel."

„Dann solltet ihr Ihnen Alternativen bieten."

„Das versuchen wir auch. Doch es ist immer nur ein Tropfen auf den heißen Stein."

„Ihr probiert es wenigstens", meinte Timothy.

„Wir haben zu wenig Erfolg", antwortete Paul und

wechselte das Thema. Nach einem schönen Abend verabschiedeten wir uns am nächsten Tag von neu gewonnenen Freunden.

25.
Ich wollte mich nicht damit abfinden, dass die Société die Welt unter sich aufteilte, die Völker als Sklaven behandelte und ausbeutete.
Diese Menschen waren maßlos in allem, was sie hatten und was sie wollten. Timothy machte gerne Geschenke, die stets von hervorragender Qualität waren. Bald hatte ich Schmuck, Parfüm, Kleider, Autos und Bücher vom Feinsten. Keine Wünsche blieben offen. Aber es befriedigte mich nicht. Keine Wünsche mehr zu haben, nicht mehr hoffen, ließ mich nicht zufriedener werden. Vor gar nicht allzu langer Zeit hatte ich existentielle Nöte, die mich frustrierten. Doch heute war ich frustriert, weil ich die Probleme dieser Welt erkannte und nicht lösen konnte.
Mit außerordentlicher Selbstdisziplin hatte Timothy seinen Durchbruch als Künstler geschafft. Er war erst zufrieden, wenn sein Werk perfekt war. Dabei ließ ihn sein Ehrgeiz oft die Lebensfreude vergessen und er konzentrierte sich auf seine Arbeit. Durch seine Krankheit war er zum Einzelgänger geworden und deshalb fremden Menschen gegenüber zurückhaltend. An seine neue Aufgabe ging Timothy genauso zielstrebig und perfektionistisch heran wie an seine Arbeit als Künstler. Er kam die an ihn gestellte Aufgabe nach, ohne sie infrage zu stellen. Timothy hatte sich angepasst, während ich mich zwischen der Verantwortung für unsere Kinder und dem Konzern zerrieb. Die Maßlosigkeit dieser Gesellschaft, in die ich hinein geheiratet hatte, stieß mich mittlerweile ab. Oliver lehnte jede Moral als Heuchelei ab und kannte nur sich selbst. Mit allen Mitteln setzte er seine Interessen durch, notfalls wurde er auch kriminell.
Sie lebten eine Doppelmoral und maßten sich an, zu tun

was ihnen beliebte und die Gesetze zu ihren Gunsten auszudehnen. Die anderen sollten sich an die Gesetze halten, nur sie nicht, sie waren die Herren. Nur der Besitz zählte und mit diesem Besitz hatten diese zwölf Familien mehr fast das ganze Kapital der Welt unter sich aufgeteilt. Und ihre Finanzkonstrukte erlaubte es ihnen, Milliarden von Steuern einzusparen. Selbstverständlich war Lena in Charity-Veranstaltungen unterwegs und spendete viel. Doch sie gab weniger aus, als sie durch Steuereinsparungen ihrer Finanzkonstrukte einsparten.
Diese arrogante Selbstherrlichkeit war fast nicht mehr zu ertragen. Sie lebten auf Kosten der Mehrheit dieses Planeten ein dekadentes Leben. Wie lange würde es dauern, bis sich die Erde gegen uns Menschen wehren würde, wie sie es einst mit den Dinosauriern tat?
Wie Parasiten zogen die Reichen ihre Kraft aus dem Volk. Das Eigentum und der zur Aufrechterhaltung der eigenen Existenz geschaffene Arbeitszwang in diesem System versklavte mittlerweile die gesamte Menschheit und hielt sie nebenbei auch noch in einem nie enden wollenden Tätigkeitstaumel, um sie vom Nachdenken über diese ganze Misere und Ungleichheit abzuhalten. Nicht umsonst wurden Vermögensdelikte mittlerweile schärfer geahndet als Personendelikte.
Dabei wurden menschlich angeborene Werte wie Kreativität, das freie Denken und der Individualismus systematisch abgestellt und mittlerweile irrelevant. Wer nicht stupide die Regeln des Systems auswendig lernte und die vorgegebenen Schienen beschritt, landete einfach auf dem Abstellgleis.
Und die Société schien immer neue Eigentumsverhältnisse zu schaffen. Indem sie die Luft verschmutzten, würde es bald dazu kommen, auch die frische Luft zu verkaufen, da viele Menschen in Metropolen lebten, in denen die Feinstaubbelastung so hoch war, dass sie krank wurden. Auch das Wasser wurde in Deutschland schon nicht mehr von Staat, sondern von privaten Konzernen kontrolliert. Ich wollte über die Konsequenzen daraus nicht weiter

nachdenken. Sie waren zu schrecklich.

Teil V

1.
New York im Herbst hatte viele Facetten. Ich konnte die Stadt täglich aus der Luft betrachten und sah wie sich das Laub langsam herbstlich verfärbte. Mit dem Hubschrauber wurden wir in die City geflogen, um bequem in unsere Büros zu gelangen, während die meisten Menschen sich durch die U-Bahn zwängten. Wie die Ameisen sah ich die Menschen durch die Stadt wuseln, während ich oben in der Vorstandsetage über sie bestimmte.
„Auf deinen Vorschlag hin wurde in Paris ein Kindergarten und ein Fitnessbereich eingerichtet," teilte mir Yili mit. „Die Erkrankungen gingen zurück."
„Danke für die Umsetzung."
„Gute Ideen werden immer aufgenommen."
„Die Menschen wollen arbeiten. Das ist der Ausgangspunkt. Deshalb müssen wir ihnen helfen, ihre Arbeit attraktiver zu machen."
„Würdest du das hier in New York auch durchführen?"
„Gerne. Wie viele Angestellten arbeiten hier in New York?"
„Wir haben 1 253 Angestellte hier im Gebäude."
„Das ist eine ganze Menge. Erfasst das alle, die für euch arbeiten? Auch die Putzfrauen?"
„Warum?"
„Weil die Geringverdiener existentielle Probleme haben."
„Unsere Familie spendet für wohltätige Zwecke."
„Dies wäre ein Projekt, das den eigenen Angestellten zugute kommt und damit im Endeffekt wieder uns selbst."
„Ich verstehe. Du wirst deine Aufstellung erhalten."
„Danke. Ich nehme diesen Auftrag gerne an."
Schon am Nachmittag erhielt ich die Aufstellung. Ich bemerkte, dass es in den Sekretariaten viele Teilzeitbeschäftigten gab, weshalb ich dort zuerst nachfragen wollte.
Zunächst sprach ich einige Frauen an und erfuhr, dass sie

sich um ihre Kinder sorgten. Sie verdienten so wenig, dass sie sich keine Krankenversicherung leisten konnten.
Bei meiner Rückkehr in mein Büro informierte ich mich zunächst über das Gesundheitssystem in den Vereinigten Staaten. Es war gänzlich anders als in Deutschland, wo jeder krankenversichert war. Und dann schaute ich, wie es bei der Bank gehandhabt wurde und musste feststellen, dass von der Firma keine Zuschüsse bezahlt wurden. Deshalb arbeitete ich nach dem Muster in Deutschland einen Vorschlag aus und unterbreitete diesen Yili.
„Dieser Vorschlag ist nicht akzeptabel Olivia."
„Ich habe diesen Vorschlag nach den Vorgaben in Deutschland unterbreitet. Wir haben eine Krankenversicherung für alle."
„Das habe ich gehört und deshalb wollen amerikanische Firmen auch ungern in Deutschland investieren."
„Sie haben nur die Ausbeutung ihrer Angestellten im Sinn. Aber sehen wir es einmal von einer anderen Seite. Wenn die Menschen ordentlich entlohnt werden, werden sie sich für ihre Arbeitsstelle einsetzen, bringen bessere Leistung. Es geht doch letztendlich um die Produktivität. Und diese steigt, wenn wir in Menschen investieren."
„Wir verdienen an dieser Ausbeutung. Es ist Teil des Systems, damit sich die Sklaven nicht gegen uns erheben. Ich werde mir deine Gedanken durch den Kopf gehen lassen."
Damit war ich entlassen.

2.
Ich saß in meinem Büro und blickte zum Fenster hinaus, als ein Bote in mein Büro kam.
„Ich habe ein Schriftstück für Sie", sagte er zu mir. Ich quittierte den Empfang des Schriftstücks und öffnete es. Es war an Oliver Sun adressiert. Der Bote hatte Oliver mit Olivia verwechselt.
Detailliert wurden zunächst die Verflechtungen der 12

Familien und ihrer Konzerne aufgeführt. Das Ziel war die vollkommene Kontrolle der Weltmärkte durch die Société. Sobald ein Unternehmen gewinnbringend am Weltmarkt auftauchte, erwarb die Société einen Anteil an dieser Firma. 99 % der Firmen weltweit waren in den Händen der Konzerne der Société. Um alle Firmen unter die Kontrolle der Société zu bringen, wurde die Kamarikraft angewendet, um auch die abtrünnigen Unternehmer zu erreichen. Es gab mittlerweile einige Konstrukte, die es erlaubte, ohne die Kontrollmacht der Société zu agieren. Und diese Firmen verfolgten humane Ziele, beteiligte die Mitarbeiter und respektierte sie. Diese Beispiele mussten unbedingt verhindert werden, damit die Sklaven in ihrer Unterdrückung gefangen blieben und sich auch nicht befreien konnten.

Es war ein System der Mächtigen, die ihre Kraft aus der breiten Masse der Menschheit zog. Die Unterdrückten mussten durch die Medien abhängig gehalten werden. Gerade die Medien waren Teil des Unterdrückungssystems, der zur Betäubung der Menschen führen sollte.

Die Herrenmenschen sagten, was die Masse zu tun hatte. So lange die Menschen keine Not litten, verharrten sie in Lethargie und wehrten sich nicht. Die Société wusste seit Jahrhunderten, wie sie die Sklaven zu führen hatten.

Moral und Tugenden waren für das Volk, damit es sich nicht gegen die Herrscher erhob. Nur dadurch blieb das System der Ausbeutung gewährleistet.

Den Menschen wurde Minderwertigkeit eingeredet, damit sie da blieben, wo sie waren. Das Märchen vom Millionär durch eigene Leistung half vielen Menschen von einer Änderung zu träumen. Doch so lange die Sklaven sich nicht erhoben, blieb alles wie es war.

Dem Schreiber machte die stetig anwachsende Weltbevölkerung große Sorgen. Allen voran die moslemischen Staaten und Afrika. Langsam wurde klar, dass diese Welt nicht mehr so viele Menschen ernähren konnte. Diese Masse von Menschen produzierten mittlerweile eine riesige Umweltverschmutzung. Sie benötigten immer mehr domestizierte Tiere, die durch ihre Hinterlassenschaften weiter zur Umweltverschmutzung beitrugen. Ferner wollten die Sklaven am Reichtum teilhaben, was die Ressourcen dieser Welt weiter erschöpfen ließ.

Schon vor 10 Jahren hatte die UNO beschlossen, das Bevölkerungsproblem von Afrika zu lösen, indem eine Völkerwanderung von Afrika nach Europa eingeleitet würde. Dadurch könnte man die aufsässigen europäischen Demokratien besser beherrschen. Ein Bürgerkrieg war dabei eingeplant, der zum Niedergang der europäischen Hochkultur führen würde. Zur weiteren Reduzierung der Sklaven würden weitere Kriege geführt werden.

Auch durch die vom amerikanischen Zweig entwickelte Wasser-Waffe würde durch Herbeiführung von Naturkatastrophen einen Teil der Sklaven vermindern.

Hierin wurde zunächst eine Vorrichtung beschrieben, die Partikel mittels Laserstrahlen in einer bestimmten Wellenlänge Sauerstoffmoleküle ionisierte. Diese Teilchen gewannen oder verloren Elektronen, wodurch sich ihr Zustand änderte. Die geladenen Teilchen traten durch Ionisation in einem mit den Dämpfen einer verdunsteten Flüssigkeit gesättigten oder übersättigten Gasgemisch auf. Dabei dienten die geladenen Teilchen als Kondensationskeime, an denen sich Flüssigkeitstropfen bildeten. Die Anziehung zwischen unterschiedlich geladenen Tropfen wurde durch Kontakt mit ionisierten Teilchen geladen, wodurch diese wuchsen. Dabei wurde bei Wassermolekülen die Ungleichverteilung in neutral-geladene Teilchen begünstigt.

Ein Laserstrahl in passender Wellenlänge wurde zur Beeinflussung von Wolken nutzbar gemacht und Teilchen in einem mit Wasserdampf übersättigten Wolke ionisieren. Dies führte zur Tröpfchenbildung und letztendlich zum Regen. Der Vorteil bestand darin, dass keine chemischen Stoffe in die Wolke eingeimpft werden mussten, die eventuell unbekannte Nebeneffekte auslösten. Nachteil

dabei war, dass es sehr energieaufwendig war.
Nach den technischen Einzelheiten wurde die Waffe selbst beschrieben und ihre Verwendung in der Politik. Ziel war dabei, den Weltenherrscher, der alle Gene der Société vereinigte, einzusetzen. Um die Staaten zur Kooperation zu zwingen, wollten sie je nach Klimazone zu viel oder zu wenig Wasser schicken. Schlussendlich konnte durch den Einsatz der Wasser-Waffe die Regierungen unter Druck gesetzt werden, dass sie die Forderungen der Société erfüllten.

Das Schriftstück war 93 Seiten lang und als ich es zu Ende gelesen hatte, war ich verwirrt. Viele verschiedene Gedanken rasten durch meinen Kopf.
Die Tragweite dieses Dokuments war erschütternd. Ich stand auf, ging zum Fenster und sah hinaus, um mich zu beruhigen. Ohne zu klopfen öffnete sich die Türe. Ich drehte mich um und sah Oliver vor mir stehen. Er blickte auf das Schriftstück und sah mich an.
„Du weißt mehr als du wissen solltest. Das tut nicht gut."
Ich schüttelte den Kopf und sah ihn sprachlos an.
„Kein Wort zu niemand", herrschte er mich an und nahm das Schriftstück an sich.

3.
Es irritierte mich, was ich gelesen hatte. War es möglich, dass die Société so weit die Menschheit in den Händen hielt, dass sie allein über das Wohl und Wehe aller Menschen bestimmte?
Doch meine Moralvorstellungen und Tugenden sagten mir, dass die Ausbeutung nicht richtig war.
Mit wem sollte ich reden? Ich war in New York auf diesem riesigen Grundstück gefangen. Meine einzige Freundin war Monica.
Es war ein kühler Abend, deshalb drehte ich nach meiner Rückkehr aus dem Büro meine Runden im Innenpool des

Hauses. Dieser befand sich im Innenhof, der mit einem Glasdach überdacht war. Als ich den Pool verließ und zurück zu unserem Haus ging, begegnete mir Oliver. Ich grüßte ihn höflich, er sah mich von oben bis unten an, dann drängte er mich mit seiner Körperfülle gegen die Wand.
„Du hast ausnehmend schöne Titten", flüsterte er und wollte mich küssen. Schon fuhr er mit seinen widerlichen Händen unter meinen Bademantel an meinen Busen.
„Lass mich los!"
Er lachte.
„Du wirst gehorchen, hast du verstanden?"
„Wenn du mich vergewaltigst, wird dir Timothy nicht mehr folgen", flüsterte ich.
„Ich werde dich nicht vergewaltigen. Du wirst dich mir freiwillig hingeben", verlautete er.
„Träum' weiter!"
Oliver lachte lauthals und ließ mich los. Er drehte sich um und ging.

Ich war geschockt. Dieses Mal konnte ich die Avancen Olivers abwehren, doch wie würde es in Zukunft sein? So lange wir uns begegneten, wäre ich für ihn ein Objekt, dessen er sich bedienen durfte. Noch hatte ich ihn in der Hand, doch wie lange?
Ich zog mich zum formellen Abendessen um und ging mit Timothy zum Dinner in den Speisesaal, in dem uns schon einige Gäste erwarteten. Nach Verabschiedung der Gäste sollten Timothy und ich in das Arbeitszimmer zu Oliver kommen.
„Ende Oktober werdet ihr nach Hongkong ziehen", teilte uns Oliver mit.
„Nach Hongkong?" fragte ich. Konnte ich mich in Hongkong gegen ihn wehren?
„Unser Anwesen in Hongkong ist groß genug für euch."
„Natürlich werden wir kommen", beschwichtigte Timothy.
„Ich habe gehört, dass du dich gut eingearbeitet hast Olivia", begann Oliver. „Yili hat deine Arbeit gelobt.

„Danke."
„Deine Idee mit der Krankenversicherung für unsere Angestellten wird angenommen. Deine Argumente haben uns überzeugt."
„Das ist ein schönes Abschiedsgeschenk."

4.
Oliver hatte mich verwirrt und ich konnte kaum schlafen. Am Morgen teilte ich Timothy mit, dass ich mit den Kindern an den Strand gehen wollte. Es war Anfang Oktober und nach dem Wetterbericht hatten wir einige schöne Tage vor uns. Ich brauchte Zeit zum Nachdenken. Natürlich begleiteten mich Holly und Monica. Jules war neun Monate alt und robbte schon ordentlich auf dem Boden. Max mit seinen vier Monaten entwickelte sich prächtig.
Da das Haus in Long Island direkt am Meer lag, zog sich der Privatstrand auch über einige Kilometer entlang, ohne dass wir Eindringlinge zu befürchten hätten.
Es war ein warmer Tag und wir trugen alle kurze Hosen und ein T-Shirt. Das Meer war schon kalt, doch zusammen mit Monica machte ich einen Strandspaziergang, während Holly auf die Kinder aufpasste.
„Du hast etwas auf dem Herzen Olivia", begann sie vorsichtig.
„Ja ich muss nachdenken. Ich habe gestern ein Schriftstück in die Hand bekommen, das für Oliver bestimmt war."
„Oh."
„Es ist ein Bericht über die weltweiten Aktivitäten der Société und einer von den Amerikanern entwickelte Wasser-Waffe."
„Solche Gerüchte kursieren immer wieder."
„Ich habe Beweise. Wären die Informationen für die Syrikat wichtig?"
„Unbedingt."
„Als mir bewusst wurde, wie brisant das Schreiben ist,

habe ich Kopien mit dem Handy gemacht."
„Dann solltest du Margret vorsichtshalber die Unterlagen schicken."
„Ich möchte diese Informationen nicht über das Internet verschicken."
„Ich kopiere die Dateien und versende sie", bot sie mir an.
„Sei vorsichtig. Oliver hat mich gewarnt."
„Du solltest diese Warnung ernst nehmen."
„Was sagt die Syrikat zum Tagebuch von Harper?"
„Sie sind begeistert und nehmen alle Informationen, die darin enthalten sind, sehr ernst."
„Ich habe noch etwas", begann ich zögernd. „Oliver ist gestern zudringlich geworden."
„Dann sollten wir weiter an Selbstverteidigungsstrategien arbeiten."
Ich hatte Monica und Holly mitgeteilt, dass wir Ende Oktober nach Hongkong umziehen würden. Holly war ein junges Mädchen und ich hatte beobachtet, wie sie mit einem Angestellten aus dem Haus eine Beziehung eingegangen war. Da Holly zuverlässig war und liebevoll mit den Kindern umging, wollte ich wissen, wie es mit dieser Beziehung stand.
„Holly, fällt es Ihnen schwer mit nach Hongkong zu gehen?"
„Ich habe diesen Job angenommen, weil ich die Welt sehen wollte", begann sie.
„Ich habe bemerkt, dass Sie hier im Haus Beziehungen geknüpft haben."
„Ja, ich habe mich in James verliebt."
„Soll ich dafür sorgen, dass er mit nach Hongkong kommt?"
Holly sah mich an und überlegte.
„Nein, im Moment nicht. Danke Madame."
„Wenn Sie etwas bewegt, kommen Sie. Ich bitte um Ehrlichkeit und ich werde sehen, was ich für Sie tun kann. Und ich muss Sie warnen Holly. Hüten Sie sich vor Oliver."
„Die Dienstboten haben es mir schon erzählt."
„Was?"

„Dass Sie Mary gerettet haben."
Ich lächelte.
„Es war das wenigste was ich tun konnte. Dann wissen Sie, dass Oliver gefährlich ist?"
„Ja."
„Gehen Sie ihm aus dem Weg."
„Das werde ich tun."
„Und ansonsten wehren Sie sich mit allen Mitteln. Monica soll Sie in Selbstverteidigung ausbilden."
„Danke."
„Sie kümmern sich gut um die beiden Kinder. Es war für uns alle nicht einfach nach Chloés Tod. Jetzt haben Sie die Verantwortung für zwei Kinder."
„Das macht nichts Madame. Die beiden sind so lieb. Und Sie übernehmen viel."
„Ich nehme meine Aufgaben als Mutter ernst."

5.
Während nach meinen Anweisungen alles für den Umzug nach Hongkong hergerichtet wurde, veröffentlichte die Syrikat die Informationen, die sie von mir über die Wasser-Waffe erhalten hatten. Die Menschen konnten es kaum glauben und nach einem Tag waren die Veröffentlichungen gesperrt. Ein Terroranschlag versetzte die Menschen in Angst und Schrecken, weshalb die Veröffentlichung über die Wasser-Waffe in Vergessenheit geriet. Mir wurde wieder einmal klar, dass Aufklärung allein nichts änderte.
Ich war in Sorge. Das übersteigerte Selbstwertgefühl Olivers zusammen mit seiner Promiskuität flößten mir Angst ein. Würde er versuchen, sich an mir zu vergreifen? Mit dem großen Privatjet flogen wir Ende Oktober mit den Kindern, Holly und den Bodyguards nach Hongkong und wurden mit dem Hubschrauber zum „Duftenden Hafen" geflogen. Dabei konnte ich die Hochhäuser Hongkongs von oben betrachten. Eine bizarre Skyline eröffnete sich mir auf diesem Flug, als ich das große Haus im Kolonialstil

mit einem weitläufigen Garten sowie einer hohen Mauer wahrnahm.

Als ich den Hubschrauber verließ, schritt ich mit gemischten Gefühlen in das Haus. Ein großer Innenhof unterteilte das Haus und uns wurde der gesamte Westflügel zugewiesen, der über zwei Wohnzimmer, vier Schlafzimmer, drei Badezimmer und eine kleine Wohnküche verfügte. Die Mitte des Anwesens bildete ein Atrium, das mit einem zwölfzackigen Stern ausgebildet war. In unseren Räumen angekommen, stellte ich sofort die Klimaanlage aus, da ich diese trotz der warmen Temperaturen nicht für nötig hielt. Die Fensterläden waren geschlossen und deshalb würde es angenehm kühl bleiben. Nur das Wohnzimmer zum Pool öffnete ich. Wir setzten uns in den Garten und ruhten uns aus, bis uns die Kinder mit dem Auto erreichten. Wir verteilten die Schlafzimmer und zogen uns für das Dinner um. Lisa holte uns ab und machte eine kurze Runde durch das Haus, bis wir im großen Speisesaal angelangten. Auch hier war der Société-Stern in den Boden eingearbeitet. Oliver, Katie und Laurence Cliffheart, der Sohn von Nelson Cliffheart, waren schon anwesend und begrüßten uns.

Auf dem Weg zum Speisesaal erzählte uns Lisa von ihrer Familie in Hongkong. Mit ihren 56 Jahren war Lisa immer noch eine schöne Frau. Sie stammte aus einer armen Hongkonger Familie, die weitläufig mit der Familie Dewan verwandt war. Um ihrem Elend zu entrinnen, heiratete sie Oliver vor 33 Jahren. Ein Jahr später kam ihre Tochter Katie zur Welt. Sie bedauerte, dass ihr weitere Kinder versagt blieben, doch eine Scheidung war ausgeschlossen. Sie zeigte eine gewisse Anteilnahme, die vielen Mitgliedern der Société fehlte, denn ihr Leben an der Seite Olivers war sicher nicht einfach.

6.
Beim Frühstück fragte mich Lisa, ob ich sie in die Stadt

zum Shoppen begleiten würde.
„Ich zeige dir nächste Woche deinen Arbeitsbereich. Lebe dich mit den Kindern ein", meinte Oliver freundlich. Lisa freute sich und bestimmte, dass nur Monica als Bodyguard uns begleiten würde. Die Kinder sollten bei Holly im Haus bleiben, während Timothy Oliver in die Bank begleitete.
Eigentlich hielt ich Shopping für Zeitverschwendung und wollte Lisa mit meiner Begleitung nur einen Gefallen erweisen. Viel lieber hätte ich mir die Sehenswürdigkeiten von Hongkong angesehen.
Dennoch tauchte ich mit Lisa in die Shopping Mall von Elements Hong Kong ein. Wir flanierten von Dior zu Gucci, von Valentino zu Yves Saint Laurent und von Burberry zu Tiffany. Lisa war ganz in ihrem Element und wollte mir einen neuen Look verpassen. Ich probierte Kleider, Blusen, Hosen, Röcke und Schuhe an, während Lisa entschied, was gekauft wurde. Schmuck und Accessoires vervollständigten unsere Outfits. Nach drei Stunden brauchte ich eine Pause und wir setzten uns in eines der Cafés.
Nebenan war eine Buchhandlung, in der ich schmökern wollte. Ich bat Lisa, mich für eine halbe Stunde zu entschuldigen und ging hinein. Selbstverständlich begleitete mich Monica und ich konnte meinem Laster frönen. Ich suchte mir zwei Reiseführer aus und kaufte noch einen Bildband über Hongkong.
Nach einem kleinen Essen ging es weiter. Lisa schien unendliche Energie beim Shopping zu entwickeln, während ich langsam müde wurde. Sie steuerte einen Friseurladen an.
„Komm, lassen wir uns noch eine schöne Frisur machen", sagte sie zu mir. Sofort kamen einige Helfer und unsere Haare wurden gewaschen.
Meine blonden Haare hatte ich mir wachsen lassen und sie gingen mir mittlerweile über die Schulter. Der Friseur schlug vor, die Länge zu belassen und mir statt dessen für den Abend eine schöne Hochsteckfrisur zu kreieren. Ich stimmte zu und war auf seine künstlerische Ader

gespannt.
Meine Haare wurden nach hinten zu einem Knoten zusammen gebunden, während die Seitenhaare in kunstvollen Verdrehungen eingebunden wurde.
„Darf ich Madame noch schminken?"
Ich sah Lisa an, die nickte.
„Ja."
Er grundierte mein Make-up und fragte nach der Farbe meines Kleides.
„Das werde ich nach dem Make-up wählen", meinte ich.
Er betonte meine grünen Augen mit auberginenfarbenen Tönen, zupfte meine Augenbrauen und bog meine Wimpern mit der Wimpernzange nach oben. Die Augen wurden getuscht, Kajal wurde aufgetragen und am Schluss meine Lippen geschminkt.
Das Ergebnis ließ sich sehen, sagte zumindest mein Spiegel und auch ich selbst war außerordentlich zufrieden mit mir. Fröhlich fuhren Lisa, Monica und ich nach Hause.
Nach unserer Rückkehr hatten wir gerade noch Zeit, uns umzuziehen, um zum Dinner zu erscheinen. Timothy wartete schon. Liebevolle Augen blickten mir entgegen.
„Du siehst bezaubernd aus mein Engel."
Er küsste mich und begleitete mich zum Speisesaal.

7.
Timothy und ich sahen uns am Wochenende Hongkong an. Zunächst waren wir mit den Kindern, Holly und den Bodyguards in Lantau Island. Der Tian Tan Buddha im Kloster Po Lin war unser erstes Ziel, danach das Fischerdorf Tai O sowie die Festung Tung Chung Fort. Ganz am Ende des Nachmittags erreichten wir das Trappisten-Kloster.
Am Montag begann unser Arbeitsalltag. Denn auch in dieser Stadt wurde vornehmlich der Hubschrauber benutzt und wir flogen in das Gebäude der Groupe LCF Sun in der Innenstadt. Es handelte sich um ein Hochhaus mit einem

Hubschrauberlandeplatz.
Zunächst brachte uns Oliver in unsere bereitgestellten Büros und erklärte uns die einzelnen Firmenbeteiligungen des Konzerns. Dieser bestand aus einer Art Gemischtwarenhandel bestehend aus Öl, Geld, Telekommunikation, Energie und Technik. Oliver hatte die Firma in diese fünf Bereiche gegliedert, wofür es fünf Bereichsleiter gab. Uns war bekannt, dass Barry in Paris und Daniel in London den Bankensektor betreuten. Lu Yili leitete den Bankensektor in New York.
Oliver fragte mich, für welche der fünf Branchen ich mich interessieren würde und ich gab spontan „Technik" an.
„Dann werden wir Telekommunikation, Energie und Technik zusammen legen und du wirst in diesem Bereich eingearbeitet. Timothy wird weiter im Banken-Sektor eingearbeitet und Katie wird einstweilen die Sparte Öl übernehmen", bestimmte er. Dann stellte er mir eine endlos lange Liste der Firmen auf aller Welt zusammen, die zum Sun-Konzern gehörten.
Oliver besprach mit uns auch die kulturellen Eigenschaften Chinas. Unvermeidlich für China waren Visitenkarten, die Timothy und ich uns aussuchten.
Er erklärte, was es bedeutete, das Gesicht zu wahren. Man sagte nie etwas direkt, sondern bot immer Alternativen an.
„Chinesen werden selten Nein oder ich weiß nicht sagen", führte Oliver aus. „Bei einer Geschäftsbeziehung ist der Status immens wichtig. Die ranghöchste Person betritt dabei als erster den Raum und dann folgen erst die Partner."
Er erklärte uns auch die Tischmanieren in China, die Verwendung der Stäbchen. Da wir China schon besucht hatten, konnten wir auch gut mit Stäbchen essen, was er zur Kenntnis nahm.
Oliver stellte mir einen Mitarbeiter zur Seite, der mir alle Beteiligungen erklärte, welches Unternehmen wo angesiedelt war und was es produzierte. Dabei fielen mir vier Firmen auf. Üblicherweise wurden weitläufige

Familienmitglieder in das Management der Firmen gesetzt. Doch in diesen Firmen waren es Manager von außerhalb. Gehörten diese zur Großfamilie der Société oder der Freehome Group? Es handelte sich eine Firma in Japan, eine in Shanghai, eine in London und noch eine Firma in Friedrichshafen.
„Kann ich mir die Arbeit der Firmen vor Ort ansehen?" fragte ich Oliver.
„Warum?"
„Um die Effizienz zu beurteilen."
„Das hat noch keiner gemacht. Aber ja kannst du das. Und wenn du unterwegs von Firmen hörst, die wir kaufen oder übernehmen können, kannst du deine Fühler ausstrecken."
„Wir werden sehen."
Ich war gespannt, was mich in den einzelnen Firmen erwartete und so bereitete ich mit meinen Mitarbeiten meine Besuche vor.

8.
Die Firma Tilstas hatte ihren Sitz in Kobe, Japan und produzierte Festplatten. Der Telekommunikationsausstatter LinSun hatte seinen Sitz in Shanghai, während die Firma Maaz aus Friedrichshafen alternative Energien und die Firma SAE Systems in London Halbleiter produzierten. Zuerst flogen wir Kobe an, das wir nach viereinhalb Flugstunden erreichten. Monica und ich wurden vom Manager Hayashi Haruki vom Flughafen abgeholt. Eine Suite im Kobe Hotel stand für uns bereit und Herr Hayashi begleitete uns zum Hotel und sorgte dafür, dass der Check-in zügig vonstatten ging. Wir verabredeten uns für den nächsten Morgen.
Ein herrliches Panorama war von unserer Suite zu sehen. Ich roch die salzige Luft des Meeres und vor dem Hotel ankerte ein Kreuzfahrtschiff, auf dem die Menschen geschäftig wie Ameisen hin und her gingen. Der Traum

von der Weite des Ozeans erfasste mich, doch noch mehr lockte die Kultur einer neuen Stadt. Nach einer kurzen Recherche beschlossen wir, den Kobe Tower und den Ikuta-Schrein zu besichtigen. Es war spät, als wir von unseren Besichtigungen zurück kamen, weshalb wir das Abendessen im Hotel einnahmen, um das geschäftige Treiben im Hafen beobachten zu können.

Herr Hayashi holte mich am nächsten Morgen selbst ab, fuhr durch die Stadt und zeigte mir einige Sehenswürdigkeiten, bevor wir zur Firma Tilstas fuhren. In einer Betriebsführung wurde ich durch das ganze Gelände geführt und mir wurde gezeigt, wo die Festplatten hergestellt wurden.

Besonders interessierten mich jedoch die Weiterentwicklungen und Patente. Er machte mich mit verschiedenen Ingenieuren bekannt, mit denen ich am Nachmittag an einem Meeting teilnehmen würde.

Das Meeting eröffnete Herr Hayashi selbst und die Ingenieure stellten ihre Arbeit vor. Einer der Ingenieure beschäftigte sich mit alternativen Materialien für einen Wafer. Doch er war noch zu keinem brauchbaren Ergebnis gekommen.

„Haben Sie es schon einmal mit Aerographit probiert?" fragte ich ihn und er sah mich an und strahlte.

„Nein Madam. Aber das ist eine gute Idee."

„Haben Sie von Aerographit schon gehört?"

„Ja, ich habe darüber gelesen. Ich probiere das."

Ich freute mich, einen Anstoß gegeben zu haben und hörte mir die anderen Berichte an. Es dauerte drei Stunden, bis das Meeting beendet war und alle Ingenieure verabschiedet waren.

Es war noch früher Abend, als ich in unser Hotel zurück kehrte. Monica hatte für uns in der Aromatherapiestation des Hotels eine Anwendung gebucht, die unsere Sinne anregte und uns entspannte.

Hayashi Haruki hatte alles gut vorbereitet und zeigte mir die Einrichtungen der firmeneigenen Kindergartens und die Fitnessangebote. Er hatte die Wochenarbeitszeit hinunter gesetzt und gute Erfahrungen damit gemacht. Insgesamt war ich höchst zufrieden mit der Arbeit in Kobe und die Bilanzen sprachen dafür.

Drei Stunden nach unserem Abflug am folgenden Morgen landeten wir in Shanghai. Der Manager Zu Chang holte uns ab und brachte uns in das von uns gebuchte Hotel. Ein modern ausgestattetes Hotel erwartete uns. Wir würden uns dort wohl fühlen, dachte ich, als man uns unsere Suite zeigte. Das Abenteuer lockte und wir sahen uns die Sehenswürdigkeiten von Shanghai an, den Oriental Perl Tower und den Jadebuddha Tempel, um anschließend in unserem Hotel zu Abend zu essen. Eine Symphonie von verschiedenen Geschmackserlebnissen erwartete uns in dem Restaurant.

Am Morgen wurden wir abgeholt und außerhalb von Shanghai gefahren. Es ging über holprige Straßen, vorbei an einem See und zu einem baufälligen Gebäude. Bei unserem Rundgang sah alles heruntergekommen aus und die Arbeiter machten einen schäbigen Eindruck auf mich. Was war hier los?
Auf meine Nachfrage, was produziert wurde, zeigte mir Zu Chang eine altmodische Telefonanlage. Wurde so etwas noch gekauft, war meine Frage und er schwieg.
Die ganze Fabrik machte einen ziemlich abgewirtschafteten Eindruck. Dies bestätigte sich beim Meeting mit den Ingenieuren, die mir veraltete Produkte präsentierten. Was sollte ich hier machen?
Wenn ich mir die Bilanzen der Firma LinSun ansah, hatte diese Gewinne erwirtschaftet. Wie war das mit solch veralteten Produkten möglich?
Nach einem langen Tag beschloss ich, noch einen Tag in Shanghai anzuhängen und die Umgebung zu erkunden. Ich sprach an der Rezeption des Hotels vor und bat um einen englischsprachigen Fahrer, der mir die Umgebung von Shanghai zeigen sollte. Schon eine halbe Stunde später erschien ein junger Chinese, der mich im perfekten

Englisch begrüßte. Bailong, wie er sich nannte, studierte Deutsch in Shanghai und wir wechselten sofort ins Deutsche über. Er freute sich, dass er üben konnte und wir sprachen ab, wohin wir fahren wollten. Wir wollten Shanghai verlassen und am Dianhan Lake vorbei bis zum Taihu Lake gebracht werden, diesen umrunden und über Wuxi und Suzhou wieder zurück nach Shanghai. Dabei war mir wichtig, einen Eindruck von der Umgebung zu erhalten.
Es war weitgehend flaches Gelände mit hoch aufragenden Bergen, die man umrundete. Die vielen kleinen Städte lagen nah beieinander und die Infrastruktur war gut.
Spät am Abend erreichten wir Shanghai und verabschiedeten uns von Bailong ganz herzlich mit einem guten Trinkgeld. Er hatte uns nicht nur gefahren, ich hatte auch viel über die Gegend und über die Menschen in Shanghai erfahren.

9.
Als ich nach Hongkong zurück kehrte, freute ich mich vor allem, meine Familie wieder zu sehen. Lisa fragte an, ob ich mit ihr zum Tennis-Spielen gehen würde und ich sagte zu. Noch niemals hatte ich einen Tennisschläger in der Hand, doch ich schlug mich wacker. Als Lisa heraus fand, dass ich vom Tennis keine Ahnung hatte, besorgte sie mir sofort einen Trainer.
Am nächsten Morgen war das Meeting in Olivers Büro, in dem ich von den beiden Firmen in Kobe und Shanghai berichtete.
„Das Werk in Kobe wird vom Manager hervorragend geleitet. Er hat ein Heer von Ingenieuren um sich geschart, die an der Weiterentwicklung ihrer Produkte hart arbeiten und auch entsprechend liefern."
„Hayashi Haruki rief mich gestern an und ließ dir ausrichten, dass die Verwendung von Aerographit von Vorteil wäre. Man hat deinen Vorschlag aufgenommen. Du

hast einen kompetenten Eindruck hinterlassen Olivia."
„Danke Oliver. Hayashi Haruki ist ein äußerst professioneller Manager. Das kann ich aber von Zu Chang nicht sagen."
Ich machte eine Pause.
„Dann erzähle", forderte mich Oliver auf.
„Die Fabrik ist vollkommen herunter gekommen. Auch die Arbeiter sehen aus, als wären sie am Verhungern und sind schlecht gekleidet. Als ich mir ansah, was produziert wird, war ich schockiert. Haben sie in den vergangenen Jahren überhaupt etwas verkauft? Es ist alles altmodisch und sie haben einen Mann, den sie als Ingenieur bezeichnen und der keine Ahnung hat."
Ich machte eine weitere Pause.
„Wenn wir diese Branche weiter betreiben wollen, müssen wir unbedingt investieren. Wir benötigen neue Gebäude und neue Produkte. Ich habe mich umgesehen und bemerkt, dass die Gegend um Shanghai eine äußerst gute Infrastruktur aufweist, sie ist weitestgehend flach und man kann das Meer schnell erreichen."
„Was schlägst du vor?"
„Zunächst benötigen wir Ingenieure, die neue Produkte entwickeln, und zwar schnell. Vielleicht können wir auch einige schon entwickelte Produkte kaufen, damit wir bald einsteigen können. Ich würde sehen, dass wir neue Räume bekommen, vielleicht ein Fabrikgelände kaufen oder neu bauen, wie auch immer."
Ich machte eine Pause und dachte kurz nach.
„Was mich hier irritiert ist die Tatsache, dass die Bilanz der Firma Überschüsse vorweist. Woher kommen diese?"
„Das willst du nicht wirklich wissen", wich Oliver aus und sah mir streng in die Augen, die keinen Widerspruch duldeten.
„Und dann müssten die Arbeiter gerecht bezahlt werden. Es ist eine Schande, wenn man sich die Menschen dort ansieht."
„Du setzt dich für deine Mitmenschen ein?"
„Für mich ist Moral keine Heuchelei. Und wenn du deine

Unternehmen rentabel führen willst, musst du deine Angestellten ordentlich behandeln. Hayashi Haruki sorgt für seine Angestellten und er erwirtschaftet Gewinne."
„Nicht genug Olivia. Wenn er nicht so menschenfreundlich wäre, könnten wir eine höhere Rendite erwirtschaften." Oliver machte eine kurze Pause und fuhr fort. „Dein Vorschlag, das Werk in Shanghai zu modernisieren gefällt mir. Du wirst dich dieser Aufgabe widmen und berichtest mir wöchentlich."
„Danke für dein Vertrauen", meinte ich.
„Du suchst Ingenieure, eine neue Fabrik oder ein Gelände um neu zu bauen. Die Löhne der Arbeiter können jedoch nicht erhöht werden, sonst fangen sie an zu denken."
Ich sah Oliver an und überlegte.
„Willst du mich feuern, wenn ich nicht tue, was du willst?"
Oliver lachte.
„Na gut, wenn die Arbeiter so schlimm dran sind, dann erhöhe die Löhne. Aber moderat. Hast du verstanden?"
„Ja", meinte ich kleinlaut.

Sofort begann ich die mir gestellte Aufgabe umzusetzen. In Hongkong hatte ich einige Mitarbeiter, die mir dabei halfen, meine Ziele zu verwirklichen. Was die Ingenieure anging, hatte ich eine Idee, die ich jedoch erst in Europa realisieren konnte.

10.
Obwohl wir William und Joyce schon begegnet waren, so sollte noch ein Gegenbesuch stattfinden. Wir wurden nach über zehn Flugstunden in Auckland am Flughafen abgeholt und zu einer Yacht gebracht, auf der die Familie Busby lebte. Auf dem Bug prangte der Stern der Société. Ihr Sohn war in unserem Alter und hatte seine Frau Laureen und ihre Kinder Adam und Charles und mitgebracht, die alle an der Universität der Société studierten. Ihre Tochter Ella und ihr Mann Alfred sowie

Aubrey waren auch zu Gast. Zu später Stunde erschien Samuel Greenshield mit seiner Frau Madison. Samuel und Madison waren es, die uns an diesem Abend unterhielten. Sie wetteiferten darin, sich von ihren brillantesten Seiten zu präsentieren. Beide waren als Herrenmenschen erzogen worden, die einen maßlosen Ehrgeiz entwickelt hatten, ihr Leben durch rationale Bewältigung von Aufgaben und Herausforderungen zu sehen. Gemeinsam waren ihnen das Gefühl der eigenen unantastbaren Größe und Einzigartigkeit, grenzenloser Macht und maßloser Überheblichkeit, verbunden mit einem unersättlichem Anspruchsdenken. Bei Samuel bemerkte ich jedoch, dass er leicht zu kränken war und deshalb der starken und innerlich gefestigten Madison ausgeliefert war.

Dieser Abend mit Samuel Greenshield und Madison war ein wirklich bizarrer Abend. Ich war unendlich froh, als sie sich verabschiedeten und nach Peking weiter flogen, um Wei Quan und Mei-Zhi einen Besuch abzustatten.

William und Joyce waren ungewöhnliche Menschen und lebten in Neuseeland ein ungewöhnliches Leben. Joyce war am nächsten Morgen mit mir unterwegs, um mir ihr Land zu zeigen, während die Männer wie üblich über Themen der Société diskutierten.

Timothy erzählte selten etwas von diesen Gesprächen. Es war ihm verboten. Doch selbst das, was ich erfuhr, stellte meine Überzeugungen immer wieder auf den Kopf. Die Frauen waren mit ihren Männern verbunden, ohne dass sie die Möglichkeit zur Befreiung hatten. Doch entscheiden durften wohl die wenigsten Frauen etwas. Sie waren zu Zuchtstuten oder zu Schmuckstücken degradiert.

In einem Gespräch mit William gab dieser zu, die Einwanderung nach Europa zu unterstützen.

„Ich will den Migranten Starthilfe geben und in sie investieren. Dabei suche ich nach guten Investitions-Ideen, die Migranten auf der ganzen Welt zugute kommen sollen. Mein privates Kapital soll eine konstruktive Rolle spielen, um Migranten zu helfen. Etwaige Gewinne

werden an die Finanzierung der Société Refugees Fonds gehen, einschließlich der Programme, die Flüchtlingen und Migranten zugute kommen."
„Dann steckst du hinter der Masseneinwanderung?"
„Die Société hat sie beschlossen und ich unterstütze sie finanziell."
„Und warum?"
Ich wollte endlich wissen, weshalb sie all das machten.
„Ich weiß, ihr beiden seid noch nicht lange eingeweiht, deshalb erzähle ich euch von unseren Zielen. Du warst beim Jahrestreffen der Freehome Group dabei, und da dürfte dir klar geworden sein, dass unser Ziel es ist, eine Weltregierung unter der Führung der Société einzusetzen. Dies wird nur durch einen oder mehrere Kriege möglich sein. Und indem wir Europa destabilisieren, ihnen eine Masse aggressiver Einwanderer unterschieben, wird bald tiefe Armut und Arbeitslosigkeit entstehen. Wir werden mit der von den Amerikanern entwickelten Wasser-Waffe Hungersnöte auf der ganzen Welt hervorrufen. Denn die Menschen müssen hungrig sein, um Kriege zu akzeptieren. Wir wollen eine zentrale wirtschaftliche Politik unter Führung unseres Weltenherrschers. Er lebe lange und in Frieden", skandierte er am Ende. Da keiner einen Einwand vorbrachte und auch ich vor Erstaunen still blieb, wechselte Joyce das Thema und erzählte von ihren Hunden.

11.
Auch Tun Pen Dewan drängte darauf, uns als Gäste in seinem Haus willkommen zu heißen, weshalb Timothy und ich anschließend einen Abstecher nach Kuala Lumpur machten.
Wie immer wurden wir nach vier Stunden Flug am Flughafen abgeholt und in sein Haus gebracht. Ein modern eingerichtetes Haus erwartete uns und wir fühlten uns sofort wohl bei Tun Pen. Seine Kinder gingen in die

örtliche Schule. Das Haus wurde bewacht, wie alle Häuser der Société, doch es war eher klein, im Vergleich der Villa der Suns oder der Cliffhearts. Da wir unsere Kinder zu Hause gelassen hatten, waren nur Monica und Michael mit gekommen, weshalb zwei Schlafzimmer vollkommen ausreichten.

Timothy fühlte sich an diesem Morgen nicht wohl, weshalb ich allein mit Tun Pen ausritt. Er meinte, Bodyguards seien nicht notwendig.
Als Tun Pen auf sein Pferd stieg, sah ich an einer Kette einen Ring mit einem Löwen blitzen. Auch mein Ring hing versteckt an einer Kette. Ich zeigte sie ihm und er sah mich verwundert an.
„Du hast dich für den Widerstand entschieden?" fragte ich ihn.
„Ja. Wie ich sehe, du auch."
Tun Pen grinste mich an.
„Darf ich nach deinen Gründen fragen Tun Pen?"
„Es stimmt nicht, was die Société uns suggerieren will. Wir sind keine Herrenmenschen. Wir haben nur Geld und Macht. Aber Herren handeln anders."
„Das sehe ich genauso. Ich bin eine Sklavin und kann deshalb nur moralisch handeln, habe Tugenden wie Mitleid und mit Timothy tiefstes Glück erlebt."
„Die Société bezeichnen Glück, Tugend, Moral und Mitleid als Heuchelei."
„Das hat Daniel bei unserer Initiation behauptet. Und Chloé war besorgt wegen Jules, da die Mitglieder der Société kein Mitleid kennen."
„Deshalb habt ihr Jules adoptiert?"
„Ich konnte dieses kleine Wesen doch nicht ohne Eltern aufwachsen lassen."
„Sie hätten sich um das Kind gesorgt. Sie hätten ein Kindermädchen engagiert, das sich um das Kind gekümmert hätte. Und natürlich würde es eine gute Ausbildung erhalten. Aber die menschliche Nähe einer Mutter und eines Vaters hätte das Kind nie

kennengelernt."
„Gibt es deshalb so viele Psychopathen in der Société?"
Tun Pen lachte.
„Es ist erblich. Und der Egoismus ist anerzogen."
„Aber du bist anders. Wie kam es dazu?"
„Nach dem Tod meiner Frau war ich einsam. Nicht die Mitglieder der Société, mit denen ich verwandt bin, haben mich getröstet, sondern die Sklaven. Für sie war es eine Tugend, Mitleid zu haben und hilfsbereit zu sein."
„Wie starb deine Frau?"
„Nach der Geburt unseres zweiten Kindes litt sie zunächst unter Bluthochdruck und dann hatte sie einen Herzinfarkt, nach kurzer Zeit einen zweiten und am dritten Herzinfarkt verstarb sie."
„Das tut mir leid."
„Ja, Empathie, auch eine Eigenschaft der Sklaven. Uns wird jede Empathie aberzogen."
Tun Pen blieb stehen und sah mir in die Augen.
„Ich habe noch eine Frage hinsichtlich der Société. Wirst du sie mir ehrlich beantworten Tun Pen?"
„Wenn ich kann."
„Du und Jean Bernicot habt keine Gefährtin. Kann die Société dann existieren?"
Tun Pen lachte.
„Zum jährlichen Bluteid benötigen wir keine Gefährtin. Und die Alleinstehenden werden zur Beeinflussung nicht herangezogen. Dazu benötigen sie die Frauen. Es gibt genügend Mitglieder, die diese Aufgabe übernehmen können."
„Oliver erzählte mir, dass 12 Mitglieder zur selben Zeit die Kamarikraft anwenden müssen, um Erfolg zu haben."
„Das stimmt. Es müssen nicht alle 12 Familien daran beteiligt sein. Meist sind es die Familien Cliffheart und Greenshield, die eine Beeinflussung organisieren. Sie müssen nur sicherstellen, dass 12 Mitglieder zur selben Zeit meditieren."
„Das haben Timothy und ich erfahren. Wie oft wird es durchgeführt?"

„Mehrmals jährlich. Und bei größeren Problemen werden die Mitglieder der Société sofort zusammen gerufen. Es wird eine Uhrzeit vereinbart und jeder ist gehalten, zum nächsten Ort zu gehen, an dem sich eine Höhle befindet, um zu meditieren."
„Interessant."
Tun Pen sah mich durchdringend an und schwieg.
„Als ich dich das erste Mal sah, hatte ich den Eindruck, dich zu kennen," begann er.
„Ich auch", hauchte ich.
„Du warst mir vertraut. Glaubst du an Wiedergeburt?"
„Ja."
„Ich denke, unsere Seelen sind miteinander verbunden."
„Das kann ich nicht leugnen", entgegnete ich.
„Ich respektiere deine Ehe mit Timothy und werde nichts tun, um diese zu zerstören."
Er wandte sich ab. Doch in seinen Augen sah ich eine Sehnsucht, die mir wohl bekannt war.
„Als ich Timothy kennenlernte, wusste ich, dass ich mit ihm mein restliches Leben verbringen wollte. Und daran hat sich nichts geändert. Doch ich habe auch dir gegenüber Gefühle, die ich nicht richtig deuten kann. Wenn ich dir begegne, erfüllt sich mein Herz mit einer Wärme und einer Intensität, die ich bei Timothy nicht kenne."
„Ich wünsche nur, dass es dir gut geht und dass du in diesem Leben deine Aufgabe bewältigst."
„Auch ich sorge mich um dein Wohlergehen Tun Pen."
„Unsere Seelen sind vereint, unabhängig, mit wem wir uns in diesem Leben verbunden haben."
Er nahm meine Hand.
„Du hast meinen Respekt Olivia. Und wenn du mit Timothy dein Glück gefunden hast, dann wünsche ich dir viel Glück. Doch sag mir, wie sieht er die Ziele der Société?"
„Seine Eltern haben sich von der Société distanziert. Er ist der jüngste der Kinder und wurde wohl nicht in der Ideologie der Herrenmenschen erzogen. Deshalb hat er eine gewisse Distanz zu dieser Ideologie. Doch Timothy

hat nicht den Mut, sich gegen die Société zu stellen."
„David und Harper haben den Eid verweigert."
„Ihr Flugzeug stürzte ab."
„Das hatte die Société eingefädelt. Eine Woche später kamen wir bei Familie Cliffheart zusammen und haben mit Oliver den Eid erneuert."
„Sie haben also nicht viel Zeit, jemanden zu finden, der statt dessen den Eid erneuert?"
„Nein."
„Das macht die Société verletzbar."
Er sah mich an.
„Reiten wir zurück", sagte er unvermittelt und galoppierte davon.

12.
An diesem Morgen bereitete ich meinen Flug nach Europa vor. Während ich meine Reisevorbereitungen traf, besuchte mich Lisa. Sie setzte sich in einen Sessel und während ich packte, redeten wir. Sie war einsam und gierte nach Zuwendung, die ich ihr gerne gab. Da mein Flug erst nachmittags ging, spielten wir noch zusammen Tennis. Danach zog ich mich um für den Flug nach Europa.
Von Timothy hatte ich mich schon am Morgen verabschiedet. Ihn erwarteten in der City einige Meetings.

Ich war schon in der Limousine, als mir einfiel, dass ich ein Buch mitnehmen wollte, das ich unterwegs studieren wollte. Ich ging in unseren Wohntrakt, holte das Buch und ging zurück zum Eingang. Oliver kam mir entgegen.
„Wie schön, der Sklavin mit den tollen Titten zu begegnen", forderte er mich anzüglich heraus und stellte sich breitbeinig vor mir auf. „Wo waren wir stehen geblieben?" Sein Blick zog mich aus und sein Körper drückte mich an die Wand.
„Lass' mich los", sagte ich brüsk, doch er fuhr mit seiner

Hand unter meinen Rock.
„Nein", schrie ich und ohne zu überlegen schleuderte ich Oliver weg. Sprachlos lag er auf dem Boden. Wie gut, dass mich Monica in Selbstverteidigung unterwiesen hatte. „Du lässt mich in Ruhe, verstanden!" Ich stand über ihm und blickte nach unten, während er versuchte, wieder aufzustehen. Schnell drehte ich mich um und entfernte mich.

Nach zwölf Stunden Flug wurde ich mit meiner Begleitung von Daniel abgeholt. Mit dem Hubschrauber wurden wir zum Londoner Stadthaus gebracht, wo ich zuerst meine Kinder begrüßte. Während des Essens erzählten Frank und Julia von ihren Erlebnissen. Ich war stolz auf meine Tochter, denn sie hatte einige Wettbewerbe im Springreiten gewonnen. Auch Frank war im Polo erfolgreich und so grinsten beide Kinder über beide Ohren. Schon in Hongkong hatte ich einen Termin mit meinem früheren Arbeitgeber ausgemacht und so fuhr ich am Nachmittag in die City.
„Frau Sun, wie schön sie wiederzusehen."
„Danke Mr. Hancox. Ich freue mich auch."
Bevor ich zu meinem Anliegen kam, tauschten wir noch Neuigkeiten aus.
„Wie Sie wissen, arbeite ich seit dem Tod meiner Schwiegereltern für den Konzern der Familie Sun. Mittlerweile bin ich die Leiterin der Technik-Sparte des Konzerns und da habe ich ein kleines Problem. Eine Firma in China stellt Telefonanlagen her und die sind veraltet. Ich brauche dringend Patente, aus denen wir produzieren können. Haben Sie zufälligerweise Mandanten, die einen Investor suchen?"
Er sah mich an und lachte.
„Ja Madam, so ändert sich alles und ich traue Ihnen zu, dass Sie diese Aufgabe hervorragend managen. Sie haben hier in dem halben Jahr außergewöhnliche Arbeit geleistet Madam Sun. Zu Ihrer Frage Madam Sun, ja, da fallen mir einige ein. Aber wie Sie wissen, darf ich nichts

sagen. Ich werde Ihre Anfrage aber weiter leiten."
„Sie dürfen meine Anfrage auch an Kollegen weiter geben."
„Auch das werde ich machen."
„Und ich werde mich für eine Weitervermittlung selbstverständlich erkenntlich zeigen."
„Dann sind wir uns einig Madam Sun."
„Ich bin auch beauftragt, Unternehmensanteile zu erwerben oder Unternehmen zu erwerben. Falls Sie auch hier etwas wissen, dürfen Sie mich kontaktieren."
„Das werde ich auch in die Wege leiten", antwortete er steif. Danach taute er auf und wir unterhielten uns über die Kinder und mein Leben in Hongkong, um danach mit meinen ehemaligen Arbeitskolleginnen zu plaudern, bevor ich in das Stadthaus zurück fuhr.
Ich hatte meine Arbeitskolleginnen und Arbeitskollegen zum Essen in ein Restaurant eingeladen. Es erschienen zehn Kolleginnen und fünf Patentingenieure.

Am nächsten Tag hatte ich einen Termin mit einen Headhunter. Ich benötigte dringend Ingenieure und er erhielt von mir den Auftrag, sich in Europa umzusehen. Mindestens zwei Jahre sollte er nach Shanghai kommen. Ich würde eine Wohnung zur Verfügung stellen, Kindern würde der Schulbesuch in einer internationalen Schule bezahlt werden und das Gehalt sollte auch gut sein. Nach einigen Vorstellungsgesprächen nahm ein James Baker mein Angebot an und würde zusammen mit seiner Familie nach Shanghai kommen.

13.
Mit dem Manager von SAE Systems in London, Brian Thomas war ich an diesem Morgen verabredet. Er führte mich durch das Gelände, auf dem die Halbleiter hergestellt wurden. Es war beeindruckend, doch der größte Teil würde in China produziert, teilte er mir mit. In Berkhansted

stand das große Arsenal, das Computerhersteller in der ganzen Welt belieferte. Auch hier sah ich mich in der Patentabteilung besonders um und rief die Ingenieure zu einem Meeting. Sie zeigten mir mehrere Neuentwicklungen, die bald auf den Markt kommen würden und stellten mich insgesamt zufrieden. Nichts war auszusetzen, was mich tief beeindruckte. Ich war froh, die Fabrik in guten Händen zu wissen und verabschiedete mich herzlich vom Manager Brian Thomas.

14.
Zwei Tage später meldete sich eine Mrs. Miller. Sie hielt eine provisorische Anmeldung in Händen, die ein schnurloses Telefon in einem ungewöhnlichen Design betraf. Es war fünf Wochen alt.
„Darf ich diese Anmeldung prüfen lassen?" fragte ich sie.
„Das dürfen Sie."
„Wenn diese Anmeldung, auch des Designs, für uns relevant ist und sie veröffentlicht wird, dann werden wir uns einig."
Wir tauschten Adressen und Telefonnummern aus und verabschiedeten uns. Mr Hancox sollte eine eingehende Recherche zu dieser Anmeldung durchzuführen.

Mit Jules und Max, Julia und Frank machte ich Ausflüge. Nicht selten waren Megan und Jana dabei, weshalb wir immer im großen Auto unterwegs waren, da uns Monica, John und Margret begleiteten. Holly hatte ich in dieser Woche frei gegeben und sie war bei ihrer Familie und würde nach Deutschland kommen, um mit mir zurückzufliegen.
Ich nahm mir Zeit für die Menschen um mich herum. So konnte ich mit Margret in aller Ruhe sprechen, meine Erfahrungen austauschen und diskutieren.
„Ich wollte dieses Leben nicht Margret."
„Das kann ich mir vorstellen", erwiderte sie lächelnd. „Ich

habe dich in London kennengelernt als eine unabhängige Frau, der am Wohlergehen ihrer Umgebung gelegen ist."
„Es ist mir nicht gleichgültig, wie es meiner Familie und Angestellten geht."
„Das sehe ich, Olivia. Denke daran, diese Familie besteht aus Heuchlern, die keine Moral besitzen."
„Das hat Daniel mir einmal vorgeworfen."
„Was?"
„Er sagte, wir sollten frei sein von den Heucheleien namens Glück, Tugend, Moral und Mitleid."
„Hast du dich deshalb der Syrikat angeschlossen?"
„Ich kann die Ungerechtigkeit nicht ertragen, wie die Société dieser Welt nach ihrem Gutdünken beeinflusst. Wenige leben auf Kosten vieler."
„Und Oliver ist der Schlimmste."
„Er ist ein Psychopath."
„Pass auf dich auf."
„Er probiert immer wieder, sich an mich heranzumachen. Vor meiner Abreise hat er es wieder probiert. Monica hat mich in der Selbstverteidigung unterrichtet."
„Und?"
„Oliver lag ziemlich verdutzt am Boden, als ich ihn verließ." Margret lachte.
„Wir haben die Freiheit, jederzeit aussteigen zu können."
„Diese Freiheit gibt es nicht. Kein Mensch ist frei, wir sind alle an das System gebunden", erwiderte Margret.
„Dann wird es Zeit, das System zu ändern", sinnierte ich.
Ich sah sie lange an und wechselte das Thema. Hatte ich nicht die Freiheit, aus meinem goldenen Käfig zu entfliehen? Hatte ich die Freiheit, eigene Entscheidungen treffen zu können? In dieser Welt gab es keine Gerechtigkeit. Diese Welt war unbarmherzig.

15.
Vor meinem Abschied von Julia und Frank traf ich mich mit Mr. Hancox. Das Festnetztelefon stellte sich als gut

patentierbar heraus und Mr Hancox wollte selbst für die Umsetzung sorgen.
Mit Holly, Monica, Jules und Max nahm ich einen Linienflug nach Friedrichshafen. Am Flughafen erwartete mich ein Mietauto, mit dem ich in mein Haus nach Fischbach fuhr. Ich freute mich wieder in mein eigenes Reich zu kommen und auf ein Wiedersehen mit meinen Eltern. I
Der Garten war für den Winter vorbereitet und das Haus sauber. Mary hatte Lebensmittel eingekauft und ich selbst wollte kochen. Sie konnte in den zwei Wochen, die wir in Fischbach verbringen würden, ihre Eltern in den Vereinigten Staaten besuchen. Holly blieb bei den Kindern und ich machte einen Spaziergang am Bodensee. Es war ein kalter aber schöner Novembertag und der See bot das berauschende Alpenpanorama mit den schneebedeckten Bergen der Schweiz.

16.
Die neue Woche begann mit einer Verabredung mit dem Geschäftsführer Rainer Bachmann von der Firma Maaz in Friedrichshafen. Er begrüßte mich förmlich, als sein Handy klingelte und er mit einem Mitarbeiter diskutierte.
„Entschuldigung", sagte er zu mir, als er aufgelegt hatte. „Wir werden zunächst einen Rundgang machen."
Schon spurtete er voraus, als wiederum sein Handy klingelte und er mit einem Mitarbeiter sprach. Ich wurde nicht beachtet. In einer überheblichen Art ließ er mich spüren, dass er sich für besser hielt und ich keine Ahnung vom Geschäft hatte. Irgendetwas lief hier falsch.
Da er ständig am Handy Gespräche führte, sprach er kaum mit mir und hechtete durch die Räume, als wir schon die Kantine erreichten. Ich sollte doch etwas essen und er verabschiedete sich zu einem Meeting.
„Herr Bachmann, Sie haben gerade ein Meeting mit mir", wies ich ihn zurecht.

„Das ist eine wichtige Verhandlung mit einem Geschäftspartner."
„Dann werde ich teilnehmen", warf ich ein.
„Das ist nicht möglich."
„Wie Sie wollen Herr Bachmann", antwortete ich.
Es gefiel mir ganz und gar nicht, wie er mich gerade abgekanzelt hatte. Unverrichteter Dinge fuhr ich nach Hause.

17.
Herr Bachmann meldete sich über mein Handy.
„Verzeihen Sie Madame Sun. Ich würde morgen gerne alles wieder gut machen und Sie zum Essen einladen", sagte er zu mir. Ich sagte für den Abend zu und war gespannt, was er zu sagen hatte.
Ich fuhr zum Restaurant, doch Rainer Bachmann war nicht anwesend. Er hatte einen Tisch für uns beide reserviert und ich setzte mich an den Tisch und wartete. Eine halbe Stunde später erschien er.
„Entschuldigen Sie Madame Sun, doch mein Geschäftspartner hat mich aufgehalten", sagte er kühl zu mir und setzte sich mir gegenüber.
„Haben Sie sich etwas zum Trinken bestellt?"
„Ja", antwortete ich.
Ohne sich mit mir abzustimmen bestellte er eine Flasche Champagner. Ich fühlte mich etwas übergangen, entschied mich aber abzuwarten.
„Dann sagen Sie mir, warum Sie von Ihrem Geschäftspartner aufgehalten wurden."
„Madame Sun, das können wir hier nicht besprechen", sagte er und wechselte das Thema. Nur keine Informationen preis geben. Ich hörte höflich zu, während die Vorspeise kam und sagte nicht viel. Rainer Bachmann redete dafür ununterbrochen und bemerkte nicht, wie ich immer stiller wurde. Als das Dessert kam, ließ ich die Bombe platzen.

„Herr Bachmann, Sie scheinen sich nicht im Klaren zu sein, wer ich bin, oder?"
„Sie sind Frau Sun, die Schwägerin des Inhabers."
„Und ich bin mit allen Befugnissen ausgestattet, die Ihre Firma betrifft. Sie sind ein Handlanger Herr Bachmann. So lange Sie die Firma mit Gewinnen führen, sind wir durchaus mit Ihrer Geschäftsführung einverstanden. Doch ich entnehme der Bilanz vom vergangenen Jahr, dass Sie Verluste machten."
Herr Bachmann war still geworden, er hatte begriffen und sah mich an.
„Ich setzte alles daran, diese Verluste auszugleichen und wieder Gewinne zu erzielen."
„Wenn Sie mit Ihren Geschäftspartnern so umgehen wie mit mir wird das nicht der Fall sein."
„Was soll das heißen?"
„Ich bin es nicht gewöhnt, wenn man mir auf eine Frage nicht antwortet und mir ausweicht und mich dann noch vor die Tür setzt. Das geht nicht."
„Ich hatte eine wichtige Besprechung", wollte er sich entschuldigen.
„… mit mir", ergänzte ich. „Wenn der Inhaber Ihrer Firma kommt, ist nichts so wichtig wie er. Ferner musste ich eine halbe Stunde auf Sie warten Herr Bachmann. Auch das ist nicht akzeptabel."
„Da haben Sie aber etwas missverstanden Frau Sun."
„Habe ich nicht. Wir befinden uns hier in Deutschland und Unpünktlichkeit ist Respektlosigkeit. Morgen früh will ich eine komplette Firmenführung. Alle notwendigen Dokumente werden mir vorgelegt, insbesondere Patentanmeldungen und Marketingstrategien."
Er sah mich groß an. Ich stand auf.
„Ich trinke keinen Alkohol, wenn ich allein mit dem Auto unterwegs bin. Guten Abend Herr Bachmann."

Als ich am nächsten Tag in der Firma Maaz erschien, begrüßte mich Herr Bachmann höflich, nahm mir meinen Mantel ab und führte mich durch die einzelnen Räume. Er machte mich mit den jeweiligen Abteilungsleitern und Ingenieuren bekannt und ich bat sie zu einem späteren Meeting zu erscheinen. Wir wurden nicht unterbrochen und im Büro von Herrn Bachmann erhielt ich alle notwendigen Dokumente. Ich blätterte die Patentanmeldungen durch und bemerkte, dass die letzte Anmeldung schon vier Jahre alt war.
„Wurde kein weiteres Patent angemeldet?" fragte ich ihn.
„Nein. Im Moment sind wir gut aufgestellt."
„Dann will ich jetzt mit den Ingenieuren reden."
Es stellte sich heraus, dass aus Kostengründen die leitenden Ingenieure entlassen wurden und die Zurückgebliebenen nicht die Zeit hatten, Neues zu entwickeln.
Ich sah mir die Bilanzen an und schüttelte nur den Kopf.
„Wie lange sind Sie für die Firma Maaz tätig?"
„Seit fünf Jahren."
„Haben Sie Kinder?"
„Sie sind erwachsen."
„Dann stellen Sie sich darauf ein, dass wir einen neuen Manager suchen Herr Bachmann."
„Nein."
„Die genauen Konditionen werden die Anwälte regeln."
Mit seinem Jahresgehalt von 500 000 Euro war er kein armer Mann und konnte sicherlich Rücklagen bilden. Die vertraglichen Verpflichtungen würden erfüllt werden müssen, weshalb seine Entlassung nicht sofort anstand. Er sollte wissen, woran er war und vielleicht fand er schnell eine andere Arbeitsstelle.

Es tat mir leid, dass ich zu diesem Schritt gezwungen war, doch es ging um mehr als 3000 Arbeitsplätze, die durch sein Handeln gefährdet waren. In London hatte ich mich schon mit einem Headhunter in Verbindung gesetzt und diesen rief ich nun an und bat um Vermittlung eines

Managers. Wir verabredeten uns für den nächsten Tag, an den er in mein Haus kam. Gleichzeitig beauftragte ich eine örtliche Anwaltskanzlei mit der Abwicklung der Kündigung von Herrn Bachmann.
Der Headhunter stellte mir drei interessante Manager vor, darunter eine Frau. Sie war erst 28 Jahre alt, doch sie war mir sympathisch und ich wollte sie kennenlernen, so lange ich noch in Deutschland weilte. Mit einem weiteren Bewerber vereinbarte ich ein weiteres Gespräch.

19.
Ich begrüßte Jasmin Strauß, eine hübsche Blondine mit langen schlanken Beinen. Sie trug einen blauen Bleistiftrock und eine dazu passenden Jacke mit einer leichten weißen Bluse, ganz in der Tradition einer Businessfrau. Zuerst fragte ich sie, wie sie sich so schlank hielt. Sie würde viel Sport treiben, meinte sie und damit war das Eis gebrochen und es sprudelte aus ihr heraus. Ich wollte wissen, was sie antrieb, was ihr wichtig war. In ihrem Studium hatte sie sich schon für Umweltprojekte engagiert, was mir besonders gefiel.
Ich stellte ihr dann meinerseits das Unternehmen vor. Ehrlicherweise erzählte ich ihr auf von der Entlassung von Herrn Bachmann. Wir entwickelten in diesem Gespräch gemeinsame Ziele, die Jasmin Strauß gerne umsetzen würde.
Nach einem zweistündigen Gespräch erkundigte ich mich bei dem Anwalt, wann der Vertrag mit Herrn Bachmann beendet wäre und schickte Jasmin Strauß die Vertragsunterlagen. Zwei Tage später erhielt ich sie unterschrieben zurück. Ich freute mich, das Unternehmen in die Hände einer qualifizierten Frau übergeben zu können.

20.
James Baker hatte mein Angebot angenommen und würde mit seiner Familie als leitender Ingenieur nach Shanghai ziehen. Der Headhunter hatte mir noch einige junge Ingenieure vorgestellt, von denen ich zusammen mit Mister Baker vier auswählte.
Es schien sich alles gut zu entwickeln. Und ich freute mich auf ein Wiedersehen mit Timothy, mit dem ich drei Wochen lang nur über Skype gesprochen hatte.
Als Mary aus den USA wieder zurück kehrte, flogen Monica, Holly, Jules, Max und ich mit dem Privatjet nach Hongkong. Wir wurden mit dem Hubschrauber abgeholt und zum Haus geflogen, wo mich Timothy schon sehnsüchtig erwartete.
Lisa freute sich noch mehr über mein Eintreffen. Und um sie nicht zu enttäuschen, nahm ich mir den nächsten Tag frei und ging mit ihr zum Shopping. Noch immer hielt ich Shopping für Zeitverschwendung, doch ihr zuliebe suchte ich mir einige Kleider aus und begleitete sie anschließend zum Tennis. Wir verbrachten einen amüsanten Nachmittag und entspannt kamen wir in dem riesigen Anwesen an.
Es war Ende November und die Nächte wurden mittlerweile kühler, doch an vielen Tagen war es noch frühlingshaft warm.
Wie es mit Oliver weiter ging, wusste ich nicht. Vor allem versuchte ich zu vermeiden, Oliver allein zu begegnen.

21.
Ich hatte ein Gelände in Shanghai erworben und auch eine Genehmigung zum Bau eines neuen Fabrikgebäudes. Das alte Gebäude sollte nach dem Umzug niedergerissen werden. Oliver genehmigte meine Pläne und ich hatte einige Ingenieure zusammen getrommelt, die in drei Monaten mit ihrer Arbeit beginnen würden. Hierzu bräuchte ich Räume, wo diese Ingenieure arbeiten konnten.

Der Neubau der Fabrik würde ein halbes Jahr in Anspruch nehmen. Um die Arbeiter in der Fabrik etwas aus ihrem Elend zu entlassen, hatte ich die Entlohnung erhöht. Beim nächsten Besuch in Shanghai waren die Arbeiter besser angezogen und wirkten insgesamt fröhlicher. Zu Chang gab sich unterwürfig.
Bei einem unserer wöchentlichen Meetings sprach ich Oliver darauf an.
„Ich würde Zu Chang in Shanghai gerne als Manager ersetzen", begann ich.
„Welchen Grund hast du?" fragte er.
„Wie in Friedrichshafen hat auch er seine Arbeit vernachlässigt. Oder hast du einen Grund, ihn in seiner Stelle zu belassen?"
„Er hat getan, was ich wollte. Sollte man ihn deshalb bestrafen?"
„Aber ein Manager sollte nicht nur tun, was wir wollen. Er oder sie sollte das Prosperieren seines Unternehmens im Auge behalten. Und das hat er eindeutig nicht gemacht. Oder wolltest du, dass diese Firma so verkommt?"
„Nein, das lag nicht in meiner Absicht."
„Ich weiß dass dort Geld gewaschen wird Oliver. Dennoch könnte das Unternehmen Gewinne abwerfen, wenn es besser geführt wird."
„Du baust ein neues Gebäude mit neuen Produkten, die wir produzieren. Das alte Gebäude bleibt und wird nicht abgerissen, wie du vorgeschlagen hast."
„Und Zu Chang? Wie soll ich mit ihm verfahren?"
„Du magst ihn nicht?"
„Nein."
„Setze einen Manager über ihn."
„Genau das hatte ich vor."

22.
Was meine Arbeit im Konzern anbelangte, konnte ich mich mit Oliver verständigen. Was mir mehr Sorgen machte,

war mein Mann. Unsere Beziehung hatte sich verändert und ich wusste nicht, ob ich damit zufrieden war.

Ich hatte mich in den empfindsamen Künstler verliebt, in den Mann, der sich für seine Familie einsetzte und der in seiner Kunst aufging. Den Mann, der meine Interessen mit mir teilte, den liebevollen Vater meines Sohnes.

Doch Timothy zeigte mehr und mehr eine andere Seite. So wie er vorher in seiner Kunst aufgegangen war, so vertiefte er sich jetzt in seine Aufgabe als Manager. Er war immer schon ein ernsthafter Realist, dem Klarheit und Sicherheit über alles ging und dem Überschwang fremd war. Das Erfüllen seiner Aufgabe war sein Ziel, mit dem er durchs Leben ging. Durch die Zurückhaltung, die ihm eigen war, wurde er zum Einzelgänger. Ich war die Lebenslustige in unserer Beziehung und konnte ihn immer wieder aufbauen. Er verfügte über eiserne Selbstdisziplin und war ein Perfektionist in dem, was er tat und wagte sich an Aufgaben heran, deren Bewältigung anderen aussichtslos erschien. Je mehr er sich auf seine Aufgabe als Manager konzentrierte, je mehr vernachlässigte er seine künstlerische Ader, was ich zutiefst bedauerte. Um ihn zu entlasten, hatte ich mich bereit erklärt, in die „Firma" einzusteigen. Und nun stand ich vor Aufgaben, die ich eigentlich nicht wollte. Ich übernahm sie als eine mir gesetzte Aufgabe, doch im tiefsten Inneren war ich damit nicht einverstanden. Ich wollte Gerechtigkeit, das Gefälle zwischen arm und reich verringern. Aber je mehr ich dafür eintrat, desto weniger konnte ich ausrichten. Meine Weltsicht sah nicht die Unterdrückung der Arbeiter vor, sah nicht vor, dass wenige auf Kosten der Vielen lebten und dass ich einer jener Parasiten war.

Das Leben in der Welt der Société missfiel mir. Ich hatte mich angepasst und mischte im System mit, hatte die Rolle angenommen, die man mir übertragen hatte. Aber um welchen Preis? War ich bereit, diesen Preis zu bezahlen?

Meine Kinder, mein Mann und meine Arbeit ließen mir wenig Zeit zum Nachdenken. Ich funktionierte, aber wie lange?

23.
Weihnachten verbrachten wir in Fischbach. Mary und Holly erhielten Urlaub, nur Michael und Monica und die Kinder begleiteten uns. John und Margret feierten auch mit uns und so war das Haus wieder einmal voll.
Timothy und mir tat es gut, Zeit miteinander und den Kindern verbringen zu können. Unsere Familie war angewachsen, denn sowohl Monica und Michael als auch John und Margret sahen wir als unsere Familienmitglieder an. Dies bedeutete Essen für acht Erwachsene und zwei Kleinkinder. Zehn Stühle standen mittlerweile um den großen Esstisch. Margret führte den Haushalt und entlastete mich, damit ich mich mehr um die Kinder und um Timothy kümmern konnte.

24.
Am 5. Januar flogen Timothy und ich nach Frankreich auf unser Weingut und ließen die Kinder mit Monica und Michael, Margret und John in Fischbach zurück. Am 6. Januar sollte das jährliche Treffen der Société auf Chateau La Tour d'Illac stattfinden. Da ich die Hausherrin war, musste ich das Treffen der Société organisieren. Jede Familie würde ein Mitglied entsenden. Telefonisch hatte ich mit meinem Personal alles vorbereitet. Am 6. Januar kamen Nelson Cliffheart mit seiner Frau Amy an, von der Familie Greenshield erschienen Edzard und seine Frau Deborah. Jean Bernard Bernicot, Siglinde und Wolfgang Hartz hatten sich angesagt ebenso wie Wei Quan mit Mei-Zhi. Iwan und Ivanka Gogol, Genki und Aiko Kagawai, Tun Pen Dewan, Jacob Mosche und Tamar Olmert, Paul Dike Onuahu und Ngozi erreichten das Domizil in Frankreich. Die Neuseeländer schickten für Familie Busby seinen

Sohn Jerry mit seiner Frau Laureen.
Alle mussten untergebracht werden, jedem Ehepaar ein Zimmer zur Verfügung gestellt werden, was mein Personal souverän meisterte.
Timothy erzählte mir erst am letzten Tag, wo und wie das Treffen ablaufen sollte. Das Haus wäre über einer riesigen Höhle gebaut, in der um Mitternacht die Zeremonie beginnen würde. Der Zugang sei geheim, weshalb das Personal an diesem Abend nach dem Dinner das Haus verlassen müsse.

Um 11 Uhr führte mich Timothy durch eine verborgene Tür in die Höhle. Gemeinsam bereiteten wir alles für die Zeremonie vor, als die Gäste nacheinander eintrafen.
Ein runder Tisch, auf dem ein zwölfzackiger Stern aufgebracht war, bildete den Mittelpunkt der Höhle. 24 Stühle waren in zwei Reihen um den Tisch herum gestellt.
Auf jedem Zacken eines Sterns lag ein Athame.
Die Männer standen auf und bildeten einen Kreis. Jeder nahm sein Messer und ritzte sich sein rechtes Handgelenk und linkes Handgelenk auf und verband sich mit seinem rechten und linken Nachbarn.
„Mit Blut sind wir verbunden. Nur Blut kann uns wieder lösen," skandierten sie gemeinsam. Sie lösten die Verbindung und Timothy begann.
„Ich darf heute als Vertreter der Familie Sun das jährliche Treffen der Société eröffnen," begann er. „Wir haben den Schwur des Blutes heute erneuert, der uns verbindet."
Er machte eine Pause.
„Setzt euch Freunde."
„Wir haben die Reihenfolge ausgelost, deshalb ist Wolfgang Hartz zuerst an der Reihe."
Wolfgang Hartz stand auf und Timothy übergab ihm einen zwölfzackigen Stern.
„Die Privatisierung aller lebensnotwendigen Güter wird bald abgeschlossen sein. So befinden sich die Stromversorgung, die Medien, die Telefonkonzerne, die Gesundheitsversorgung sowie die Wasser- und die

Abwasserversorgung in den Händen der Société."
„Danke Wolfgang Hartz."
Er setzte sich wieder und Timothy rief Iwan Gogol auf. Wolfgang Hartz übergab den Stern an Iwan.
„Wir haben diskutiert, dass wir die Nahrungsmittel, die angebaut werden, nur von wenigen Konzernen kontrolliert werden. Vor allem Nahrungsmittel wie Reis und Weizen, die für die Menschheit als Nahrungsgrundlage dient, haben wir Sorten gezüchtet, die abhängig machen. Sie reproduzieren sich nicht selbst und die Bauern sind gezwungen, unsere entwickelten Samen zu kaufen. Sie können nicht wie früher, einen Teil der Ernte als Samen zurück legen. Damit befindet sich die Landwirtschaft letztendlich in den Händen der Société."
„Danke Iwan Gogol. Nelson Cliffheart."
Iwan Gogol übergab den Stern an Nelson Cliffheart. Ich war gespannt, was er zu sagen hatte.
„Es ist das letzte Jahr der Präsidentschaft von Peter Peak. Wie ihr wisst, war es uns erst spät möglich, ihn unter Kontrolle zu bekommen, doch wir hatten es geschafft. Dieses Mal machten wir nicht denselben Fehler, denn wir konnten seinen Nachfolger schon vorzeitig gewinnen. Die Sklaven können wir durch unsere Politik weiter unterdrücken, auch wenn wir ihnen hin und wieder einen Zuckerwürfel vor die Füße legen. Das ist nötig, damit die Sklaven nicht aufgeben und Teil des Systems bleiben. Vor allem die Filme halten Menschen in Abhängigkeit, weil ihnen einerseits die Aussicht auf ein besseres Leben suggeriert wird, das keiner je erhält, andererseits verbringen sie ihre Zeit nicht mit Demonstrationen oder mucken sonst irgendwie auf. Die Sklaven werden zum Konsum angeregt und kurbeln die Wirtschaft an. Dennoch wird das Volk keinen Anteil am Luxus erhalten. Es ist eine Illusion für das Volk, um es zu unterdrücken. Und die Verantwortlichen werden alles dafür tun, das Volk abzuhalten, am Wohlstand teilzuhaben."
Jacob Mosche Olmert erhielt den Stern von Nelson Cliffheart.

„Durch den Krieg im Nahen Osten können wir den Frieden zu unseren Gunsten diktieren. Wir haben jede Art von Fanatismus unterstützt. Besonders zwischen Sunniten und Schiiten konnten wir Misstrauen sähen und eine ganze Region ins Chaos stürzen. Millionen von Moslems sind auf der Flucht. Vor ihrer Flucht wurden diese noch fanatisiert, damit sie in den Ländern, in denen sie ankommen, die Gesellschaften ins Chaos stürzen. Damit wird vom Handeln Israels abgelenkt und die Welt sieht auf die Ungerechtigkeit im Irak, in Syrien und bald auch in der Türkei. Wir können unsere Expansionspolitik erweitern und letzten Endes die Palästinenser aus dem Land jagen. Sie werden nur einige wenige weitere Flüchtlinge bilden und die Weltöffentlichkeit wird sich nicht weiter darum kümmern."

Edzard Greenshield trat vor.

„Für Großbritannien haben wir einige Neuigkeiten. Wir haben einen Chip vorbereitet, der den Sklaven eingepflanzt werden soll. Zunächst werden die Sklaven umworben, damit sie diesen Chip freiwillig nehmen. Die Überwachung ihrer körpereigenen Systeme sollte ihnen Vorteile bringen. Doch in Wirklichkeit dient dieser Chip der vollkommenen Überwachung der Sklaven. Eine speziell entwickelte Computersoftware wird diese Überwachung weitestgehend durchführen. Wir mussten sicherstellen, so wenig wie möglich Mitwisser zu haben. Die Chips können auch eingesetzt werden, um die Sklaven zu töten oder sie zu disziplinieren."

Jean Bernard Bernicot trat vor.

„Ich sollte die Medien für unsere Ziele unterwandern. Dies gelang mir nur teilweise. Jeder Journalist sollte sich verpflichten, nur linientreue Berichte zu veröffentlichen und die Abweichler als Radikale darstellen. Doch es gibt immer wieder Journalisten, die sich gegen dieses System wehren. Wir werden uns neue Möglichkeiten ausdenken müssen, die Medien zu kontrollieren, da sie den Schlüssel darstellen, mit dem wir herrschen werden."

Wei Quan erhielt den Stern.

„Jede Bankenkrise lässt uns stärker werden. So wurden in China die letzten unabhängigen Banken in den Bankrott getrieben, weshalb alle Banken weltweit unter dem Einfluss der Société stehen. Dadurch ist das Geldwesen in der Hand der Société."
Wei Quan übergab Genki Kagawai den Stern.
„Wir haben uns das Ziel gesetzt, für das Wohlergehen der Völker zu sorgen und dabei die Weltbevölkerung von uns in Abhängigkeit zu halten. Es wurde schon diskutiert, ob diese Bevölkerung nicht zu massiv anwächst und wir sie reduzieren müssten. Diese Frage müssen wir weiter diskutieren. Die Sklaven beginnen zu denken und das System in Frage zu stellen. Auch dazu benötigen wir eine Strategie."
Tun Pen Dewan stand auf.
„Asien will ebenso wie Europa keine genmanipulierten Lebensmittel. Doch der Nahe Osten wird anders als Europa keine Wahl haben. Die genmanipulierten Sorten sind gegen Schädlinge resistenter, weshalb ich zuversichtlich bin, dass diese Sorten bald überall angebaut werden. Wir verbilligen den Samen und die Ernte verdoppelt sich. Dies wird dazu führen, dass die Bauern die genmanipulierten Samen bevorzugen. Auch Europa wird sich nicht länger wehren können, da wir durch das geplante Freihandelsabkommen die Märkte zwingen werden, unsere Sorten anzupflanzen und zu verwenden."
Paul Dike Onuahu stand auf.
„Der Kontinent Afrika ist schwer zu überwachen, wie ihr alle wisst. Dennoch kann ich berichten, dass die Konzerne der Société die gesamte Landwirtschaft in Afrika kontrollieren. Sie bestimmen, was angebaut wird, sie zwingen die Landwirte, teure Dünger und Pestizide zu kaufen, die die Zahl der Sklaven dezimiert. Auch weite Teile des Kontinents befinden sich immer noch in den Händen von Fanatikern und korrupten Präsidenten. Wir haben die Auseinandersetzungen weiter anheizen können, was zu einer Destabilisierung weiter Regionen führt. Viele Afrikaner machen sich auf den beschwerlichen Weg nach

Europa. Die aggressive afrikanische Bevölkerung soll sich nach Wunsch der Société mit den friedfertigen Europäern vermischen, weshalb wir die Terroristen unterstützen."

Zuletzt erhielt Jerry Busby den Stern.

„Ich lebe am anderen Ende der Welt, mit einer geringen Bevölkerungszahl. Auch dieser Kontinent sollte in den kommenden Jahren destabilisiert werden, damit die Sklaven nicht zu aufsässig werden und gehorchen. Ihr habt mich beauftragt, unsere medizinischen Errungenschaften in Misskredit zu bringen, was ich als einen persönlichen Erfolg verbuchen kann. Mittlerweile gibt es Communities, die jede Impfung verteufeln, die Krankheiten wie Masern negieren und die Heilung nur durch alternative Medizin sehen, die Chemotherapie in Frage stellen und die Organ- und Blutspenden verteufeln. Die Sklaven sind ja so leicht zu beeinflussen."

Er lachte und übergab Timothy den Stern.

„Die Familie Sun war im vergangenen Jahr für die Energie verantwortlich. Die Energieversorgung befindet sich weltweit in der Hand der Société, weshalb es jederzeit möglich ist, die Sklaven mit der Energieversorgung unter Druck zu setzen. Es gibt jedoch eine stark wachsende Gruppe, die eine autarke Energieversorgung durch alternative Energien fordert. Diese müssen wir im Auge behalten."

Timothy verneigte sich vor den 11 anderen Mitgliedern der Familie.

„Nur Einigkeit macht stark", skandierte er und die übrigen Mitglieder fielen ein.

„Das waren eure Berichte. Nun darf ich zur Diskussion bitten."

Nelson Cliffheart trat vor.

„Mittlerweile ist die Wasser-Waffe ausgereift und wir können mit ihr die Regierungen erpressen. Wir sind in der Lage, Stürme zu schicken oder wir können mit langen Trockenperioden die Regierungen gefügig machen. Wir haben die Menschheit mit unserer Wasser-Waffe in der Hand."

Die Mitglieder diskutierten zunächst über die Anwendung der Wasser-Waffe. Sie waren sich nicht einig, welche Ziele sie erreichen wollten, weshalb die Anwendung zurückgestellt werden sollte, bis sie sich über die Ziele einigten. Diese sollten in Kleingruppen besprochen und beim nächsten Treffen vorgebracht werden.

Eine heftige Diskussion entbrannte hinsichtlich der Reduzierung der Weltbevölkerung. Einige meinten, wir bräuchten die vielen Sklaven, weil nur dann gewährleistet bliebe, dass man sie ausbeuten könnte. Zu wenige Sklaven würden das System der Ausbeutung kippen, weshalb sie gegen die Reduzierung waren.

Die Ressourcen würden knapp, konterte Nelson Cliffhart und sie könnten die wachsende Zahl der Sklaven nicht mehr ernähren. Und die Ansprüche der Sklaven stiegen ständig. Deshalb das Nachdenken über Bevölkerungsreduzierung von Entarteten. Und die Sklaven begännen zu denken und gegen die Société zu opponieren. Sie stellten sogar das System ihrer Manipulation in Frage. Deshalb müssten sie für die Vernichtung dieser Sklaven sorgen für jene, die sich nicht widerspruchslos fügten. Sie müssten in ihren kriegerischen Auseinandersetzungen bleiben, um eine Beschäftigung zu haben und sich nicht mit der Wirklichkeit auseinanderzusetzen. Dazu wollten sie weitere Kriege anzetteln, einerseits um die Sklaven zu dezimieren, andererseits um die Waffen, die produziert wurden, auch anzuwenden und neuen modernen Vernichtungswaffen Platz zu machen. Es wurde ein dritter Weltkrieg zwischen USA und Russland diskutiert, doch dieser erhielt keine Mehrheit. Zu groß waren die Sorgen, was dann passieren würde. Denn die Anwendung von Atomwaffen müssten unter allen Umständen vermieden werden.

Edzard Greenshield sah die Vernichtung der europäischen Kultur durch Einwanderung der Afrikaner als Lösung an. Dadurch wären die Sklaven mit Problemen beschäftigt, die sie lösen mussten und die Société könnte ihre Ziele durchsetzen. Das würde gerade die kritischen Sklaven beschäftigen.

Weiter wurde diskutiert, ob der Terrorismus unterstützt werden sollte, um weitere Regionen zu destabilisieren. Die meisten Mitglieder waren dafür. Timothy und Bernhard wiesen darauf hin, dass Terroristen schwer kontrollierbar seien und stimmten zusammen mit Tun Pen und Paul gegen den Beschluss der Société. Sie wurden überstimmt und das Programm sollte unter Aufsicht von Edzard Greenshield durchgesetzt werden.

Es war schon früher Morgen, als die Versammlung abgebrochen wurde. Für verschiedene Fragen wurden Kleingruppen gebildet oder Leiter festgelegt, die das Projekt weiter führen sollten. Timothy hatte sich für kein Projekt gemeldet, was mich zufrieden stellte. Denn unser Leben war schon kompliziert genug. Noch weitere Komplikationen mit der Société waren nicht in meinem Sinn.

Teil VI

1.
Nach dem Jahrestreffen der Société kehrten Timothy und ich zunächst nach Fischbach zurück, wo wir Holly und unsere Kinder nahmen und nach Hongkong flogen. Um Oliver auf Distanz zu halten, teilte ich Lisa mit, dass wir zusammen mit dem Personal in unserem Teil des Hauses essen würden, es sei denn, wir hätten Besuch zu einem offiziellen Dinner. Ich wollte den arroganten Egozentriker nicht weiter reizen, denn Regeln gab es für ihn nicht, er formte sich die Welt nach seinem Willen, hielt sich nicht an die Gesetze oder dehnte die Gesetze zu seinen Gunsten aus, um seine Ziele zu erreichen. Um den Kontakt zu Lisa nicht abzubrechen, verabredeten wir uns zum Tennis oder wir gingen zusammen shoppen. Auch Lisa wurde eine Freundin, mit der ich viel Spaß hatte.

Was ich erfahren hatte, schockierte mich. Wenn ich die Informationen zusammen fügte, dann hielt die Société die Welt in ihren Händen. Sie bestimmte wer leben durfte, sie bestimmte, wie wir leben durften. Nur zu ihrem Nutzen. Wir waren alle Gefangene einer Ideologie. Der Einteilung der Menschheit in Sklaven und Herrenmenschen. Und sie war es, die über Krieg und Frieden bestimmte. Wann endlich waren die Menschen bereit, in Frieden miteinander zu leben? War es ein Traum in der Bibel, dass eines Tages Schwerter in Pflugscharen umgewandelt wurden, dass es keine Kriege mehr gab?
Die Société wollte Frieden bringen und die Erde unterjochen mit ihrer unmenschlichen Ideologie. Wir waren Gefangene in dem System von Angst und Schrecken.

Bei nächster Gelegenheit erzählte ich Monica von dem Treffen und was ich gehört hatte.
„Es wurde diskutiert, die Weltbevölkerung zu dezimieren

und dazu wollten sie eine von den Amerikanern entwickelte Wasser-Waffe einsetzen."
„Die Menschen reden darüber, doch keiner weiß etwas", meinte Monika.
„Wir hatten von der Wasser-Waffe schon erfahren und versucht, die Menschen aufzuklären, was die Société verhindert hat. Nelson Cliffheart sprach nun davon, dass sie die Regierungen der Erde erpressen würden. Wenn die Politiker nicht machten was sie wollten, dann würden sie die Wasser-Waffe einsetzen."
„Das müssen wir unbedingt verhindern."
„Aber wie Monica?"
„Anders als die Société glauben wir an die friedliche Durchsetzung durch Aufklärung der Völker mit friedfertigen Mitteln."
„Dann sollten wir damit beginnen." Ich überlegte noch einen Moment.
„Und was ist mit den anderen Zielen?"
„Es gibt genügend kritische Köpfe. Wir müssen die Menschen noch mehr aufklären. Die Sklaven brauchen Frieden, um sich gegen den Sumpf der Herrenmenschen freizumachen. Wir müssen sie noch mehr unterstützen."
„Vor allem müssen wir diesem System von Unterdrückung, von Angst uns Schrecken endlich entkommen. Stell dir vor, es wäre Krieg und keiner ginge hin zum Kämpfen? Die Soldaten legen ihre Gewehre nieder und setzen sich friedfertig hin. Das wäre mein Ziel."
„Das ist es, was wir mit der Likunakraft erreichen wollen. Dass die Menschen den Mut aufbringen, sich gegen dieses System des Schreckens zu wehren."
Monica sah mich an.
„Ich weiß Olivia, du willst mehr tun. Wir sehen ganz klar, was falsch läuft. Doch wir benötigen die große Mehrheit der Menschheit, die einsieht, dass nur der Friede im eigenen Herzen dazu führt, das System der Ausbeutung zu ändern."
Ich sah Monica an und nickte.
„Aber den wenigsten ist das bewusst. Sollten wir da nicht

etwas mehr unternehmen?"
„Ich wüsste nicht was. Wir können nur beten."
„Das reicht mir nicht."

2.
Mein Sorgenkind blieb LonSun in Shanghai. Wie ich erfuhr, wurde diese Firma vom Urgroßvater der Familie Sun aufgebaut, weshalb sie Oliver wichtig war. Aus sentimentalen Gründen wollte ich die Firma erhalten und tat, was ich für notwendig und richtig hielt.
Mein Personal besorgte Häuser und die Visas für meine Ingenieure und nahm mir vieles ab. Oft fragte ich bei James Baker nach, was wir für den Aufbau einer nachhaltigen Firma benötigten und worauf ich zu achten hätte und erhielt immer gute Ratschläge. Mittlerweile war ich fast wöchentlich in Shanghai und hatte immer weniger Zeit für Timothy und meine Kinder.
Bei unserem wöchentlichen Meeting ließ sich Oliver auch über das Bauvorhaben in Shanghai informieren.
„Was soll das?" fragte er empört, als er über die vielen Umweltstandards stolperte.
„Das dient dazu, dass die Umwelt nicht geschädigt wird."
„Die Umwelt interessiert in China keinen."
„Doch, die Menschen, die in Shanghai leben. Und die Arbeiter, die krank werden."
„Das mindert unseren Gewinn."
„Gewiss. Aber müssen wir nicht auch an die Zukunft denken? Die Firma LinSun hat dein Urgroßvater gegründet und ich weiß, du bist stolz darauf. Was hätte dein Urgroßvater gesagt? Er würde wollen, dass es die Firma LinSun auch noch in den nächsten Generationen gibt. Und das ist nur der Fall, wenn wir Umweltstandards einführen, wie sie in Deutschland üblich sind. Wenn wir das nicht machen, wer sonst?"
„In China produzieren viele europäische oder amerikanische Konzerne, weil es billiger ist und weil die

Umweltstandards nicht so hoch sind."
„Das ist nicht in die Zukunft gedacht, denn es kommt auch auf China zu, höhere Umweltstandards einführen zu müssen."
„Das werden wir verhindern."
Natürlich, die Société beeinflusste mit ihren Mitteln wieder die Herrscher, um mehr Gewinne erzielen zu können.
„Nur wenn die Menschen uns fürchten, werden sie tun, was wir wünschen."
Oliver verschwand.

3.
Nachdem ich einige Firmen näher angesehen hatte, wurde mir bewusst, dass trotz der Investition in Patente, keine Grundlagenforschung betrieben wurde. Dafür waren in keiner Firma des Konzerns Mittel vorgesehen. Patente wurden weiter entwickelt, aber für die Forschung von grundlegenden Neuerungen waren keine Mittel vorhanden. Ich nahm die Patente der übrigen Firmen unter die Lupe, ließ sie zusammenstellen und von einem Patentanwalt beurteilen. Das Ergebnis missfiel mir zutiefst. Beim nächsten Meeting mit Oliver sprach ich diese Entwicklung an.
„Die Patentabteilungen des Konzerns arbeiten nicht an der Grundlagenforschung."
„Das würde Unsummen verschlingen."
„Es wäre eine Investition in die Zukunft des Konzerns."
„Grundlagenforschung ist teuer und wird deshalb von unserem Konzern nicht durchgeführt. Man weiß auch nie, was dabei heraus kommt. Die Risiken sind viel zu hoch."
„Sonst scheust du doch auch keine Risiken", stellte ich fest.
„Und da es so teuer ist, wird Grundlagenforschung von den Regierungen betrieben. Unser Konzern sichert sich die Ergebnisse der Grundlagenforschung. Das ist viel billiger."

„Dann halten die Hochschulen die Patente in Händen, und nicht der Sun-Konzern."
Oliver lachte.
„Du bist eine Sklavin und hast keine Ahnung."
„Ich sehe Zusammenhänge, die du nicht mehr wahrnehmen kannst, weil du viel zu sehr von dir überzeugt bist."
„Da will mir eine dahergelaufene Sklavin erzählen, wie ich meinen Konzern zu leiten habe. Du willst noch deine menschenfreundlichen Ansichten im Konzern durchsetzen?"
„Was ist falsch daran, menschenfreundlich zu sein?" war meine Gegenfrage.
„Menschenfreundlichkeit ist nicht Teil unserer Ideologie. Aber du bist Sklavin und verstehst das nicht."
„Der Gewinn des Konzerns ist so exorbitant hoch, dass wir auf einen guten Teil davon verzichten können."
Oliver lachte.
„Hohe Gewinne sichern die Macht."
„Es geht nur um Macht?"
„Es geht nur um Macht. Und du wirst diese Macht kennenlernen, denn du wirst dich mir unterwerfen."
„Niemals."
„Du bist machtlos und du wirst dich mir freiwillig hingeben", forderte er.
„Träum' weiter", entgegnete ich.
„Du verstehst wohl nicht Olivia. Ich habe die Macht, eine weltweite Krise auszulösen und Millionen von Menschen ins Elend zu stürzen", drohte er.
Mir lief es kalt den Rücken herunter.
„Das wagst du nicht!"
„Darauf würde ich nicht wetten."
Vor Überraschung riss ich meine Augen auf, ich konnte es nicht glauben.
Oliver kam einen Schritt auf mich zu und drängte mich mit seinem Körper an die Wand und streichelte meinen Hals. Plötzlich griff er fester zu. „Kein Wort zu Timothy." Oliver rauschte ab.

4.
Oliver war der Teufel in Person. Er schreckte vor nichts zurück, um sein Ziel zu erreichen, das war mir bewusst. Wieder einmal ging es um Machtlosigkeit. Nein, ich wollte mich nie wieder so machtlos fühlen wie an meiner Arbeitsstelle. Oliver hatte es geschafft. Er hatte meine verwundbarste Stelle gefunden. Und damit erpresste er mich. Er trieb mich in die Enge. Ich musste mich entscheiden. Das Wohl eines Einzelnen oder das Wohl Vieler. Ich hatte es in der Hand.
Als ich an diesem Abend in unseren Teil des Hauses zurück kehrte, begrüßte ich wie jeden Abend, zunächst unsere Kinder und spielte eine Zeitlang mit Jules und Max. Ich vergaß meine Probleme und konzentrierte mich auf meine Kinder, als Timothy in das Kinderzimmer trat. Er begrüßte mich mit einem intensiven Kuss, den ich erwiderte.
„Du siehst müde aus, mein Engel", meinte er.
„Es war ein langer Tag", wich ich aus.
Es gab bald Essen und jeder von uns nahm ein Kind und brachte es zum Tisch, wo schon Holly, Monica und Michael warteten.
Ich fühlte mich immer noch aufgewühlt und ging in unser Schlafzimmer. Ich lag auf dem Recamiere, als Timothy erschien.
„Du hattest eine Auseinandersetzung mit Oliver?"
„Ja", entgegnete ich knapp. Sollte ich ihm etwa vom Angebot seines Vaters berichten?
„Er brachte mir gegenüber sein Missfallen zum Ausdruck. Du bist zu menschenfreundlich, meinte er."
„Wenn ich mich recht erinnere, hat dir das damals an mir gefallen, als wir uns kennengelernt haben."
„Sicher", meinte er kleinlaut. „Aber bei der Leitung eines Konzerns hat diese Menschenfreundlichkeit nichts zu suchen."
Oliver hatte ihn gut bearbeitet, dachte ich.

„Hast du dein Herz in London gelassen?" fragte ich meinen Ehemann. „Es ist herzlos, Menschen wie auf einem Schachbrett als Spielfigur zu behandeln."
„Es ist herzlos, wenn du mir nicht den Rücken stärkst!"
„Das hat doch gar nichts mit dir zu tun!"
„Alles was du machst hat mit mir zu tun. Du bist meine Frau und wolltest mich unterstützen. Das hast du bei unserer Hochzeit gelobt. Hast du das schon vergessen?"
„Du hast dich verändert", erwiderte ich zaghaft.
„Ja, ich habe mich angepasst. Das ist Leben."
„Auch ich habe mich angepasst. Dir zuliebe."
„Dafür hast du allen Luxus, den du dir nur wünschen kannst."
„Den ich nie wollte."
„An dem du Gefallen findest."
„Können wir nicht wieder in London leben?"
„Warum?"
„Bist du glücklich?"
„Ich erledige die Aufgaben, die das Leben mir gestellt hat."
„Das ist keine Antwort."
„Ich komme meinen Pflichten nach. Und du?"
„Ich kümmere mich um die Kinder, ich bin deine Frau und ich habe die Technik-Sparte übernommen. Willst du noch mehr?"
„Es bestreitet niemand, dass du gut organisiert bist. Ich am allerwenigsten."
„Dann beantworte mir nur die eine Frage: bist du glücklich?"
„Diese Frage ist belanglos Olivia. Weißt du noch, was Daniel sagte? Wir sollen uns vor Tugenden wie Glück hüten."
„Und das willst du?"
„Wir opfern unser Glück für einen höheren Zweck."
„Der wäre?"
„Die Sklaven sollen durch die Weltherrschaft Frieden erhalten. Ist das kein Ziel?"
„Die Herrschaft unter der Société. Ist das erstrebenswert für dich Timothy?"

„Besser als momentan. Die Sklaven zerfleischen sich gegenseitig."
„Woran die Société nicht ganz unschuldig ist."
Timothy sah mich an.
„Bist du gegen die Société?"
„Timothy, du weißt wie ich die Société sehe. Sie sind nicht die Lösung, sondern das Problem."
„Sei vorsichtig mit dem, was du sagst."
„Drohst du mir?"
„Nein mein Herz. Aber ich muss dich warnen. Wenn du gegen sie arbeitest, werden sie dich liquidieren."
„Und du stellst dich auf die Seite der Société?"
„Ich schütze dich, wo ich kann. Aber auch mir sind die Hände gebunden, wenn du dich offen gegen die Société stellst."
„Liebst du mich noch Timothy?" flüsterte ich.
„Aber natürlich mein Engel. Welche Frage!"
„Ich fühle mich wie in einem goldenen Käfig und finde den Ausgang nicht. Ich versuche Türen zu öffnen, doch sobald ich an der Tür bin, verschließt sie sich wieder. Ich will wieder nach London."
„Man kann nichts ungeschehen machen. Die Zeit geht vorwärts, nicht rückwärts."
„Dann finde eine Lösung", forderte ich Timothy auf.

5.
Vom Angebot Olivers sagte ich meinem Mann nichts. Früher oder später musste ich mich entscheiden. Doch noch schob ich die Entscheidung hinaus. Mir war nicht klar, wie sie ausfallen würde. Oliver hatte mich an der richtigen Stelle getroffen. Meiner Verantwortung für die Menschen.
Da ich Timothy nichts von den triebgesteuerten Gelüsten seines Vaters erzählen wollte, hatte ich immer öfter Auseinandersetzungen mit meinem Mann. Dies schmerzte mich umso mehr.

„Wenn du mein Angebot ablehnst, werden Millionen auf der Straße landen", drohte mir Oliver und ich wusste, es war nur allzu wahr.
Er hatte die Macht diese Drohung durchzusetzen. Konnte ich es auf mein Gewissen laden, dass Millionen ihren Arbeitsplatz verloren und ich sie und ihre Familien ins Elend stürzte?
Um mich abzulenken, begleitete ich Lisa zum Shoppen. Lisa war nicht mutig genug, sich ihrem Mann entgegenzustellen oder sich von ihm zu trennen, obwohl er sie offensichtlich betrog, wo er nur konnte. Sie nahm es hin und lächelte. Sie meinte keine Alternative zu haben. Ich konnte nichts für Lisa tun, sie musste ihre eigenen Entscheidungen treffen, ebenso wie ich. Ich konnte ihr nur ein wenig Zuneigung schenken.

6.
Unbarmherzig rollte ich auf einen Abgrund zu und würde mich entscheiden müssen zwischen meiner Selbstachtung und dem Wohl vieler Menschen auf diesem Planeten. Olivers Macht schien ins Unermessliche zu wachsen.

Timothy arbeitete nur noch für die Bank und hatte sich verändert. Kein Interesse mehr am Malen. Kein Interesse mehr für ein Leben als Künstler. Kein Interesse an anderen Menschen, kein Einfühlungsvermögen. Meine Welt schien zusammenzubrechen.

Jules war gut ein Jahr alt, lief und sprach schon einige Worte. Auch Max robbte herum und versuchte sich an seinen ersten lallenden Lauten. Meine Kinder gaben mir Halt. Doch ich sorgte mich um ihre Zukunft. Sie sollten das Leben in seiner ganzen Vielfalt kennenlernen. Und das schien mir in dieser Familie nicht der Fall zu sein. Ich wollte nicht, dass sie Tugenden und Moral als Heuchelei ansehen würden.

Paul und Ngozi würden unsere Gäste in Hongkong sein und sie wurden wie für Mitglieder der Société üblich, von Oliver und Timothy am Flughafen abgeholt. Die üblichen Essen und Besprechungen wurden anberaumt.
Ngozi und ich beschlossen, uns ohne unsere Bodyguards Hongkong anzusehen und besichtigten das Kloster Lo Pin Kloster.
„Die Société hat beschlossen, den Weltenherrscher beim nächsten Bluteid zu initiieren."
„Wer denn?"
„Es ist der Sohn von David Sun. Samuel Greenshield."
„Merde", rief ich auf Französisch.
„Vor kurzem heiratete er eine Frau aus der Société, die ihn nun stärkt. Der amerikanische Zweig der Société hat mittlerweile mehr oder weniger die Führung an sich gerissen. Sie haben die Welt mit der von ihnen entwickelten Wasser-Waffe in der Hand und nun wollen sie, dass der Weltenherrscher regiert. Der nächste Präsident wird sich ihm unterordnen. Das ist schon abgesprochen."
„Samuel ist Timothys Cousin. Er und seine Frau Madison wurden von Oliver als Taufpaten von Jules bestimmt. Warum hat die Société so lange gewartet, wenn sie Samuel als Weltenherrscher wollten?"
„Falls es dir noch nicht aufgefallen ist Olivia, heiraten die Männer der Société meist erst spät und dann sehr viel jüngere Frauen, damit der Nachwuchs gesichert ist. Samuel wurde auf seine Aufgabe als Weltenherrscher gut vorbereitet. Er und Madison passen gut zusammen, denn sie bestärkt Samuel nicht nur mit der Kamarikraft, sie stärkt Samuel auch in seiner Aufgabe als Herrscher."
„Diese junge Frau hat einen willensstarken Eindruck auf mich gemacht", teilte ich Ngozi mit.
„Hast du richtig erfasst, Olivia."
„Und wie geht es weiter?"
„Sie werden alle Staaten, die sich eventuell den Plänen der Société widersetzen, mit der Wasser-Waffe gefügig

machen. Sie nehmen dabei in Kauf, dass Millionen von Menschen auf diesem Planeten ihr Leben verlieren. Die Medien sind schon vorbereitet. Es wird nur ein kurzes Aufbegehren der Völker geben. Denn Samuel Greenshield wird Versprechungen machen, die er letztendlich nicht halten wird."

Es ging schneller als gedacht.

„Olivia. Ich habe Vertrauen zu dir. Wirst du für dich behalten, was ich jetzt sage?"

„Ja."

„Paul und ich wollen da nicht mitmachen", flüsterte Ngozi.

„Inwiefern?"

„Wir wollen nicht diese Dezimierung der Sklaven. Das halten wir nicht für richtig."

„Ihr seid nicht die einzigen, die gegen die Société opponieren", gab ich zu und sah Ngozi an. Sie wirkte überrascht.

„Es gibt eine Vereinigung, die sich das Ziel gesetzt hat, die Société zu zerstören."

„Genau danach haben wir gesucht."

„Wenn es euer Ernst ist, könnte ich anfragen, ob ihr bei dieser Vereinigung einsteigen könnt."

„Paul und ich werden uns gemeinsam gegen die Société stellen."

„Und eure Kinder? Sie werden nicht mehr sicher sein."

„Unsere Tochter starb im vergangenen Monat. Und unser Sohn ist in Sicherheit", meinte Ngozi.

„Diese Vereinigung nennt sich Syrikat. Ich selbst kenne nur drei Mitwisser. Dies soll die Mitglieder vor Verrat schützen. Die Syrikat hat ein Gegensystem zur Kamarikraft, die Likunakraft. Es ist eine Kraft des Friedens."

„Wir wünschen uns nichts so sehr wie den Frieden. Und dafür werden wir unser Leben einsetzen."

„Dann werde ich euer Beitrittsgesuch an die Mitglieder der Syrikat weiter geben. Man wird sich bei euch melden."

„Der Herrschaftsantritt von Samuel Greenshield muss unbedingt verhindert werden."

„Da bin ich deiner Meinung Ngozi."
„Wenn der Bluteid unterbrochen ist, können die Politiker nicht mehr manipuliert werden?"
„Stimmt."
„Und wenn die Société nicht mehr existiert, kann auch der Weltenherrscher nicht mehr eingesetzt werden?"
„Sie haben immer noch die Wasser-Waffe, mit der sie die Regierungen gefügig machen können", meinte ich.
„Deshalb muss der Bluteid unterbrochen werden. Wir sind bereit dazu", sagte Ngozi eindringlich.

7.
„Ngozi und Paul wollen im nächsten Jahr den Bluteid unterbrechen."
„Das ist eine gute Nachricht", meinte Monica.
„Die schlechte Nachricht. Samuel Greenshield soll nach dem nächsten Bluteid die Weltherrschaft übernehmen. Die Amerikaner wollen alle Regierungen mit der Wasser-Waffe gefügig machen."
„Das müssen wir verhindern."
„Wir haben noch einige Monate Zeit, um uns etwas einfallen zu lassen."
„David und Harper haben den Bluteid nicht erneuert. Sie wurden getötet. Paul und Ngozi müssen damit rechnen, auch ermordet zu werden." Ich hatte es in Harpers Tagebuch gelesen.
„Ja."
„Dies nehmen Paul Dike Onuahu und seine Frau Ngozi in Kauf."
„Damit zerschlagen wir die Société?"
„Ja."
„Dann können sie ihren Herrscher auch nicht mehr auf den Thron dieser Welt bringen?"
„Durch die Wasser-Waffe halten sie die Welt in Händen."
„Du meinst, Samuel Greenshield wird als Weltenherrscher dennoch eingesetzt?"

„Das ist nicht auszuschließen."
„Dann sollten wir etwas dagegen unternehmen."
„Ja."
„Wenn alle Nationen die Wasser-Waffe besitzen würden, dann könnte man sich nicht gegenseitig erpressen", dachte Monica laut nach.
„Und wie kommen wir an die Pläne heran?"
„Da wird sich doch jemand von der Syrikat finden", sinnierte Monica.

8.
Mit einem hämischen Grinsen traf ich Oliver zum Meeting in seinem Büro.
„Das Werk in Shanghai wird in einem Monat fertiggestellt", teilte er mir mit. „Einige Ingenieure sind schon eingetroffen und haben sich an die Arbeit gemacht. Sie werden sich noch im alten Gebäude einrichten müssen."
Oliver stand auf und drängte mich mit seinem massigen Körper an die Wand.
„Ich warte auf deine Entscheidung", säuselte er leise. „Du kommst und zwar noch diese Woche." Dies war sein Ultimatum. Sein lüsterner Blick zog mich aus. „Am Mittwoch Abend werde ich dich abholen und du wirst mich in mein Reich begleiten", fügte er hinzu und drängte sich an mich, damit ich seine Erregung fühlen konnte. „Falls du dich nicht fügst, werde ich mich statt dessen an deine Tochter halten." Dann ließ er mich mit einem breiten Grinsen gehen.

Ich wollte weglaufen. Ich wollte schreien. Machtlosigkeit. Mir war klar, er würde seine Drohung wahr machen. Meine Tochter bekam er nicht in die Hände. Eher würde ich mich seinem Willen beugen.

Drei Tage vergingen unter großer Anspannung. Oliver hatte Timothy mitgeteilt, dass wir nach Shanghai fliegen würden. Ich packte eine kleine Reisetasche, damit Timothy keinen Verdacht schöpfte, als ich mich am Nachmittag mit Oliver am Hubschrauberlandeplatz traf. Oliver selbst flog mit dem Hubschrauber auf eine nahe gelegene Insel, die, wie ich von oben sehen konnte, unbewohnt war. Es gab kein Entkommen. Ich war ihm ausgeliefert.

„Willkommen auf meiner Insel: Beaufort Island", sagte er zu mir nach der Landung. Ein zweistöckiges chinesisches Haus thronte über einer Klippe. Vom Haus führten Stufen zum Meer, wo eine Schiffsanlegestelle vorhanden war. Ein Schiff war im Moment nicht zu sehen.

„Komm!" forderte er mich höflich auf. Ich folgte ihm langsam, als uns ein Mann in einem grünen chinesischen Mantel entgegen trat.

„Das ist Li", stellte er ihn mir vor. „Ist alles hergerichtet?" fragte er ihn.

„Wir ihr befohlen habt Herr." Er kreuzte die Arme vor seiner Brust und verbeugte sich tief.

Jedes der zwei Stockwerke des Hauses wies ein geschwungenes chinesisches Dach mit grünen Dachziegeln aus, an denen verschiedene Geister angebracht waren.

Der Eingang bildete ein riesiges Wohnzimmer, in dem verschiedene Kissen lagen. An den Wänden waren Malereien abgebildet, die verschiedene erotische Situationen darstellten. Oliver führte mich in ein Zimmer.

„Li wird dich herrichten und instruieren", befahl er und sagte in Chinesisch etwas zu ihm. Er sprach von einem roten Kleid, mehr verstand ich nicht, da er schnell sprach.

„Wir dinieren zuerst", sagte er zu mir und verschwand.

Li führte mich in ein Bad und bat mich, mich auszuziehen und hineinzusteigen. Ich folgte. Es war warm und mit Rosenblättern bedeckt. Ich versuchte meine aufkommende Angst nicht in Panik übergehen zu lassen und machte einige Yoga-Übungen. Was würde auf mich zukommen?

Nach einiger Zeit kam Li mit einem Handtuch, rubbelte mich ab und rieb mich mit Öl ein, das nach Jasmin duftete.

Dann brachte er mir ein rotes Kleid ohne Ärmel, über das eine Robe in derselben Farbe mit goldenen Borten und einem goldenen Gürtel gezogen wurde, der das schön drapierte Gebilde zusammen hielt.

Ich setzte mich auf einen Schemel und er richtete meine Haare zu einem kunstvollen Knoten, in dem er ein Diadem aus roten Rubinen einflocht. Gekonnt schminkte er mein Gesicht und im Spiegel sah mir eine schöne Frau entgegen.

„Folgen Sie mir Madam", sagte er höflich.

Im Wohnzimmer lag Oliver in einem grünen chinesischen Mantel mit goldenen Verzierungen auf mehreren Kissen.

„Ich freue mich, dass ich meine Meinung geändert habe", sagte er anzüglich, als er mich in meinem roten Chinakleid sah. Mir war nicht klar, worauf er anspielte

„Nach dem Eklat bei deiner Hochzeit hatte ich einen Mörder engagiert, der dich umbringen sollte. Doch dieser Trottel hat es nicht geschafft." Er lachte. „Ich wollte verhindern, dass sich Timothy an eine Sklavin bindet."

„Du steckst dahinter?"

„Unterschätze meine Macht nicht."

„Das werde ich nicht", gab ich zu.

„Leg dich zu mir."

Ich legte mich neben Oliver auf eines der Kissen. Auf der entgegengesetzten Seite saßen einige Frauen mit Instrumenten und begannen zu spielen. Nach einiger Zeit trat ein Mädchen in einem rosa Kleid aus Chiffon, das mit goldenen Borten besetzt war, vor, um zu tanzen. Die kleine und schlanke Chinesin verbog ihren Körper beim Tanz, der so ausdrucksstark vorgetragen wurde, dass er mein Herz berührte. Am Ende verbeugte sie sich vor Oliver.

„Du hast heute mein Wohlwollen gefunden Miga. Komm zu mir!", befahl er. Langsam schritt sie zu ihm, er nickte und sie kam näher. Er streichelte sie, bis sie stöhnte und sich dann ohne sich um uns zu kümmern, auf ihn setzte. Ohne Scham drang er vor meinen Augen in sie ein. Keiner fühlte sich gestört, als er Miga vor aller Augen

nahm. Und Miga schien es zu gefallen, denn während ihrer Vereinigung, die sie zuerst mit langsamen Bewegungen begann, keuchte sie mehrmals auf. Es schien für alle Anwesenden normal zu sein. Ich sah verlegen weg.
„Geh jetzt", befahl Oliver, als er unter einem leichten Stöhnen gekommen war, „und warte auf mich." Miga kreuzte ihre Arme vor der Brust und verbeugte sich.
„Die Ente ist hervorragend, probiere sie", sagte Oliver zu mir. Mein Magen war wie zugeschnürt.
„Iss, du wirst es brauchen", flüsterte er leise und bot mir eine Weintraube an. Ohne Appetit nahm ich die angebotene Weintraube und kaute daran, als eine weitere Tänzerin erschien in einem etwas ausgeschnittenen Kleid, das kaum etwas verbarg. Ihr wilder Tanz riss Oliver sichtlich mit und setzte ihn zusehends in Erregung. Als sie geendet hatte, kreuzte sie ihre Arme vor der Brust und verneigte sich. Er nickte ihr zu und machte eine Handbewegung.
So ging es eine ganze Weile. Außer Li gab es augenscheinlich nur Frauen, die dem Vergnügen Olivers dienten. Wozu brauchte er mich?
Das erfuhr ich nach dem Essen.
„Folge mir", befahl er und wir traten in einen neuen Raum. In diesem Raum wartete schon das Mädchen Miga in gebeugter Haltung auf dem Boden sitzend. Nackt.
Der Mittelpunkt des Raums bildete ein großes Bett. An den Wänden waren säuberlich Peitschen und andere Instrumente angebracht, die ich dem Sadomasochismus zuordnete. Ich hatte einmal einen Artikel über BDSM gelesen und so war mir auch bekannt, was ein Flogger war. Oliver nahm einen Flogger von der Wand und fuhr damit sanft über Miga hinweg.
„Du legst dich auf das Bett", befahl er mir und verschwand im Nebenzimmer. Ich gehorchte zögerlich, als er in einem dunklen Lederanzug mit einer schwarzen Maske erschien, die seine Augen und den Mundbereich frei ließen. Sie erinnerte mich an eine Katze, sogar Ohren waren daran.

Der Anzug ging nur bis zur Hüfte, sonst war er nackt. Miga hatte sich nicht bewegt.
Er kam zu mir und band mich mit den Händen am Bett fest.
„Damit du nicht weglaufen kannst", flüsterte er mir zu. Dann wandte er sich an Miga.
„Du bist heute meine Vorspeise Miga. Du hast mein Wohlwollen erregt und das sollst du nun zu spüren bekommen. Leg dich mit dem Bauch auf die Bank", befahl er ihr. Es war eine schmale Bank wie in einem Fitnesscenter und stand unweit des Betts, so dass ich zusehen konnte, was Oliver tat. Wie befohlen legte sie sich mit dem Bauch auf die Bank und spreizte ihre Beine am Boden. Langsam ging Oliver um das Bett und die Bank herum. Mit dem Flogger fuhr er langsam über meinen Körper, dann über den Körper von Miga. Zärtlich fuhr er mit der Hand über ihren Rücken. Wieder kam zu mir, fuhr mit seinen Händen an meinen Beinen entlang, spreizte sie und band auch diese am Bett fest. Wehrlos war ich Oliver ausgeliefert. Die Angst kroch hoch, als er von mir abließ und sich Miga zuwandte. Nachdem er mit dem Flogger und seinen Händen über sie hinweg gefahren war, drang er von hinten langsam in sie ein und bearbeitete sie, während er wie ein Wahnsinniger auf sie eindrosch. Miga stöhnte vor Lust laut auf. Plötzlich hielt er von ihr ab. Er hatte seinen Höhepunkt noch nicht erreicht.
„Du darfst gehen, Miga." Sie stand auf und ich hörte sie die Türe schließen, als Oliver langsam zu mir kam. Nun war ich an der Reihe. Würde ich das überleben? Er ging an die Wand und tauschte den Flogger gegen eine Peitsche aus. Mit einem Grinsen kam er näher.
„Dann werden wir mal sehen, was ich mit dir mache", verkündete er mit einem Grinsen im Gesicht und ging um das Bett herum.
„Du hast mich mehr als einmal geärgert. Ich habe mir für dich etwas ganz Besonderes ausgedacht", verkündete er boshaft.
Zunächst öffnete er meine Kleider und entblößte mich.

„Du hast meine Erwartungen übertroffen", flüsterte er. „Gut, dass dieser Trottel versagt hat." Er strich zärtlich mit der Peitsche über meinen Körper. Dann schlug er zu. Der Schmerz brannte auf meinem Körper. Vor Überraschung hatte ich keinen Laut von mir gegeben.
Ich stellte mich auf einen erneuten Schmerz ein, als sich die Tür öffnete. Lisa stand mit einem Revolver in der Hand in der Türe. Oliver drehte sich um und Lisa schoss. Sie traf Oliver, der sofort zusammen sackte und stöhnte.
„Das wirst du bereuen", sagte Oliver, bevor er das Bewusstsein verlor.
Lisa kam zu mir und befreite mich aus meiner Zwangslage.
„Danke", konnte ich Lisa nur zuraunen.
„Wie hat er dich gezwungen?"
„Er drohte meiner Tochter."
„Er hätte es wahr gemacht."
„Ist er tot?"
„Nein. Man wird sich um ihn kümmern. Komm mit."
Ich stand auf und bedeckte mich mit dem Kleid.
„Wo gehen wir hin?"
„Ich bringe dich zum Flughafen. Du musst schnellstmöglichst das Land verlassen. Hast du deine Papiere dabei?"
„Ja, in meiner Handtasche."
„Die brauchst du."
Zusammen gingen wir in den Raum, in dem ich mich umgezogen hatte. Meine Handtasche lag dort. Keiner hielt uns auf, da Lisa immer noch mit dem Revolver herum fuchtelte. Unbehelligt stiegen wir in das Schnellboot, mit dem sie gekommen war und Lisa fuhr los.
„Was ist mit Timothy und den Kindern?"
„Er ist sicher, aber du nicht."
„Und Oliver?"
„Sein Faktotum wird sich um ihn kümmern. Wenn er überlebt, wird er umso wütender sein."
„Auf dich Lisa."
„Er erniedrigt alle Frauen, auch mich. Daran hat er Spaß."

„Warum hast du mir geholfen?"
„Weil du meine Freundin bist. Ich habe keine Freundin. Und ich konnte es nicht ertragen, dass er dich erniedrigt."
Was musste Lisa in den 30 Jahren wohl durchgemacht haben? Allein und verlassen in einem goldenen Käfig mit einem gewalttätigen Mann an ihrer Seite, dem sie nicht entfliehen konnte.
„Oliver hat einen Sohn. Er vergewaltigte Jessica Cliffheart vor 17 Jahren. Ihr Sohn Jack Cliffheart ist 16 Jahre alt und wird von Oliver als der Weltenherrscher ausgebildet. Alle Familien der Société sind in ihm vereinigt."
„Er hat noch einen Sohn?"
„Hörst du nicht. Er soll einmal über alle herrschen und dafür wird er in Montana, in einem kleinen Ort namens Sula, versteckt. Merke es dir gut. Befreie ihn."
Langsam kam die Küste näher und über uns kreiste ein Hubschrauber. Er würde wohl Oliver versorgen.
„Kann ich Timothy vor meinem Abflug anrufen?"
„Liebt er dich?"
„Ja", dessen war ich mir sicher.
„Dann sage ihm, dass du Hongkong verlassen musst. Nicht mehr. Wenn er dich liebt, wird er die richtigen Schlüsse ziehen. Ich bringe dich an den Flughafen."
„Und du?"
„Oliver wird nicht zugeben, dass seine Frau auf ihn geschossen hat. Das wird seine Ehre nicht zulassen."
„Wer dann?"
„Es wird wohl eine der Frauen sein müssen."
„Das ist nicht gerecht."
„Diese Welt ist nicht gerecht. Aber ich rette dir das Leben."
„Danke."
Lisa gab mir ihr Handy und ich rief Timothy an.
„Mein Engel, ich vermisse dich", sagte er sofort, als er bemerkte, dass ich am Apparat war. „Wo bist du denn?"
„Ich kann es dir nicht sagen Liebster. Vertraust du mir?"
„Ja."
„Denke daran, dass ich dich liebe." Dann legte ich auf. Timothy rief sofort zurück, doch wir nahmen nicht ab. Lisa

warf das Handy ins Wasser.
„Sei vorsichtig, wann du was sagst", fügte sie hinzu. „Alle Medien werden von den Geheimdiensten abgehört und Oliver ist immer gut unterrichtet. Kehre in dein Provinznest zurück. Vielleicht kann ich erreichen, dass er dich in Ruhe lässt."
Wir waren nahe am International Airport angekommen und Lisa setzte mich am Kai ab. Ein Taxi wartete.
„Ich habe ein Flugticket bei der Lufthansa auf deinen Namen buchen lassen. Das ist der Code." Sie übergab mir ein Papier.
„Danke."
„Viel Glück."
Ich umarmte sie und hatte ein schlechtes Gewissen, als ich mich in das Taxi setzte. Eine halbe Stunde später saß ich im Flugzeug nach München. Da hatte ich Zeit zum Nachdenken. Angst kam auf. Was war, wenn Oliver tot war? Würde man mich beschuldigen? Oder Lisa? Und wenn er nicht tot, sondern verletzt war, würde er sich rächen?

9.
Ich trug immer noch meine auffällige chinesische Kleidung, weshalb ich noch im Flughafen in München in das nächste Geschäft ging, um mich einzukleiden. Meine Karte war nicht gesperrt. Dann kaufte ich ein Ticket und fuhr mit dem Zug nach Fischbach.
Mary war erstaunt, als ich an der Haustür klingelte, doch sie freute sich sichtlich.
„Ist etwas vorgefallen?"
Meine Kinder waren nicht dabei und kein Gepäck.
„Oliver", sagte ich nur und sie umarmte mich schwesterlich.
„Wenn ich irgendwie helfen kann?"
„Danke Mary, es geht mir gut."
Ich ging in meine Räume zum Laptop und setzte mich

zunächst mit Julia in Verbindung.
„Wie geht es in London?"
„Gut."
„Du hast große Erfolge mit dem Springreiten. Wäre es schlimm, wenn du nicht mehr in London leben würdest?"
Sie sah mich an.
„Du warst kaum da Mami. Kümmerst du dich noch um mich?"
„Wir telefonieren fast täglich Julia. Dein Wohlergehen liegt mir am Herzen, das weißt du."
„Wirklich Mami. Im vergangenen Jahr war ich allein."
„Ich war immer für dich da."
„Das warst du nicht. John und Margret haben sich um mich gekümmert. Du hast Max."
„Dafür hast du nun alles, was du dir immer gewünscht hast."
„Ja, ich habe alles, was man sich kaufen kann. Nur deine Liebe nicht."
„Und wenn wir das ändern?"
„Was willst du ändern?"
„Ich ziehe nach Fischbach."
„Und Timothy?"
„Er ist noch in Hongkong."
„Du willst dich scheiden lassen?"
„Ich will in mein altes Leben zurück. Und wenn ich gehe, werde ich meine Kinder mitnehmen."
„Max und Jules?"
„Sie werden bei mir sein. Kommst du auch?"
„Wohin?"
„Nach Fischbach."
„Ich komme Mami. Was ist mit Frank?"
„Er ist Timothys Sohn und jederzeit herzlich willkommen, wenn er das will."
„Dann solltest du auch mit ihm sprechen Mami."
Julia machte eine Pause und kam nach einigen Minuten mit Frank zurück.
„Julia hat mir erzählt, dass du nach Fischbach ziehen willst."

„Du darfst selbst entscheiden, ob du in London bleibst oder mit Julia nach Fischbach kommst."
Ich wagte nicht zu glauben, dass er seine Freunde und das Polospiel verlassen würde.
„Ich will meine Schwester begleiten."
„Dann werde ich alles in die Wege leiten."

10.
Nun musste ich mit meinem Ehemann sprechen.
„Wo steckst du denn?", fragte er mich besorgt.
„Ich bin zu Hause in Fischbach. Kannst du mir meine Kinder bringen?"
„Oliver wurde niedergeschossen und liegt im Krankenhaus", teilte er mir mit.
„Wie geht es ihm?"
„Noch nicht gut. Aber er wird es höchstwahrscheinlich überleben."
„Das ist gut." Mir fiel ein Stein vom Herzen.
„Und warum bist du in Fischbach?"
„Das erzähle ich dir, wenn du kommst."
„Ich komme morgen mit dem Firmenjet."
Ich war müde und legte mich hin. Doch ich konnte nicht schlafen. Was ich erlebt hatte, ließ mir keine Ruhe. Ein Striemen hatte sich quer über meinem Körper gezogen. Er erinnerte mich an die damit verbundenen Schmerzen.

11.
Einen Tag später erschien Timothy in Begleitung von Holly und unseren Söhnen Max und Jules. Selbstverständlich waren auch Monica und Michael dabei.
„Ich bin so froh, dass dir nichts passiert ist." Mit einem zärtlichen Kuss begrüßte ich auch meine zwei Kleinen und brachte sie ins Bett, da sie müde waren. Monica und Michael gingen in ihre Zimmer und Holly blieb bei den

Kindern. Timothy setzte sich mit mir an den Kamin.
„Du hast fluchtartig Hongkong verlassen. Erzählst du mir warum?"
„Wer wird beschuldigt, auf Oliver geschossen zu haben?"
„Sein Angestellter soll ihn aus Eifersuchtsgründen niedergeschossen haben."
„Li also."
„Du warst dort?"
Ich nickte. Eine Träne rann mir herunter und Timothy streichelte meine Hand.
„Kannst du reden?"
Ich nickte, doch ich musste mich erst fassen.
„Dein lüsterner Vater hatte mich erpresst. Wenn ich ihm nicht in sein Reich folge, würde er Millionen von Menschen auf die Straße setzen. Und als ich zögerte, drohte er damit, sich an Julia zu vergreifen."
„Nein."
Er konnte es nicht fassen.
„Erzähl weiter, mein Engel."
„Notgedrungen stimmte ich zu. Mit dem Hubschrauber flog er auf eine Insel mit einem chinesischen Haus. Es gab kein Entkommen. Sein Diener Li sorgte zunächst dafür, dass ich chinesische Kleidung erhielt und dann führte er mich in ein Zimmer, in dem das Essen serviert wurde. Einige Chinesinnen tanzten verführerisch. Ich glaube, diese Frauen werden nur zu seinem Vergnügen gehalten, müssen tun, was er verlangt. Denn die erste Tänzerin setzte sich auf ihn und er nahm sie vor meinen Augen. Nach ein oder zwei Stunden wurde ich in eine Art Folterkammer mit sadomasochistischen Geräten geführt. Auch eine der Tänzerinnen wartete schon dort. Er fesselte mich auf das Bett und die Tänzerin auf einen Hocker. Er zog sich um und kam in einem schwarzen Lederdress wieder, in dem er aussah wie Batman. Und dann begann er dieses Mädchen zu bearbeiten. Seltsamerweise schien sie es zu genießen, denn sie stöhnte lustvoll auf. Es war sein Vorspiel, bevor er sich mir zuwandte. 'Du hast mich mehr als einmal geärgert. Das wirst du heute büßen',

verkündete er boshaft. Er schlug mit einer Peitsche zu, und ich dachte, jetzt bin ich dran, als Lisa erschien."
„Lisa?" fragte er überrascht.
„Sie war mit einem Boot gekommen und hatte einen Revolver in der Hand, mit dem sie auf Oliver schoss. Sie kam, um mich zu befreien."
„Das hätte ich Lisa nicht zugetraut."
„Ich auch nicht. Sie hatte wohl mitbekommen, dass Oliver mit mir etwas im Schilde führte. Und sie wusste von seiner Insel. Wir flohen und sie brachte mich zum Flughafen."
„Das war mutig von Lisa."
„Lisa wird nicht für den Mordversuch angeklagt?"
„Wohl nicht. Dieser Li rief den Notdienst an und beschuldigte sich selbst."
„Wie immer wird alles vertuscht und Unschuldigen zugeschoben."
„Wir wissen beide, wie das funktioniert. Und wie kommst du mit allem zurecht?"
Ich zeigte ihm den Striemen, den seine Peitsche hinterlassen hatte. Timothy streichelte zärtlich darüber.
„Lisa kam gerade noch rechtzeitig. Dies wird heilen."
Er nahm mich in den Arm.
„Und wie geht es weiter?", fragte er mich.
„Ich bleibe mit den Kindern hier. Julia und Frank kommen auch."
„Es tut mir so leid, mein Engel."
Timothy weinte. Er war mitgenommen von meiner Erzählung.
„Lisa kam gerade noch rechtzeitig, Liebster. Das hier wird heilen. Ebenso wie das, was ich erlebt habe. Es wird nur länger dauern als diese Striemen."
„Wenn ich dich verloren hätte, mein Engel. Ich hätte auf dich hören sollen, als du weg wolltest."
„Wir sind alle gefangen im System, Timothy. Du hattest keine andere Wahl."
Eine Träne rann auf seinem schönen Gesicht hinunter.
„Ich muss wieder nach Hongkong zurück."
„Ich weiß Liebster."

„Dann trennen wir uns."
Ich konnte nur nicken.
„Es geht dir nicht gut, mein Engel?"
„Die Bilder in meinem Kopf bekomme ich so schnell nicht raus Timothy", flüsterte ich. Wir gingen in unser Schlafzimmer und zärtlich nahm er mich in den Arm und streichelte mich. In dieser Nacht wachte mein Ehemann über mich, denn jedes Mal, wenn ich durch einen Traum aus dem Schlaf gerissen wurde, war er es, der mich beruhigte.

Am nächsten Morgen saßen wir alle zusammen und erklärten unseren Angestellten, dass Timothy und ich uns offiziell trennten und ich in Fischbach bleiben würde. Holly erklärte, sie wolle wieder in ihre Heimat zurück und auch Mary erzählte, dass sie bei ihrem letzten Urlaub einen alten Schulfreund wiedergesehen hatte und sie heiraten wollten. Monica entschied sich, bei mir zu bleiben, während ihr Mann Michael auf Timothy aufpassen würde. Auch diese beiden mussten sich unseretwegen trennen, doch sie bekundeten, dass sie dies aus Anhänglichkeit uns gegenüber gerne in Kauf nahmen.
Ich hatte mit dem Schulleiter des Gymnasiums im nicht weit entfernten Friedrichshafen telefoniert. Er sicherte mir zu, dass beide Kinder ungehindert auf seine Schule überwechseln konnten. Bei Frank würde man jedoch einen Einstufungstest machen, um zu sehen, ob seine Deutschkenntnisse ausreichend waren.
Zwei Tage später erschienen Julia und Frank und mit ihnen auch Margret und John.
Timothy sorgte dafür, dass unsere Pferde Mariposa, Hambra, Abadan und Franks Polopony Blizard nach Fischbach transportiert wurden. Im nahe gelegenen Reitstall wurden vier Pferde untergestellt. Julia und Frank konnten trainieren und weiter an ihren Wettkämpfen teilnehmen.
Nach einer Woche verabschiedete sich Timothy.
„Ich werde dich schützen."

„Und wie?"
„Ich bin Olivers Erbe und er braucht mich. Falls er irgendetwas gegen dich oder Julia unternimmt, werde ich nicht mehr als Erbe zur Verfügung stehen. Das sage ich ihm."
„Es wird ihm nicht gefallen."
„Er wird sich in diesem Punkt fügen müssen. Für uns bedeutet es, dass wir uns trennen. Du lebst in Deutschland und ich in Hongkong."
„Ich liebe dich", flüsterte ich meinem Mann beim Abschied zu.

Mein Haus platzte mit meiner stetig anwachsenden Patchworkfamilie mit Monica, Frank, Julia, Margret und John und meinen beiden Kleinen aus allen Nähten. Gleich am ersten Tag meiner Ankunft setzte ich mich mit einem Architekten zusammen und plante einen Anbau mit drei Schlafzimmern, zwei Bädern, einer Küche sowie einem Wohnzimmer mit Essbereich. Im lichtdurchfluteten Dachboden richtete ich ein Atelier für Timothy ein. Der Architekt setzte die Pläne so schnell wie möglich um und begann umgehend mit dem Anbau.

Das Gespräch mit meiner Tochter hatte mir einen Stich ins Herz versetzt. Sie hatte sich beklagt, ich würde mich nicht genügend um sie kümmern und das sollte sich ändern. Deshalb nahm ich mir Zeit für Julia und Frank und ritt mit ihnen aus.
Die Kinder erzählten von ihrem ersten Schultag und wir lachten über ihre Erlebnisse. Meine Kinder wurden langsam erwachsen, weshalb ich meine Erlebnisse mit ihnen teilen wollte. Ich druckste herum, weil ich nicht wusste, wie ich anfangen sollte.
„Wie ihr wisst, haben uns Timothy und ich getrennt", begann ich. „Die Gründe liegen aber nicht bei Timothy", versuchte ich vorsichtig zu sagen.
„Hat Oliver etwas damit zu tun?"
„Ja."

„Er ist ein lüsterner Kotzbrocken. Wenn er in der Nähe war, musste ich Julia beschützten", teilte mir Frank mit.
„Das wundert mich nicht Frank. Er verlangte, ich solle mich ihm hingeben." Ich machte eine Pause. „Es ist nichts passiert, denn Lisa kam in letzter Minute und rettete mich. Ich will nicht in die Einzelheiten gehen, es war ein schlimmes Erlebnis für mich. Für euch ist nur eines wichtig, dass Timothy und ich uns lieben."
„So etwas ähnliches habe ich mir gedacht", meinte Frank und Julia nickte ihm zustimmend zu.
„Timothy bleibt bei Oliver, um ihn davon abzuhalten, mich wieder zu benutzen. Deshalb leben wir weit weg. Es wird nicht einfach werden."
„Ihr schafft das schon", antworteten Frank und Julia wie aus einem Mund.
„Danke Frank, dass du Verantwortung für Julia übernommen hast."
„Das war meine Pflicht", sagte er steif. „Sie ist meine kleine Schwester."
Frank wurde schneller erwachsen als ich dachte.

12.
Monica, Margret und John begleiteten mich und die Kinder aus Anhänglichkeit. Dennoch war ich in Sorge um Julia, denn ich fürchtete Oliver. Würde er seine Drohung doch noch wahr machen? Ich bat Margret und John, besonders auf Julia aufzupassen und Monica unterrichtete Julia und Frank weiter in der Selbstverteidigung.
Dank der Großzügigkeit der Suns konnte ich die Gehälter von Margret, John und Monica bezahlen. Doch ich hatte drei Erwachsene, die mir die Arbeit im Haushalt abnahmen. John übernahm den Fahrdienst für vier Kinder, Margret machte das Essen und Monica und John kümmerten sich um Haus und Garten. Wir bauten unser Obst und Gemüse selbst an, was viel Arbeit mit sich brachte, die wir untereinander einteilten.

Ich musste etwas tun, weshalb ich mich entschloss, bei der Flüchtlingshilfe mitzuarbeiten. Ich schloss mich dem gebildeten Helferkreis an und gab Deutsch-Unterricht, was mich täglich beschäftigte.
Nun musste ich mich noch mit Margret und Monica über die neuesten Nachrichten austauschen.
„Lisa erzählte mir vor meinem Weggang, dass Oliver einen sechzehnjährigen Sohn hat, der als Weltenherrscher in einer Einöde in den USA lebt."
„Soll nicht Samuel als Weltenherrscher eingesetzt werden?" fragte Margret.
„Ich zweifle nicht daran. Aber vielleicht bilden sie schon seinen Nachfolger aus?"
„Oder Oliver will Samuel stürzen", meinte Monica.
„Egal warum. Es kann keine zwei Weltenherrscher geben. Lisa meinte außerdem, wir sollten ihn befreien."
„Wenn er in unserer Hand ist, könnten wir ihn in unserem Sinne beeinflussen", sagte Margret. „Zumal er erst sechzehn ist."
„Wir sollten etwas tun, damit die Société keine Macht über ihn hat."
„Dann werden wir die Syrikat um Rat fragen."

Einige Tage später erzählte Monica, dass sich die Syrikat gemeldet hatte.
„Alle waren sehr überrascht von dieser Nachricht und die meisten schockiert. Sie bitten uns, dass wir uns mit Jack Cliffheart in Verbindung setzen."
„In Verbindung setzen? Was heißt das?"
„Wir sollten mit ihm reden. Er ist Teenager und hat schon seinen eigenen Kopf. Vielleicht hilft er uns."
„Meinst du?"
„Syrikat sagt, wir sollten unbedingt sehen, dass wir mit ihm reden."
„Und dann?"
„Mitnehmen."
„Hört sich wie ein James-Bond-Krimi an."

„Ist es auch. Nur dass wir hier einen weiblichen James Bond haben."
„Du meinst doch nicht mich? Oh nein Monica, das mache ich nicht."
„Wer sollte das sonst machen?"
„Kann das keiner in der Syrikat übernehmen?"
„Du bist mit denen doch verwandt."
„Über einige Ecken, Max zumindest. Ich werde es mir überlegen."
„Es wird sich schon ein Weg finden", meinte Monica.

13.
Mit dem Sohn von Oliver reden. Wenn er so war wie sein Vater, konnte man mit ihm nicht reden. Dann wäre er zu sehr von sich und seiner Mission überzeugt. Aber probieren könnte man es ja. Vielleicht hatte er mehr von seiner Mutter.
Ich musste einen Grund finden, in die USA zu fliegen. Der beste Grund der mir einfiel war, mit den Kindern dort Urlaub zu machen.

Ich suchte mir die Old Sky Ranch in Wyoming für einen Reiturlaub aus, die für amerikanische Verhältnisse relativ nah an Montana lag. Dies sollte als Rückzugsort dienen. Endlose Weiten, ein See, Tipi und Lagerfeuer würden für einen erholsamen Urlaub sorgen. Ich mietete die Lodge für drei Wochen. Die Kinder waren begeistert.

14.
Als Teenager hatte ich davon geträumt, durch die Prärie zu galoppieren und Rodeos zu besuchen und als Cowboy zu leben, weshalb die gemütliche Lodge für uns mit fünf Zimmern und einem Wirlpool hervorragend geeignet war.
In einer familiären Atmosphäre lebten wir uns schnell ein.

Sie besaßen Quarters, Paints und Appaloosas, auf denen Julia und Frank Rinder trieben und im Korral arbeiteten. Da sie noch hunderte Rinder, Büffel, Schafe, Ziegen, Hunde, Katzen, Hühner, Gänse, Enten und andere Wildtiere hatten, waren auch Jules und Max beschäftigt.
Täglich war für ein abwechslungsreiches Programm gesorgt mit Lasso werfen, Hufeisenwerfen, Fischen, aber auch die Teilnahme an Rodeos und Pferdeauktionen. Ein besonderes Highlight war ein Westernreit-Event, an dem Julia und Frank auch teilnahmen.
Die Blackhills im Nordosten Wyomings waren die Heimat der Lakota-Indianer, denen wir auf unseren Ausritten auch begegneten. Montana und South Dakota waren nah. Die Ranch lag nah am Devils Tower, einem alten Vulkanschlot, der auch ein Ausflugsziel war. Hier gingen bewaldete Canyons in Flussbetten und Salbeibuschprärie über. Rote und gelbe Sandsteinfelsen zogen den Blick auf sich. Diese einsame Region beherbergte viele Wildtiere von Adlern über Antilopen bis zu Berglöwen.

15.
Monica, Margret, John und ich konnten in dieser Einöde unsere Vorbereitungen treffen. Margret und John würden sich um die Kinder kümmern, während Monica und ich mit dem Auto nach Sula fahren würden.
Vor Reiseantritt hatte John für Monica und mich falsche Pässe besorgt. Margret hatte in ihrer Jugend als Maskenbildnerin gearbeitet und veränderte unser Aussehen, damit uns niemand identifizieren konnte.
Vier Tage vor Ende unserer Ferien fuhren Monica und ich in unserer veränderten Maske nach Hulett, weiter über Billi nach Butte und von dort aus über Wisdom nach Sula. Sula bestand aus einem Posthäuschen und einem kleinen Store. Hoch über dem Berg thronte die Villa der Cliffhearts, die von einer hohen Mauer umgeben war.
Der Bitterroot River fraß sich in grünen Bahnen durch die

Landschaft. Wir checkten am Campingplatz ein und erhielten ein uriges Zimmer in einem kleinen Blockhaus. Trotz unserer Nachtfahrt waren wir nicht müde und beschlossen, uns die Umgebung anzusehen und nahmen auch gleich unsere Angeln mit. Monica hatte vorgesorgt und einen Picknickkoffer mitgenommen.

Die Hügel waren sanft und bewaldet. Mit unseren Wanderschuhen marschierten wir entlang dem Bitterrot River, bis wir an eine seichtere Stelle kamen. Von dort unten hatten wir eine hervorragende Sicht auf das Haus, das wir unbemerkt beobachten konnten.

Wir hatten uns auf einer Sandbank ausgebreitet, Monica sammelte etwas Holz und Gestrüpp und entzündete ein Feuer. Sie würzte zwei Forellen mit Salz und Pfeffer und wickelte sie in Alufolie. Ich fand wilde Kräuter, die wundervoll dufteten und steckte diese in den Fisch. Monica hatte indes noch einige Kartoffeln in Alufolie gewickelt und diese ins Feuer geworfen. Das Essen zog schon in unsere Nasen.

Da traten ganz in unserer Nähe ein älterer Mann mit einem Jungen aus der Böschung und liefen am Ufer entlang in unsere Richtung.

„Das ist Christine und mein Name ist Angela", stellte ich uns vor.

„Ich bin Carl und das ist Jack", meinte der ältere Mann zu mir etwas mürrisch und distanziert.

Unser Essen zog in die Nasen. Die beiden warfen ihre Angeln aus und setzten sich auf einen mitgebrachten Hocker.

„Haben wir euren Stammplatz eingenommen?", fragte Monica Carl.

„Ist schon in Ordnung."

„Das tut uns leid. Aber vielleicht können wir euch durch ein Essen entschädigen. Es ist fertig."

Sie sahen sich an und Jack kam schon näher. Ich packte die Fische aus der Alufolie, filetierte sie und gab jedem eine Hälfte. Zwei weitere Fische waren bei der Ankunft der beiden auf die Feuerstelle gelegt worden, doch die

brauchten noch etwas Zeit.
In Monicas Picknickkorb befanden sich auch Gläser, Teller und Besteck für vier Personen. Wie gut. Sogar an einen Weißwein hatte Monica gedacht, der im eisigen Gebirgsbach kaltgestellt war.
Jack sah Oliver ähnlich, hatte seine asiatischen Züge mit dunklen Haaren und dunklen Augen, doch noch ähnlicher sah er Frank. Ich nahm ein scheues Wesen wahr, ganz anders als Oliver. Das Schicksal hatte es gut mit uns gemeint und wir konnten in Kontakt mit Jack treten, ohne aufzufallen. So verteilte ich die Kartoffeln sowie die Fische auf die Teller.
„Das schmeckt köstlich Madam," sagte Jack und Carl lachte. Langsam tauten beide auf und wir kamen ins Gespräch. Jack und Monica saßen auf einem Stein nahe dem Fluss.
„Woher kommen Sie denn?" fragte Carl, denn meinen Akzent konnte ich nicht verheimlichen, ebenso wenig wie Monica.
„Ich komme aus Deutschland und Christine aus Frankreich. Wir machen hier Urlaub."
„Einen ungewöhnlichen Ort haben Sie sich ausgesucht", meinte Carl.
„Genau richtig für uns. Gute Luft, eine wundervolle Landschaft und viel Zeit."
„Dann haben Sie sicherlich einen stressigen Job."
„Das kann man wohl sagen", antwortete ich gelassen.
„Ich kann Sie nur beneiden, dass Sie hier in dieser herrlichen Landschaft leben können. Wenn ich alt bin, will ich mich an so einem Ort wie hier zur Ruhe setzen", teilte ich ihnen mit.
„Es ist langweilig," warf Jack ein.
„Hast du keine Freunde?"
„Nein, es gibt hier niemanden in meinem Alter. Und die Besucher des Campingplatzes sind entweder älter oder jünger. Teenager meiden diese einsame Gegend", meinte Jack.
Ich lächelte und sah ihn an.

„Ich kann das gut verstehen, dass du mit Jungs oder Mädchen in deinem Alter ausgehen möchtest. Du lebst allein hier?"

„Ja, ich bin verdammt das ganze Jahr hier zu sein. Allein."

Hörte ich da eine gewisse Aufmüpfigkeit? Das mussten wir für unsere Zwecke ausnutzen.

„Du gehst doch sicherlich hin und wieder in die Stadt, um dich zu amüsieren?"

„Das geht nicht", warf Carl ein.

„Ich muss hier bleiben", gab Jack kleinlaut zu.

„Wir müssen gehen", meinte Carl zu Jack.

„Nein."

„Du musst lernen", beharrte der Alte.

„Nein. Ich bleibe hier und will fischen", widersprach er und ging an den Rand des Flusses. Seine Angel hielt er in der Hand und starrte auf das Wasser.

„Wo gehst du denn zur Schule?" fragte ich. „In Darby?"

„Er hat Hauslehrer, die ihm alles beibringen", knurrte Carl. Mehr und mehr hatte ich den Eindruck, dass dieser Teenager einsam und allein gehalten wurde, ohne dass man auf seine Bedürfnisse einging.

„Dann wollen wir mal für etwas Abwechslung sorgen", meinte ich leichthin, zwinkerte Monica kurz zu, drehte mich um und gab sowohl Jack als auch Monica, die neben ihm stand, einen Schubs und beide landeten im Wasser.

Monica lag im kalten Wasser und prustete. Ich hörte ein lautes Lachen und auch Jacks Kopf schaute aus dem Wasser. Carl jedoch war sichtlich wütend. Jack lachte lauthals und Monica half ihm beim Aufstehen, rutschte wieder aus und fiel zusammen mit Jack ins Wasser. Monica und Jack spritzten sich gegenseitig an, während mich Carl anfuhr.

„Er hätte sich verletzen können, was machen Sie da?"

„Er ist ein Teenager!"

„Ich muss ihn vor allem beschützen, verstehen Sie nicht. Wenn er eine Verletzung hat, ich darf nicht daran denken."

Aus seiner Miene schien Angst zu sprechen, was ich nicht nachvollziehen konnte. Wir hatten Spaß gemacht, mehr

nicht.
Als Jack endlich klatschnass aus dem Wasser stieg, kam er auf mich zu, sah mich von oben bis unten an. Plötzlich nahm er mich auf den Arm. Ich wehrte mich und zappelte. Jack trug mich zum Wasser an eine tiefe Stelle. Dort ließ er mich fallen. Nun war auch ich nass.
„Komm sofort aus dem Wasser", kreischte Carl zu Jack und zog ihn heraus. Er nahm ihn an der Hand, ließ alles liegen und stampfte mit Jack davon, ohne uns auch noch einen Blick zu gönnen. Wutentbrannt zog er ab. Ich sah nur noch, wie Jack sich umdrehte, als er aus unserem Gesichtsfeld entwich und mir ein Lächeln schenkte.

16.
Wir hatten drei Tage für unsere Mission eingeplant und es lief besser, als wir dachten. Schon am ersten Nachmittag knüpften wir Kontakt, um uns hoffentlich in guter Erinnerung zu behalten, zumindest für Jack.

Am Campingplatz tranken Monica und ich ein Glas Wein, bevor wir uns schlafen legten. In der Nacht wollten wir das Umfeld erkundigen und ausprobieren, ob wir die Mauer überwinden konnten. Um vier Uhr war es dunkel, der Mond schien fast als Vollmond und gab uns gute Sicht. Wir schlichen um das Grundstück herum, doch nirgends konnte man nach oben klettern. Monica hatte voraussehend einen Haken mit Seil mitgebracht und wir zogen uns nach oben und auf der anderen Seite nach unten. Vorsichtig gingen wir an der Mauer entlang und schlichen uns zum Haus. Es war dunkel und alle schliefen. Es handelte sich um einen modernen Bungalow mit drei Stockwerken. An der Vorderseite standen mehrere Autos und wir gingen zur Rückseite mit einem Swimmingpool und einen Garten. Das Haus hatte große Fenster und im Garten standen Gartenmöbel.
Monica machte einige Fotos und dann machten wir uns

zügig wieder auf den Rückweg. Die Durchführung würde wohl doch schwieriger werden würde, als wir dachten. Angst beschlich mich, doch ich redete sie mir erfolgreich aus.

Wir kehrten zufrieden von unserer ersten Erkundungstour zurück und legten uns schlafen. Am späten Vormittag standen wir auf. Wir wollten eine Wanderung in die Umgebung machen und ich fragte im Store nach verschiedenen Wegen, die sie uns ausführlich erklärten.

Nach einer Stunde machten wir eine Pause, aßen ein Brot und tranken aus unserer Wasserflasche und sahen uns die Fotos vom Haus an. Ideen kamen uns allerdings nicht.

17.
Nach unserer Rückkehr beschlossen wir, nochmals zum Angeln zu gehen. Als wir den Bitterroot River etwas weiter nach unten gingen, trafen wir auf Carl und Jack. Als Carl uns sah, wollte er sofort aufbrechen.

„Ich werde Jack nicht mehr ins Wasser stoßen," sagte ich versöhnlich zu Carl. „Entschuldigen Sie für gestern, ich weiß nicht, was mich geritten hat." Ich bot Carl die Hand an und nach einigem Zögern nahm er sie auch an.

„Wir sind nur zum Fischen gekommen," meinte Monica und stellte sich neben Jack mit ihrer Angel. „Darf ich auch hier angeln?" fragte sie ihn.

„Ja," antwortete er etwas wortkarg.

Ich verstrickte Carl in ein Gespräch über Fischköder, während Monica mit Jack redete. Ich musste irgendwie versuchen, Carl abzulenken, damit Monica mit Jack alleine sprechen konnte und schlich mich an den Rand des Wäldchens.

„Hilfe, ein Bär," schrie ich. Sofort kam Carl angerannt. Jack und Monica hatten nichts mitbekommen und als Carl zu mir gelangte, sackte ich zusammen.

„Sind Sie verletzt? War das der Bär?"

„Der ist weg. Ich bin umgeknickt."

Er half mir beim Aufstehen, doch es schmerzte zu sehr und ich ließ mich wieder zusammen sacken.
„Ich kann nicht laufen. Oh nein. Wir sind ein großes Stück vom Campingplatz entfernt. Wie soll ich dort hinkommen?"
„Ich helfe Ihnen. Warten Sie einen Moment, ich sage Jack Bescheid."
„Danke."
Ich wartete einen Augenblick und sah, wie er zu Jack und Monica ging. Beide packten langsam die Angeln zusammen und Carl kam zu mir. Er stützte mich und wir humpelten zum Campingplatz. Carl versorgte mich, als Monica und Jack eintrafen.
„Soll ich einen Arzt rufen?" fragte er mich.
„Ich denke das ist nicht nötig. Vermutlich nur eine Verstauchung."
„Auf alle Fälle sollten Sie sich ausruhen Madam."
Er nahm die Angelausrüstung und die beiden verabschiedeten sich.

18.
„Er hat die Schnauze voll von seiner Verwandtschaft," berichtete mir Monica. „Ich habe versprochen, ihm zu helfen und zu ihm gesagt, er soll heute Nacht um vier Uhr in seinen Garten kommen."
„Das Schicksal scheint es gut mit uns zu meinen."
Ich war aufgeregt, doch nach einiger Zeit schlief auch ich ein, ebenso wie Monica. Um halb vier wurden wir geweckt. Wir hatten schon bezahlt und mitgeteilt, dass wir früh aufbrechen würden, weshalb uns keiner vermissen würde. Im nahen Darby hatte Monica unter ihrem falschen Ausweis noch ein Auto gekauft, denn Jack würde zu Monica ins neue Auto steigen und ich würde mit unserem Auto in die andere Richtung fahren, wenn er bereit war, uns zu folgen.
Jack war zum verabredeten Zeitpunkt am ausgemachten Treffpunkt erschienen.

„Schön, dass du unserer Einladung gefolgt bist", begann Monica.
„Christine sagte mir, dass ihr mich mitnehmen werdet."
„Du willst hier abhauen?"
„Unbedingt. Ich habe die Schnauze voll von Einsamkeit."
„Du bist noch minderjährig Jack. Das ist nicht so einfach. Und deine Eltern werden nicht einverstanden sein."
„Meine Mutter kenne ich nicht und mein Vater kommt auch nur hin und wieder und lässt mich mit diesen Aufpassern allein."
„Ich verstehe. Du willst uns also begleiten?"
„Wenn ihr mich mitnehmt."
„Wir leben in Deutschland."
„Auch recht. So weit weg wie möglich."
„Sicher?"
„Sicher."
„Also gut, dann werden wir dich mitnehmen."
Wir halfen ihm über die Mauer und verschwanden in der Nacht. Jeder nahm sein Auto und wir fuhren in verschiedene Richtungen.

Es war schon hell, als ein Hubschrauber über mir kreiste und mich zwang, anzuhalten. Carl stieg aus, ich ebenso und so standen wir uns Auge in Auge gegenüber.
„Wo ist Jack?" fragte er ohne jede Begrüßung und in einem aggressiven Ton.
„Ich weiß nicht. Warum?"
„Das geht Sie nichts an." Er sah in mein Auto und als er niemand entdeckte, ließ er ab.
„Wo ist Ihre Freundin?"
„Sie macht heute eine Wanderung. Ich fahre nach Missuola, um einige Besorgungen zu machen und hole sie später ab."
Er trat auf mich zu, doch ich wehrte ihn ab. Monica hatte mir genug Selbstverteidigung beigebracht und er lag auf dem Boden.
„Was wollen Sie von mir?"
„Jack."

„Er ist nicht hier, wie Sie sehen." Auch mein Ton war aggressiver geworden. Menschen wie er verstanden nur diesen Ton.
„Na gut."
Er ging zum Hubschrauber und drehte sich nochmals um.
„Wir sehen uns wieder!"
„Dazu gibt es keinen Grund", entgegnete ich.
Er stieg ein und sie flogen davon, während ich meinen Weg fortsetzte.

19.
Unbehelligt fuhr ich nach Gilette, wo ich das Auto verkaufte und ein Neues erwarb und meine Verkleidung ablegte. Dann fuhr ich weiter nach Hulett und kam zu Margret und John mit den Kindern. Alle waren wohlauf und wehmütig, weil wir am nächsten Tag abreisen würden. Ich erklärte Margret, dass Monica mit Jack kommen würde. Doch wir warteten und warteten und sie erschienen nicht. Langsam machte ich mir Sorgen. Sie waren vor mir abgefahren. Hatte sie Carl und seine Schergen gefunden?

Ich schlief nicht wirklich gut in dieser Nacht. Am nächsten Morgen packten wir unsere Siebensachen zusammen und als wir uns von den Ranchinhabern verabschiedeten, erschienen Monica und Jack.
„Ich habe mir Sorgen um euch gemacht!" begrüßte ich Monica und umarmte sie und Jack.
„Wir hatten einen Platten und keinen Reifen dabei. Es hat Stunden gedauert, bis ein Auto kam und uns zur nächsten Werkstatt mitnahm. Wir kauften einen Reifen und fuhren mit einem Taxi zurück. Ich montierte den Reifen und erst dann konnten wir weiter fahren. Das hat uns fünf Stunden gekostet."
„Gott sei Dank seid ihr gesund. Kommt, wir müssen fahren, damit wir unseren Flug erreichen."
Jack sah mich an.

„Du siehst irgendwie anders aus."
„Das ist eine lange Geschichte. Ich erzählte sie dir später. Wir müssen zum Flughafen."
Monica und Jack setzten sich ins Auto.
„Das ist Jack. Jack, das sind meine Tochter Julia und mein Sohn Frank, die Kleinen sind Max und Jules, außerdem noch John und Margret. Macht euch selbst miteinander bekannt. Wir reden später, versprochen Jack. Wenn wir in Deutschland sind." Er nickte als Zeichen der Zustimmung.
Ich fuhr meine weiter anwachsende Patchworkfamilie zum Flughafen.
Beim Einsteigen bemerkte ich, dass sich Frank und Jack sehr ähnlich sahen und bei einem kurzen Stopp schaute ich sie mir beide genauer an. Die Ähnlichkeit war so frappierend, dass wir mit dem Pass wohl durchkommen würden. Schnell hatte ich einen Plan gefasst. Nach dem Einchecken würde ich nochmals zurück gehen und als die andere Frau mit Jack durchgehen. Vielleicht würde es nicht auffallen, dachte ich mir. Als wir am Flughafen ankamen, erwarb ich auf den Namen meines falschen Passes noch ein Flugticket.
Ich sprach nochmals mit Jack, ob er auch sicher sei, dass er mit uns kommen wolle.
„Ja. Dann habe ich endlich Geschwister."
Ich sah ihn fragend an.
„Wir hatten viel Zeit auf unserer Fahrt und habe ihm schon etwas erzählt."
„Ich bin froh, dass Monica ehrlich zu dir war. Dann weißt du also um unsere Verwandtschaft?"
„Ja."
„Und du weißt auch, dass wir gegen deinen Vater opponieren?"
„Ich bin damit einverstanden."
„Du bist herzlich willkommen in meiner Familie. Aber wir leben in einer kleinen Provinzstadt und ich weiß nicht, ob dir das gefällt."
„Ich habe immer nur in diesem Haus gewohnt, war ständig allein und hatte nie jemand, außer den Männern, die für

meinen Vater arbeiten und dem Personal."
„Ich hoffe, dass ich für deine Sicherheit sorgen kann."
„Für meine Sicherheit?"
„Dein Vater ist ein mächtiger Mann und hinter ihm steht eine mächtige Organisation. Zunächst müssen wir dich nach Deutschland bringen."
„Ich vertraue dir."
Er sah mich groß an, dann stiegen wir ins Auto und fuhren weiter.

20.
Am Flughafen angekommen, stiegen wir aus, nur Jack sollte im Auto warten. Ich checkte ein, marschierte mit allen durch den Zoll und ging nochmals zurück und kam zum Auto. Dort zog ich eine Perücke und meine Maske auf und schlüpfte in die Rolle von Angela Thomas, die mit ihrem Neffen Frank Sun nach Stuttgart flog. Ich checkte einen kleinen Koffer ein und wir beide durchquerten den Zoll unbehelligt. Tatsächlich kamen wir ohne Beanstandung durch und auch beim Boarding wurden erfreulicherweise keine Personalien geprüft. Glücklich saßen alle im Flugzeug nach Stuttgart.

Am Flughafen in Stuttgart stand mein Auto. Auf dem Weg nach Hause bog ich ab und wir picknickten in der Natur.
„Alle Handys und dergleichen im Auto lassen", befahl ich und wir verließen das Auto, John und Margret, Monica, Julia, Frank und Jack und die beiden Kleinen Max und Jules.
Ich legte eine Decke auf den Boden und wir setzten die Kinder darauf.
„Für unsere Sicherheit müssen wir alle vollkommenes Stillschweigen geloben", begann ich und sah Julia und Frank an. „Zu eurer eigenen Sicherheit müsst ihr schweigen. Unter allen Umständen. Habt ihr verstanden?"
„Ja", kam es kleinlaut von Julia und Frank.

„Auch deinem Vater gegenüber musst du schweigen, denn sonst bringst du ihn in Gefahr", sagte ich zu Frank.
„Ja", antwortete er bestimmt.
„Dein Vater ist der Sohn von Oliver", begann ich und beobachtete Frank. Er schien nicht überrascht.
„Und Jack ist ebenfalls der Sohn von Oliver", führte ich weiter aus. „Er lebte allein in einem Haus in Montana und wurde dort von Hausangestellten betreut. Oliver hat eigene Pläne mit Jack. Als wir Jack trafen, wollte er nur weg. Deshalb haben wir ihm zur Flucht verholfen."
„Du hilfst immer allen", zwinkerte mir Frank zu.
„Ja Mama hat ein großes Herz", schloss sich Julia an.
Ich wandte mich an Jack.
„Du hast zwei Geschwister in deinem Alter Jack und wir werden dir alle helfen, dich einzugewöhnen. Dazu habe ich nur eine Regel Jack. Ehrlichkeit. Egal, was dir auf dem Herzen liegt, du kannst dich immer an mich wenden und mit mir darüber reden. Bist du bereit dazu?"
„Nur Ehrlichkeit?"
„Es ist die Voraussetzung dafür, dass unsere Familie funktioniert. Sie basiert auf Liebe und Vertrauen. Und Voraussetzung für Vertrauen ist Ehrlichkeit."
„Ich vertraue dir Olivia. Ja, ich will ehrlich sein."
„Danke", hauchte ich noch.
Ich wandte mich an die Kinder.
„Oliver bestimmte über Jack und hielt ihn in dieser Einöde gefangen ohne Kontakte zur Außenwelt. Deshalb haben wir ihn mitgenommen. Nun müssen wir Jack in unsere Familie integrieren und ich habe folgenden Plan: Zunächst besorgen wir für Jack gefälschte Papiere. Danach bringen wir dich in die Erstaufnahmestelle nach Meßstetten, wo du als Flüchtling aufgenommen wirst. Da du unbegleiteter Jugendlicher bist, wird eine Familie für dich gesucht. Gleichzeitig werde ich dem Amt mitteilen, einen jugendlichen Flüchtling bei mir aufzunehmen. Mit viel Glück werden wir uns wiedersehen. Wie klingt dieser Plan?"
„John und ich besorgen die Papiere", warf Margret ein.

„Seid ihr einverstanden, wenn Jack bei uns lebt?", wandte ich mich an Julia und Frank.
„Sicher", meinten beide.
„Dann benötigen wir noch einen Namen für dich Jack. Wie sollen wir dich denn nennen?"
„Ich darf mir einen Namen aussuchen?"
„Ich will mir auch einen neuen Namen aussuchen", warf Julia dazwischen.
„Du nicht, nur Jack. Deinen Vornamen kannst du dir selbst aussuchen."
„Dann sollt ihr mich Maik nennen."
„Gut, du bist von nun an Maik. Ich werde dich, John und Margret in Ulm absetzen. Dort werdet ihr warten, bis wir das Dokument haben. Keine Telefonate. John und Margret werden den Pass besorgen und dich danach an die Grenze bringen. Alle verstanden?"
„Ja."
„Maik, wir verabschieden uns einstweilen und hoffen, dass alles klappt wie wir denken."
„Ich danke euch."
„Julia, Frank und Max sind deine Verwandten, denk daran Maik."

21.
Ich setzte die drei vor einer kleinen Pension einer alten Dame ab. John würde sich um die gefälschten Dokumente kümmern und ihn dann zu der Erstaufnahmestelle nach Meßstetten bringen und hoffen, dass er möglichst schnell zu uns findet. Sicher war das nicht, es könnten einige Wochen vergehen. Doch er wollte unbedingt diese Erfahrung machen, da er noch nie mit anderen Menschen zusammen war. Da man ihn auch chinesisch gelehrt hatte, konnte er seine Geschichte glaubhaft machen. Es dauerte eine Woche, bis er einen Ausweis erhielt. Er hieß Maik Chang und kam aus Shanghai. Nun würde ich mich beim Amt darum bemühen, einen Flüchtling aufzunehmen, was

ich sofort in die Tat umsetzte.
Ich setzte mich mit der Behörde in Verbindung und Frau Jutta Engler meldete sich drei Wochen später bei mir. Sie inspizierte das Haus und das eingerichtete Zimmer für den Flüchtling. Dann sprach sie mit mir und als sie erfuhr, dass ich in Hongkong und Shanghai gearbeitet hatte, meinte sie:
„Da hätte ich einen Flüchtlingsjungen für Sie. Er kommt aus Shanghai. Sprechen Sie chinesisch?"
„Ja etwas. Mein Sohn Frank spricht mandarin."
„Wunderbar. Würden Sie diesen Jungen nehmen?"
„Wie alt ist er denn?"
„16 Jahre alt."
„Einverstanden."

Einige Tage später kam sie mit Maik an, stellte ihn uns vor und dann wurde er in sein Zimmer geführt. Artig begrüßte er uns, als wenn er uns nicht kennen würde.
Ich sorgte dafür, dass er zunächst Deutsch-Unterricht erhielt und bald das Gymnasium besuchen konnte. Der Rektor machte einen Einstufungstest mit ihm und er kam in die 10. Klasse.
In der Erstaufnahmestelle Meßstetten hatte Maik viele Menschen kennengelernt und mit vielen jungen Männern gesprochen, die wie er geflohen waren. Dies machte ihn manchmal nachdenklich, aber auch mitfühlend, denn was er gehört und erfahren hatte, waren schlimme Schicksalsschläge.
Maik integrierte sich gut in meine wachsende Großfamilie.

Der Anbau war vor der Ankunft von Maik fertiggestellt, weshalb Margret und John zusammen mit Monica und in den Anbau zogen.

Für Maik war es eine ganz neue Erfahrung, mit anderen Jugendlichen zusammen zu leben, mit ihnen reden zu können oder in einem Verein zusammen mit Gleichaltrigen etwas zu lernen. Bald fand Maik wie der Rest meiner

Familie Gefallen am Reiten, weshalb er Unterricht erhielt und bald mit uns zusammen ausritt.

22.
Ich hatte mein Leben selbst in die Hand genommen und sogar die Erniedrigung durch Oliver überwunden, obwohl die Erlebnisse in „Olivers Reich" als Flashback immer wieder zurück kamen. Der Striemen war verheilt und nicht mehr zu sehen. Die Liebe meines Mannes war mein Rettungsanker und riss mich aus der Verzweiflung. Ich gewährte Oliver nicht die Macht über mich, die er gefordert hatte. Trotz dieses Rückschlags nahm ich mein Leben in die Hand.
Oliver hatte Jack nicht finden können, sonst wäre er schon lange bei mir aufgetaucht. Mit der Entführung Jacks hatte ich meine Nase in die Angelegenheit der Société gesteckt, was diese nicht verzeihen würde.

Frank machte in diesem Jahr sein Abitur und würde dann studieren. Ich war dagegen, ihn an die Universität der Société zu schicken und wollte dies unter allen Umständen verhindern. Er sollte nicht gehirngewaschen zurück kommen, sondern sich mit Kommilitonen aus verschiedenen Ländern in einem freien Umfeld austauschen können. Aber wo in aller Welt war noch alles frei? Die Société hatte die Menschheit fest im Griff. War die Syrikat stark genug, sich der Verschwörung der Société entgegenzustellen?

Da meldete sich Timothy zum Besuch für eine Woche an. Er erschien gegen Abend und Julia öffnete auf sein Klingeln.
„Hallo Julia", begrüßte er sie und ich sah ihn von Ferne aus der Küche, in der ich gerade für das Abendessen hantierte. An diesem Abend hatte ich selbst gekocht und ein Käsesoufflee zubereitet, dazu Salat, Brot und etwas

Wurst.

„Timothy und Michael sind da", schrie Julia durchs Haus und alle kamen aus ihren Startlöchern zur Begrüßung. Auch ich selbst schenkte meinem Ehemann ein Lächeln und eine Umarmung.

„Ihr kommt gerade richtig zum Abendessen, legt ab und setzt euch."

Das Soufflee servierte ich in kleinen Förmchen, die ich auf allen Tellern verteilte. Michael hatte sich neben Monica gesetzt und auch die beiden scherzten miteinander. Dazu gab es deutschen Weißwein.

„Darf ich dir Maik vorstellen", sagte ich zu Timothy. „Er ist ein Flüchtlingskind und ich habe ihn bei mir aufgenommen."

„Du nimmst Flüchtlinge auf?"

„Warum nicht? Den Menschen muss geholfen werden."

„Das gaukelt dir nur Bundeskanzlerin Lena Glaerkem vor, die an einem Schuldkomplex leidet."

„Ich darf dich daran erinnern, dass es mir nicht gleichgültig ist, wie es den Menschen um mich herum geht."

Nachdem sich alle in ihre Zimmer verabschiedet hatten und Margret die beiden Kleinen ins Bett brachte, saßen Timothy und ich vor dem Kamin im Wohnzimmer. Ich bemerkte die tiefe Traurigkeit meines Mannes und übergab ihm eine Flasche Rotwein unseres Weinguts zum Öffnen. Langsam nahm er den Korkenzieher in die Hand und entkorkte den Wein. Er zog den Korken heraus und roch daran. Dann nahm er die Flasche und dekantierte den Wein, Schluck für Schluck ließ er ihn in die Karaffe fließen. Er war zufrieden mit seinem Werk und schenkte den Wein in unsere Gläser ein. Wie hatte ich es vermisst, ihm bei dieser Zeremonie zuzusehen.

„Ich hatte Sehnsucht nach dir", flüsterte ich beim Zuprosten. Wir ließen den Wein auf unserem Gaumen hinunter rinnen und sahen uns in die Augen. Timothy sagte nichts, sondern küsste mich und bald lagen wir auf dem Sofa und liebten uns so gierig wie Menschen, die nahe am Verhungern waren.

Hand in Hand gingen wir in unser Zimmer. Er streichelte sanft mein Gesicht. Meine Gefühle für Timothy hatten sich nicht verändert. So in den Strudel der Gefühle gerissen ließ ich mich für diesen Abend einfach treiben und schlief friedlich ein.

23.
Das Atelier im Dachboden hatte große Fenster und Tageslicht, mit dem Timothy arbeiten konnte. Für mein Haus malte er einige Bilder, mit denen er sich auf seine künstlerischen Art mit unserer Situation auseinandersetzte. Die Werke waren bizarr und surrealistisch und immer wieder war Oliver als ein dunkler Schatten zu erkennen.
„Als ich nach Hongkong zurück kehrte, ging es Oliver schon besser. Er war vom Krankenhaus entlassen worden und schikanierte sein Personal."
Ich musste lachen. Ja, das war Oliver.
„Li wurde des versuchten Mordes angeklagt und verurteilt."
„Armer Li."
„Ich glaube nicht. Es war die Abmachung zwischen Oliver und Li. Oliver befürchtete wohl, dass eine seiner Frauen sich gegen ihn stellen könnte. Dafür durfte Li wohl über die Frauen verfügen, so lange Oliver abwesend war."
„Woher weißt du das?"
„Oliver erzählte es mir und lud mich ein."
Ich sah Timothy an und er lächelte.
„Das hätte ich niemals gemacht. Ich erniedrige keine Frau wie Oliver es tut."
„Das ist mir bewusst, Liebster."
„Ich teilte Oliver mit, dass du in Fischbach bleiben würdest."
„Und was sagte er?"
„Dass eine Frau an die Seite des Mannes gehört und nicht auf der anderen Seite der Welt zu leben hat."
Ich lächelte.

„Unumwunden teilte ich ihm mit, wenn er dir oder meiner Familie ein Haar krümmt, würde ich in mein Leben als Künstler zurück kehren und nicht weiter für ihn und den Konzern arbeiten."
„Oliver ist nicht der Mann, der sich so etwas gefallen lässt."
„Er braucht mich."
„Und was ist mit seiner Drohung? Hat er sie wahr gemacht?"
„Nein. Nach deinem Weggang habe ich das Technik-Resort übernommen."
„Oh."
„Du hast hervorragende Arbeit geleistet Olivia. Die Ingenieure in Shanghai haben schon erste Erfolge. Und dein englischer Ingenieur ist der Leiter."
Ich strahlte und hoffte, dass sich James Baker und seine Familie in Shanghai wohl fühlten.
„Das freut mich."
„Vielleicht kann ich Oliver mit deinem Konzept doch noch überzeugen."
Er machte mir Mut. Nach wie vor waren wir uns in tiefer Liebe zugeneigt. Doch wir hatten einen hohen Preis für unsere Liebe zahlen müssen. Wir lebten in verschiedenen Welten.

24.
Ich war froh um jede Minute, die ich mit meinem Geliebten verbringen konnte. Die Tage vergingen viel zu schnell. Ich musste Timothy noch von Maik erzählen, was mir nicht leicht fiel.
„Maik ist dein Bruder", begann ich.
„Ein Sohn Olivers?"
„Ja. Er hat Jessica Cliffheart vor 17 Jahren vergewaltigt. Und daraus ging Jack hervor. Monica und ich haben ihn aus Minnesota nach Deutschland geholt."
„Weiß es Oliver?"

„Ich denke nicht, denn sonst stünde er schon hier."
„Er sieht Frank ähnlich."
Ich erzählte ihm von unserer Befreiungsaktion.
„Sei vorsichtig mein Engel."
„Maik blüht bei uns richtig auf und aus ihm wird ein ganz normaler Junge."
„Unsere Familie wächst schneller, als mir lieb ist. Jetzt muss ich schon Unterhalt für fünf Kinder zahlen", scherzte er beim Abschied.

25.
Monica kam an diesem Morgen an.
„Die Syrikat bittet dich, die Einweisung in die Likunakraft für Paul und Ngozi zu übernehmen."
Ich war überrascht.
„Wo soll sie stattfinden?"
„In Afrika. Am Berg Chappal."
„Paul und Ngozi kennen sich aus und werden dich führen. Du hast die Aufgabe, sie einzuweisen."
„Wann?"
„Am 22. September. Du weißt, wir nehmen oft astronomisch wichtige Tage. Sie verstärken die Energie."
„Ja, das war bei mir auch so."
„Du fliegst unter deinem falschen Namen Angela Thomas am 20. September nach Abuja und wirst von Paul und Ngozi abgeholt. Sie fliegen mit dir nach Yola und dann geht es weiter zum Vogel Peak. Den Berg besteigt ihr zu Fuß."

So nahm ich am 20. September den Flug nach Abuja und wurde von Ngozi abgeholt. Ich übernachtete bei ihnen und am folgenden Tag flogen wir nach Yola. Ein Hubschrauber wartete auf uns und so flogen wir in das Hochgebirge, der Grenze zu Kamerun. Der Chappal Waddi mit 2419 m war unser Ziel. Wir übernachteten in Jalingo in einem Hotel. Von dort würden wir zu Fuß zum Chappal Waddi gehen.

Paul kannte sich aus, da er mehrfach diesen Berg bestiegen hatte.
„Wir werden heute schweigend unseren Weg gehen", begann ich.
„Wie bei der Kamarikraft."
„Die Unterschiede sind nicht groß. Dies dient dazu, dass wir uns auf unsere Energien konzentrieren und von unseren Alltäglichkeiten abwenden."
„Dann werden wir schweigen", sagte Paul.
Jeder hatte einen Rucksack mit Getränken und Essen dabei, Kleidung zum Wechseln. Es war noch Regenzeit und wir mussten damit rechnen, nass zu werden.
Es war ein mühsamer Weg, der zuerst durch einen Dschungel ging und dann stetig bergan führte. Gegen Abend waren wir unweit des Gipfels angekommen. Paul und Ngozi richteten ein Zelt her, in dem wir schlafen würden.
Es war der höchste Berg des Mambilla-Plateaus, einer Hochebene. Es war herrlich kühl und der Blick ließ die Anstrengung des Aufstiegs vergessen. Am Morgen suchten wir uns einen Platz, wo wir uns setzen konnten. Ich holte eine Trommel heraus.
„Die Trommel dient dazu, euch in Trance zu versetzen."
„Das machen unsere Schamanen auch mit uns", meinte Ngozi.
„Dann muss ich dazu nichts mehr sagen. Mit dieser Trance setzen wir die Anavara-Energie frei, die durch die Manipulation kosmischer Kräfte die Hirnfunktionen aktiviert. Das kennt ihr. Unsere beiden Gehirnhälften sollen intensiver miteinander kommunizieren, damit in diesem Prozess das Gehirn umstrukturiert wird und die Lichtreflexionen entschlüsselt werden. Auch das dürfte euch von der Kamarikraft bekannt sein. Der Unterschied besteht nun darin, dass ihr nach eurer Energie greift. Konzentriert euch auf euer linkes Ohr, wo der Empfängerkristall auftauchen sollte."
„Das ist der Unterschied?"
„Die Likunakraft ist eine Empfangskraft, während die

Kamarikraft eine Sendekraft ist."

Ich begann zu trommeln und versetzte mich wie jeden Abend in eine friedliche Trance. Ich sah, wie sich Ngozi und Paul entspannten und wie der Empfängerkristall an ihren linken Ohren auftauchte. Ngozi stöhnte leicht auf.

„Es brennt", flüsterte sie.

„Ich sende dir von meiner Energie", sagte ich.

Nachdem ich mich vergewissert hatte, dass Ngozi und Paul die Likunakraft erhalten hatte, bat ich sie, wieder in die Wirklichkeit zurückzukehren.

„Weil ein Politiker nach Macht strebt, kann er durch die Kamarikraft beeinflusst werden. Deshalb macht diese Kraft abhängig und aggressiv und führt zu Kontrolle, Herrschaft und Gewalt. Die Likunakraft befreit uns und gibt uns Frieden und führt uns in die Selbständigkeit und Freiheit."

„Das ist der entscheidende Unterschied?"

„Die Likunakraft gibt Frieden und Erleuchtung. Deshalb meditieren die Mitglieder der Syrikat täglich zwischen 21 und 22 Uhr Mitteleuropäischer Zeit. Es ist nicht nötig, die ganze Stunde zu meditieren, 10 Minuten sollten genügen, um die Gemeinschaft zu unterstützen."

„Geht es dir besser?" fragte Paul seine Frau und sie nickte ihm zu.

„Wir machen uns nun auf den Abstieg. Auch hier wollen wir schweigen, um zu meditieren."

Nach vielen Stunden erreichten wir den Landeplatz des Hubschraubers und Paul flog uns nach Yola.

„Wir möchten noch kurz ein Waisenhaus hier in der Nähe besuchen. Begleitest du uns?"

„Gerne."

Wir fuhren mit dem Auto dem Benue entlang nach Fufore. Es handelte sich um eine größere Siedlung nahe dem Benue, der sich als breiter Strom dahin zog. Eine fruchtbare Gegend, wie zu erkennen war, weshalb das Waisenhaus die Nahrungsmittel auch selbst anbaute. Sonnenkollektoren gewährleisteten die Energieversorgung und das Waisenhaus machte einen sauberen Eindruck auf mich. Paul und Ngozi waren sichtlich stolz auf ihr Projekt und die Kinder schienen glücklich zu sein.

Wir sprachen über die Ausbildungsmöglichkeiten der Kinder. Paul und Ngozi wollten dafür sorgen, dass die Kinder Handwerksberufe erlernen konnten, mit denen sie als Erwachsene ihren Lebensunterhalt sichern konnten. Für besonders begabte Kinder sahen sie auch Weiterbildungsmöglichkeiten vor. Ein Projekt, das mich begeisterte.

Beide litten sehr unter dem Tod ihrer Tochter. Ihr Sohn sei sicher, sagte Paul zu mir. Ich kannte Neyla kaum, doch als ich am Waisenhaus ankam, umringte uns eine Schar Kinder zur Begrüßung. Ich sah, wie Ngozi einem etwa achtjährigen Jungen zärtlich über den Kopf strich. Er sah ihr ähnlich und ich nahm ihn an die Seite.

„Wie ist dein Name?"

„Ich heiße Harry", antwortete er auf englisch, das er ohne Akzent sprach. Ich sah mich um.

„Geh zu deinen Freunden", sagte ich zu ihm und er folgte mir. Ich sah Ngozi an, die verstand.

Nach dem Besuch im Waisenhaus hielt Paul vor unserer Rückkehr zum Flughafen noch an. Wir wollten uns vor unserem Abschied noch ungestört unterhalten.

„Es ist gefährlich für euren Sohn", sagte ich.

„Ich weiß", meinte Ngozi.

„Er sieht dir zu ähnlich Ngozi. Du solltest ihn nicht mehr sehen, sonst fällt anderen die Ähnlichkeit auf und das bringt ihn in Gefahr."

Eine Träne rann ihr über die Wange.

„Ich bewundere euren Mut", sagte ich zu Ngozi.

„Wir müssen es tun, für eine bessere Welt."

Ich nahm sie in die Arme und weinte mit ihr.

„Habt ihr jemand, dem ihr vertrauen könnt. Am besten eine einfache Frau."

Ngozi überlegte.

„Da gäbe es schon jemand."

„Sie sollte ihn adoptieren und in irgendein Dorf gehen, möglichst weit weg."

Sie lächelte mich an.
„Ja."
„Und ihr solltet nicht wissen wohin."
Ich sah eine Träne auf ihrem schönen Gesicht.

26.
Wieder besuchte Timothy seine Kinder und mich für eine Woche in Fischbach. Er verband seinen Besuch mit Terminen in Friedrichshafen und London. Die Kinder gingen in die Schule und die zwei Kleinen morgens schon in den Kindergarten, weshalb Timothy viel Zeit für seine Kunst hatte und die Verpflichtungen für den Sun-Konzern.
Die Abende gehörten uns und wie üblich saßen wir am Kamin im Wohnzimmer.
„Wir haben zwei sehr mächtige Gegner in Kolumbien und China. Zwei Männer, die immer zur Société gehören wollten, doch bisher abgewiesen wurden."
„Welche Gegner?"
„Turbey Carlos Lopes in Kolumbien und Ma Yung in China."
„Warum erzählst du mir das?"
„Sie werden dir helfen."
Ich sah Timothy an. Kannte er die Syrikat? Ich bezweifelte es, denn bisher hatte er zur Société gehalten. Doch nur aus dem Grund, um seine Familie zu schützen. Doch ich verstand sofort. Über Monica und Margret leitete ich die Anfrage zur Kontaktaufnahme mit den beiden weiter. Die Syrikat konnte mir sicherlich behilflich sein.

27.
Eine Bundestagsabgeordnete lud die Flüchtlingshelfer im Oktober aufgrund ihres ehrenamtlichen Engagements zu einer politischen Berlinreise ein. Einen Tag vor der Abreise kam Monica.

„Ma Yung möchte dich in Berlin treffen."
„Wann und wo?"
„Am Mittwoch, 18 Uhr am Brandenburger Tor."
„Das passt. Dann kann ich ihn während meiner Reise treffen."
„Willst du noch immer allein reisen?"
„Sind 52 Personen allein?"
„Es ist gefährlich."
„Ich bin sicher, momentan zumindest."
Monica gab nach und so fuhr ich zusammen mit 52 anderen Personen mit dem ICE nach Berlin. Wir wurden zu verschiedenen politischen Veranstaltungen gefahren und am zweiten Tag zum Besuch des Bundestags. Hier trafen wir auch die Abgeordnete, die diese Reise für uns ermöglicht hatte und wir diskutierten über verschiedene Themen.

Zum verabredeten Zeitpunkt ging ich zum Brandenburger Tor. Ein Asiate stand am Tor und ich ging auf ihn zu.
„Ma Yung, schön Sie kennenzulernen", sagte ich zu ihm.
„Sie müssen Olivia Sun sein," begrüßte er mich.
„Einzelheiten klären wir an einem anderen Ort."
„Einverstanden."
Er hatte einen starken Akzent im Englischen, doch er sah mir vertrauensstiftend aus. Wir gingen durch das Brandenburger Tor und spazierten am Platz des 18. März zur Ebertstraße und unterhielten uns über die wirtschaftliche Entwicklung in China und in Deutschland.
„Kommen Sie." Er packte mich am Unterarm und schob mich so unauffällig wie möglich über den belebten Platz bis hin zu einer angrenzenden Baustelle. Dort verharrte er einen Moment und flüsterte schon etwas ruhiger:
„Keine Angst, folgen Sie mir."
Er führte mich zu einem schmalen Spalt im Bauzaun und wir zwängten uns hindurch. Auf der Baustelle gingen in einiger Entfernung ein paar Arbeiter geschäftig ihrem Handwerk nach, aber sie bemerkten uns nicht. Ma Yung schob die Zweige eines dichten Busches auseinander und

darunter kamen Stufen zum Vorschein, die unter die Erde führten. Der Einstieg in einen unterirdischen Gang. Vorsichtig nahm ich Stufe für Stufe. Feuchte und Modergeruch schlugen mir entgegen und das Tageslicht wurde allmählich schwächer als wir in das Halbdunkel eintauchten.
„Keine Angst."
Zielsicher bahnte er sich seinen Weg durch die verwinkelten, düsteren Korridore bis er unvermittelt stehen blieb.
„Wir sind unter dem Kanzleramt", meinte er.
„Haben Sie keine Angst, entdeckt zu werden?"
„Nein. Das ist der bestbewachte Ort in Berlin. Hier können wir frei reden."
Ich sah ihn an. Es war dunkel, er hatte eine kleine Taschenlampe angeschaltet.
„Für mich ist es noch gefährlicher Madame Sun. Ich sollte Sie kontaktieren."
„Sagt wer?"
„Friede und viele Freunde für dein Leben", und grüßte mich mit dem vulkanischen Gruß. Dann zeigte er mir seinen Ring mit dem Löwen. Auch ich zog meinen Ring heraus.
„Wie kann ich helfen?" fragte ich ihn, als ich mich gefasst hatte.
„Die Frage ist eher, wie ich ihnen helfen kann."
„Und wie wollen Sie uns helfen?"
„Ich habe hier etwas zum Verteilen."
„Wissen Sie von der Wasser-Waffe?"
„Ja. Sie ist mir bekannt."
„Dann wissen sie auch, dass die Amerikaner das Wetter beeinflussen wollen, um Regierungen unter Druck zu setzen. Wenn eine Regierung nicht kooperiert, schicken sie Stürme. Oder sie können die Wolken so verschieben, dass sie nicht abregnen. Ja Madam. Mit Hilfe des Wassers beabsichtigt die Société, die Menschheit zu unterdrücken. Zu viel oder zu wenig Wasser. Wenn die Regierungen nicht kooperieren, drehen die Amerikaner am

Wasserhahn."

„Sie wollen damit eine Weltregierung mit einem von ihnen ernannten Weltenherrscher einsetzen."

„Ein Herrscher?"

„Samuel Greenshield soll nach dem Bluteid als Weltenherrscher eingesetzt werden. Es wird keine Demokratie mehr geben. Nur die Société wird herrschen."

„Was?"

Ma Yung war fassungslos.

„Ich habe diese Information an die Syrikat weiter geleitet."

„Sie ist manchmal etwas langsam."

„Sie werden die Wasser-Waffe einsetzen, um die Regierungen der Welt unter Druck zu setzen", führte ich weiter aus.

„Das ist schlimmer als ich befürchtet hatte." Ma Yung grinste breit. „Ich hätte da eine Lösung anzubieten."

„Welche?"

Er zog einen USB-Stick heraus und zeigte ihn mir.

„Auf diesem USB-Stick befinden sich die Pläne zur Wasser-Waffe."

„Sie haben die Pläne der Wasser-Waffe?"

„Ich habe sie der Chinesischen Regierung zugespielt. Damit diese Wasser-Waffe nicht eingesetzt werden kann, müssen sie alle haben."

Ich sah ihn freudig an.

„Übermitteln Sie die Pläne an die europäischen Regierungen?"

„Gerne."

Er übergab mir mehrere USB-Sticks, die ich in meiner Tasche verstaute.

„Wir werden ihnen die Suppe versalzen", verabschiedete er sich von mir, als er mich wieder hinaus begleitet hatte.

„Es war mir eine Ehre, Sie kennenzulernen, Madame Sun."

Ich hatte nur einen Stick behalten und den Rest an Margret geschickt, als ich am nächsten Tag mit meiner Gruppe die Bundestagsabgeordnete wieder traf. Ich bat

sie um ein kurzes Gespräch unter vier Augen, das sie mir in ihrem Büro gewährte.
„Ich habe hier einen Stick mit Informationen, die unbedingt unsere Regierung erhalten sollte. Fragen Sie nicht, woher ich diese Dateien habe. Ich gehöre nur zu den Verteilern."
„Verteiler?"
„Der Datenträger wird zum Gleichgewicht der Kräfte an die Regierungen verteilt. Wenn Sie die Informationen ansehen, werden Sie wissen, weshalb."
„Ist es legal?"
„Dazu kann ich nichts sagen."
Ich verließ den Raum und beeilte mich, um mit meiner Gruppe wieder aufzuschließen.

Nach meiner Rückkehr sprach ich mit Margret und Monica, die inzwischen die USB-Sticks erhalten hatten. Sie erklärten sich bereit, mir bei der Verteilung dieser Sticks zu helfen. Dazu wollte Margret nach London und Monica nach Paris. Beide hatten über die Syrikat Vertrauenspersonen, die den Stick an die richtige Stelle weiter leiten würden. Auch zwei meiner Freundinnen waren mittlerweile Mitglieder der Syrikat und erklärten sich bereit, die Sticks nach Japan und Nigeria zu bringen, was nicht ungefährlich war. Beide hatten in diesen Ländern Vertrauenspersonen, die für die Verteilung sorgen würden.
Eine Enthüllungsplattform hatte wohl auch eine Kopie erhalten und veröffentlichte sie im Internet, damit auch wirklich jeder Staat diese Waffe besaß und sie somit unbrauchbar war.
Keinen meiner Freunde war ein Leid geschehen und die Verteilaktion war von den Geheimdiensten wohl unbemerkt geblieben.

28.
In den Herbstferien brachte ich Julia zu einem Intensivkurs

für Springreiten in ein Gestüt nach Kurzbach. Sie freute sich sehr auf diese Woche zusammen mit ihrem Pferd Adaban. Wir luden Abadan gerade aus, um ihn in seinen Stall zu befördern, als ein etwa zehnjähriges Mädchen auf Abdan zugerannt kam. Ich kannte dieses Mädchen.
„He is so cute", sagte ihre noch piepsige Stimme, als ein Mann hinter ihr erschien.
„Tun Pen!" Ich war überrascht.
„Olivia, wie schön dich hier zu sehen. Was machst du denn hier?"
„Meine Tochter Julia wird ihre Herbstferien hier verbringen, um sich im Springreiten zu verbessern. Und du?"
„Ich bringe Daessa zu ihren Reiterferien."
„Welch ein Zufall!"
„Ich freue mich, dass der Zufall uns zusammengeführt hat. Würdest du mit mir ausreiten?"
„Ich bringe eigentlich nur meine Tochter hierher. Aber gerne, wenn es möglich ist."
„Nichts ist mit Geld unmöglich", lächelte Tun Pen."
Tun Pen verschwand mit seiner Tochter im Haupthaus, während ich Julia in ihr Zimmer begleitete, das sie mit einem anderen Mädchen teilen würde. Eine Stunde später erschien Tun Pen mit zwei Pferden auf dem Hof.

Zunächst trabten wir, bevor Tun Pen in einen kurzen Galopp fiel und dann in den Schritt überging. Nach einer Stunde kamen wir überein, eine kurze Pause einzulegen und stiegen ab.
„Immer wieder begegne ich dir", sinnierte er laut und ich lächelte nur.
„Unsere Leben scheinen auf eine ganz seltsame Art und Weise miteinander verbunden sein."
„Wo ist dein Mann?"
„In Hongkong."
„Habt ihr euch getrennt?"
„Offiziell ja. Ich musste Hongkong verlassen."
„Hat das mit dem Anschlag auf Oliver zu tun?"
„Ja."

„Erzählst du mir davon?"
„Lisa hat mich aus einer prekären Situation gerettet und Oliver niedergeschossen."
„Das hätte ich ihr nicht zugetraut."
„Ich auch nicht. Sie tat es aus Freundschaft."
„Das verstehe ich. Und was geschah weiter?"
„Timothy bleibt bei Oliver als sein Erbe. Und Oliver lässt mich in Ruhe."
„Ein hoher Preis."
„Ja."
„Ich habe mich entschlossen, mich offen gegen die Société zu stellen."
Ich sah ihn groß an. Was eröffnete mir Tun Pen Dewan hier? Wollte er mit der Société brechen? War er lebensmüde?
„Wie ich dir schon erzählte, hatte mich der Tod meiner Frau aus der Bahn geworfen. Es gibt keine Herren und es gibt keine Sklaven. Es gibt Menschen. Und die Ansichten der Société stimmen nicht."
„Die Mitglieder der Société sind Herrenmenschen und versklaven den Rest der Menschheit."
„Herrenmenschen kennen keine Moral. Sie tun alles, um ihre Ziele auf Kosten der Sklaven zu erreichen. Die Sklaven sind dazu da, manipuliert zu werden, ganz im Sinne der Société", meinte Tun Pen.
„Du bist initiiert worden, bist ein Teil der Société, vergiss das nicht. Du weißt, du gehörst durch Blut und Eid dazu."
Tun Pen Dewan sah mich lange an.
„Ich werde nicht mehr länger an diesem System teilhaben."
„Du intrigierst durch die Syrikat gegen die Société. Wenn sie das heraus finden, werden sie dich liquidieren."
„Wenn der Bluteid unterbrochen ist, kann die Société die Politiker nicht mehr beeinflussen. Und sie werden so schnell keinen Neuen finden, den sie initiieren. Denn aus dem Kreis der anderen Familien kann keiner meinen Platz einnehmen. So können wir die Société zerstören."
„Das ist gefährlich", meinte ich.

„Das ist mir durchaus bewusst."
Er sah mir in die Augen.
„Ich liebe dich Olivia", flüsterte er unvermittelt und ich erstarrte. Was sollte ich hierauf antworten? Tun Pen war mein Freund, ein Seelengefährte, der mich in der Tiefe meiner Seele berührte. Was er sagte, zerstörte alles. Er kniete vor mir nieder.
„Ich spüre tief in meinem Inneren, da ist mehr, als wir sehen. Unserer beider Schicksale sind miteinander verwoben, und nicht nur in diesem Leben, auch schon in Leben davor und auch danach werden unsere Leben immer wieder zusammen führen. In diesem Leben sind wir keine Partner, wir haben andere Partner gewählt. Du bist die fehlende Hälfte und ich werde dich im nächsten Leben wieder sehen."
Ich war sprachlos. Was sollte ich auf diese Liebeserklärung sagen?
„Du verwirrst mich Tun Pen."
„Das will ich nicht Olivia. Unsere Seelen gehören zusammen. Das wollte ich noch klarstellen, bevor ich darauf warte, dich in einem neuen Leben wiederzusehen."
„Bist du sicher?"
„Ich werde mein Leben geben, damit die Société ein für allemal zerschlagen wird."
„Sein Leben für ein großes Ziel zu geben ist wahrlich heroisch."
„Ich bin kein Held, meine Seele. Ich tue, was mir für dieses Leben aufgetragen wurde, so wie du tust, was dir für dieses Leben übertragen wurde."
„Ja, es stimmt Tun Pen. Auch ich fühle, dass unsere Seelen auf eine wundersame Art verbunden sind. Und dennoch liebe ich Timothy über alles."
„Dieses Schicksal hast du dir für dieses Leben ausgewählt. Ich werde mein Leben in deine Hand geben für das nächste Leben, meine Seele."
„Diese Hände sind nicht groß genug dafür."
„Noch viel mehr, meine Seele."

29.
Eine Woche später kam ich nach dem Deutsch-Unterricht nach Hause und Margret kam mir entgegen.

„Es ist etwas Schreckliches geschehen."

„Was denn?"

„Ein Terroranschlag in Kuala Lumpur."

„Nein. Und Tun Pen?"

„Ihm geht es gut. Sein Sohn ist tot."

„Wie schrecklich." Ich wollte weinen vor Mitgefühl und Margret verstand es.

„Ich werde ihn anrufen", flüsterte ich. Einem Menschen zu kondolieren war mir schon immer schwer gefallen. Aber ich musste ihm wissen lassen, dass ich mit ihm litt.

Nach mehrmaligem Probieren erreichte ich ihn.

„Hier ist Olivia", meldete ich mich.

„Hast du schon gehört?"

„Ja Tun Pen. Es tut mir so leid um deinen Sohn. Können Timothy und ich dir irgendwie helfen?"

„Nein, im Moment nicht."

„Du meldest dich, falls du deine Meinung änderst?"

„Das werde ich. Danke für dein Mitgefühl, Olivia."

Teil VII

1.
Es war ein friedvolles Weihnachtsfest, als Timothy mit Michael kam. Wie immer nutzten wir die Tage nach den Feiertagen für einige Unternehmungen. An einem Abend hatte Timothy Jasmin Strauß zum Abendessen eingeladen.
„Wie schön Sie wiederzusehen", begrüßte ich Jasmin Strauß.
„Ich bin Ihnen so dankbar Madame Sun."
„Das brauchen Sie nicht Frau Strauß. Ich habe nur einen Blick für die richtigen Menschen."
„Ja, das hat meine Frau", mischte sich Timothy ein. „Und Frau Strauß macht hervorragende Arbeit und hat einige interessante Vorschläge."
„Darf ich offen reden?"
„Meine Frau hat sicher Interesse, welche Ideen Sie haben."
„Wir konnten eine neue Produktpalette entwickeln und unser Werk erweitern."
„Sie macht Gewinne", sagte er zu mir gewandt. „Das haben wir dir zu verdanken."
„Nein, Jasmin Strauß hat die Arbeit gemacht."
„Du hast die Weichen gelegt."
„Ja. Sie hatten Vertrauen in mich. Und das hat mich ermutigt, mir neue kreative Wege zu suchen, Madame. Wir haben die Marktführung in den Bioenergien übernommen und entwickeln gerade Biomassekraftwerke für jeden. Es soll in jedem Garten stehen und nicht größer als ein kleines Gartenhäuschen sein. Die Idee ist, dass jeder Haushalt energieautark bleiben kann, unabhängig von Wind und Wetter. Jeder kann selbst entscheiden, was und wann er in die Biomasseanlage gibt. Das kann Holz sein, aber auch Haushaltsabfälle."
„Gibt es Geruchsbelästigungen?"

Jasmin Strauß lachte.
„Sie kennen sich noch aus Madame. Nein, die konnten wir beseitigen."
„Das war immer meine Idee, dass jedes Haus energieunabhängig sein sollte. Nur so können wir den Strombedarf mit alternativen Energien decken."
„Das freut mich."
„Und wie geht es der Belegschaft?"
„Sie haben immer Interesse an den Menschen. Ja, wir haben uns da auch etwas ganz Besonderes ausgedacht. Das Thema Kindergarten ist für die Belegschaft keines mehr, dafür flexible Arbeitszeitmodelle, Arbeitsplätze zu Hause und auch der Zusammenhalt in der Firma. Ich habe ein separates Budget für soziale Bedürfnisse meiner Angestellten."
Ich sah Timothy ab.
„Was sagt Oliver dazu?"
„Er weiß nichts davon. Wir konnten es gut verschleiern. Und so lange die Gewinne hoch genug sind, sagt er nicht viel dazu."
„Ich möchte in Bejing neue Märkte für die Firma Maaz öffnen. Gerade die Chinesen benötigen alternative Energien, um ihre Luftverschmutzung in den Griff zu bekommen."
„Das haben Sie richtig erkannt. Damit hatte ich in Shanghai auch schon zu kämpfen. Timothy sah es ein, Oliver jedoch nicht. Haben Sie Oliver kennen gelernt?"
„Ja, ich bin ihm begegnet."
Sie sah verlegen nach unten, da wusste ich Bescheid. Ein Mensch wie Oliver änderte sich wohl nie.
„Wie geht es Ihnen?"
Sie begann zu weinen und konnte sich fast nicht mehr beruhigen. Ich sah Timothy an und er verschwand wortlos und ließ uns allein. Ich versuchte sie zu beruhigen, doch es wurde immer schlimmer. Sie wurde immer hysterischer, als es klopfte und Monica erschien.
„Machst du für Jasmin ein Zimmer bereit?"
„Gerne."

Ich brachte sie in das Gästezimmer und blieb in dieser Nacht bei ihr. Gegen Morgen kam Monica und löste mich ab.

2.
Als Jasmin am nächsten Morgen zum Frühstück erschien, ging es ihr besser.
„Komm, wir gehen ein wenig in die frische Luft."
„Ich kann gegen Oliver nichts unternehmen, dazu ist er zu mächtig."
„Ich verstehe."
„Er hat es auch bei mir versucht."
„Und?"
„In seiner Welt sind wir Sklaven, derer er sich bedienen kann, wie er will."
„Das habe ich bemerkt."
„Oliver ist ein Schwein."
„Ja."
„Du solltest dich in psychotherapeutische Behandlung begeben."
„Ja."
„Gut. Zum Teufel mit deinem Job Jasmin. Ich besorge dir einen neuen. Aber zuerst siehst du zu, dass es dir wieder besser geht. Hast du verstanden?"
„Ja."
Ich ließ Jasmin in ein Psychologisches Zentrum einweisen.
„Nütze die Zeit Jasmin und sorge dich um nichts", sagte ich ihr zum Abschied.

3.
Ich hatte eine Erkältung, weshalb Timothy mit den Kindern, Monica, Michael und John allein zum Skifahren ging und mich mit Margret allein ließen. Ich war

überrascht, als es an der Haustür klingelte und Tun Pen mit seiner Tochter Daessa davor stand.

Margret brachte uns Tee und Gebäck und fragte Daessa, ob sie mit ihr in der Küche zusammen einen Kuchen backen wollte. Ich sah Tun Pen an, dass er etwas auf dem Herzen hatte. So konnten wir uns ungestört im Wohnzimmer unterhalten. Wir saßen vor dem Kamin, in dem ein Feuer flackerte.

„In einer Woche findet das Treffen zum Bluteid statt", führte Tun Pen aus. „Ich werde den Bluteid nicht erneuern."

„Das wirst du nicht überleben."

„Das nehme ich an."

„Du willst wirklich dein Leben opfern?", hakte ich nach.

„Nach dem Tod meiner Frau und meines Sohnes hat das Leben für mich keinen Sinn mehr. Und mit meiner Weigerung wird mein Tod einen Sinn erhalten."

„Du gehst den Weg bis zu Ende?", fragte ich einfühlsam.

„Ich bin fest entschlossen."

„Und Daessa?"

„Wirst du dich um Daessa kümmern?"

„Wie alt ist Daessa?"

„Sie wird am 6. Januar 11 Jahre."

Ich sah ihn an. Wie konnte ich solch eine Bitte abschlagen.

„Du bist fest entschlossen Tun Pen. Kann ich dich nicht von deinem Vorhaben abbringen?"

„Nein Olivia. Ich werde diesen Weg zu Ende gehen. Wir haben schon darüber gesprochen. Ich kann meinem Gewissen dies nicht mehr zumuten."

„Ich werde Daessa eine gute Mutter sein."

„Danke, meine Liebe. Ich habe noch eine Bitte an dich."

Tun Pen machte eine Pause.

„In unserer Höhle gibt es die Möglichkeit, versteckt mitzuhören und zu sehen. Würdest du als Zeugin teilnehmen? Ich weiß, ich verlange viel, denn du setzt dein Leben aufs Spiel."

Ich überlegte.

„Tun Pen, ich helfe dir gerne. Aber diesen Punkt muss ich mit meinem Ehemann besprechen, denn ihn betrifft es auch."
„Weiß er von der Syrikat?"
„Nein, natürlich nicht."
„Dann bist du in Erklärungsnot."
„Ich werde ihm alles eröffnen."
„Vertraust du ihm?"
„Wenn nicht ihm, wem sonst?"
„Du willst ihn einweihen?"
„Ja."
Es war spät geworden und ich hörte, dass Timothy mit den Kindern zurück kehrte. Er war überrascht, Tun Pen und Daessa zu sehen, doch er begrüßte sie herzlich. Beim Abendessen erzählte jeder von seinen Erlebnissen beim Skifahren und Rodeln. Jules sprach schon ganze Sätze und auch Max hatte es gefallen. Nach dem Abendessen zogen wir uns in das Wohnzimmer zurück, wo am offenen Kamin ein Feuer brannte. In seiner unnachahmlichen Weise öffnete Timothy eine Flasche Wein.
„Was verschafft mir die Ehre deines Besuchs?", fragte Timothy Tun Pen direkt. Tun Pen sah zu mir.
„Wir müssen dir zuerst ein paar Dinge berichten", begann ich.
„Hast du einmal von einer Widerstandsbewegung gegen die Société gehört?"
„Die Syrikat ist den Mitgliedern der Société bekannt."
„Tun Pen und ich gehören zur Syrikat."
Jetzt war es heraus. Timothy trank einen Schluck Wein.
„Es wundert mich nicht", begann er. „Ich hatte schon lange den Verdacht, dass du gegen die Société arbeitest. Aber du Tun Pen?"
„Dir ist auch klar weshalb?"
„Weil du gegen das System der Herrenmenschen bist?"
Ich nickte nur. Tun Pen sprach weiter.
„Nach dem Tod von Eresa war ich allein. Ich nahm meine Umgebung ganz anders wahr. Und ich sah die Menschen, die wir ausbeuten. Und irgendwann wurde ich von einem

Mitglied der Syrikat angesprochen. Ich habe mich entschieden, gegen die Société zu opponieren. Und ich gehe nun weiter. Ich werde in diesem Jahr den Bluteid nicht erneuern."

„Das wird dich das Leben kosten", antwortete Timothy.

„Aber der Société auch. Damit hat mein Leben einen Sinn erhalten."

„Ihr wollt das Ende der Société?"

„Ja", antworteten wir beide.

„Wirst du uns verraten?", fragte ich Timothy.

Er sah mich lange an, nahm sein Glas und trank, bevor er antwortete.

„Wir haben im vergangenen Jahr den Eid für die Société abgelegt Olivia. Erinnerst du dich noch?"

„Ja", sagte ich kleinlaut.

„Ich stimme nicht mit den Zielen der Société überein, doch wir gehören dazu, ob es uns gefällt oder nicht. Wir können uns nicht alles aussuchen."

„Doch, das können wir. An diesem Punkt haben wir die Wahl. Wir können für oder dagegen sein."

„Nein mein Herz, denn wenn wir dagegen sind, werden wir liquidiert."

„Du musst dich aber gar nicht offen dagegen aussprechen Timothy. Es reicht, wenn du schweigst."

„Um euch zu schützen?"

„Ja."

„Und was ist mit Daessa?"

„Sie wird hier bei mir bleiben", antwortete ich.

„Du willst sie aufnehmen? Du bist dir nicht im Klaren, wie gefährlich das ist. Sie wird die Tochter eines Verräters sein."

„Deshalb ist sie hier auch sicher. Und ich werde sie lieben wie meine Kinder."

Timothy sah mich lange an.

„Ich liebe dich mein Herz. Und da ich sehe, dass es dir wichtig ist, werden wir beide Daessa adoptieren und wir beide werden für sie sorgen."

Ich lächelte schwach, als sich Tun Pen einmischte.

„Das ist mehr als ich zu hoffen wagte."
Timothy nickte.
„Ich habe noch etwas auf dem Herzen. Das nächste Treffen findet in Malaysia statt. In unserer Höhle gibt es die Möglichkeit, versteckt mitzuhören und zu sehen. Ich habe Olivia gebeten, als Zeugin an diesem Treffen teilzunehmen."
„Das ist viel zu gefährlich", wandte Timothy sofort ein.
„Es ist nicht ungefährlich, doch ich kann für Olivias Sicherheit sorgen."
Timothy sah mich an.
„Ich habe nicht zugesagt, weil wir beide involviert sind", antwortete ich.
„Ich brauche eine unabhängige Zeugin."
„Und das soll Olivia sein?"
Tun Pen sah Timothy an.
„Und wenn ich statt dessen komme?"
„Darf ich offen sein Timothy?" Timothy nickte.
„Ich möchte, dass Olivia teilnimmt, nicht du."
Timothy sah ihn wieder durchdringend an.
„Hat es noch einen anderen Grund?"
Tun Pen sah von Timothy zu mir.
„Ich habe immer die Liebe deiner Frau zu dir respektiert. Du musst dir keine Sorgen machen."
Timothy nahm einen Schluck Wein.
„Wie willst du für die Sicherheit meiner Frau sorgen?"
„Sie kommt einen Tag vorher nach Kuala Lumpur. Ich bringe sie frühzeitig in die Höhle und besorge ihr einen Roller, mit dem sie unbemerkt zurückfahren kann."
Timothy sah Tun Pen in die Augen.
„Das könnte klappen."
„Bist du einverstanden Olivia?", fragte mich Timothy.
„Ja", hauchte ich mit einer Träne.
Was sollte ich machen? Mein Ziel war es, die Société zu stürzen. Tun Pen verlangte viel. Ich sollte zusehen und schweigen, wenn man ihn umbrachte.
„Einverstanden", sagte Timothy leise. „Wenn es dir so wichtig ist."

Ich nickte nur.
Wir besprachen die Einzelheiten meines Besuchs. Ich würde allein fliegen, ohne Monica. Tun Pen übernachtete in einem Gästezimmer und verabschiedete sich am nächsten Morgen von uns und von seiner Tochter.
Am nächsten Morgen sprach ich mit Monica und Margret und erzählte ihnen, was Tun Pen vorhatte.
„Gibt es eine Möglichkeit, Ngozi und Paul eine Nachricht zukommen zu lassen?"
„Sie sind Mitglieder der Syrikat. Sicher."
„Teilt ihnen mit, dass ein anderer in diesem Jahr den Eid nicht erneuern würde. Ihr Opfer ist noch nicht notwendig."
„Das werden wir", meinte Margret.

Daessa war fast elf Jahre alt und wurde umgehend in der Schule angemeldet. Ich gab sie als Verwandte aus, deren Eltern verstorben waren und die Timothy und ich adoptierten. In der Schule konnte sie zunächst eine der Integrationsklassen besuchen, um deutsch zu lernen. Es war schön, wieder ein Mädchen zu haben und sie freute sich, in eine Familie mit zwei kleinen und einem großen Bruder sowie einer großen Schwester zu kommen. Vor allem Maik kümmerte sich rührend um das Wohlergehen Daessas.

4.
Timothy würde sich während meiner Abwesenheit um die Kinder kümmern. Wir hatten ausführlich über meine Mitgliedschaft bei der Syrikat und der heimlichen Teilnahme am Bluteid gesprochen. Timothy war nicht ganz wohl bei der Sache, doch ich wollte Tun Pen seinen letzten Willen erfüllen.
„Sei vorsichtig, mein Engel."
„Das bin ich Timothy."
„Ich ahnte immer, dass es so weit kommen würde. Und ich bewundere Tun Pen."

„Ich auch", hauchte ich.
„Ich wünsche ihm, dass sein Opfer nicht umsonst war."
„Kein Opfer ist umsonst", sagte ich und verabschiedete mich von Timothy am Flughafen.

Mit meinem falschen Pass und in meiner Verkleidung als Angela Thomas flog ich einen Tag vor Ankunft der Société-Mitglieder nach Kuala Lumpur. Tun Pen begrüßte mich am Flughafen und begleitete mich in mein Hotel.
„Die Mitglieder der Société werden morgen eintreffen. Hast du noch eine Stunde Zeit?"
„Ja."
„Dann gehen wir in einer Stunde zum Essen ins Restaurant."
Ich nickte.
„Ich hole dich morgen um 22 Uhr ab und bringe dich dann in die Höhle. Keine elektrischen Geräte, wenn dir dein Leben lieb ist."
„Ja", sagte ich und umarmte ihn beim Abschied. Er war mir ein guter Freund geworden.

Pünktlich kam ich an und Tun Pen zeigte mir zunächst das Versteck für den Roller. Danach führte mich in die Höhle. Der zwölfzackige Tisch stand bereit. Über einen Geheimgang führte er mich in eine andere Höhle.
„Du darfst keinen Laut von dir geben", meinte Tun Pen. „Sonst entdecken sie dich. Ich lasse das Licht in der großen Halle brennen. Halte dich still."
„Tun Pen?"
„Ja?"
Er drehte sich zu mir um. Sein Gesicht war gequält.
„Willst du das wirklich durchziehen?"
„Wir werden sehen."
„Ich werde dich so in Erinnerung behalten Tun Pen, als ein aufrechter Mann, der für seine Mitmenschen sein Leben lässt."
„Sage Daessa, dass ich sie liebe. Und dich sehe ich im nächsten Leben wieder Olivia. Aber dann werden wir nicht

nur Seelengefährten, sondern auch ein Liebespaar."
„Einverstanden", hauchte ich. Er küsste mich sanft und ließ mich allein. Mit gemischten Gefühlen sah ich ihm hinterher. In dem Teil der Höhle war ein Felsen, auf den ich mich setzte, während ich auf die Versammlung der Société wartete. Ich machte einige Yoga-Übungen, um mir die Zeit zu vertreiben.
Als erster erschienen Iwan Gogol und seine Frau Ivanka, ihm folgten Wolfgang Hartz und seine Frau Siglinde sowie William und Joyce Busby. Nelson und seine Frau Amy Cliffheart, Jacob Mosche Olmert und seine Frau Tamar kamen zusammen mit Samuel und Madison Greenshield. Oliver Sun und seine Frau Lisa, Wei Quan mit seiner Frau Mei-Zhi, Genki Kagawai und Aiko sowie Jean Bernard Bernicot erschienen. Am Schluss kamen Paul Dike und Ngozi Onuahu mit Tun Pen Dewan.
Nun waren alle Mitglieder der Société anwesend und setzten sich auf ihre Plätze um den Tisch.
Tun Pen Dewan begrüßte die Mitglieder der Société. Es waren die jeweiligen Führer der Familien, was mich etwas stutzig machte. Ahnten sie etwas? Ich sah gespannt zu, wie sich alles entwickelte.
Es wäre an Tun Pen Dewan, regelgerecht zu beginnen und sich mit dem Messer seine Hand aufzuritzen. Auf seiner rechten Seite saß Iwan Gogol, daneben Wolfgang Hartz, dann William Busby. Nelson Cliffheart, Jacob Mosche Olmert, Samuel Greenshield, Oliver Sun, Wei Quan, Genki Kagawai, Jean Bernard Bernicot und Paul Dike Onuahu. Doch Tun Pen legte sein Messer vor sich auf den Sternentisch.
„Ich bin euer Gastgeber und es wäre an mir zu beginnen. Wie ihr wisst, starb meine Frau vor fünf Jahren und mein Sohn wurde vor kurzem ermordet. Ich bin ein gebrochener Mann. Nach dem Tod meiner Frau sah ich in die Gesichter meiner Angestellten, die mit ihrer Arbeit ihre Kinder ernähren wollten. Ich sah in die Gesichter so vieler Menschen, die friedlich leben wollen und es nicht können. Ich sah Menschen hungern, ich sah wie wenig die

Menschen um mich herum besaßen. Ich war reich. Zunächst begann ich meinen Reichtum zu teilen, doch es reichte nicht. Die Menschen kamen aus der ihnen zugeteilten Rolle nicht heraus. Und dann begann ich, unser System der Ausbeutung zu hinterfragen."
Ein Raunen ging durch den Raum.
„Ja Brüder. Wir haben die Welt in Herrenmenschen und Sklavenmenschen eingeteilt. Doch dies ist eine willkürliche Einteilung, die nur unser Vermögen gezogen hat. Es ist keine Einteilung, in der man Frieden findet. Es ist keine göttliche Einteilung, wie viele Jahrhunderte behauptet wurde. Es ist ein System des Krieges. Doch ich will Frieden. Ich habe diesen Frieden gefunden, weil mir einfühlsame Menschen geholfen haben. Deshalb werde ich nun einen Friedensschritt wagen. Ich werde den Schwur in diesem Jahr nicht erneuern."
„Das ist ungeheuerlich," schrie Oliver.
Alle sprachen wirr durcheinander, bis Oliver seine Hand hob.
„Du stellst dich der Société entgegen?"
„Ja."
„Dann ist unsere Runde unterbrochen", sagte Oliver laut.
Wieder sprachen alle durcheinander.
„Brüder, einer nach dem anderen. Ich gebe das Wort weiter an meinen Nebenmann Wei Quan und ich bitte Reihum jeweils um Wortmeldung."
Oliver hatte die Runde also in die Hand genommen.
Wei Quan stand langsam auf.
„Es ist unerhört, wenn ein Bruder nicht mehr bereit ist, den Schwur abzulegen. Ihr wisst selbst, wir sind mit unserem Eid und unserem Blut verbunden." Er setzte sich und Genki Kagawai stand auf.
„Brüder, es ist unehrenhaft den Schwur zu verweigern und darauf kann es nur eine Antwort geben." Neben ihm saß Jean Bernard Bernicot.
„Ich will meinen Bruder nicht verurteilen. Doch ich sehe auch, dass unsere Société dadurch nicht mehr vollständig ist. Welche Auswirkungen dies hat, kann ich nicht

ermessen."

Jean war recht zurückhaltend mit seiner Antwort. Er schien sich nicht festlegen zu wollen. Paul Dike Onuahu stand langsam auf. Ich hoffte, er würde das Opfer, das Tun Pen Dewan erbrachte, verstehen.

„Ich schließe mich der Meinung meines Nachbarn an. Meine Tochter kam vor kurzem ums Leben und ich kann ihn gut verstehen."

Tun Pen Dewan wurde übergangen und Iwan Gogol stand auf.

„Ich fordere mit voller Härte gegen Tun Pen Dewan vorzugehen, denn er hat gegen unser Gesetz verstoßen."

Wolfgang Hartz meldete sich zu Wort.

„Wir sind Herrenmenschen, keine Sklaven. Ich glaube, unser Bruder Tun Pen Dewan hat das vergessen. Wir sollten es ihm ins Bewusstsein rufen und Gelegenheit geben, seine Meinung zu ändern. Moralvorstellungen wie sie Tun Pen Dewan geäußert hat, sind Heuchelei."

Neben ihm saß William Busby, der aufstand.

„Brüder. Wenn wir unseren Schwur heute Nacht nicht erneuern, weiß ich nicht um die Konsequenzen hinsichtlich der Kamarikraft. Können wir die Regierungschefs noch beeinflussen? Werden sie sich unserem Einfluss entziehen? Und welche Folgen wird das für unsere Welt nach sich ziehen? Anarchie? Ich kann mir viele Folgen ausmalen, jede Folge schlimmer als die nächste. Tun Pen Dewan sollte sich noch einmal überlegen, ob er das wirklich durchführen möchte."

Nelson Cliffheart stand auf.

„Die Verweigerung des Eides zieht den Tod nach sich. Ich kenne keine andere Antwort."

Er setzte sich und Jacob Mosche Olmert stand wiederum auf.

„Wenn wir Tun Pen Dewan töten, ist der Kreis unterbrochen. Überlegen wir zunächst die Folgen Brüder."

Als letzter sprach Samuel Greenshield.

„Die Entwicklungen der vergangenen Jahre haben mich stets mit Sorge erfüllt. Unsere Gegner wuchsen an und

konnten die Kamarikraft immer wieder neutralisieren. Durch die modernen Massenmedien vernetzen sich viele Menschen miteinander und sie entziehen sich unseren Einflüsterungen. Die Menschen beginnen zu denken, was schädlich ist. Die Sklaven wollen selbst Herren werden, was ich widerlich finde. Und nun ist in unserer eigenen Runde sklavisches Gedankengut eingezogen. Du bist zu weich Tun Pen Dewan und zu mitfühlend. Wir sind die Herrenmenschen, hast du das vergessen?"
Tun Pen Dewan stand erneut auf.
„Schon seit Kindertagen wurde mir eingetrichtert, dass ich anders bin, dass wir Herren sind und die Menschen um uns herum Sklaven, die wir zu befehligen haben. Schon als Kind lernte ich die Mitglieder der Société kennen, die auch meine Verwandten sind. Doch ich bin kein Kind mehr, ich wurde erwachsen und da sieht man das eine oder andere differenzierter. Erst durch den Tod meiner Frau und meines Sohnes wurde mir bewusst, was wirklich wichtig ist im Leben eines Mannes. Und es ist nicht richtig, dass wir den größten Teil der Erdbevölkerung ausbeuten, dass wir in selbstherrlicher Weise diesen Planeten ausbeuten. Was hinterlassen wir unseren Kindern? Einen Planeten, auf dem sie nicht mehr leben können, weil wir ihn durch den Raubbau der Bodenschätze kaputt gemacht haben? Weil wir die Meere leergefischt haben? Weil wir die Luft und das Wasser vergiften? Wir sehen uns als Herren an, doch was wir machen, ist eines Herrn nicht würdig. Ein Herr hat auch das Wohl seiner 'Sklaven' im Blick und das ist schon lange nicht mehr der Fall. Ich habe lange Jahre zugesehen, was passiert und ich werde in diesem Jahr den Schwur nicht mehr erneuern. Ich bin mir der Konsequenzen bewusst. Die Götter mögen mit mir sein."
Tun Pen Dewan blieb stehen, auch alle anderen Mitglieder der Société standen auf. Oliver begann:
„Brüder. Jeder hatte Gelegenheit, sich zu Tun Pen Dewan zu äußern. Hat noch einer von euch etwas zu sagen?"
Oliver sah sich um, doch keiner hatte etwas hinzuzufügen.

„Seid ihr einverstanden, wenn wir das Urteil über Tun Pen Dewan sprechen?"
Alle nickten.
„Wie ihr wisst, ist der Tod die Strafe für die Verweigerung des Eides. Mit Blut und Tod sind wir miteinander verbunden. Wie urteilt ihr?"
Wei Quan: „Tod."
Genki Kagawai: „Tod."
Jean Bernard Bernicot überlegte. „Leben."
Paul Dike Onuahu: „Leben."
Iwan Gogol: „Tod."
Wolfgang Hartz: „Tod."
William Busby: „Tod."
Nelson Cliffheart: „Tod."
Jacob Mosche Olmert: "Tod."
Samuel Greenshield: „Tod."
Oliver sprach weiter.
„Auch ich wähle den Tod. Neun gegen zwei Tun Pen Dewan. Wir verurteilen dich zum Tode."
Oliver stand auf und nahm das vor ihm liegende Messer, ebenso wie jeder, der sich für die Todesstrafe ausgesprochen hatte. Tun Pen Dewan stand aufrecht und erwartete seine Verurteilung. Ich wollte aufschreien, doch ich konnte nicht. Ich sah sein Gesicht, das zu lächeln schien. Tränen rannen mir herunter. Ich verbarg mein Gesicht in den Händen, denn es war zu schrecklich zuzusehen.
„Meine Seele übergebe ich den Göttern, die für mich und meine Familie sorgen", sagte er laut, als Oliver heran trat und ihm den ersten Stoß versetzte. Ich öffnete die Augen wieder, denn ich sollte Zeugin sein, wie er starb und ich wollte es seiner Tochter eines Tages erzählen, wie tapfer er in den Tod ging. Der erste Stich war nicht tödlich, denn Tun Pen stand noch aufrecht, als Wei Quan, Genki Kagawai, Iwan Gogol, Wolfgang Hartz, William Busby und Jacob Mosche Olmert zustießen. Dann fiel er zusammen und Samuel Greenshield trat zu ihm und stieß das Messer in sein Herz. Tun Pen Dewan hauchte sein Leben aus.

Die Messer wurden auf den sternenförmigen Tisch gelegt und die Mitglieder der Société verließen wortlos die Höhle. Sie ließen Tun Pen Dewan einfach liegen.
Ich wartete eine Stunde, bevor ich mein Versteck verließ und in die Halle trat. Mit Mühe schob ich Tun Pen Dewan auf den Tisch in die Mitte und schloss seine Augen. Ich stand vor ihm und wünschte ihm gute Reise in die andere Welt. Dann verließ auch ich die Höhle.

5.
Ich konnte mich davon schleichen, ohne dass mich jemand bemerkte. Ich fand den von Tun Pen Dewan bereitgestellten Roller und fuhr ungehindert nach Kuala Lumpur. Es war früher Morgen, als ich im Hotel eintraf.

Mein Flug ging erst am übernächsten Tag, weshalb ich beschloss, die Einrichtungen des Hotels wahrzunehmen. Ich ging zum Schwimmen und zu verschiedenen Aromatherapien. Gegen Abend ging ich in die Lobby des Hotels und traf Ngozi und Paul, die ich freudig begrüßte. Diese Verabredung hatte die Syrikat eingefädelt.
„Ich hätte dich nicht erkannt", meinte Ngozi. „Nur deine Stimme", flüsterte sie. Zusammen verließen wir das Hotel.
„Ich bin froh, dass ihr nichts gesagt habt und dass ihr noch lebt. Seid vorsichtig. Ihr habt euch für Leben ausgesprochen."
„Du warst dabei?" fragte mich Ngozi und ich nickte.
„Tun Pen wollte es so."
„Dann weißt du alles."
„Wir müssen zusammen stehen."
„Ja", sagte ich leise und meine Lieben kamen mir in den Sinn. Waren sie in dieser Welt noch sicher?
„Oliver wird sicher eine Möglichkeit finden", sinnierte Paul.
„Ich glaube kaum, denn es sind 12 Familien nötig. Und im Moment verfügt die Société nur über 11 Familienmitglieder."

„Damit ist die Société zerschlagen."
Dennoch hatte ich das Gefühl, dass Oliver eine Möglichkeit finden würde. Doch für den Moment waren wir alle glücklich und zufrieden, dass Paul und Ngozi nicht gezwungen waren, ihr Opfer zu bringen.

6.
Traurig kehrte ich in meine Heimat zurück. Der Tod meines Freundes Tun Pen hatte mich tief bewegt, weshalb ich auch nicht sonderlich gesprächig war. Timothy öffnete auf mein Klingeln die Tür.
„Wie froh dich gesund wiederzusehen", freute sich Timothy und küsste mich. John und Margret, Monica und Michael und Julia sowie Maik wurden gerufen.
„Die Société existiert nicht mehr?" fragte Timothy.
„Im Moment nicht. Vielleicht findet Oliver jemand, der an die Stelle von Tun Pen Dewan tritt."
„Das wird er sicherlich", meinte Timothy. „Und dann?"
„Dann sehen wir weiter. Auch Paul und Ngozi stehen bereit, den Bluteid zu verweigern. Einstweilen haben wir unser Ziel erreicht. Die Zerschlagung der Société. So lange die Société nicht existiert, kann auch Samuel Greenshield nicht der Weltenherrscher werden."
„Unser Glück mein Engel. Ich liebe dich."

Am nächsten Morgen läutete es an der Haustür und als Margret öffnete, kam sie aufgeregt zu mir in die Küche. Ich war gerade dabei, den Frühstückstisch zu decken.
„Oliver ist da", flüsterte sie und ich erblasste, als zuerst Julia, dann Daessa und Maik nach unten kamen. Oliver stand im Eingangsbereich und sah die Kinder, auch seinen Sohn. Ich begrüßte ihn und konnte keine Regung in seinem Gesicht erkennen. Als ich mich umdrehte, stand Maik hinter mir und starrte seinen Vater an.
„Jack," sagte er.
„Nein, mein Name ist Maik", sagte er auf deutsch, das er

mittlerweile gut beherrschte.
„Mein Sohn lebt bei dir!" Ich wusste nicht was ich ihm antworten sollte und schwieg. „Wie kommt mein Sohn zu dir?"
„Maik ist ein Flüchtling und ist nicht dein Sohn", entgegnete ich Oliver. „Willst du mit uns frühstücken?"
„Ich habe schon gegessen."
„Dann bringe ich dich ins Wohnzimmer. Wenn wir fertig sind, kommen wir", sagte ich höflich zu Oliver. Dass er warten musste, war er nicht gewöhnt.
Timothy und ich tranken eine Tasse Kaffee und aßen ein Brötchen.
„Wir werden mit Oliver sprechen", sagte ich zu den Kindern, Monica, John und Margret.
Timothy begleitete mich.
„Du bist eine Intrigantin Olivia", beschuldigte er mich. „Und hast die Société zerstört."
„Wie soll ich die Société zerstören?"
„Indem du Tun Pen Dewan dazu gebracht hast, den Eid nicht zu erneuern."
„Das hat er allein entschieden."
„Du weißt es also?"
„Ja."
„Und du stehst an ihrer Seite?" fragte er Timothy.
„Meine Gefühle für Olivia haben sich nicht verändert," gab Timothy zu. „Olivia ist mein Sonnenschein, mein Leben, meine Liebe."
„Liebe sollte man nie unterschätzen. Das ist mein Fehler. Ist das Mädchen seine Tochter?"
„Daessa ist ein Flüchtlingskind wie Maik auch", log ich. Oliver hatte die richtigen Schlüsse gezogen.
„Und ihr habt sie adoptiert?"
„Ja", meinten Timothy und ich aus einem Mund.
„Na gut Olivia. Jack lebt auch bei dir und wie ich sehe nennt er dich Mutter."
„Du ziehst die falschen Schlüsse Oliver. Maik ist ein Flüchtlingskind, das ich aufgenommen habe. Er hat keine Eltern und ich liebe ihn wie alle meine Kinder."

„Da haben einige ganz schön gepfuscht, wenn ich mir deine Familie ansehe."
„Was willst du?"
„Ich wollte dir nur sagen, du hast gewonnen. Einstweilen. Ihr könnt nach Frankreich gehen. Ich werde euch nicht weiter belästigen."
Timothy und ich sahen uns an. Was wollte er nur?
„Da die Société zerschlagen ist, wird Katie mein Reich erben. Ich brauche dich nicht mehr, Timothy. Du hast das Weingut seines Vaters geerbt, das kannst du führen. Ich bin zu alt für dieses Spiel."
Oliver stand auf und ging wortlos.
Er hatte aufgegeben.
Einstweilen.

- E N D E -

Die Familien der Société

1. Oliver **Sun** und Lisa
   Tochter: Katie
   David und Harper Sun
   Kinder: Peter, George, Timothy
   Lena Sun und Lu Yili
   Kinder: Daniel Sun-Lu und Frau Jade.
   Kinder: Megan und Jana
   Barry Sun-Lu, Grace Sun-Lu und Mia Sun-Lu

2. **Wei** Quan und Mei-Zhi
   Kinder: Yang, Baihu und Xia

3. Genki **Kagawai** und Aiko
   Kinder: Sora, Hinata

4. Jean Bernard **Bernicot**

5. Paul Dike **Onuahu** und Ngozi
   Kinder: Zola und Neyla

6. Tun Pen **Dewan**
   Kinder: Daessa und Tajib

7. Iwan **Gogol** und Ivanka
   Kinder: Anastasia, Jegor, Irina und Dimitri

8. Wolfgang **Hartz** und Siglinde
   Kinder: Moritz und Karl

9. William **Busby** und Joyce
   Kinder: Jerry und Laureen,
   Kinder: Adam, Charles, Madison
   Ella und Alfred
   Tochter: Aubrey

10. Joshua **Greenshield** und Rachel
    Kinder: Nathan, Jonas, Esther
    Edzard Greenshield und Deborah
    Kinder: Enzo, Raphael
    Abigail Greenshield und David Sun: Sohn Samuel
    Jonas Darnell: Tochter Lea

11. Jacob Mosche **Olmert** und Tamar
    Kinder: Josef, Emmanuel, Ruth

12. Nelson **Cliffheart** und Amy
    Kinder: Laurence, Abbey, Nicolas
    Steven Cliffheart und Eve
    Kinder: Richard, Aileen
    Alida Cliffheart und Jasper Burleson
    Sohn: William
    Hope Cliffheart und Iwan Gogol
    Tochter: Jessica Cliffheart und Oliver Sun
    Sohn: Jack Cliffheart

Herstellung und Verlag:
BoD - Books on Demand, Norderstedt
ISBN 978-3-7431-4176-6